探秘

TANMI
XIYASI JIAOYU

》西亚斯教育

○ 谭曙方 著

作家出版社

十八年前，一个冬天的深夜，我在"东方大学城"一间温暖的办公室里完成了《感触中美教育合作：走进郑州大学西亚斯国际学院》书稿，那是我写的第一部纪实文学。彼时，没有人向我催稿，也没有与出版社约定的交稿时间，完全是受内心冲动驱使一页一页地写下去，写作欲望真是奇妙，它会将你的特殊经历记忆裹挟着思考变成溪水一般流动的文字。我带着完成的书稿去拜访中国社会出版社张承编辑，向他侃侃而谈书稿内容，承蒙张先生抬爱，该书于2004年夏天顺利出版。

从此就一发而不可收，我长期跟踪关注西亚斯学院的教育现象，借阅图书资料，聊天采访，闭门写作。自我感觉，个人比较倦怠或者说迟钝，千人一面的东西很难引起我的兴致，即使是旅游至一个陌生之地。然而，西亚斯教育现象成为了我写作的一个例外，《探秘西亚斯教育》一书，历时两年采写完成，主要写西亚斯中外合作教育的多方位探索。郑州西亚斯学院的前身是郑州大学西亚斯国际学院，为中外合作办学，2018年11月经教育部批准分立单设。它是一所不停探索、更新的大学，这一点正合了我的审美喜好。记得初到西亚斯时，只有简陋的东校区较为完整，西区还是一片建筑工地，校园北边是一望无际的庄稼地，而校南面人民路两边的环境氛围连繁华小镇也算不上。当时有一座临时铁架子小桥，连接起了东西校区，我每每与众多学生从桥上通过时，脚下铁板就会发出咚咚的颤动声响。可不到三年，东西区就已经成为浑然一体的美丽校园，铁架子小桥不翼而飞，取而代之的是大理石台阶，台阶之下连接着人流熙攘的意大利广场，台阶之上蜿蜒起伏的路，则手指一般触伸向一个全新的校区。台阶的立面上有动感的红鲤鱼图案，学生说踏上锦鲤台阶会沾上好运气。每当我走在这个锦鲤台阶之上，总能听到学生们的欢声笑语。

西亚斯学院离郑州国际机场很近，该校选址之时，创办人陈肖纯先生把机场想象成为一座连接海外的空中桥梁。之后，果真如此，西亚斯与北美洲、欧洲、中美洲和南美洲、非洲、亚太地区的二百多所大学和科研机构建立起交流合作关系，国内外来客络绎不绝，各界精英常常云集校园，形成了一个多元文化融合、资源共享的国际化教育氛围。这个距机场只有十多公里的校园，成为数万学生睁眼看世界的窗口。

我喜欢在西亚斯校园里散步，感觉颇为奇妙，它的优雅与变化总让你没有审美疲倦。记得，我在2014年参加西亚斯国际学院成立十五周年校庆时，位于校北部的图书馆已经建成，但内部装修还没有开始，八方来宾从南面的七十二级台阶拾级而上，在图书馆三层浏览了简易布展的校史馆。可如今，这座六万七千余平方米，内设阅览厅、研讨室、国际会议厅、宴会厅、咖啡厅及睡眠舱的现代智能化图书馆，已为西亚斯校园三万余学生所享用。如果你是学生家长，走进这个图书馆转一圈，就会为这里的学生发出幸运的感叹。时代变了，大学须有好教授，也得有好校园。一所大学，真是深不可测，你就是扔一个世界500强企业的资金进去，它也未必溅起多大的水花。有人说好企业是赚钱，可好大学是花钱。但关键是看校方给学生怎么花钱。西亚斯二千五百亩校园内的建筑风格高雅而又迥异，体育美育设施堪称国内高校一流，东区代表作有中国大学生篮球赛（CUBA）室内训练基地，西区代表作有音乐学院的二百多个琴房及诸多演出厅。享有世界一流高校美誉的亚利桑那大学正是看中了西亚斯的国际化氛围和学生的活泼自信，才绕过国内诸多名校与西亚斯牵手合作，鼎力培养拿中美"双学位"的中国学生。

西亚斯学院创办于1998年，理念是"中西合璧"，至今已经走过二十三年历程，比起中国诸多百年老校，更像一个小兄弟。若是将其放在人类约千年的高等教育历史背景之中，西亚斯或许就是一个小小的点，但我认为这个点具有深邃内涵，且闪烁出独特的异彩，与那些不停地斥巨资复制而出的千校一面的学校截然不同。西亚斯的国际化教育探索是多方位的，以住宿书院制为例，当2016年试行第一个住宿书院——知行住宿书院之际，并没有在全校引起什么反响，但是，到了2018年全校实施住宿书院制的时候，教职员工包括学生就反应强烈了，用"鼎沸"一词来形容也不为过。九大住宿书院，覆盖了全校三万多学生，也就是说，西亚斯的每一位学生都有双重身份：既是校内某专业学院的学生，同时也是校内某住宿书院的学生。校方可谓顶着内外压力，全面推行了住宿书院制。所谓外部压力是，其时的河南省重点高校还没有试行书院制的动静，西亚斯独家推行的住宿书院改革有可行性吗？而内部压力则来自诸多师生对此新模式的不理解。西亚斯住宿书院制相较高校传统学生住宿管理模式来说简直是脱胎换骨。

"书院"是中国名称，由来已久，已有千余年历史。西方著名大学有住宿学院，亦历史悠久。西亚斯住宿书院既有纵的赓续也有横的移植，纵向继承中国传统书院的元素，横向借鉴或曰移植西方"住宿学院"的精髓，可谓秉持其"中西合璧"的办学理念。仅此一点，哪怕是一丁点儿的改革创新，也应该视为中国高等教育领域的创意突变了。

耶鲁大学的《1828耶鲁报告》对世界高等教育影响深远，我于其中读到这样一句："我们并不认为，仅靠课堂授课即能实现所有的教学目标。"它对传统的质疑，钟声一般悠远传来，至今仍为实现大学目标的重要启示。值得注意的是，耶鲁大学投入巨资，建有十多个住宿学院。闻名世界的英国剑桥大学三一学院，即是住宿学院，牛顿、培根、达尔文等毕业于此，其学生迄今已有三十余位诺贝尔奖得主。若追本溯源，住宿学院的师生之间、学生之间的小范围、近距离论证学问，正是古希腊"我爱我师，我更爱真理"精神的传承。中国科学院院士、复旦大学原校长杨福家先生，在考察欧美众多一流大学后的体会是：一流大学是在质疑环境中逐步形成的。博雅教育（有的译为"通识教育"）是中国教育提升的方向，而博雅教育的重要载体即住宿学院。

2018年，教育部等六部委联合发文要求：深入探索书院制模式，建设学习生活社区，注重环境浸润熏陶，加强师生心灵沟通，促进拔尖学生的价值塑造和人格养成。2019年，《教育部关于深化本科教育教学改革 全面提高人才培养质量的意见》特别提出：积极推动高校建立书院制学生管理模式。

推动高校书院制，无疑是以学生为中心，在专业学习课堂之外营造"第二课堂"，为学生提供相对完善的教育，促进学生深度学习，构建博雅知识体系，形成多维能力，也有人将此称为完人教育。

2021年4月25日，我赶赴西亚斯参加了"河南省高等学校书院制育人模式改革现场交流会"，主办单位——中共河南省委高校工委、河南省教育厅，将河南省所有高校（一百五十一所）主要负责人召集于西亚斯校园，交流研讨书院制建设。其时，西亚斯已设立有中原地区规模最大、体系最全的九大住宿书院。当天上午，河南省教育厅厅长郑邦山在讲话中指出：新时代的大学生数量急剧攀升，而高效管理机制滞后，作为高校领导要有教育改革的紧迫感。陈肖纯则向与会者系统介绍了西亚斯推行书院制的理念与做法，他说：西亚斯全面推行住宿书院，核心是立德树人。美国著名高校同样，教书育人，教授不仅传授知识，更要传授做人品德。

第二天上午，在西亚斯学院学生活动中心，主管教育的河南省副省长霍金花主持动员大会，中共河南省委宣传部长、高校工委书记江凌在动员讲话时说："郑州西亚斯学院为河南省高校提供了一个很好的样板！住宿书院制改革是现代大学育人模式的创新，我们要以书院制改革为突破口，以更大力度、更实举措推动河南高校综合改革。当前的育人体系滞后于现实，不要说解决新时代热点问题，坦率地说连解释都困难。会后怎么办？河南省的重点高校，要加快速度，发挥引领作用！"

最后，江凌语重心长地说：各位校长要将你们手上的资源重新配置，我拜托同志们，要站在战略的高度，站在民族复兴的高度来推动高校改革。

霍金花则在会议总结中向河南省高校负责人提出了硬性要求：高校管理体制到了不能不改的地步了，必要而且紧迫，不是推与不推的问题，而是怎么推的问题。不要犹豫不决，尽早下决心。河南所有的高校都要启动。要敢于探索，勇于创新！

现场交流动员会是轰轰烈烈地开过了，但真正实施推动谈何容易：高校原本传统的学生住宿区除了居住功能并没有留出多少活动空间。住宿书院与专业学院如何划分职责界限，学校资源如何合理配置，等等，着实让高校校长们头疼不已。会后，西亚斯的校长们顿时忙碌起来，诸多高校负责人纷至沓来参观考察。之前，西亚斯的背后并没有谁来督促其推行住宿书院，但它却走在了河南省教育体制改革探索的前列。西亚斯的双院制——专业学院加住宿书院，再辅以一流的体育美育硬件设施和丰富多彩的社团活动，为学生营造了一个相互激发热情灵感与创造活力的育人环境。

2020年，中国经济领域跑出了一匹黑马，也有人叫他独角兽——泡泡玛特国际集团有限公司创始人王宁，他的潮玩公司正式登陆港交所，市值一度突破千亿港元。不久，王宁获评"2020中国经济年度人物新锐奖"。十年前，王宁还是西亚斯国际学院的一名学生，他与同学在学校创业的时候，校方给他的合伙小组提供了一间工作室。一帮异想天开的学生常常在工作间里争论不休，商议如何经营自己的格子店。他们的跳跃思维与大胆想象彼此碰撞，激发出一些独特的思路与想法，且勇敢地付诸行动。十年后，王宁把他在校园创办的格子店放大了 N 倍，遍布全国，还布设在海外二十多个国家和地区。他的梦想是要做一个赢得人心的有温度的品牌。

为什么西亚斯培养出了这样的学生？这与西亚斯的教育模式、育人理念密切相关。当然，王宁仅仅是西亚斯毕业生的一个缩影：还有在商场里与死神争分夺秒抢救窒息孩子生命的王科霞；有众多在乡村关爱老人与孩子的志愿者；有建校以来在国内外诸多竞赛中荣获两千余项奖项的团队与个人……他们可以自由地选择喜欢的课去听，也可以开心地选择热爱的事去做。他们有一个共同的特点：相对于进校门时的自己，发生了连自己都不敢相信的突变。

大约在公元1088年，欧洲最古老的大学——博洛尼亚大学于意大利诞生，那应该是人类最初的大学城或大学校园了，一个学者和学生的自由聚集地。十一世纪晚期，一群渴求学问的学生为了相互交流学习汇聚在这里，他们共同投入智慧与资金，雇用教师授课。学生和教师成立有各自的组织，约类似于今天的协会。可以肯定地说，大学的模式与数量是一个持续的动态变化过程，在信息技术革命的当代，全新的泛在大学已经在传统的综合大学内蔓延滋生，但时至今日，大学这个人类恒久的组织，它求真育人的本质未变。它的稳定恒久状态仿佛是一个蕴含了无穷玄机的所在。大学的本质到底是什么？一位西方教育家说得好：大学的本质在于把一群优异的年轻人聚在一起，让他们的创造力互相激励，产生使他们终身受益的智慧。

在写作本书之前，我于西亚斯图书馆借了一些参考书，其中有一本是《俄勒冈报》原主编杰克·哈特写的《故事技巧：叙事性非虚构文学写作指南》。哈特在该书中结合自己写稿、编稿的成功案例，将枯燥的理论书写得幽默风趣且给人启示。我原计划翻翻而已，结果爱不释手，常常仔细品读其中的某些章节。哈特在书中说，故事叙述之所以得到如此广泛的运用，原因就在于它满足了人类的基本需求。

"世界提供事实，而作家需要理解这些事实的意义。"鉴于哈特写作理论的启示，我从大量采写资料中寻找出那些碎片的"故事"来，而后再从一个个"故事"中思考提炼出它们所蕴含的普遍意义。在开始写作本书时，我打开电脑，在最上面敲下黑体字"主题内涵陈述"，加上冒号。而后有些日子，我反复掂量那些对西亚斯全校呈辐射状采写的人与事。我很快就写出了提纲，包括章节标题，在某些章节之下还加注必要的场景叙事要点。对于一些有故事的人物，我甚至像设计师画图一般为他们各自描绘一张叙述轨迹图，就像盖房子要先打基础搭框架一样，这使我后续的写作有条不紊地进行。

学校是否优秀，就看其培养的学生是否因为这所学校而改变了人生或命运。我于电脑上的"主题内涵陈述"之后，敲出如下文字：西亚斯的博雅、全人、融合教育，纵有选择继承，横有借鉴移植，支撑起一个符合年轻人天性的国际教育平台，提供了多样化选择的机会，由此而改变着莘莘学子的人生，放飞了他们异彩纷呈的梦想！

2021 年 6 月 3 日
于太原

目录

CONTENTS

第一部　博雅

LIBERAL ARTS EDUCATION

第一章　烛光晚会

❧

创　伤

"我爱说话，好交际，但在高三很压抑，人家都不愿意与我说话，也不跟我玩，下课之后我还都在学习。说白了就是怕影响人家吧。我非常孤独，就是没有朋友的那种郁闷的感觉。各种情绪一天一天地压过来，都抑郁了……"在西亚斯国际学院图书馆一间安静的小研讨室，邹圆圆轻松地向我叙述着自己读高中的往事。

她是河南省鹤壁市人，读高中之前自我感觉良好，挺喜欢学习的。上高中时，她爸托关系让她进了市里最好的高中，还调到了最好的班里。之后，她就以高考为目的，每天刷题。她数学不是强项，爸爸专门给她报补习班强化数学。班里、学校均按每月考试成绩查看每位学生有没有进步，而后还要排名。到高三，变成了周考加月考。她的排名一直较差，到高三就有了厌学情绪，感到非常疲倦，似乎是不可避免地被卷进了高三生的疲倦浪潮。那个阶段，她时不时地看到有同学莫名其妙地把试卷撕掉，把书撕掉。这种视觉的冲击，使她心理的平衡摇摇欲坠，有一种随时都会崩溃的感觉……

就像她的名字一样，邹圆圆性格原本开朗，喜好说笑与唱歌，与同学关系融洽。虽说摸底成绩在班里排名靠后，但自我感觉其他方面不错，故而内心还保留着那么一点自信。可老师只看成绩，不认其他："我不管你其他方面有多厉害，我不看！你别给我搞别的，我只看你的成绩！"也就是说，老师只盯着她的考试成绩排名，其他方面的特长也好爱好也罢，一概视而不见，如果成绩上不去，你不会被老师关注。老师对她的态度是否定的，而且是随了她的成绩动态排名持续地予以否定。

那么父母呢？总该给孩子一些安慰鼓励吧。遗憾的是，父母居然与老师一样，看到孩子成绩排名迟迟上不去，也一肚子的不高兴。"他们也不吵我（说我），如果埋怨我，或者骂我，我倒好受些。想起来，我都想哭……"

那么同学呢？"我们学校有'清北班'，就是重点班，计划考北大清华、考'211'或'985'的学生集中在一起。他们单独在一个楼，配着最优秀的老师。我们非重点班的学生管他们叫'青楼人'。我们高中很厉害，平均每年有五六个或七八个考上北大清华等重点大学的。"当高中学校划出重点班与非重点班，且分槽喂养的时候，那些非重点班的学生已经感觉到了被忽视的伤害——不是重点培养对象。

邹圆圆在高中期间可谓背负三座沉重的大山：一座是老师的忽视与否定，一座是父母的不理解与埋怨，还有一座是同学各自埋头读书所形成的冷漠氛围。当然，这绝不仅仅是邹圆圆所背负的压力，整个河南甚至中国的高考生都背负着沉重的压力。

她挥之不去的噩梦是读高一时亲眼所见的恐怖一幕：那一天，他们班正在操场上体育课，离下课还有约二十分钟时，她刚刚下意识地看了一下手表，就猛然听到"嘭"的一声闷响，随即有学生喊叫：有人跳楼了！喊声是从教学楼上发出的，四层楼有个教室的窗口挤满了朝楼下探望的头颅。她立刻与同学们散开来向跳楼学生坠地处跑过去，同时教学楼内学生也都纷纷拥了出来。校医也很快来到现场。体育老师按照校方指令，不让上体育课的学生看，宣布提前下课，并驱赶学生回宿舍。很快，邹圆圆在宿舍里听到医院救护车不停的鸣笛。下课铃响后，学校解禁，她与同学们鱼贯而出，还是赶到出事地点想看个究竟。前后也就二十分钟，学生跳楼坠地之处除了有一块不规则的湿漉漉的印迹，连一丁点血色都没有了，就像没发生任何事情一样。

事后，她听说跳楼的是位来自农村的男生，他家境贫寒，学习很差，长相被同学嘲笑，在学校几乎没有朋友，极度自卑。事发前，该生当月的生活费被人偷窃，一时想不开……

邹圆圆高三的班主任是她曾经的初中老师，那一年春节过后，班主任找她单独聊："邹圆圆，你近来变了，变得不说话了。你怎么了？"她没有回答，低着头沉默不语。班主任继续问："你有什么心事吧？别瞒着我了，给老师说说，说出来就好了。"

她终于控制不住，哭泣着说："老师，我真的受不了了，有时候整夜失眠。我、我都有了从楼上跳下去的念头……"末了，她还带着哭腔补充说："我想跳楼。"

班主任上前拉起她的手，同时用一只手放在她的肩膀上，说："邹圆圆，你要坚强地挺过去，全国的考生都在为高考努力。你必须挺过去！"

邹圆圆第一次高考后成绩未达本科线。妈妈说上专科吧，老爸不同意，且给她换了一个私立高中复读。可以想见，她这个复读生是带着如何沮丧的心情走进新学校的。好在这是一所新组建的学校，第一次招高考复读生。学生来自四面八方，鹤壁市周围县区的人都有。学生都是或刚过本科线或离本科线不远的主儿，大家平等了，没有互相看不起。学校也没有划分重点与非重点班，邹圆圆也就没有受到歧视或曰忽视。那一年，她复读状态比较好，虽说比不上学霸，但在奋力拼搏。全班同学互不排斥，有时还相互讨论。老师比较和蔼，不管她问多小的问题，问多么可笑的问题，都能耐心地回答两遍。她的郁闷仿佛是冰冻的河流遇到了春风，一点一点地融化，整个人都在变。

2018年，她高考之后可报十个志愿，倒数第三报了郑州大学西亚斯国际学院，算是保底志愿吧。第一志愿是湖南女子学院，因为该校学费低，她不想再增加父母的经济负担。当她得知按分数逐级下调被西亚斯国际学院录取后，将自己关在屋里偷偷哭了。为什么呢？因为高中时就听同学们说：哎呀，别费劲了，大不了就去西亚斯呗。在好多学生的印象中，西亚斯学校非常漂亮，是贵族学校，是官二代、富二代的学校。她想着到了西亚斯，一定不会有同学与她交朋友了。爸妈特意找人对西亚斯了解一番，回家后对她说，都了解了，西亚斯挺好的，还是中外合作。你别担心学费了，爸妈给你。她都不等父母说完就说："你们出去吧！我要一个人待一会儿。"父母出去后，她狂哭一场。

等她哭完了，情绪稳定之后，爸爸对她说："孩子，你也长大了，要改变观念。别人说归说，到底怎么样，你要自己去感受。"

晚 会

西亚斯国际学院当年之所以选址落户郑州新郑，是因为新郑是国际机场所在地，学校距机场仅十多公里，这倒是契合了学校创办人陈肖纯的办学思路。他梦想创办一所国际化大学，那邻近的国际机场岂不正是通往世界的一架天桥。美国的大学也大都不将校址设置在喧嚣的都市中心，而是更愿意依托一个小城镇，作为所在地某个社区的中心，成为小城镇及城市发展的可持续推动力。大学选址的背后还有一个隐形的社会责任在起作用。当然，远离大都市的安静更利于学习做学问也是选址的重要因素。

建校第二年，1999级三百八十六名新生入校报到时遭遇了一场不大也不小的风波，这批学生在郑工大滞留了四十多天后才回到西亚斯校园。那天傍晚，下着瓢泼大雨。学校在体育馆举行了一个迎新生烛光晚会。学校首批学生——1998级，在体育馆门口屋檐下举着燃烧的蜡烛欢迎新生，且发给每一位走来的新生一支蜡烛，并小心翼翼地将其点燃。1999级新生举着燃烧的蜡烛走入会场，融入一片暖融融的烛光之中。台上学生载歌载舞，而台下球场外围一圈是教师和1998级学生，他们晃动着手中的蜡烛，用歌声与烛光将1999级新生围拢在场地中间，使新生们感受到了西亚斯校园的热情温度。这一天是1999年10月15日，是西亚斯第二次举办迎新生烛光晚会。第一次是在1998年的中秋之夜。这两次的迎新生烛光晚会还谈不上整体的设计，内容上也较为单一，但却是日后精心设计、内容丰富的大型烛光晚会的雏形。

其他学校办开学典礼是在白天，西亚斯是在夜晚，她将开学典礼与烛光晚会融为一体。这倒不是学校创办人陈肖纯搞什么标新立异，他认为这种隆重的仪式可以给新生留下一段美好、难忘的记忆，让他们感受到西亚斯校园的温暖，并可激发他们的学习热情。有一年，一位新同学在参加了烛光晚会之后，写出了这样的感想：烛光拉近了全校师生的距离，让新生更好地融入西亚斯学院这个大家庭；烛光让人感到温暖，让人听到大家真真实实传递出来的心跳；烛光让大家如此贴近，贴近学院的领导、老师，贴近西亚斯。

举办烛光晚会的初衷是借助这一有象征意味的文化活动，将西亚斯精神传递至当年新生的手上。由于大受新生欢迎，陈肖纯便对其进行了系统的设计，将自己的教育理念融入其中：他要给刚刚跨入大学校门的新生一个温暖惊喜、一个有益启迪、一个高雅艺术欣赏、一个高潮的激励。如同中国的春节有立春、小年、除夕、大年初一和正月十五，数千年来，中国人在这个最重要的传统节日仪式中得到了享受与满足。序曲、转折、高潮及结尾，其实人类已经在数千年的文明史中逐渐形成了审美的习惯。

在西亚斯烛光晚会的火炬与烛光的跳跃之下，还邀请中外知名大咖来为学生演讲。建校初期，在 2001 烛光晚会暨开学典礼仪式上，与西亚斯合作办学的美国百年老校富特海斯州立大学校长——爱德华·哈蒙德博士，发表了《思想的力量》的演说：

"……随着本学年富特海斯大学百年校庆的到来，富特海斯大学一百年来不寻常的历程将告一段落。所以，2001—2002 学年将是不平常的一年。当然，这与其说是一种结束，不如说是第二个百年的开始，它标志着我们堪萨斯州特色的高等教育又一个成功百年历程的开端。为了给这一具有划时代意义的事件一个特别的纪念，我给即将到来的这一学年起一个口号为'思想的力量'。'思想的力量'意思就是推理的力量或者叫思索的力量……也可以说是思考的能力。"哈蒙德仿佛是站在两个百年的衔接点上回顾与展望，一下子就回到了一百三十九年前："随着 1862 年《莫里尔法案》的签订，这一力量的限制有所变化，根据法案，成千上万的土地卖给了各州，并约法创办大学来刺激所谓

'思想的力量'的产生。随着林肯总统的挥笔，贫民与中产阶级就此获得了学习知识并寻求学术活动的权利，同时也在美国国土上释放了限制'思想的力量'产生的枷锁。"

限制或曰束缚"思想的力量"的枷锁真是被打开了，释放出来的是教育创造的奇迹：对人类进步产生巨大影响的电灯、电话、飞机、电报、电脑等被美国发明而造福人类。

2002年9月19日晚，天全黑下来时，西亚斯室外田径运动场上的灯光突然熄灭。当年的新生以连队为单位站在操场中心。院长许圣道宣布迎新生烛光晚会开始的声音一落，场地外围的学生纷纷将手中的蜡烛点燃，随即火炬手开始绕场接力，最后由一名火炬手跑上台将火炬交给了陈肖纯。他举起手臂点燃了台上巨型的火炬。顷刻间，全场师生的蜡烛一一相互点燃，并散开来组成了一个巨大的"SIAS 2002"图案。天上的星月此时此刻似乎也黯然失色。在主席台上，2001级的火炬手将象征西亚斯精神的火炬交到了2002级新生代表手上，学生们的欢呼声骤雨般响起。

陈肖纯身着黑色西装，旁边是熊熊火炬。他的致辞在夜空中回荡："……名人有梦想。我们每一个人都有自己的梦想。我的梦想是把西亚斯办成中国一流的具有国际化水准的大学！让我们携起手来，为了大家辉煌的明天，在西亚斯这片希望的土地上辛勤地耕耘吧，在齐心向上的情怀中共同奋斗拼搏吧！同学们，未来将属于你们！"

晚会上，中外知名大咖演讲之后，西亚斯音乐学院即为学生奉献上一场精心准备的音乐歌舞，对新生尤其是从县乡村来的新生而言，那无异于一场人生第一次享受的视听艺术盛宴。最后，还有在夜空中燃放焰火的高潮，让学生们欢呼不已。

从1998年建校至今，西亚斯每年都举办一届隆重的迎新生烛光晚会。欢腾的新生宛如被点燃了激情，他们欢呼雀跃，喜极而泣，流连忘返。支撑陈肖纯坚持不懈举办烛光晚会仪式的理念是："西亚斯注重用不同的方式熏陶学生，感染学生，这与用死记硬背或灌输的方式培养学生相比，是完全不同的模式。这些内容对培养学生更有作用，更能激励学生上进。它好像是一种活动，其实更是一种仪式，它的作用远远大于仅仅举办开学典礼欢迎新生的意义。在美国的学校，我没有看到过这种仪式，它包含了东西方文化元素。西亚斯引进了美国教育的好多东西，但这一个仪式是我自己的创新。我是在自己的学习生活经历中悟出一个道理，那就是仪式、行动、活动最能感染人，最能给人留下记忆……"

十年前的一个夜晚，西亚斯迎新生烛光晚会的独特壮观场景上了央视《晚间新闻》。我曾经问陈肖纯："西亚斯的迎新生烛光晚会很独特，还有点神秘感，这种仪式是东方的呢还是西方化的？"

"中西结合。"他肯定又快速地回答说，"点燃蜡烛是比较西式的，合唱、演出、焰火是东方式的。西亚斯好多活动都可以找到东方的元素和西方的影子。"

博雅教育即创新教育。从西亚斯的大型烛光晚会之中隐隐可以感触到"博雅"的影子，它更像一个多元文化的集中呈现。在爱与激情的氛围之中，每一位新生在此仪式中被平等关爱，从而在他们的心灵深处埋下爱人与爱世界的种子；各路大咖的演讲更是跨国跨界的人文荟萃，使学子们不能不产生对深邃广博知识的敬畏；高雅的音乐舞蹈歌声，传递出灵动跳跃的感情，从而开启他们看世界的第三只眼睛；焰火升空的爆响与绚丽，是激发他们浮想联翩的尾声。烛光晚会的火花给了他们视觉听觉与思维的通感，在这样一个激动并冲击人心的夜晚之后，想必学生们既会低头深思，又要仰望星空。

奥运火炬传递就是一种庄严隆重的仪式，为了保持火的纯洁性，为了坚持它纯洁的理念，甚至要求举办国到雅典的奥林匹亚圣山下去采集圣火，并以火炬传递的仪式，向全世界传播它的理念。谁又能说这火炬的传递仪式之中没有蕴含奥运的精神呢？

主　角

邹圆圆成了郑州大学西亚斯国际学院 2018 级新生，这一年恰好是该校成立的第二十个年头。9月初，她忐忑又内疚地随父母走进西亚斯校园的大门。她既怕在这里找不到要好的同学，还想着爸妈为自己复读一年已经花了不少钱，进西亚斯又得交一笔很高的学费。

爸妈送她到宿舍。见到几位室友，她主动聊天，没一会儿，就捣开了（调皮），笑着问人家："听说西亚斯是贵族学校，你们家里都很有钱吧？"大家七嘴八舌的，可大都说是县里或乡村来的。彼此一介绍，室友们家庭背景差不多，人也都随和朴实。学校饭菜也不贵，蛮合口味。她当晚就给高中同学发微信了，还配了好几张图书馆照片，说："不管你们怎么说，我开始我的大学生活了！"

紧张的军训随即开始了，但她提不起精神，心里总是丢不掉"复读生"的包袱，好像比别人矮一截，没有自信。训练时，有位部队教官对学生说："西亚斯是贵族学校，你们是不是官二代、富二代？"邹圆圆下意识地 了一声教官："不是！没有啊！"她这一带头，热闹了，同学们七嘴八舌地说："不是，我们不是。"教官这下记住了她。有一天，教官对着学生们夸口说："你们是大学生，我没有上过大学，但你们这么多人名中没有我不认识的字。"等休息时，可捣（调皮）的邹圆圆将自己的姓写在字条上，拿到教官面前让他看。教官挠头了，一时念不出来。邹圆圆乐出了声……

这下有戏了，等再次列好队，只听教官高声喝道："邹圆圆出列！"她愣神了，没反应。教官再次高声又喝："邹圆圆出列！"她跑步出列，站在队列前面。教官对她说："从现在开始，我命令你为方队标杆。"

所谓方队标杆，即在方队前面作为单人样板听着教官口令带队前进或转弯什么的。对于身后黑压压的服装整齐划一的队列来说，她出众了。从这一天起，她来了情绪。别人休息时，她仍缠着教官学习各种操练步伐，让教官一对一纠正她的姿势，以便使自己这个标兵走得像模像样。到了夜晚，她仍然处于兴奋状态:真是没想到唉，哇——，是谁为我打开了一扇希望之门？走进西亚斯校园之后，她是一个非常普通且蛮不自信的学生，原本想着老老实实做学生，根本没奢望去争什么抢什么，感觉自己也没有能力去争取。

军训太苦，她都快累抽抽了。整个军训期间，军服不能洗，女生不能化妆。有的男生都晕过去了，但她一直精神抖擞地坚持着。邹圆圆的年级辅导员老师的帐篷就支在军训队列不远处，她这个"标兵"自然也引起了老师的关注。一天，老师把她叫到一边问道："邹圆圆，你的英语怎么样啊，敢不敢与外国人说话？"

"还可以吧。"她想着自己读了两年高三，也背过不少英语文章的，便这么回答了。

"噢，我问了好几个新同学，都不敢说英语好。你来我帐篷一下。"

她随了老师走进帐篷，老师递给她一篇新概念英语文章，让她试着念念看。真是走运，那篇文章恰好是她高中时背过的，很顺利就念下来了。接下来可谓好运连连，她又被选上全校迎新生晚宴的学生代表。这一年西亚斯入学新生有九千多名。

9 月 17 日这天晚间 6 点，邹圆圆化了淡妆，身着新校服，穿了锃亮的皮鞋，扎了马尾，走进学校图书馆一楼宴会大厅。大厅灯光明亮，宾客如云，学生光彩照人，她时不时感觉自己像是在做梦一般，由一只丑小鸭变成了白天鹅……

在西亚斯，举办迎新生烛光晚宴是个传统，每年学校会邀请中外来宾与选出的学生代表共进晚餐，宴会之前会有部分中外大学校长们即兴讲演。这一次，学校从全校八个住宿书院选出十六位学生代表，每个餐桌有一位学生代表。主席台上，学校交响乐团演奏着轻音乐，陈肖纯理事长向大家一一介绍重要来宾，被介绍者当即从餐桌边站起来向大家招手。当邹圆圆所在这一桌上的重要来宾被一一介绍时，她都快惊呆了，天哪，同桌的竟然是其他大学的校长或书记，还有外国大学的校长。她早就在微信上见识过的网红人物——浙江大学党委副书记郑强，就入座在离她不远的另一餐桌。

她身边的一位大学校长亲切地与她对话：

"你好，请问你怎么称呼呢？"

"我叫邹圆圆。"

"你在学校做什么工作？"

"我是 2018 级新生，是新生代表。今晚，我们共有十六位新生代表出席，每桌一位。"

"你们的校服真是别致好看。你对西亚斯了解多少？"

"哦，我刚进校门不久，正在慢慢了解。我们学校外教多，校园文化活动可丰富。"

"你知道你们学校的办学特色吗？"

"哦，西亚斯的校训是：兼容中西，知行合一。我们有校歌，里面有校训的。"说着，她还为对方轻轻地唱了校训那一段。

"你知道陈肖纯吗？西亚斯学校的创办人。"

"我听说他非常厉害，但不知他怎么厉害。"

她说完自己先笑起来，校长也跟着笑了……

就在这个晚宴上，十六个学生代表在微信上建了群，发起人就是邹圆圆，她成了群主。他们一起围着陈肖纯合了影，还把陈肖纯也加在他们的微信群内。这下子，邹圆圆别提多开心了，她一下子就有了十六个朋友。之后，她给这个群起了个名，叫"颜值爆表小分队"。

晚宴结束之后，紧接着，十六个学生代表就参加了当晚在校体育场举办的2018开学典礼烛光晚会暨二十周年校庆启动仪式。天已经完全黑了下来，西亚斯全校师生人手一根蜡烛汇聚而来。陈肖纯先将台上八个住宿书院学生代表的蜡烛点燃，而后与他们一起走下主席台，将首排学生的蜡烛一一点燃，随即学生们将手中的蜡烛彼此点燃起来。刹那之间，黑压压的操场上万人灯火，星海一片，周遭暗夜似乎知趣地退出这片空间，呈现出了一块别样的星空。

陈肖纯在致辞中对新生寄予厚望："……二十年的岁月时光如白驹过隙，回想1998年5月建校伊始，西亚斯国际学院仅有二百名新生。两年后它勇立潮头，成为河南省唯一一所被国务院学位委员会批准实施境外学士学位教育合作项目的本科院校。……校庆，意味着怀念和感激，同样也包含着期许和责任。对在座的新同学来说是幸运的，这是西亚斯给予你们入学最厚重的礼物，你们将亲历和见证这一热烈而感动的时刻。希望你们站在二十周年校庆的崭新起点上，设定一个远大的目标并对自己的四年学习生活做一个全新的规划，与西亚斯一起携手并进。"

郑强代表浙大做主题演讲，他伸着手掌，一句一顿地挥着右臂说："……不是所有的国际学院都叫西亚斯，也不是所有的开学典礼都有烛光晚会。我认为，中国最牛的大学在河南、在郑州、在西亚斯！同学们，你们选择西亚斯是幸运的，不会白来，西亚斯将会使你们受益终身！"

第一位学生代表上去发言，他说："我只想说一句话，我爱西亚斯！"

郑强演讲时，邹圆圆乍一听觉得可夸张，可想想自己此时的心情又觉着好像有些道理。激情一点点地就被点燃起来。火炬接力传递之后，台上是歌舞表演，台下亦是载歌载舞。邹圆圆与身边的同学一边跳舞一边狂喊。反正，那一晚，西亚斯就是她心里最好的大学。

学生得到了关爱，有了情怀，才能进而带着激情与爱走向社会。只有知识而没有爱与良知的学生是悲哀与恐惧的。陈肖纯的教育理念是：不仅仅课堂教学是教育，校园文化活动也是教育，其中更为重要的是给他们爱，点燃他们的激情！

日后，邹圆圆抑制不住地对亲友们说出了她2018年9月17日那晚的感觉："那是我在西亚斯最精彩的一天。在高中我是一个没有积极性的学生，没有人关注我，可西亚斯太让我惊奇了，这个学校真有意思！那一晚的烛光晚会是为我们准备的，是为我准备的，我们每一个人都是主角。真的让我觉得彻底彻底地被改变，我彻彻底底的改变从那一晚开始。我想，西亚斯会给我更多的机会，会激发我无穷大的潜力。这就是我的学校，我找到了主场感觉。那一天，感觉我在做梦……"

大一结束时，她对自己有个总结："高中三年是创伤，复读是疗伤。来西亚斯之后的一年是疗伤与痊愈。哈哈，老师，我是不是说太多了？"

邹圆圆在高中三年甚至之前被应试教育所伤具有相当的典型意义。据"心理健康蓝皮书"《中国国民心理健康发展报告（2019~2020）》一书（社会科学文献出版社2021版）记载：2020年青少年的抑郁检出率为百分之二十四点六。研究者发现，在小学到高中阶段，随着年级的增长，抑郁的检出率呈上升趋势。小学阶段的抑郁检出率为一成左右，其中重度抑郁的检出率约百分之一点九至百分之三点三。初中阶段的抑郁检出率约为三成，重度抑郁的检出率为百分之七点六至百分之八点六。而高中阶段的抑郁检出率接近四成，其中重度抑郁的检出率为百分之十点九至百分之十二点五。也就是说，中国高中生的重度抑郁高达十分之一以上。

什么叫重度抑郁？重者悲观绝望，生不如死，甚至自杀。

西亚斯是邹圆圆成长的一条分界线，一边是创伤，一边是疗伤与痊愈。如果我们对这条分界线没有警觉，对过度的应试教育没有质疑，那青少年的抑郁检出率仍然会随着他们年级甚至年龄的增长而呈逐步上升趋势。疗伤不如无伤。倘若将西亚斯营造的符合年轻人天性的教育氛围前置于中学，那青少年的抑郁检出率又会呈现出一条什么样的曲线呢？

顿 悟

邹圆圆在西亚斯 2018 开学典礼之际成为九千多新生的代表，这事若放在别人身上或许认为不过是偶然机遇罢了，但对她来讲确实是一个新的非同小可的转变，她成了一位被众多学生认识的人。进大学校门不久，就有老师给予肯定，还交了好多朋友，这无疑让她自我感觉良好，原来自己也是可以被人认可的。

掩埋心底的喜好学习的劲头又如春芽般滋生出来。她是法学院的，第一学年下来，没有一门学科挂科，所有科目成绩优良。她充沛的活力还释放在了学生社团活动当中，她参加了校团委青年志愿者协会，还应聘成为校国际交流处的学生助理。受学长学姐影响，她一年主动做公益活动二百多小时。

西亚斯举办二十周年校庆期间，她主动报名当志愿者，负责接待西班牙乐队、中外大学代表团，凌晨3点去机场接机，协调乐队演出，做花车，忙碌时晚上只能睡四五个小时。校庆大型演出那一天，她就在台后面，前面台上的演出精彩纷呈，有人说不比央视歌舞晚会逊色。可她当时在后台靠在角落里，用手支着头睡着了。

做花车的那些日子里，她不知多少次地想撂挑子，想回宿舍喝冰镇西瓜汁和追电视剧，但也就是那么想想而已，看着手机微信群内不断更新的重要消息，她知道自己不是一个人在忙碌，同学们都在独当一面地忙着、准备着。如此拼的体验留下了深刻的体会：

"……我必须说！我们四个女生超级厉害，从一个铁架子到花车，都是我们四个女生自己做成的。记得从图书馆到田径场两头跑的我一瞬间崩溃过，记得我们几个人一起刷漆搞得一身黄色颜料，记得不管多难我们都挺过来了。花车推出来那一刻我们集体泪目的感觉。直到今天早上，正式表演开始前我们的心情是最复杂的，也是因为付出很多，小寒姐哭了，雨禾哭了……我们在观礼台坐第一排看到花车入场的时候，别人在看热闹而我的眼泪一滴滴往下掉。谁会看过程呢？所有人都在等着结果呢！但是那些经历过的人才知道这些冷冰冰的铁架和木块儿都是有感情的……我想过很多次，这么累有什么意义？那天彩排到凌晨，我站在体育馆门口，看到雨禾，我俩什么都没说只是抱了抱。有天凌晨2点钟，我回到宿舍楼时门已经锁了，珍妮在楼上喊了我一声，而后跑下来帮我打开门。那一刻，有种妈妈等我回家的感觉。今天我跟我接待的嘉宾告别，车子开走那一刻我站在万豪酒店门口开始哭，这是整个校庆期间我第二次哭……就像张博老师告诉我的那句话，从人与人相遇那天开始，美好的时光就都在倒计时！我希望，下次不管跟谁告别，我不会再哭了！写到这里，我仿佛找到了许多参与校庆的意义，这个过程我收获的成长，可能是我四年大学生活都不会再经历的，连轴转的生活今天就打板收官了，真的结束的这一刻又突然怀念起来这些日子了……我们与西亚斯的故事还没有结束，我们都超棒！带着这些收获和成长在以后的日子里继续发光发亮吧！"

她带着武汉科技大学代表团在学校参观时，其中的一位院长说：你们学校太厉害了，这是所有公办学校都没有办法模仿做到的，你们的学费真的很值。我们也搞校庆，不可能请这么多嘉宾，节目太精彩了。听着嘉宾这么赞美自己的学校，她的自豪感油然而生，数十天的辛苦劳累也烟消云散。

她仿佛变了个人似的，散发着青春活力，面对困难也发牢骚，但绝不认输，保持乐观心态。以往那个形影不离的郁闷的影子不知不觉离她而去。

大一第一学期，她接到了校国际交流处老师的电话：你是2018级新生代表吗？确认之后，老师邀请她参加该处学生助理团面试。她准备了中英文简历，通过了英语面试，参加了国际交流处学生助理团，业余时间协助老师做事，提升自己。她知道自己的弱点，心直口快，容易冲动，冒冒失失。有一天，老师让她去复印几份文件，上面还有校领导批示。她前一夜没睡好，注意力不集中，将复印听成了粉碎。不一会儿，老师问，文件呢？她说，粉碎了。老师急了：你在干什么？！那是校长批示过的，还有用啊！之后，老师有事会让别的同学去做。有时候，她还会帮着外教们报销票据，第一次，她将那些大额票据集中粘在一起，结果发现有一张的数字被盖住了，她就往下撕，准备重新贴。结果第一张撕下来的票据毁掉了数字。老师又急了，说：你不会就问呀，别自以为是。以后干什么，不明白的能不能先问问老师啊！刚当助理就连连犯错，老师分配给她的任务也明显少了，她感觉在国际交流处成了闲人，有点动摇了，终于有一天鼓足勇气对老师说，我老犯错，不想待了。老师说：你就因为一两件小事犯错就要离开了，不能如此任性吧？有错误改正不就好了吗！从此，她工作变得认真起来，打表格，核对文稿，超级仔细。不久，老师表扬她了：邹圆圆，你最近变化很大，仔细认真多了，加油！渐渐地她在国际交流处做得顺风顺水，老师还让她接待外国代表团，她的英文口语与社交、组织能力快速增长。

2019年9月，她在校园里的阳伞之下迎接新生，帮着新生填表，解答他们的各种问题。她还宣传法学院社团，介绍新生参加。有的学生就问她：你是社团部长，那我们加入之后跟着你工作对吧？一天下来，有不少新生这样问她，她内心就打鼓了，到了晚上一种迷茫感挥之不去。她后悔自己早先怎么没有竞选学生社团部长。

她的"颜值爆表小分队"闺蜜直言劝说:"你参加的社团够多了,都大二了,不要再追求什么虚的高度了,应该有自己的人生目标规划!"

"可我好不容易上了一个高度,难道还再下去不成?"

"你走在校园茫茫人海中,有多少人会认识你啊?我们不能又想学习好,又要虚荣。人要为自己而活,不是活在别人的眼光里。"

"你大二怎么就这么通透?"

"我大二了还不明白,那大四怎么办?!"

好友的提醒令她醍醐灌顶。她开始思考、规划自己的人生。她天性喜欢与别人辩论,好强,爱抱打不平。于是确定了自己的理想——当一名民事诉讼律师,将来专为别人打官司,维护公平正义,捍卫普通百姓的合法权益。于是,她平静下来,渐渐远离浮躁。

2019年9月17日,"颜值爆表小分队"十六位成员欢聚一堂,其成员个个了得,大都在学生会、团委等社团担任学生部长,也有的在校长助理团或校管理部门担任学生助理。他们的合影微信发给了陈肖纯和有关老师,照片文字注记为:小分队(大型活动志愿者)一周年谷渔村欢聚重逢。

陈肖纯回复短信:"看到你们这样快乐成长很是欣慰,有机会请你们吃饭!"

邹圆圆开始搜寻挖掘西亚斯对实现自己人生目标有益的优质资源。她报名参加了西亚斯"世界女性未来发展学院",去提升自己的英语表达与汉语演讲能力,拓展全球视野……

她的点滴变化有了蝴蝶效应……

第二章　博雅教育之梦

❧

时代转折机遇

陈肖纯出生于重庆，祖籍湖南。1977 年全国恢复了高考，无数青年可以平等地坐在考场里争取自己的深造机会了。陈肖纯的母亲王秀霞立刻敏感地意识到这是个解冻的机遇。机会能给人带来命运的转折，也会与你擦肩而过，这一点，王秀霞从家族的经历中看得非常清楚。陈肖纯的父母一商量，督促他立即开始补习高中功课，准备参加高考。彼时，全中国百废待兴，国民住房条件差，他们家亦如此，挤在一间十余平方米的小屋里。

那时，王秀霞在重庆市第一工人医院工作，想办法找了一间值班室，插空给陈肖纯用来复习功课。不久，值班室被医院占用，他父母又在医院附近四处打听，为儿子租了一个小格子间。陈肖纯即在那个周围环境嘈杂的格子间里进入紧张的复习状态。后来有一段，他去高中同学张洪兵那里复习，张在中学当老师，有单身宿舍。两人既有分工又有合作，共同复习，提高了效率。到了星期天，母亲带他去登门拜访那些当地有名的高中老师，给他划复习重点，解答一些疑难问题。

1978 年，他父亲陈纯武所在的单位机械局招工，为了照顾这位受过磨难的人，给了一个指标。于是陈肖纯就随着近二百名新工人进了家矿山机械厂。他被分在一个小组，天天接受培训。才正式工作一星期，工厂劳资科通知他去了办公室。科长客气地让他坐下，而后说：哎哟，小伙子，平时见你也不多说话，没想到突然就考进了重庆最好的大学。

恢复高考之后，中国大学师资严重不足，于是在一些重点大学新设立了师资专业。陈肖纯在重庆大学就读于新成立的基础学科系师资班。他是班里的文体委员，系里学生会文体干部。他成了班里文体活动的组织者，总是精力充沛地组织篮球赛，在文艺表演中充当领舞。他勤奋、热情，充满活力，是班上唯一连续三届当选的全校"三好学生"。

大学读书期间，学校里有几位外教，其中雷丁博士的讲座不仅提升了他的英语水准，也拓宽了他的视野。

1982年，他申请到了美国俄勒冈州位于麦克明维尔的林菲尔德学院的留学资格。该学院的宗旨是从精神、思想与身体各方面培养学生成为为人类服务的领导者，也就是让学生接受相对完善的教育。当年深秋，他只身一人登上了飞往美国的航班。地理课本上那个浩瀚的太平洋，地球仪上那个他只是用手指触摸过的太平洋，很快就展现在飞机的舷窗之下。他探头看着，甚至有些胆怯。"……但当我不再注视飞机巨大机翼下的太平洋时，血液里又激荡着一股激情，我在想象着美国的世界，并暗暗给自己鼓劲：将来要用智慧和力量去实现自己的美国之梦。"

到了麦克明维尔，他才知道除了自己当地就没有中国留学生。周围的人及学校觉得这个来自"红色中国"的留学生甚是神秘，他们大都对中国没有任何感性认识。彼时，当地正上映一部柬埔寨电影《骇人的土地》，该片以非常细腻逼真的场面展现了当地执政党杀人的情景，血淋淋的镜头让人惊心动魄，一群群的人就像鸡一样被杀掉。当时不断地有个人、学校、社团来请这位中国留学生介绍中国情况。他那时的英语对于美国人来说是结结巴巴，但他仿佛带了一种使命感，到处奔波，去对美国人或其他国家的留学生讲述祖国。他将自己看到、听到的中国改革开放以来的故事，讲给那些瞪大了眼睛的异国人听。这个异国他乡的先进科技、优美环境及陌生眼神，似乎慢慢地冷却了他飞越太平洋而来的火热激情，也常常令他感到一种莫名的深入骨髓的孤独。他给国内同学或是留学其他国家的中国同学写信，劝他们到美国的俄勒冈州来留学。有愿意来的，他就不辞辛苦地帮忙联系、申请。当地的大学也真是资金雄厚，对中国留学生给予很高的奖学金助学。

所谓的"美国梦"有多种说法，但其灵魂是：相信只要在美国经过努力不懈的奋斗便能获得更好生活的理想，亦即人们必须通过自己的勤奋、勇气、创意和决心迈向美好未来，而非其他。

与那个时期赴美留学的中国学生走着大致相同的人生轨迹，陈肖纯靠着打工，支撑着自己的学业不断攀升：1987年获美国林菲尔德学院教育学硕士；1990年获美国维拉米特大学工商管理硕士；1996年获美国人文大学荣誉博士。

作为终身学习的倡导者，他注重结合办学实践中遇到的问题不断深造，游学世界多所大学，曾赴哈佛大学校长班进修。

1989年，陈肖纯在美国洛杉矶办了一个工商管理培训中心，该中心与美国加州大学工商管理学院联合提供培训课程，主要宗旨是为中国赴美的专家学者和管理人员提供短期培训、业务考察，并为受培训者与美国同行的交流牵线搭桥。由于办得效果很好，还被国家外国专家局确认为中国境外重点培训机构之一。由此，他认识了许多国内朋友。后来，受朋友邀请，他也经常回国考察。他考察过陕西、河南、重庆等地的教育，那里的中学甚至大学的状况令他非常吃惊，他看到有的中学七八十个学生挤在一个教室里上课，食堂就是一个空荡荡的大房子而已，连吃饭的桌子也没有，学生们蹲在地上吃饭。有些民办大学硬件设施极其简陋，还不如发达国家的中学设施好。

二十世纪九十年代初，仅两亿多人口的美国有三千四百多所大学，而中国近十三亿人口却仅有一千零五十四所普通高校。巨大的反差触痛了陈肖纯的神经，他最初萌生的梦想有点天方夜谭——能否想办法为中国引进一点美国教育资源。这种潜意识深处流动的欲望，有点不由自主，常常跑出来困扰他，甚至徘徊在他的梦里。那时的留学生回国大都是办企业或搞商业，他的想法是创办学校，着实有点另类。

1996 年春天，郑州市市长陈义初在郑州一家豪华酒店接待陈肖纯。他们是多年的老朋友，之前河南省科委组织的官员学者赴美国考察，大多由陈肖纯的西亚斯工商管理培训中心接待。

陈市长举着酒杯，操一口江南普通话说："陈先生，你在美国、中国的企业办得那么好，是否考虑在河南发展一下？"

而陈肖纯举着酒杯并没有立刻接话，他沉吟片刻后微笑着说："我希望下一步在中国圆自己的教育梦，不要帮别人做教育，而是在中国办教育。河南学校相对少，我到河南来做教育怎么样？"

陈肖纯在酒席上的这句话一出口，竟仿佛成了他日后在中国办教育的行动口令，从此便开始了筹备与奔波……

落户黄帝故里

有了郑州市市长的邀请，陈肖纯从美国飞河南的频率高了起来。陈肖纯回国想在郑州办国际大学的愿望甚好，可那时中国还没有与外国合作办学的法律法规。幸好有一份国家教委颁发的《中外合作办学暂行规定》可循。他快速收集资料，考察调研，于 1997 年 7 月写出了一份《在中国筹建西亚斯国际商业管理学院设想报告》草案。该报告就中外合作办学背景分析写道：

"中国经济不断发展提高，人民也越来越富有，但经济的提高增长和整体文化教育水准还不成比例。中国目前有高等院校一千余所，这远远不能满足中国国情的现实需要，在与人口数量的比例上也大大落后于西方发达国家，如美国目前有两亿六千万人口，但各种大学和学院多达三千四百零六所。中国有限的高教设施，使目前的高中生大学升学率只有百分之二十八左右，使得大批有志青年被拒之高等教育门外。由于人口基数庞大，中国政府对教育的不断投入在不远的将来还是不能满足社会的需求。因此，发展私立或者中外合作大学是对公立教育的一大补充。"

河南省彼时的整体教育状况比陈肖纯考察的结论还要严峻得多。二十世纪九十年代末，按河南省教育主管部门资料统计，河南人口近九千万，占全国省份人口首位，但高等学校在校生仅占全国高校在校生总数的百分之四点一一；全国每万人平均拥有大学在校生二十一点七人，而河南省仅为十一点八人，居全国二十九位。根据河南人事规划部门的预测，到二十个世纪末，河南省各行业需补充六十到九十万高等专门人才，而当时河南省普通高校每年培养大学生总量为四万九千人。在河南省高等教育发展"九五"计划和2010年规划蓝图中，普通高校生应从1995年的十二万人到2000年达十五万人，2010年达到二十四万人。1998年，河南省有普通高校五十所，在校本科生为十二万两千四百人。从总体上看，河南在教育结构上存在的突出问题是：基础学科比重偏大，应用学科、新兴学科培养能力不足，专业设置重复比较严重，教育资源配置不合理，研究生培养能力不足，特别是普通高等财经教育培养外向型、复合性、高层次人才的能力不足，全省五十所高校中只有几所财经学校，普通高校共一千零六十七个专业中只有一百九十八个财经专业。

社会需求具有飓风般的旋转拉动力，它会冲击改变固有的模式。经河南省科委牵线搭桥，郑州工业大学迎合了陈肖纯苦苦寻找合作伙伴的迫切愿望，而郑州卫星城新郑市市委政府领导诚恳热情地欢迎陈肖纯落户黄帝故里。时任新郑市市委书记的岳文海，择机拉着陈肖纯考察新郑，其滔滔不绝的动人理由让陈肖纯差一点就误了当日回美国的航班。从那一天起，岳文海每隔两天就给在美国的陈肖纯打一个电话，他有自己的一套思维逻辑：精诚所至，金石为开。按当地百姓的话说，就是有那么一股子劲，锲而不舍。

岳文海曾对我说："电话打多了，真诚地邀请他，就会感动他，不来也不好意思了。"

炎黄二帝是中国人敬若神明的祖先，中原大地上的新郑，就是华夏始祖轩辕黄帝诞生、成就伟业和建立都城的地方。1998年，中国古都学会将新郑命名为中华第一古都。新郑市郊的始祖山上有一座轩辕庙，庙里陈列有木轮车和用古树凿出的小船。史书上说，是黄帝发明的车，所以叫他轩辕氏。还有煮饭的锅和甑、捕猎与播种的工具、居住的茅草房、原始游戏等，传说也是黄帝发明的。要说黄帝臣子们发明的东西那就更多了，包括惊天地泣鬼神的象形文字和乐律等。形象地说，黄帝既是部落首领，亦是发明创造者，是远古时代的博士，抑或说黄帝象征着中华文明源头的曙光。

炎黄二帝是中国远古时代势力最强大的部落领袖。《史记》上说，黄帝居轩辕之丘。"轩辕之丘"就是今天河南新郑的西北之地。当时黄帝为有熊部落的首领，所以又称他为有熊氏。至于神话传说中的黄帝就有些博雅气象了：在阪泉之野胜炎帝之后，黄帝曾经在西泰山会合天下的鬼神。于祥云之中，他坐着大象挽着的宝车，后面有六条蛟龙，毕方鸟为他驾车，蚩尤领着一群虎狼，内心不情愿但也无奈地在车前开路。雨师和风伯在车后打扫尘埃，更有凤凰飞舞在宝车的上方……

新郑是黄河流域的一片神奇之地，有八千年历史的裴李岗文化、五千年历史的黄帝文化、两千七百年历史的郑韩文化。《诗经·国风·郑风》里的那些美妙诗篇就出自新郑的溱洧河畔。然而，新郑人曾感叹道：此神圣之地正在被人们淡忘，黄帝已沉睡千年，只有黄帝故里的山水在痴情地守候。新郑人的感叹又何尝不是河南省的仰天长叹呢。二十世纪九十年代，河南省应届高中毕业生中有三分之二因高等学校的严重短缺而无法走进大学校门。那时，河南本土大学本省考生的录取分数线要比外省高近百分。

黄帝并没有沉睡，他宛如滔滔黄河流淌至今。沉睡的是不肖子孙。新郑市政府能够决策引进一所国际化学院在黄帝故里落户，本身就是这片厚土的苏醒。

1998 年 7 月，经国家有关部门备案批准，河南省教委准予登记注册，中美合作的郑州工业大学西亚斯国际工商管理学院正式领取了办学许可证。从具体设想到筹备成立，不过短短一年时间，可谓一路绿灯。中国改革开放以后，在中外教育合作方面，美国是最早与我们合作的国家之一。尽管当时中外教育合作的法律还不健全，但毕竟开放的大门已经打开，海风的气息扑面而来，尤其是决策部门高层对这一新生事物给予了重视与支持。从这个背景来看，西亚斯是走在了中国中外合作办学法规前面而摸索前行的。

1998年9月，西亚斯录取三百二十一名学生，实际报到二百五十三名。他们大都来自河南省郑州及某些地市，也有的来自北京、黑龙江等地。位于新郑的西亚斯校园是租用的，简陋又荒凉，但家长和学生们颇有信心。可以说，新诞生的西亚斯为二百五十三名新生和他们的家长拓展了一片神秘与希望的空间……

当年9月26日，西亚斯举办了第一次开学典礼，国家与河南省及郑州市部分要员、专家学者、新闻记者，共数百人参加了典礼仪式。陈肖纯在讲话中说：改革开放以来，西亚斯是中原大地唯一的一所中美合作的高等学校，是为了适应世界经济国际化竞争的新形势而创办的新型大学。西亚斯培养学生的目标为英语精、知识新、技能强、交际广的国际型人才……

西亚斯建校伊始，其培养学生的目标里已经蕴含了博雅教育的萌芽，所谓"知识新"即让学生开拓视野，站在人类文明的基石之上来仰望星空。

撒一把辣椒进去味道就不一样

在中国土地上办中西合璧式大学，不可或缺的应该是西方优质教育资源，至于中国教育，它就存在于这广袤的国土，学生就是天天吃西餐也忘不了丢不掉中餐的偏好。西亚斯国际学院除美国富特海斯州立大学派驻的三十余名外教之外，还常年聘任外教百余名。这样一种中外教师组合教学，给予在校生的"教育大餐"应该是中西特色合理的搭配了。

博雅教育，正所谓立德树人，其灵魂是培养学生健全的人格，使之具有社会情怀与责任，同时让学生站在人类文明成果的基础上去探索创新，从而造福人类。人类社会要可持续发展，地球才不会灾难频发。陈肖纯的梦想是"盗来西方教育之火"，培养中国博雅学生，使他们具有可持续发展的潜在动力与创新爆发能量。

西亚斯创办初期，陈肖纯还没有形成系统的博雅教育理念，那时只是引进。美国百年名校教育效果显著，那就引进一些内容来冲击中国千校一面的应试教育。在他的教育经历中，本身就有应试教育与博雅教育的冲击与对比。他反问自己，既然应试教育有缺陷，美国的教育出人才，那为什么不能引进中国让自己的同胞也受益呢?!

陈肖纯看到中国的《论语》《庄子》以及《孙子兵法》，美国也在学啊，美方是一种开放、接纳、包容的教育氛围。他说，中国如果没有改革开放，自己也不会到美国去深造；没有四十年持续改革开放，不会有中国的今天。中西方文化差异太多太多，但他想在西亚斯做个教育实验，让中西方教育在此碰撞。他相信，碰撞之后一定会产生更美的火花。

他有一句形象的比喻："来参观或考察的人，大多会说西亚斯的学生自信、开放、活泼、阳光，这自然与西亚斯校园文化氛围有关，与西亚斯校园里博雅教育的成分有关。就像炒川菜，撒一把辣椒进去，味道就不一样了!"

中国教育界大约自 2005 年开始提倡博雅教育，或曰通识教育，近年来又将"美"与"劳"嵌入培养目标之中，名为培养"德智体美劳"全面发展的学生。通俗地说，就是给学生提供相对完善的教育，而不是剑走偏锋。

北京四中校长刘长铭在近年的一次教育会上，说得比较形象：没有哪个国家的校长和中国校长相比，满嘴有这么多的口号和理念，谈起来都一套套的，但是，最缺少的是在现实中的落地。这一点，陈肖纯也深有感触，他说，博雅也好，通识也罢，全面教育的理念很好，但对其中每项模块的分解实施有吗? 体系完善了吗?

推行博雅创新教育理念与模式自然困难重重。人们没有见过，也不大理解，学生、老师乃至管理层大都是如此。

1998 年 9 月 19 日，西亚斯第一批学生即将开学了，按计划要在

9 月 26 日举行隆重的开学典礼。但问题多得按下葫芦浮起瓢。眼看着开学典礼一天天临近，可陈肖纯在美国聘请的第一批十名外教的签证手续却迟迟办不下来。这些外教，有的已经卖掉了美国的房子和汽车，全家等在洛杉矶的西亚斯集团培训中心里。为什么迟迟办不下来签证手续呢？经查询，原来是有关办事部门在拖延。陈肖纯原以为这就是协议约定的合作方的义务，就没有跟踪。情急之下，他给河南省省长写了个紧急请示。事情比想象的顺利，省长晓得外事无小事，知道这所新成立的中美合作的西亚斯对河南未来的意义，清楚它起步时遇到的沟沟坎坎，于是很快就做了紧急批示，要求有关部门抓紧办理。数天之后，聚集在洛杉矶的外教和留学生顺利地办好了签证，飞越太平洋来到了西亚斯。

这个艰难的起步，却仿佛是在太平洋上开辟了一条新的航线，从此将会有来自不同国家的教师学者源源不断地飞到中国，飞到西亚斯校园里来。同时也必将会有中国的教师学者和学生源源不断地从西亚斯这所校园里飞越大洋，到美国及其他国家去交流或读书，而后返回来为中国服务。

2000 年 7 月，在陈肖纯理事长与王甲林院长的多方努力、斡旋下，河南省教育厅发文批准：同意西亚斯国际学院独立承办外国文教专家及外籍教师的聘用、管理和使用工作。这是一个重要授权，也是个重大转折，它意味着西亚斯国际学院可以独立快捷高效地引进国外优质教师资源。

2001 年，中国加入 WTO 是个重大转折。法律法规诸多内容的变化在促进人们观念的转变，重塑人们的认知框架。那时的陈肖纯有个习惯，常常去教室观察教学。有一次，他看到老师照本宣科，学生也没有兴趣，有的低着头玩手机，有的还睡着了。老师讲完课也不与学生交流，在教室干私活。这对他的刺激很大："学校掌握着发文凭的权利，学生自然没有办法。可在知识社会，老师照本宣科那些陈旧的知识，不等于是在浪费学生的生命吗？！"

不仅仅是学生被动学习，老师也是被动教学。1949 年之后，我们的大学走的是苏联专业式教育的路子，几十年未变，学生进入大学校门前过早确定了非常狭窄的专业方向，连本专业领域的宏微观联系都不探究，更谈不上融会贯通。至于文理兼修更是天方夜谭。学生往往不是根据自己的天赋兴趣爱好与能力选择学习，而是被动地顺应社会潮流而定向学习。而欧美一流大学的本科教育，学自然科学的也须选修哲学与艺术，连艺术类学小提琴演奏的也要修高等数学，大学生对本专业之外的科目不是泛泛了解，而是有一定深度的学习。博雅创新教育对学生未来的思考力、创造力至关重要。无论是科学或艺术的创新，都是钟情于那些有情怀有知识有激情的人。

国家高等教育大纲对各类专业学习均有规范内容。但也有灵活部分，学校可自由安排。西亚斯从 1998 年建校伊始就在此"灵活地带"开辟出一片试验田来——教学实施计划中对各专业学生开设有音乐与艺术欣赏课。之后，在学校教学大纲中开辟学生自选课，敞开了科目，倡导所有非艺术类专业学生选修若干艺术类通识课程。如此一来，学生就可以根据自己的兴趣与能力，选修相应科目学习。将学习兴趣、能力与学习科目结合起来，自然会使学生有持久学习动力。

"一把辣椒"使西亚斯的教育味道发生变化，学生有了灵活选择，教育更加倾向于个性化、精准化。以博雅教育而闻名于世的耶鲁大学，对学生必修课的设置相对较少，学生反而可以根据自己的兴趣爱好选择别类课程，但条件是必须选择一些跨界课程。这应该就是"博雅教育"的"博"。

可"博雅"与"应试"毕竟是两个道上跑的车，走在一起谈何容易，而碰撞倒成为一种常态。但陈肖纯内心笃定，他的一把辣椒反正撒进去了——中外合作办学、师资引进、课程设置、翻转课堂、问题导向教学、社团活动等等。同时，他派中国教师去美国进修，推荐西亚斯毕业生去国外留学。他的视野在远方，他让西亚斯一点一滴地蓄积可持续发展的动力。动态地看，他更像是一位船长，不停地旋转着舵轮，于风浪行驶中竭力调整着航向——让习惯于被动学习的学生转为主动学习。他对西亚斯的管理者、教师及学生反复强调说："当学生发挥主动学习潜力时，相对于被动学习，效率会成倍增长，大脑留存记忆甚至可达到学习内容的百分之七八十以上。而被动学习，事后百分之七八十甚至九十的内容都会忘掉。主动学习，就是教师在课堂提出问题，吸引学生扣住问题主动思考，寻找解决问题的方案。比如讲中国抗日战争历史，你与其让学生死记硬背那些历史事件的背景、时间、地点、人物等细节，就不如提出一个问题让他们去分析思考：如果当年抗日战争没有胜利，中国今天的现状与世界格局会是个什么样子？"

毋庸置疑，被动学习是填鸭，而主动学习是激励。被动学习是一个郁闷甚至痛苦的过程，而主动学习是一个快乐且带兴奋的探索。当老师激发了学生主动学习的潜能，学生在互动当中便有可能燃烧起活力四射的火苗。

如今，西亚斯校级社团已经发展到二百多个，更有下属各专业学院众多社团星罗棋布。每年秋天新生入学之际，校园空旷之处，皆是学生社团招聘新成员的宣传摊位，可谓是社团林立。"去参加活动吧！一句话，到校园里去找适合你的社团！总会有一款适合你！"这是学校老师给新生的一句典型的指导语。

社团成立了就要活动，西亚斯校园犹如学生自己的乐园，学校为社团提供活动场所，行政楼、图书馆、教学楼地下室均有社团办公室。如此，校园不那么安静了，社团活动大有你方唱罢我登场的活跃频率。学校有些人不理解了，有人说，我们非常欣赏以课外活动的形式培养学生的能力，但不能太过。大学生活嘛，学习与活动就像车上的两个轮子，缺一不可。学生要有时间静下心来读书和思考。这话没错，代表了学校部分教职工包括部分学生家长的意思。

但陈肖纯不为所动，他坚信社团活动是学生的第二课堂，也是博雅教育不可或缺的组成部分。他还有个期望，没准社团之林中会走出未来社会的一些精英领袖呢。二十多年来，西亚斯学生社团活动从未停止，从八百人的管乐团，到几个人的"维堂小报"，学校一律扶持。陈肖纯在学校会议上不厌其烦地说：你们到美国大学看看就知道了，我们的一些老师学生也去看过，他们的学生社团活动比我们还要多。

没错，精英不是仅仅靠课堂能够培养出来的。耶鲁大学就有数百个学生课外社团，该校毕业生中灿若群星的社会各界精英，好多都得益于学校社团的历练。自由活跃的校园学习环境无疑是培养学生的沃土。2012 年 4 月，复旦大学原校长、宁波诺丁汉大学校长杨福家赴美国访问博雅学院时，问耶鲁大学校长莱文，你为何能够培养那么多的领袖呢？莱文微笑着回答道："我有二百五十个学生社团，就有二百五十个小领袖，将来一定能产生大领袖。"

2019 年 5 月，西亚斯校园的"学生活动中心"大楼建成并投入使用，该建筑外观类似城堡风格，活泼与神秘气息交融，建筑总面积为二万二千九百六十一点一六平方米。学生活动中心是全校学生社团的办公枢纽，异彩纷呈的社团在宫殿般的楼内有了自己的办公与活动场所，那是他们的家或者说是俱乐部。大学都有学生社团，无非是多寡之分，但能将一座独立的两万余平方米的大楼提供给学生社团使用，在中国的大学里肯定是凤毛麟角。

博雅、通识直至德智体美劳教育，其理念是一脉相承的，然而正如刘长铭所说，实施起来落地难。西亚斯知难而进，循序渐进地让博雅理念落地生根。

吴华副校长是西亚斯现任校领导班子中最年轻的一位。他是西亚斯 2001 级学生，在校期间为学生会主席；毕业后曾到美国富特海斯州立大学留学，获传播学专业硕士学位，留学期间曾担任哈蒙德校长学生助理。

陈肖纯的"一把辣椒"究竟发挥了什么作用，吴华曾经对我概括地说：

国内民办、公办高校当下重视博雅教育，教育部 2019 年倡导高校推行书院制，其实这些内容西亚斯在创办早期就或多或少地予以实践。西亚斯校园的文化氛围及特色与创办人陈肖纯的理念是密不可分的，也可以说就是他教育理念的表现。

陈肖纯先生信念笃定，他内心知道西亚斯走什么路，往哪里走。在筚路蓝缕的办学路上，他最大的特点就是坚持与韧性，没有人能够随便成功。二十多年来，无论经历多大的困难，他从来都没有放弃过。他办事认真，精力充沛，对来自学校的各种请示报告，均逐一批示处理。最近，他给我的一份批示居然有六七页纸。现在谁还用笔费这个劲来写这么多文字，这不仅是体力精力问题。创办国内一流教育是他的事业，也是他的梦想。

记得，有一年在学校中高层干部培训会上，有人提出某某学院的录取分数线超过了西亚斯，于是会上一片喧哗。但陈肖纯笃定，神情淡然地说：大学不是高中，我们不能为了提高考试成绩，强迫学生不出校园死读书。学校水准绝不能完全用学生的考试成绩来衡量。我始终坚持我的办学理念。

他就是这样，愿望目标一个接一个地实现了，有些梦想是别人想都不敢想的，他做了并取得了成功。如早期，他拿一个木牌插在一片空地上，说这里将来为学生盖个游泳池；还指着学校北边的空地，说我们将来要在那里建一个河南一流的图书馆。回头看，梦一般都实现了。他相信自己，相信未来，有远见有规划，一步一个脚印地走过来。

概括地说，西亚斯国际化特色包括环境、师资、课程、管理理念与团队等特点。

西亚斯校园建筑外观大都用大理石，成本高啊，一看就不是短期行为，从办学那天起，陈肖纯就打算办一所可持续发展的名校。他的理念是，只有好的校园环境才能吸引好的师生，因为校园环境与师生息息相关啊。回头看，这是对的，现在国内外来宾络绎不绝地来参观访问，大都说西亚斯校园建筑非常独特，有吸引力。

西亚斯常年聘任外教一百五十名以上，这相对于聘任中方老师来说，当然成本高。而且我们对外教的学历经验要求也是在逐年提升。好多外教愿意长期留下来，有的在西亚斯任教年限几乎与西亚斯同龄了。西亚斯外教居住公寓，就类似于一个国际化社区了，学生们在那里与外教自由交流，课堂内外的国际化教育交流在推动着学生素质与成绩的提升。比如一年一度的国际文化周，别的学校也搞，但好多是形似而神不似。西亚斯的国际文化周一搞就是一周，实际上是叫国际文化周更准确。

西亚斯课程设置中有美方学位课程，有外教课程，有学生自由选择课程，中西合璧，立德树人，那博雅教育的元素就蕴含在对学生教育及考核的过程之中。

"一切为了学生，为了学生的一切！"西亚斯校园文化活动多，接待国内外来宾多，好多活动都是国际化的，如西亚斯的世界女性论坛已经连续举办了十三届。通过活动抓管理，锻炼队伍，给年轻干部提供了提升的机会。

学校育人成功与否就看毕业生。西亚斯有一个现象，毕业后走向社会的学生对西亚斯有认同感。西亚斯原本是郑州大学的二级学院，2018 年经国家批准单独设立。郑州大学是河南省唯一的"211"与"双一流"啊，可西亚斯毕业生在社会上大都自豪地亮明身份：自己是西亚斯毕业的。西亚斯从郑州大学分立出来之后，面对当年一百零八万高考生的现状，学校内部好多教职员工担心甚至预计当年招生肯定会受到特大影响。招生中，校招生办也明确告知考生及家长，从这一年开始，西亚斯录取的新生将不再拿郑州大学的毕业证，而是拿郑州西亚斯学院或美国富特海斯州立大学毕业证。但招生结果证明并没有受影响，当年招生万余名。高考生报志愿，他们的家长包括考生本人当然会千方百计四处打听，会找到身边曾经就读西亚斯的学生咨询。这就是口碑效应，说明西亚斯二十年历程打造的品牌被社会认同。如果口碑不好，就不会有这样的局面……

早在 2003 年，笔者曾对陈肖纯做过一次访谈，说到西亚斯办学理念，他说："……什么叫高等教育？你还用低等方法教育学生，就不叫高等教育。美国高校主要拿新知识、外来知识、边缘知识来补充它的课本知识。要改变，难度不在于政府的改变，而在于本身培养师资来改变。如果师资都是固定的，人大都是不想改变的，因为要改得花精力，有许多不稳定因素，这需要一代两代人来推动，靠国际教育改变的推动，靠中国教育改革的推动。现在中国教育管理部门已经注意到了，以中国社会的发展来推动教育的改变。大国统一的教育模式中，最最欠缺的是作为一个人的全面素质培养。如体育、艺术，增加人激情、灵感的这些素质，对创新来讲很重要。没有全面素质的人很难有造诣。要从小学到大学来改变。当然我知道，我们中国人非常聪明，悟性很好。中国加入 WTO 后，看到了高科技发展的迅猛势头，因此促进中国改革。中国入世对西亚斯办学的环境有改善，中国调整政策与国际接轨，改变了许多人的思想看法。现在，中国发布了中外合作办学的法律，政府有远见，非常高明。如不发展教育，永远落后于世界，说二十一世纪是中国的世纪，就是一个玩笑。教育不发展，经济就衰退。未来，西亚斯学院将不再是独一无二，而是成百上千……"

十八年前，陈肖纯的"引进"背后有一连串的疑问与思考；十八年后，从他当年的谈吐里还可以看到西亚斯早期博雅教育梦想的清晰雏形。有时候他会用最直接简单的说法来表达自己的信念，他认为中西教育的融合碰撞，产生了西亚斯的特色与核心优势："中国是世界的一部分，如果我能利用中国与美国的人才，办东方中国的教育，那么，肯定比中国当地的人才优势大得多。"回味他的这些话，我倒是觉得他的教育理念已经超出名校博雅教育的范畴，有了跨校跨国东西方强强联合的思考，是放大了的"博雅"思维，是从博雅教育中滋生出的一枝新芽。

德不孤，必有邻

在西亚斯成立五周年之际，2003 年 9 月 1 日，国务院颁布了中国第一部对外合作办学法规——《中外合作办学条例》，其总则规定：国家鼓励引进外国优质教育资源的中外合作办学。

中国改革开放后的中外合作办学，是指外国教育机构同中国教育机构在中国境内合作举办的以中国公民为主要招生对象的教育机构或项目。截至 2020 年年底，中外合作办学知名的有上海纽约大学、西交利物浦大学、昆山杜克大学、宁波诺丁汉大学、北京师范大学 – 香港浸会大学联合国际学院等；至于中外合作办学项目更是国内重点大学持续不断地对外合作交流的窗口，仅 2020 年一年，教育部就批准三十二个本科以上中外合作办学项目。

在 2008 年的西亚斯新生烛光晚会暨开学典礼仪式上，陈肖纯于演讲中说："……西亚斯国际学院经过十年的艰苦办学，实现了中美教育模式、教育资源的有机结合和中西文化的相互交融，培养的学生以广泛而扎实的技能，凸显了英语精、知识新、技能强、交际广的特色，已成为国内同类高校中较有影响力的国际性大学。"

他还特意给新生提了希望："要注重全面发展。从中学生到大学生，从被动学习到主动学习，除了专业知识的拓展外，更重要的是人生阶段的转换。你们不但要学会学习，还要学会做事，更要学会做人。希望同学们以大学学习生活为人生的起点，认真思考人生，科学规划人生，脚踏实地实现自己的人生目标和人生价值。"

"学会学习，学会做事，更要学会做人。"——这正是"博雅教育"的精髓。做人第一，修业第二，这一点，东西方教育的目的要义非常相似。这是人类教育的精华所在。

孔子曰：君子不器。教育的目的是培养有修养有道德的君子，而绝非是培养具有单一技能且没有思想的"工具"。

古希腊百科全书式的哲学家亚里士多德有名言：我爱我师，我更爱真理。

中国古代，教师具有崇高地位，亦有尊师爱生的优良传统。"昔孟母，择邻处，子不学，断机杼。"孟子自幼好学，受业于孔子之孙子思，他一生崇拜孔子，自称"乃所愿，则学孔子也"。因继承和发展了孔子的学说，有"亚圣"之美誉。可孟子对孔子整理过的典籍也有质疑："尽信《书》，则不如无《书》。""吾于《武成》，取二三策而已。"（《孟子·尽心下》）此处的《书》指《尚书》。

美国耶鲁大学校长杰里迈亚·戴于1828年发表的《1828耶鲁报告》，是十九世纪最有影响的高等教育文献。该报告强调博雅教育的重要并对其精髓予以详细阐述：

> ……一个在专业上出类拔萃、具备全面知识并拥有高尚的品德的优秀人才，才会对社会产生指导性的影响，并在多方面有益于社会。他的品质使他能够在社会的各阶层散播知识之光。
>
> 大学的目标是什么？应该是为优良的教育奠定基础。完整的教育的基础必须是广博、深入和坚实的。
>
> 在智力教育中，最重要的是使学生有责任感，激发他们学习的原动力，以使他们最有效地使用自己的智力资源。
>
> 我们常见的教育模式如同一棵钻天杨，它的成长方式是单薄的、脆弱的、不健康的。而我们更希望我们的教育模式像一棵榆树一样，不仅根基深厚，而且枝叶繁茂，它将随着时间的推移显得越发可敬。
>
> ……

德不孤，必有邻。——先贤的这一哲言经得起时间的检验，它甚至可以作为解开"轴心文明"与当代文明之谜的一把钥匙。

中国科学院院士杨福家先生深谙东西方教育的优势与差异。他曾坦率地说："我对博雅教育的认识和体会也不是一蹴而就的，在任复旦大学校长时，并不了解博雅教育。"

二十一世纪的第一天起，杨福家担任了英国诺丁汉大学校长。在这前后，他还数十次地赴美考察博雅教育。在比较英美与中国高等教育之后，他悟到："博雅教育是中国教育提升的方向。"为了提升中国教育水准，他回国践行自己的博雅教育理念，于2004年开辟了一块试验田——宁波诺丁汉大学，并担任校长至今。

美国早期高等教育是从英国引进的，之后在数百年的发展史中，又广泛吸纳、融合世界优秀教育模式及方法，从全球吸引人才，终于创新出世界一流的高等教育。世界上一流大学的本科阶段大都实行博雅教育。

杨福家先生梳理了国内有关博雅教育非系统抑或碎片式诸多文献说法，且将欧美博雅教育的历史与现实这本"巨著"提炼得极其精练清晰：国内所谓的通识教育提法，实际上应该是博雅教育。"博"为广博的知识，"雅"为优秀的个人素质。

英美在博雅教育方面的差异并不很大。他将其归纳出五个共同要素。

一、博：文理融合，学科交叉，在广博的基础上求深度；博学多闻，博古通今。

二、雅：做人第一，修业第二。

三、以学生为中心，学校把育人放在一切工作的首位。

四、鼓励质疑，"我爱我师，我更爱真理"，并在以小班课为主的第一课堂得到充分体现；博学而笃志，切问而近思，仁在其中矣。

五、非常丰富的第二课堂：为数众多的学生社团、各种社会实践活动和学生参与的科研项目，在学习生涯中占有非常重要的地位；知行合一。

杨福家还特意指出："博雅教育强调做人第一，修业第二，这一表述在中国儒家经典，甚至是蒙学发蒙读物中随处可见。"

西亚斯国际学院的校训为：兼容中西，知行合一。其博雅元素自然蕴含其中。

2005年9月的一天，时任中共河南省委书记、省人大常委会主任的徐光春于西亚斯校园考察一番之后，站在学校行政八楼的弧形阳台上，俯瞰着校园向随行人员问道："在国内像西亚斯这样成功的中外合作院校有多少？"

随行调研的河南省教育厅厅长蒋笃运回答说："很少。西亚斯国际学院虽然办学时间短，但是特色明显。"

郑州大学校长申长雨也当即说："西亚斯优势突出，很成功！"

那时，徐光春由国家广播电影电视总局局长、党组书记位置上到河南走马上任才九个月，西亚斯国际学院令他耳目一新："你们有这么多风格各异的楼宇，这么多异域风情的街道，这么多教黑头发中国学生的洋教师，师生们精神饱满，朝气蓬勃，思维开阔，你们这种中西合璧的联合办学模式是河南省独一无二的。"

徐光春应该是见多识广的。他概括地说："来到西亚斯我有两个最突出的感受：第一个感受是很新鲜，第二个感受是很自豪。"

接着，他面对陈肖纯问道："我看西亚斯有一点不足，就是有些拥挤。这么好的大学，占地多少亩呢？"

陈肖纯笑了笑，说："只有五百多亩。"

徐光春望着校区北边的空旷之地，转身对着随行的郑州市领导说："应该再给他三个五百亩嘛！"他当即要求随行人员更好地创造条件，使西亚斯国际学院以及其他各类院校都能够健康发展，为社会输送更多优秀人才。

徐光春对西亚斯的办学特色十分感慨，他在当日下午对西亚斯师生的讲话中说："在这样一个中国经济社会发展非常重要的历史时期，人才建设尤为重要，有了人才就有了一切。河南作为资源大省，第一资源就是人力资源。每个学校都要办出自己的特色。特色体现在办学方向上，体现在办学模式上，体现在人才培养的社会适应性上，有特色的大学才能够培养出有特色的人才。"

之后，他又在中央电视台《中原崛起》栏目访谈中自豪地谈到西亚斯国际学院。他对观众说："如果你们有机会，请到河南的西亚斯看看去。"

陈肖纯当然知晓民国时期北大校长梅贻琦的名言：所谓大学者非

大楼也，乃大师也。但他有自己坚定不为所动的理念："时代不同了，没有好的大学环境与先进的设施，如何培养创新人才？西亚斯就是要先盖好的庙，而后吸引会念经的和尚。"他特意从美国请来著名建筑设计师彼得·M.维斯，做西亚斯校园整体的建筑设计师。老师们观察仔细，说在西亚斯从装扮上就可以看出是大几的学生。那些农村来的学生，大一期间大都雷同，服饰简单，颜色灰暗，也不化妆。但一到大二就纷纷变了，穿衣比较讲究美感，样式好看了，女学生们也开始着淡妆了。

陈肖纯则有更为深层的考虑，他说："西亚斯有好多农村来的学生，你不能总是指责他们随地吐痰。但你把校园环境搞整洁搞漂亮了，时间一久，他们也就不好意思随地吐痰了，慢慢地就改变了以前的习惯。这也是环境熏陶教育，西亚斯作为一所国际化学校，不能让学生仅仅从课本上了解文明与世界，校园环境也给他们打开一扇感知世界的窗口。"

2010年，经许嘉璐先生推荐，陈肖纯邀请具有执掌国际化大学丰厚经历背景的郭少棠先生到西亚斯参观讲学。当年8月9日，北京师范大学－香港浸会大学联合国际学院（UIC）常务副校长郭少棠教授与UIC全人教育办公室主任郭海鹏博士应邀来到西亚斯。当日下午，陈肖纯与郭少棠一行相互交流之时，郭海鹏只是默默地听陈肖纯的介绍，并没有发表什么意见。之后，郭海鹏在陈肖纯的陪同下参观校园。陈肖纯一边导游，一边继续介绍西亚斯的校园文化。

当西亚斯风格迥异的建筑群在郭少棠视野里逐一呈现时，他有些惊诧，一边走一边说："陈先生，我此次河南之行，有两个没想到。一是没想到在内地居然有西亚斯这样的学校，而且是已经办了十多年。二是您介绍的西亚斯博雅、全人教育实践让我没想到，这都是我们香港的国际化大学一直在做的。多年来，我与好多大学谈，人家不理解。没想到西亚斯已经做了多年。"

陈肖纯苦笑着说："西亚斯开始做，也没办法让人懂。时间是有限的，我们总得给学生多提供一些有价值的新鲜的东西。"

郭少棠进一步聚焦试问："关于博雅教育，内地教育界说法不一，也有叫通识或素质教育的。准确地讲，应该追溯博雅教育的本意。这一点，您怎么看？"

陈肖纯点头说："那自然是。准确地说应该是'Liberal Arts Education'。"

郭少棠继续问道："那西亚斯围绕'Liberal Arts Education'主要做些什么？有什么好的措施吗？"

说着说着，他们就止了脚步，陈肖纯如数家珍般侃侃而谈，从引进相当数量的外教到与富特海斯州立大学的合作；从通识类课程设置到翻转课堂、问题导向教学；从校园社团林立到中美文化的高频率交流；从开启学生全球视野到教育学生担当社会责任……

末了，他低调地说："西亚斯关于博雅、全人教育的内容，还只能算是零星引进，比较松散，没成体系。但是有中原博大精深的历史文化根基，有欧美优质教育理念与方法的引进，就出现了不同的教育效果。如果说西亚斯与河南其他大学有什么不同，那不同就在于引进。"

郭少棠笑了，赞许说："你们是内行。"

第二天上午，郭少棠与郭海鹏兴致蛮高地为西亚斯管理与教学骨干人员做了一场学术讲座，重点对UIC的博雅教育理念和独具特色的全人教育模式予以介绍。

陈肖纯明白，由他这个西亚斯创办人近距离地对西亚斯教职员工讲解"博雅与全人教育"，效果会大打折扣。他是借助于外来之力系统推进西亚斯的创新教育。这一次，陈肖纯还聘请郭少棠先生为西亚斯的"教育顾问"。

第二年春天，郭少棠又邀到美国宾州州立大学、明尼苏达私立大学等学校学者到西亚斯考察讲学。西亚斯的教育现象引起了他的极大兴致……

2009年5月30日上午，西亚斯国际学院举行隆重的十周年校庆。陈肖纯快步走上主席台，面对海内外来宾，面对从中国各地乃至国外归来的西亚斯毕业校友，面对一万八千多名在校学生和全校教职员工，他回顾了西亚斯的十年历程：

"……经过十年的辛苦耕耘，学院在拥有自身教育资源的同时，还共享郑州大学和美国富特海斯州立大学的优质教育资源，并有美国政府批准成立的由资深教育家、社会名流组成的西亚斯基金会和美国教育顾问团对学院办学的支持和督导，通过引进国际先进的教育管理模式和人才培养模式，逐步实现了中外优势互补、中西文化融合、教育资源交汇、中西合璧的独特办学机制。"

这一年，西亚斯已经与美、英、法、日等十九个国家和地区的三十所高校和机构建立了校级合作关系。

陈肖纯在演讲中骄傲地说：2005年以来，我院学生在校外各类比赛中获奖百余次，其中全国性和国际性的奖励十七项……我校毕业生就业率已连续四年在全省保持前列。2008年，学院获"中国十大中外合作院校""中国最具就业竞争力院校"两项荣誉称号。

在十周年校庆之际，美国西亚斯基金会第六任主席杰瑞·尤贝乐对该校未来发展的预测具有哲学意味："中美双方都不知道未来发展的具体形式和结果，我们已经有了一株幼苗，她将会成长为一棵融合双方元素的新的树种。现在不可以得出答案，双方合作融合才可能有答案，任何单方的答案都是不完整的。"

第三章　倾听堪萨斯国际学院

❧

携手美国百年老校

陈肖纯对中美高等教育均有切身体验，到二十世纪九十年代末，他飞越太平洋折回中国办教育时，自己近四十年的年轮大约在中美各占一半。"硬软件之差不说是误人子弟，至少没法用高等教育来描述当时民办教育的落后，最多是一种知识面的补充，太欠缺高等教育的内涵和形式。"这是他办学前对国内某些民办高校的印象与质疑，就他的教育背景来说，自然不会愿意做个补充，或加入千校一面的第一千零一面。

西亚斯创办成立当年（1998），陈肖纯即在美国马不停蹄地四处打听，想寻找一个合适的大学谈合作。他开着车飞驰在加州高速公路上，只要是有可能的合作伙伴或朋友，就去考察或拜访。此时，好多朋友向他推荐了一个人——移居美国四十多年的南加州华裔著名社会活动家谢启蒙博士。

陈肖纯拜访了谢博士，两个人的对话简洁而又明快。

"我搞教育时间不长，需要您的帮助。我问了许多人，他们都让我找您。说您热衷国际教育，一定会有办法。"

"很好，我尽力帮忙！有钱帮钱，有力帮力！"

"您是华人，我也是，我想为中国教育做点事情。"

"好的，我一定帮你！"

"西亚斯国际学院已经在中国郑州办起来了，我想请您有机会去看看。"

"你这个学院要搞下去，一定要有别于其他大学，要与美国的大学合作起来办，这样才有吸引力。我与你一起来跑。"

……

两位一见如故，谈得很是投机。谢博士近六十岁了，他很欣赏陈肖纯这位年轻人的意志、思想和激情。

谢启蒙早在 1983 年就到中国考察过教育，他到复旦大学讲美国经济和银行制度，在台湾也讲学，还代表加州的海滨大学与清华、北大也有交流。他愿意帮陈肖纯在中国办中美合作教育，并不是突发奇想。他的同事彼得·万达·海靳博士——美国远程教育的倡导发起者，在美国高等教育领域工作三十余年，海滨大学副校长，看到他这样不容易，便给他帮忙。海靳博士对谢启蒙说，有个朋友在堪萨斯州富特海斯州立大学任职。该校位于美国中部，也许价格不会太高。谢启蒙听了非常高兴。

1999 年 3 月的一天，他约了陈肖纯一起到海靳的办公室。他们聊了一会儿，海靳便微笑着要他们稍等片刻，然后拿起电话接通了富特海斯州立大学校长助理莘迪·埃利奥特女士，而那时她正准备离开自己的办公室赶往飞机场呢。

"哈喽——！我有一个问题问你，不知你是否有兴趣。你愿意把你们的课程介绍到东方的中国去吗？"海靳简直就是以一种随意的口吻问道。

"非常有趣！你开什么玩笑？但是对不起，我正在准备前往海斯国际机场，要去丹佛市的一所大学。而且我没有时间和你说话！"

"不不不，我也没有时间开玩笑，是认真地在说一件非常非常重要的事情。我只需要你几分钟时间，那么你要多长时间到海斯机场？"

"彼得，我就在海斯居住，它花不了我多长时间，我大约十分钟后到机场。"

"OK！请你到了海斯飞机场打电话给我！我就两句话。"

等到了机场，埃利奥特回电话给海靳："哦，彼得博士，请说吧，两句什么话？"

"富特海斯是否仍然对国外学生提供课程？"

"是的，我们仍然提供。"

"你们能把学位课程提供给国外用吗？"

"可以啊，但是前提是我们必须保证版权等一系列问题。"她毫不犹豫地回答。

"你们能保证这些提供向国外的学位课程如同美国国内的一样好吗？"

"当然了！这也是为什么我从佛罗里达跑到富特海斯的原因。"

"那么好，我办公室现在坐着两位朋友，他们想与富特海斯大学合作，你是否愿意呢？"

"当然了！我很愿意啊。"

"请你最好再想一想！想清楚。"

"谁在你的办公室？"她奇怪地问道。

"陈肖纯和谢启蒙先生，他们在寻找一所与遥远的中国大学合作的美国大学。您认为怎么样？……"

埃利奥特在听完海靳博士关于西亚斯的概要介绍后，说："可以啊！我们可以用富特海斯州立大学的牌子，在中国与西亚斯合作，建一所合作性的大学。"埃利奥特非常肯定地回答了海靳博士的最后一个问题。

富特海斯州立大学的有些课程是从谢启蒙和海靳博士任副院长的海滨大学选用的。按谢博士的说法，海滨大学做出的课程全美有近百所大学在用，所以海靳与埃利奥特的对话是在这个基础上进行的，有合作的基础和共同的语言。埃利奥特挂了电话就上了前往丹佛的飞机，与她同行的有富特海斯州立大学教职员工组织的主席与副主席，他们是这所大学里面有权威的两个重要人物。

"你们绝对不会相信刚刚发生了什么。"她在飞机上对这两位主席说。然后她告诉了这二位在机场与海靳博士通话的内容。

主席说："太好了！这也正是我们所想的！"

她说："但是我不确定我们的校长哈蒙德与古尔德教授是否也会同意这样一个决定。"

主席说："如果他们不同意你的决定，你来告诉我。"

在海斯飞往丹佛的飞机上，埃利奥特写了一个给哈蒙德校长和古尔德教授的备忘录："我刚刚做了一个决定，给了中国一所大学与我们合作办学的权利。如果您认为这样不妥请与我联系，我一个半小时后抵达菲尼克斯。"备忘录的落款处写上了她准备在菲尼克斯下榻的旅馆名称。当飞机抵达丹佛时，她把这个备忘录发了出去。当她抵达菲尼克斯的旅馆后，问前台的服务员，有我的传真吗？回答说没有。她说，怎么可能呢？

紧接着她就要通了古尔德博士的电话："你收到我的短信了吗？"

"是的，我收到了。"

"但是我为什么没有收到你的任何回复呢？"

"因为我对你所做的决定没有什么异议啊！"

"哦！哦！哦！太好了！非常感谢您的支持！"埃利奥特感到了意外的惊喜。古尔德博士时任富特海斯大学副校长。

很快，她得知哈蒙德校长也非常赞同她的决定。

就这么快捷、简单、神速，富特海斯州立大学的最高决策层甚至都没有开一个简短的会议，就做出了一个决定：与位于遥远中国的西亚斯国际学院合作办学。一个是美国具有百年历史的大学，一个是在中国土地上才刚刚诞生不到一岁的大学，彼此的第一次握手竟是这样具有戏剧色彩。

从此之后，埃利奥特在好多场合讲这个传奇故事。在中国的西亚斯国际学院、对外经济贸易大学、沈阳师范学院，在美国的富特海斯以及其他的大学，她给管理层讲，也给学生们讲。她把这个故事当成了富特海斯州立大学领导层一个非常成功的决策案例，一个关于决策层"领导力"的范例。

她自豪地说："富特海斯州立大学的领导层很有远见地看到了与中国土地上的西亚斯国际学院结合的美好未来。中国是世界上最大的国家之一，与中国的学校合作，我们可以实现国际化教育的目标。"

一切都发生得非常之快。就在当年，陈肖纯、谢启蒙、埃利奥特、哈蒙德及富特海斯州立大学的几位著名教授坐在一起，签署了合作办学的协议。

从空中拍摄的富特海斯州立大学全景图片上看，这所坐落在绿树丛中的美丽校园四周空旷，想必也是远离了喧嚣闹市的。它位于堪萨斯州西南部，始建于1902年，占地一万六千一百七十亩，是美国公立综合性大学，主要实施文理科及应用学科专业的本科和研究生教育，学生总数一万四千余人，是美国为数不多的能在境外授予学位的大学之一，在美国和世界上有良好声誉。商学院的创新和创业比赛名列美国堪萨斯州第二名，CPA考试成绩连续三年名列美国堪萨斯州第一名，护理专业、银行专业、金融专业、艺术类专业在美国中西部享有很高的知名度。

2000年6月7日，国务院学位办批准西亚斯国际学院为郑州工业大学与美国富特海斯州立大学合作的学院。

在美国和中国，都有一些人想办中美合作的教育，但大都难有成效。中国国务院颁布的《中外合作办学条例》是2003年开始实施的，比之前教育部颁发的《中外合作办学暂行条例》的标准更高，也更具有操作性。美国政府办的大学主要靠税收来支撑，他们一般不会允许用税收办的大学去异国办学位教育。

幸运的是，堪萨斯州与河南省在改革开放中结成了友好省州。堪州政府破例，决定用政府财政收入资助西亚斯国际学院的学生，对其优惠学费，只需交美国富特海斯在校学生三分之一的学费即可。西亚斯攻读富特海斯州立大学学位的学生，只要按规定的标准学完课程，取得相应学分，即可获得富特海斯州立大学的学位证书。

西亚斯从此引进了富特海斯州立大学原版教材，富特海斯也陆续选派美方三十余位教师，常年驻校西亚斯任教。在西亚斯校园，中西方教育开始融合与碰撞。

就在双方合作的第二年9月，堪萨斯州教育代表团一行十一人访问了西亚斯国际学院，该团由富特海斯州立大学校长爱德华·哈蒙德博士任团长。他们不仅是前来访问，也是特意前来参加西亚斯国际学院新学期开学典礼。在开学典礼仪式上，作为与中方合作办学的美方校长，哈蒙德发表了演讲。面对黑头发的中国学生，他说：

"……自从富特海斯州立大学早年创办以来，虽然这里以前只是军事基地，便有许多很有才华的人士，包括学生与教师，被吸引到这里来。他们在这里讨论、学习、提出质疑、解决困惑，并用实验来验证。就是通过他们这种对学术问题的思考与创新的观念，并加上他们的勤奋与坚毅，才有今天的堪州大学……"

哈蒙德校长的讲演，虽然是以他所在的富特海斯州立大学为题，但却描绘了一幅美国大学崛起与兴旺的缩影图。西亚斯等于是在中原大地给莘莘学子开启了一扇近距离观察世界的窗口。河南在中国的地理位置与超级人口数量，决定了这个窗口的意义与价值会随时间的推移而日益彰显。

西亚斯学院成立二十年后，羽翼丰满，陈肖纯想让该校独立运作，规避不必要的羁绊，从而在更广阔的空间驰骋，于是向河南省有关部门与中国教育部提出了单设申请。2018 年 11 月 30 日，教育部批准"郑州大学西亚斯国际学院"分立为"郑州西亚斯学院"。2019 年 6 月 10 日，教育部国际合作与交流司又批准将原来中外合作的"郑州大学西亚斯国际学院"变更为"郑州西亚斯学院堪萨斯国际学院"，继续实施与美国富特海斯州立大学的合作办学。在该批准文件中明确：中方的合作办学者由原来的"郑州大学"变更为独立的"郑州西亚斯学院"，外方的合作办学者为"美国富特海斯州立大学（FHSU）"。

就在堪萨斯国际学院成立的当月，郑州西亚斯学院校长王甲林与美国富特海斯州立大学校长蒂萨·梅森重新签订了一份合作办学协议。该协议表明"允许西亚斯学生不以赴外学习为条件，在中国境内注册学习 FHSU 课程并取得 FHSU 学士学位证书和郑州西亚斯学院本科毕业证书、学士学位证书。"也就是说，西亚斯学生在中国西亚斯校园内经过注册学习，可获得中美双学位。

"此双学位合作项目旨在培养具有国际竞争力的高素质复合型人才，促进中国高等教育的国际化进程。"这是双方协议中写明的堪萨斯国际学院的办学宗旨与目标。

堪萨斯国际学院由 FHSU 聘请教师，确保授课质量及审核学生学位的毕业要求。FHSU 在该学院直接实施美方学位核心学位课程，其学分数占学生学分总数的三分之一。

双方协议中特别议定：对所有报名学生进行英语水平测试，并向FHSU 提供英语成绩证明文件，证明凡接受 FHSU 学分课程的学生应具有相当于托福六十一分或以上的成绩，雅思不低于五点五分，或者通过 HLI 九级考试。学生必须在完成四十二个学分（总共一百二十四个学分，其中最多有八十二个学分可以由西亚斯学院课程学分转入）的 FHSU 课程之前提供通过上述语言水平要求的证明文件。

撕掉高考失败者的标签

2017 年 7 月的一个晚上，父母走进他的房间，父亲拿着手机给杨一帆看他当年的高考分数，结果是他班主任发手机短信告知的。父母没表情，他也没表情，都是沉默状态。父母是从农村走出来的，在三门峡市体制内单位工作。他们曾无数次地告诫这位独生子，没有知识，在社会上很难立足。

那晚零点一过，即可在网上查分，杨一帆从床上跳起来，打开电脑从网上查到了自己的高考分数，与父亲手机上的结果一样。这一夜，父母房间的灯一直亮着，他一晚没有睡意。

经过了高三期间的两天一次小考三天一次大考，他早已明白高考决定人生胜负的现实。千军万马过独木桥，过不去的就是永远的失败，与过了桥的人瞬间就拉开了距离。至少，他当时内心就是这种思维定式，与大多数同学一样。他自认为有些偏科，不大适合生物与物理课程，但这两门又是必考科目，所以有优势也凸显不出来，总分上不去。之前他的期望值是至少也得考个像样的二本大学吧，学费不高，毕业了机会也多。对三本学校他怀有抵触心理，认为其师资弱，学费高，有些还是非公立。

作为一名高中生，彼时的他未必能够想到河南高考生与全国其他省份相比位于什么层次，过亿人口基数之上的高考生竞争可谓惨烈，大学本科录取分数线比全国其他省份高出一大截。近年曾有人用大数据统计，河南被排为全国高考最难的省份，且被戏称为地狱模式。杨一帆冥冥之中自然无法摆脱无形的旋涡，只是自己未必意识到。他所在的高中，按学生的分数划分了不同档次的班，他在次重点班，属于中等档次。

他班里好多学生把西亚斯"垫底"，当第六志愿来报。还好，2017年这一年，二三本院校合并为二本系统，没有三本之说了。他第一批次志愿没报西亚斯，待所报志愿一一落空之后，补报了西亚斯，因为觉得自己的分数还够得着。但他"滑档了"，也就是分数线不够了，因为西亚斯在补录阶段提高了分数线。通过父亲的熟人指导，他得知还有一个机会，可申报就读西亚斯国际学院的美方学位。这个项目在国家规定的年度名额内，通过西亚斯单方考试后，参考学生高考成绩录取。最终，经过一番纠结考虑，他选报了西亚斯国际学院美国学位生，同时还报了郑州另外一所专科院校。他在网络上查找西亚斯国际学院相关资料，看图片校园非常漂亮，但"贵族学校"的印象已根深蒂固，读美国学位，四年下来得十五万左右，他觉得这给父母的压力太大了。

他懊恼极了，但又无奈，潜意识中浮现的是一个高考失败者形象。他变得自卑，最明显的就是他不愿意出门去见亲友了，而总是宅家。尽管在郑州工作的舅爷告诉他，西亚斯有很多优秀毕业生在郑州的好单位工作，父母也苦口婆心地劝他，但他就是无法驱散心里的阴影。他甚至觉得自己在亲戚熟人眼里就是个败家子。

这年7月下旬的一天，父母好不容易劝说成功，带着他到郑州市看学校。他们先去了那所申报过的专科学校，正是放假期间，校园里空荡荡的，几乎没有学生，图书馆也没人。他没有找到感觉。于是又直奔位于郑州新郑市的西亚斯国际学院，校园里也空荡荡的，学生很少。待转到校园西区，宏伟高雅的校行政大楼吸引了他们的目光，站在数十层台阶之下的广场上，仰望高高的罗马立柱撑起的圆形楼顶，以及镌刻在大楼高处的西亚斯学院英文校名，杨一帆内心悠然升起一股莫名的敬畏感，并有所心动。当他们走进行政大楼时，迎面就看到有几位外教手里拿着文件夹匆匆而过，还看到有些学生也在忙碌着。从行政楼北门出来，他们站在立柱之下就看到了正对面的图书馆，远远望去，有些像微微翘起的一顶博士帽，耸立于蓝天之下，与行政楼遥相呼应。在行政楼通往图书馆的狭长广场上，密集的音乐喷泉时而舞姿般摇摆，时而笔直地喷射向蓝天，明媚阳光仿佛与跳跃水珠相伴嬉戏，活力四射。

"我们去对面的图书馆里看看吧！"父亲高兴地说道。

片刻工夫，他们来到了图书馆南面平台的七十二级台阶之下，要进入图书馆南门，得攀登七十二级台阶而上。七十二级台阶与孔子七十二贤人弟子数吻合，彼得·M.维斯教授的设计融合了中国文化的元素。等他们气喘吁吁地登上了宽广的平台广场，图书馆壮观的一面豁然呈现眼前，这一凝聚了维斯教授与他助手马丁心血与灵感的六万九千余平方米的作品，以宏大、灵动、威严的姿态，让杨一帆与他的父母眼前一亮，他们从没有见过如此宏大漂亮的图书馆。在行政楼那里，杨一帆感到的是敬畏。在图书馆门前，杨一帆感觉靠近了知识的殿堂。他们走进图书馆大门，电子门禁前的学生志愿者听他们说明来意，允许参观，且自愿充当了导游。虽说正值炎热的暑假期间，但他们在地下一层看到了高声朗读英语的学生，在阅览厅看到了众多伏案学习的身影，每位学生面前的桌子上都摆着高高的书籍，导游介绍说那是考研学生在复习，他们每人都有专座。

他们在图书馆里看得眼花缭乱，杨一帆的父母不住地点头并发出感叹。等走出图书馆大门，父亲对杨一帆说："西亚斯学习氛围不错！这里放假了还有同学在学习，有这么多学生在为考研准备。一帆啊，你说呢？感觉怎么样？"

杨一帆说："我是心动了，真是不错。"

可他又压低了声音说："可上个大学要十五万啊。"

作为学生，他心动了，想到西亚斯读书，但还是不情愿给父母增添太大压力。但不管怎么说，他毕竟心动了，父母带他来要的就是这个效果。

他们又去了教务处向老师咨询，老师坦率地告知读美国学位的难度：第一学年英语成绩要达到富特海斯州立大学要求的托福、雅思等标准，其他专业课也得及格，才可进入美方学位课程学习。对此，学生要有心理准备。

父亲当场看着杨一帆，说："你怎么样？表个态吧，有没有决心按期毕业。"

杨一帆说："可以吧。"

但等到填表时，杨一帆还是难下决心，感觉自己会在亲友面前没面子。明智的父母并没有急着逼他做决定，母亲说："家里再难，也供得起你。关键看你有没有决心好好读书，顺利毕业。你好好想想，想好了再做决定。是金子在哪里都会发光的！"

他终于痛下决心，快速地现场填好了表。之后，通过入学考试，他顺利被录取。9月入学报到那一天，在财务处交学费时，父母没有代他交，母亲从钱包中抽出银行卡交到杨一帆手上，悄悄告知密码，让他自己走上前去刷卡交费。当财务人员将收条递给他后，他看到支付的金额是两万多。那一刻，他默默地对自己说：一定要珍惜，好好学，不能愧对父母！而且他还暗下决心，要努力做得更好，摆脱高考失败者的标签。

但彼时的他就像一条搁浅在海滩上的鱼，不停地张着嘴巴，偶尔翻身抖动几下，但就是无法回到水里，每一个动作都显示着无奈。他多么需要海水的一次涨潮，哪怕只是贴着沙石涌过来浅浅的一层浪花，或许就能让他顺势回到海浪里去。

入学不几天，辅导员苌悦文老师就找他单独面谈，老师并没有直接谈学习问题，而是询问他入学以来有什么困难、有何兴趣爱好、对未来学习生活有何打算。高中阶段老师找他总是谈学习问题，没有人关注他有什么兴趣与爱好。面对老师的热情，他向老师敞开了心扉，说："老师，我报的西亚斯志愿滑档了，现在是一个单招生，只能读美国学位。可是看到咱校国际学院里好多学生是通过高考进来读中美双学位的，无形中感觉有一个标签贴在自己身上。在那些读双学位学生的眼里，我们单招生就是不好好学习、有钱、成绩差、只会玩的学生吧？"

接着他又嗫嚅地说："老师，我的理想是考研，您说我这样的学生有可能吗？"

苌老师不急不忙地说："西亚斯学生最大的优点就是有自信。作为单招生应该更自信，因为你读美国富特海斯州立大学学位要比读郑大学位更有难度，更具有挑战性。你用的不是母语而是英语，来学习课程，来写论文，这就是一大难关。这是有一定淘汰率的，但绝大多数同学经过努力是可以顺利毕业的。我带过的单招生照样有优秀的，而且很多。有在美国读硕士博士的，有在国内当老师的，有创业当老板的，不是个例，而是很多。"

接着，苌老师又补充说："你有考研的志向很好，说明你有追求。在西亚斯读富特海斯不耽误你考研，反而更有利于你考研，尤其是你想到国外读研的话。"

在苌老师与他谈话之后，国际贸易课学业导师李明亮也找他面谈，问他的高考情况，帮他规划学习课程。李老师以往届学生的实例给他鼓劲："我的好多学生毕业后在上海、深圳的银行、证券行业竞聘到管理职位，他们英语应用能力强，并不比重点大学的毕业生差多少。"

李老师也提前告诉他："大一学期每门功课必须在 70 分以上才能进入美方课程的学习，这要靠你自己的努力；西亚斯资源非常丰富，你要善于发现适合自己的资源，充分利用。"

经过老师的心理疏导，杨一帆因高考失败的心理阴影似乎消除大半，他开始轻松上阵。他的高中英语成绩还不错，足以应付大一学期的英语课程。上外教课，他坐在第一排，外教选班长时他举手争取当上了班长。河南学生整体英语水平低于沿海省份，他就寻找机会与外教交朋友多交流。后来，外教推荐他参加了一个帮助当地外国人练习生活用语的组织，这使他的英语口语能力迅速提升。其他专业课程，他主动找老师要资料习题练习。他是全班泡图书馆时间最长的。西亚斯图书馆内部设计格局与国内其他大学图书馆大不一样，其小空间研讨的位子与大空间阅览厅的位子几乎是一半对一半，这是博雅教育理念给予陈肖纯与设计者维斯的灵感，其创意就在于给学生提供更多讨论或者说论证学习的空间平台。

杨一帆按照自己的计划一步一步地踏实行进，顺利通过了大一学期各科学习，跨入美方课程的学习殿堂，进入一个更为广阔的空间。

曾在富特海斯州立大学另一国内合作伙伴——沈阳师范学院任教两年而后转入西亚斯教学的布伦登·福克斯博士，教授领导学课程。他将学期内听这门课的学生分为若干班，杨一帆这个班有五十五人。福克斯要选一位班长，杨一帆经报名测试被选中。福克斯讲课方式轻松幽默，开头几节课，将自己见识过的事例讲给同学们听，其目的就是调动起学生对这门课程的兴趣。

堪萨斯国际学院的学生对福克斯博士的课堂笑话记忆犹新："我这个有趣的笑话涉及男女朋友关系，也涉及情商。男女生交朋友搞恋爱，有好多是争吵情侣。女的喜欢说，你真傻；男的说，你才傻呢。由此陷入恶性循环。请注意，如果女的迂回曲线一点——你哪一点让我好不开心；而后男女讨论解决问题。那这样他们就会跳出争吵情侣的怪圈。"

同学们哄堂大笑，但笑过之后就会对人与人之间沟通的技巧有所思考。

福克斯在课堂上说："曾经，领导人不学领导学照样当领导，他们不懂如何与员工搞好关系。他们不是引导，而喜欢发号施令，这样是不能够激发员工潜能的。我曾经遇到过这样的领导，他常常当着员工的面看手表，突如其来地站在办公室门口盯着我们，明显露出不信任的表情。见到他，我很压抑，有恐惧的感觉。我不愿意跟着这样的领导人干，就辞职了。请大家注意，跟着好的领导干，员工不仅愿意干职位分内的事，也愿意干职位分外的事。领导不好，只想着干好职位分内的事。"

杨一帆没想到，像砖头一般厚重的领导学教科书竟然可以这样轻松有趣地"入门"。他来了兴趣。课后，他记下老师的电子邮箱，与福克斯渐渐进入深度沟通。

在读美方课程时，每当需要小组讨论完成作业时，杨一帆通过校园网络提前预约图书馆小型研讨室，那里能够容纳十名左右的学生，召集同学们聚在研讨室，在那里做英语演讲，分工合作，讨论或辩论，做 PPT，轮流推出课堂演讲者。他们收集的资料、讨论的内容，远远超出了课本范围。大三阶段，他的各科成绩优秀，尤其是美方课程比中方的课程学得还要好。他的兴趣越来越高，学习潜能被最大限度激发出来。"感觉很有意思，浑身充满了成就感的快乐。"他变了，开始这样自信地向别人分享自己的感觉。

"堪萨斯国际学院给了我方向，我确定了自己努力的目标。在堪萨斯国际学院，学习的自主权更多地掌握在学生手里。我体会深刻的是，美方老师对所有学生是公平的，为每一名学生都提供表现和参与的机会，从而发掘自己的潜力。即使你回答错误，也表扬你，回答就说明你在思考。只要你在课堂举起手来，就给参与学分。另外还有小组讨论学分、课堂讲演学分，老师将每门课程的学分数分得很细。一学期特别忙，但收获多，即使到期末要考试了，也不会有太大压力，该得的学分平时已经得到了，期末考试成绩在总学分中并不占重头。"杨一帆在亲身体验了一把堪萨斯博雅教学模式之后，其回味的语气竟然如此轻松。

2017—2018 学年，他的每门功课九十分以上，平均成绩九十五分以上。

2018 年，他获得了西亚斯国际学院全校唯一的"特等奖学金"。

2019 年，他站在了西亚斯全校"美国西亚斯基金会学业奖学金"十五名获奖者之列。

这一次放假回家的路上，他对自己说：现在，我彻底撕掉了高考失败者的标签！

回到家里，他对父母自信地说："我的目标是出国读研究生，要读世界名牌大学！"

……

2021 年 5 月，他收到了英国曼彻斯特大学的录取通知邮件。该校 2020 年 QS 世界排名第二十七，是一所世界著名综合研究型大学。西亚斯校园营造了一个梦幻空间，让杨一帆美梦成真。

在论证中学习

  2017 年 9 月的一天，西亚斯刚开学不久。那天上午阳光明媚，大二学生崔林有点兴奋并略带紧张地在教室里坐好，准备聆听她入学以来的第一节美方课程。这堂课是"商务导论"，外教用美版教材，全英文授课。

  身高一米九的布莱恩·斯旺森（Brian A.Swanson）博士提前几分钟走进教室，他着深色西装，雪白的衬衣领口系一条花色领带，煞是精神。斯旺森面对的这些学生均是顺利通过了大一学期各专业课考试，且英语也过了国际标准测试的。他首先自我介绍，而后让每位同学逐一自我介绍。他向同学们提出，本班需要选聘两个助手与一个班长。接着，他打开电脑放了一段视频，具体演示了班长与助理的职责。斯旺森扬了扬手中的表格，而后将表格放在讲台上，说有想当助理与班长的请举手。教室即刻安静下来。尽管西亚斯校园文化相当开放，学生们已经在大一阶段有了不同程度的见识，但在开始学习美方课程的第一天，在座的学生还是有些迟疑与拘谨，好多学生彼此并不熟悉。斯旺森犀利的目光在教室里巡睃，他期待勇敢带头者举起手臂。他的眼光似乎有灼热的温度，有些学生的面孔都微微发红起来。当老师的眼光从崔林的面孔上一扫而过时，她第一个高高地举起了手臂。斯旺森特意为她鼓起掌来。紧接着，几乎在同一时刻，就有十几位同学也齐刷刷地举起了手臂。斯旺森博士拍了一个响亮的巴掌，而后说："OK，请举手的同学上台来登记一下，而后尽快来找我。"

  课后，崔林找了斯旺森单独谈。斯旺森开门见山，眼光盯着崔林说："你要当班长，那你说说你有什么条件当好这个班长呢？"

  崔林没想到斯旺森会这样提问，她略微迟疑了一下，说："我是金融学 BBA3 班的，在大一学期就是班长，在老师与班里同学沟通方面有些经验，与同学们比较熟悉。来西亚斯之前，我从来没有见过外国人，更没有演讲过。但来到西亚斯后，这里的一切都让我感到新鲜，也给了我很多机会。班里的重要活动，我都想尝试。中国老师、外教，都鼓励我，当我取得成绩时，他们比我还兴奋、激动。大一学期，我的英语口语和各门课程都还好。现在进入美方课程学习了，这对我又是一个新的挑战。我觉得自己有能力争当这个班长。"接着，她又将自己大一学期各科成绩与参加的一些重要社团活动情况，向斯旺森博士择要介绍。

斯旺森带有疑问的眼神，在崔林的这一番颇为自信的表白中，慢慢地变得柔和起来，他略带微笑地继续问道："如果让你来当班长，你有什么好的想法呢？"

"我会在每节课前提前到教室，检查准备好老师授课的电气设备，清洁黑板。上课之后，学生们听不明白的地方，我可以复述，还可以为您翻译。课下，在您与众多学生之间，我乐意做沟通转达的事儿，比如收作业，等等。总之，无论是课上课下，我会尽力协助您，做好沟通的桥梁作用……"

再一次上课时，斯旺森教授高兴地向全班同学说："请安静，经过学生们自愿申请，也经过我的一个小审核，我现在宣布：Cynthia 成为这个班的班长！祝贺她！希望大家今后支持她。"

Cynthia 是崔林的英文名。布莱恩·斯旺森博士即是富特海斯州立大学派驻西亚斯堪萨斯国际学院的专职教师。

崔林是山东淄博市人，父母都是干个体的普通人。她高中学习成绩一般，其回忆叙述虽简单却很有骨感：

"我感觉自己在高中阶段就是学习机器，潜力是发挥不出来的。书本上的东西能学会，但学到什么程度心里没数。老师与家长都会说你，内心压力很大，有痛苦却无处发泄。之后就成了一个恶性循环，学校将压力全部推给了学生和家长。现在回头看，试卷是无法检测学习效果的，试卷上的知识是零散的。比如说历史，试卷抽出时间节点考我，而来龙去脉却梳理不清楚。我无数次地调整自己的心理状态，在内心深处说服自己去适应它，用分数超过别人。是的，后来我的分数确实也上去了，但现在想想，有多大意义吗？整个高中期间，我没有当班干部，也没有参加任何社团活动，老师劝阻不让参加啊。老师也有压力，只认学生的分数，可以忽略你其他的一切，包括你的外表、家庭背景、兴趣爱好等等，他们会说，这些能给你加分吗？

"老师偶尔会在课堂上打学生，拍打一下你的头，稍稍夸张地说就是羞辱你。不在乎打得轻重，伤自尊啊。而且也影响你学习，心理上会变得敏感。老师了解学生的家庭背景，骂起人来也是让你特别难受。比如：真给你妈丢脸！不务正业，不要脸了！记得中考前一晚，一位男生从四楼还是五楼教室跳下来，学校封锁消息，我们是考试完才知道的。那位男生选择了学生离校之后跳楼，压力大啊，平时学习成绩不错，但与别的学生比较看不到希望了。唉，第二天一早就要考试了……连遗书都没有留一份。事后知道这件事，我与同学们议论了好长时间，大都是感到恐惧，因为这离我们也太近了点。我爸妈也知道了，开导我，我对他们说，你们放心吧，我绝对不会这样做，什么事情也不会比生命更重要！

"我变得怯懦，不自信，不敢尝试新事物，不敢对别人表达。总是先紧着别人，最后一个机会留给自己。就这样被动地接受老师教的东西。永远不愿意做第一个吃螃蟹的人，怕没人支持鼓励，怕被否定。想在想来，就是太缺少鼓励……"

2016 年，崔林高考之后选择了中外合作的郑州大学西亚斯国际学院，攻读美方富特海斯州立大学学位。她先在网上搜索了解，有些人说西亚斯是烧钱的贵族学校，有钱的子弟多，学习氛围差。该校1998 年建立，与她的年龄一样大。她想着能读一个美国学位也算是不错。等进了校门，有些迷茫了，校园建筑风格高雅漂亮，各类社团活动令她眼花缭乱，老师说总有一款适合你。正如她自己所说，之前从来没见过外国人，从来没演讲过，从来没主动争取冒过尖。但就是这所校园的文化氛围逼着她开始转变，面对各种各样的机会有了选择的权利，知道了想要什么就可以勇敢争取，而且老师总是在前面或背后鼓励你。她来了情绪，抑或说被激发出了热情与活力。她以一种自信状态进入美方课程的学习，想当班长，一争取还就真成了。

斯旺森曾先后毕业于伯克利、剑桥、旧金山大学，当过律师。但按他的说法，律师有钱但不开心，往往不能兼得慈善。他必须得根据法条写诉状，而法律处罚的自由度有限，或者说很小，有时甚至都不给犯错者改正的机会，这让他很郁闷。他早先的梦想是当老师，因为自己开心的同时也能帮助别人开心。经朋友推荐，他来到中国的西亚斯，到2020这一年，他已经在西亚斯校园里干了九年。他的转行是令人羡慕的，干了一项自己喜欢且对身心健康有益的工作。

富特海斯州立大学有自己的惯例，一般不干涉教师的教学。斯旺森给崔林所在的班上第一节课时，非常慎重严肃地讲了一套他的规矩，而且着重强调："这是我的教学规矩，是中文版的。"他也会夹杂一些中文讲，要点有：规矩面前人人平等，重罚不守规矩的学生就是对其他学生的公平；上课不点名，但课堂上的每一次表现都会以成绩体现在最终的试卷上；会给学生改错的机会，犯错给予提醒，引导学习，但不强制；考试方式多，有面对面口语测试，考题量大，花自己的时间都不够；不要抄袭作弊，发现直接零分挂科等。

讲完规矩，斯旺森一脸严肃地说："我让你们一开始就知道，好好参与学习就会顺利拿到学分，打消取巧的念头。如果有不按规矩来学的，最后求我告我也没有用。"

以往，崔林上课总认为老师讲的都是对的，自己理解记忆即可。可斯旺森的课上没有唯一正确答案，答案要靠学生自己在讨论中去寻找。斯旺森会适时地参加学生小组研讨。第一次课后讨论是探究一个公司案例，崔林组织一个小组，应用老师授课的知识点，相互启发，也有激烈辩论，最终由她做成PPT，代表小组在全班讲台上演示，并脱稿用英语解说。她从容地展示、解说，很是投入，没有想到要竞争什么，只是代表小组讲了讲学习单元的体会而已。整个过程，班里的数十位同学都在静心聆听。接下来还有其他几个小组代表陆续上台讲解，这是他们自己智慧火花的展示。斯旺森博士站在教室一侧，与同学们一样专注地倾听，其间没有插话，也没有纠错。等崔林讲完了，斯旺森说："啊啊，很好！听了你的演讲后，我感觉下一节课得提高难度了，这个问题对你们来讲太容易了。"

崔林很是欣慰，她感觉通过讨论与演讲，是学生自己论述了一个难题，并推理出答案，所以印象非常深刻。之后的课程，如果都能够这样学习那就太刺激了，像玩一样有趣。她有了一股参与其中的探秘般的冲动，兴趣源开始冒泡涌动了。别的同学也一样，好多内向且不愿冒头的学生也都跃跃欲试，主动承担代表小组上台演讲的角色。

当然，上台用英语来表达一个项目主题，而且要论证过程与推导答案，这对中国大二学生来说是一个高难度挑战。最初几次，上台同学自然结结巴巴，甚而脸红脖子粗，但斯旺森博士从不泼冷水，他见惯了学生们的蹩脚英语，每当台上演讲的同学语无伦次地说着，台下学生哑然失笑的时候，他会用手势加表情让教室安静下来，而后说："请大家把注意点集中于他的想法，注意他的质疑和新思维，而不是语言。"他会不停地鼓励台上的同学讲下去，直至讲完。

随着课程的逐步进展，崔林发现，老师与学生的角色似乎颠了个儿，斯旺森只是在引导，讲课的变成了学生。斯旺森面对学生对单元学习的演示与解说，越来越多地提出追问，他总是在学生表达不大清晰或违反逻辑的地方，追问为什么，引导学生清楚地表达。这种讲学模式与崔林之前接受的中方课程教学截然不同，前者以学生为主，后者则以老师为主导，学生被动接受。班里一部分学生由不适应到有意见了，有的说，老师讲课这么少，让学生上台讲，那要老师干什么呢？还有学生说，上美方课程，拿一门课的学分要 6000 元左右，只有上课才是硬道理，那老师只管指导，也太好当了吧。而斯旺森对这些学生的反应看在眼里听在耳中却不动声色，他像一位威严而又冷静的向导，引领着一群年轻人穿行在知识的密林之中。课程一天一天地深入，展开的面也越来越宽泛。学生们越来越活跃，上台演讲时露着自信的微笑。之后，学生们渐渐地知道了这种教学方式在国际上叫"翻转课堂"，国内好多重点大学也在尝试。更重要的是，他们通过翻转课堂真切地体会到，是自己将书本上的理论通过质疑与讨论，变成了成竹在胸的知识。而老师在总结各个小组讲课结果的时候，融会贯通，旁征博引，给人以启迪，这一点让同学们折服不已。

到了每门课程的期末考试阶段，崔林就彻底明白了富特海斯教学与测试模式的奥秘，原来美方每门课程的最终卷面考试成绩仅占该课程总学分的百分之二十到百分之三十，而出勤、课堂参与度、期中测试、小组研讨项目与演讲、期末论文等五个方面均占相应比例的学分。学生若平时没有以投入状态参与学习的各个环节，期末考卷便无法作答，即便偶尔答好了，也拿不到及格的总学分。

原来"翻转课堂"里隐藏着一只无形的手，调整、激励着学生自得其乐地参与其中，不停地向前，直至抵达胜利彼岸。西亚斯堪萨斯国际学院外教导演的讨论式授课模式，来源于耶鲁大学的精英教育理念。在这样的课堂上，学生的小组讨论与演讲发言才是大戏，而老师是引导协调者，是幕后的导演。青年学生的智慧与激情被讨论点燃、激励，他们每个人在这样的环境里，不仅仅是学生，也是上台讲课的老师。他们从老师从同学那里学到了新的东西，也在讨论的激励下向老师与同学分享了自己的智慧火花。堪萨斯国际学院正是为学生们营造了这样一种适合他们相互激发智慧、思考与创新灵感的土壤与空气，让他们在这里发芽滋长。大学的本质或曰秘密不是把智慧与活力四射的莘莘学子集中起来，完全被动地听教授讲课，而是如约翰·亨利·纽曼在其著名的《大学的理念》一书里所倡导的：博雅教育理念的核心是培养学生"思考的能力"。而学生的"思考的能力"既来自老师的引导，也来自他们彼此之间创造力的相互碰撞与激发。而思考能力或曰思考智慧的获得将使他们终身受益。

而崔林在大一阶段接受的非翻转课堂的学习，仍旧与中学阶段应试教学的方法类似，期末书面考试成绩占总学分的百分之六十甚至更多。她形象地管这种平时懒散、最后突击的模式叫"一锤定音"。

一天上午，斯旺森博士情绪饱满地讲完了马斯洛需求层次理论，而后以苹果公司为例，讲了该公司从人的需求方面精心设计产品，善待并激励员工。尤其是员工培训，可谓具体到针对个人职业生涯均有远景规划与实施步骤。斯旺森讲了一大堆苹果公司的优点，就是没谈到一点问题。轮到学生提问了，崔林最先举起手来，她的问题明显带有质疑味道：

"斯旺森教授，我对您讲的苹果公司案例很感兴趣。但是，我想说的是苹果公司的另一面，就我看到或听说，该公司最大的一个问题就是它的产品在中国定价太高了。苹果手机在中国定价一万多，这仿佛很普遍也很正常。有些年轻人赶时髦，也用苹果手机。但对大多数中国人来说，这样的价格还是太奢侈了。"

"很好！"斯旺森脱口即是赞赏，紧接着就说："是的，定价是高了，可以说非常贵。但你不还是买了吗？当然我不是指你，而是在中国有好多年轻人，包括西亚斯的学生，他们喜欢用苹果手机。可是，我们要问，为什么？"

说到这里，斯旺森停顿下来，眼睛扫视全班学生一圈，又接着说："为什么？全球各大品牌手机功能都是相似的，为什么苹果手机价格高还有人买？就是因为苹果公司掌握了一部分人的消费心理——对名牌的依赖性、内在的虚荣心等。"

接下来，斯旺森似乎受崔林问题的引导，又开讲了一节新课的内容。他谈到了中美经济与文化的差异，说好多美国人都只用到四五代的苹果手机，而中国的年轻人喜欢更新换代，一定用最新版的，现在都用到了十一代苹果手机。

中国年轻人比美国年轻人更有钱吗？不一定。而且中国年轻人用昂贵新款苹果手机的钱，大多还不是自己劳动挣来的。崔林在论证学习的过程中，慢慢地养成了质疑与思辨性的习惯，抑或说批判性思维。她课堂提问的角度往往是老师也没有预料到的，但对崔林来说，她的感觉是收获，即自己提出的质疑问题，促使老师从别样的角度讲了课本上没有的东西，而这些新东西相对于课本来讲则更为贴近现实。

美方课程的"课堂参与度"约占每门课程总学分的百分之二十左右。所谓的"课堂参与度"，在斯旺森博士的课程里就是看学生上课时的提问频率与深度。他看学生是否勤于提问，提问多说明思考多。看你如何表达自己的观点，如果有学生对他的讲学提出疑问或质疑，他会格外关注并给予赞赏。他鼓励学生在"批判性思维""思辨性思维"中冒出"创新思维"的火花。

崔林除了要完成课程中间阶段的测试外，还必须在每门课程结束后写一篇英文论文。这一点也是特异，一般来讲，国内大学生只是在所有课程结束之后，于最后一个学期集中精力写一篇毕业论文即可，而崔林读富特海斯州立大学学位，竟然要在有些课程结束之后就得针对每门专业课写一篇论文。在"生产作业管理"这门课结束之后，张超老师（英文名艾丽丝），要求学生写一篇不少于四千字的论文。其时，崔林已经在国内正式学术刊物上公开发表过论文，也顺利通过了美方一些课程的论文，按说也算是同班甚至全校学生的翘楚了，但让她没想到的是，这位从澳大利亚留学归来且在美国大学进修过的艾丽丝，对学生论文的高标准严要求却远远地超出了她的想象。

崔林以为自己已经是轻车熟路，翻阅一些参考书籍，拟定主题，把握好开头、中间与结尾的节奏，按老师给出的主题方向，借用课本及参考资料的理论观点，找一个有说服力的实例，其中穿插一些自己的观点，论证合乎逻辑就好了。她甚至还有点野心，写这篇论文费点心思，写好了"一鱼两吃"，将来考研也可以用上。

她先将论文初稿交给艾丽丝批改。论文用 APA 软件格式，有表格数据罗列支撑。那天，当艾丽丝约她在办公室坐定之后，她打开笔记本准备记录老师的具体修改意见。可老师一脸严肃，崔林的心瞬间提了起来。她非常清楚，外教包括有留学背景的老师，对论文的要求异常严格，甚至在微小细节方面也绝不疏忽，针对每位学生的论文主题，他们会用关键词来搜索查证，即使论文中引用了某著作或论文的一句话，也必须标明出处。

她看着老师的眼睛，小心翼翼地问道："老师，我的论文有什么问题吗？是不是有……"

艾丽丝沉默少顷，而后直视着崔林说："你论文的英文表达程度，我暂且不说。论文整体太平凡了！你应该写得比这个更好！"

"噢，是这样。那请老师说说，问题出在哪里呢？我重新修改。"崔林的心凉了半截。凭她的直觉，这篇颇费心思完成的论文被艾丽丝老师整体否定了。

艾丽丝坦率地直接点明要害："我不要你从网络上批发来的东西！不要轻松简单借用书籍论文的观点，课本上现成的理论也不要轻易套用。你是论说清楚了主题的来龙去脉，但是，没有自己的亮点。也就是说，你的论文里缺少一种最重要的东西，那就是批判性思维的火花，也就是思辨性火花。你必须来一场头脑风暴！至于你英文书写的语法、逻辑表达等，我们下一次再细谈，这些与你论文内容的表达相比，是第二位的。"

崔林有点蒙了，她告别老师走出堪萨斯国际学院大楼后，在校园北区独自转了好几圈。对平日里边走边欣赏的西班牙街、伦敦街也视而不见。她最初的反应是：这也太难了吧！论文仅给教师一个人看，每个老师的思路、风格迥异，你适应了 A 未必就适应 B。这次，艾丽丝等于是让自己将论文推倒重来。想到前期的付出，她好不懊恼郁闷。可仔细一琢磨，艾丽丝老师说得对啊，你不是想一鱼两吃吗？不是想着写出创意来为考研做个铺垫吗？推倒重来吧，没有别的选择。

崔林解剖了一家公司，写它的生产管理，包括供应链、生产与营销等环节。这一次她不再盲目自信，而是如履薄冰，将详细拟定的论文提纲交给老师征求意见。也记不清请教了艾丽丝多少次，是 N 次吧。提纲确定下来之后，在具体的论证细节上，艾丽丝简直就是与自己的学生在相互交流、探讨，有时甚至是思辨性的碰撞。她俩在沟通之中偶尔也会发出爽朗的笑声。

在新构想的论文中，崔林只是借用了课本理论中的一个分析工具——SWOT，其中 S（strengths）是优势，W（weaknesses）是劣势，O（opportunities）是机会，T（threats）是威胁。所谓 SWOT 分析，是基于内外部竞争环境和竞争条件下的态势分析，即将与研究对象密切相关的各种主要内部优势、劣势和外部的机会和威胁等，通过调查列举出来，并依照矩阵形式排列，而后把各种因素相互匹配起来加以系统分析，从中得出一系列相应的结论，而结论通常带有一定的决策性。这概念听着就够系统复杂严密的，由此分析推导出的结论，想着都有创意。中国有句古话，手艺好不如家什妙。崔林用这工具将论证对象解剖开来，用系统论的思维方式，在每一个节点、层次乃至整体方面，分析其优势，列出其威胁，寻找或导出机会。等她逐一完成各段落内容进入结尾时，竟然犹如神助一般地发现了点与点之间的联系，低层次与高层次的联系，还有局部功能的相加远远大于其设计的整体功能。她想象的火花四溅，在相应的各个段落适时地插入自己的创意观点。如此一来，整篇论文的独创性亮点便凸显而出。

这一回，仿佛飞走的自信又回到了她的体内，但与最初提交艾丽丝论文时的自信已大不相同。那天上午去见艾丽丝老师前，她特意穿了一件漂亮的裙子，还化了淡妆。当她走在校园里的路上时，甚至还听到了树丛中鸟儿的欢叫。

"还要怎么样啊！"临近堪萨斯国际学院的哈蒙德大楼时，她对自己这样低语。

她真成了！此门课论文满分二十分，艾丽丝给了她十九分，成绩为 A。

意大利艺术家拉斐尔于 1509—1510 年间创作了壁画《雅典学院》，这幅闻名世界的巨作现陈列在梵蒂冈博物馆里。古希腊哲学家柏拉图和他的学生亚里士多德在众多名人学者的环绕中，从画面中心走来，他们并列而行。柏拉图拿着他的对话集《蒂迈欧篇》，亚里士多德拿着本书，柏拉图右手臂举起，食指向上，仿佛在表达他的观点：一切源于神灵的启示。而学生亚里士多德向前伸出的右手掌向下，眼神直视老师的目光，似乎在坚持自己的观点：现实世界才是我研究的课题。这一对师生在激烈的争论中走来，只是专注于各自坚信的真理，而似乎完全忘记了周围嘈杂的世界。而亚里士多德那句"我爱我师，我更爱真理"的名言仿佛就回荡在壁画所描绘的宫殿里。事实上，这句名言就像从未停歇的钟声，一直回荡在西方名校的校园里。哈佛大学的校训即是："与柏拉图为友，与亚里士多德为友，更要与真理为友。"（Let Plato be your friend, and Aristotle, but more let your friend be truth.）

"一流的大学是在质疑环境中逐步形成的，杰出的人才只能在不断提问、不断思考的氛围中茁壮成长。"杨福家先生认为，质疑是培育杰出人才的关键。

真理超然于众生之上，在真理面前师生平等，真理未必就在老师的手心里。每位学生都有质疑书本质疑老师的权利，因为他们也不能保证自己就代表真理。而质疑正是创新的前提。如果人类没有好奇，没有勇气质疑，历史将停滞不前。

崔林与她的同学们有幸置身堪萨斯国际学院浓厚的质疑学习氛围之中，他们绝不满足书本，绝不满足考试合格，而是在讨论式学习中，在质疑的思辨中渐渐趋近真理。他们的"思考的能力"仿佛是在攀登中一步一步提升。

2018年，崔林获得了团中央颁发的"中国大学生自强之星"奖学金，她是西亚斯学院全校唯一得此殊荣的学生。申报此奖项的条件是：在学习成绩、科技创新、志愿服务三大块均有非凡成绩。

2017年，她利用假期在山东淄博市敬老院做过青年志愿者，那里的孤寡老人看上去比实际年龄大二十岁；同年，她用一个暑假在河南开封"中国SOS儿童村"做十岁左右孤儿的教师，还经常买食品与纪念品送给孩子们。她与敬老院的老人与儿童村的孩子建立了无法割舍的感情。孩子们常常给她寄明信片，而老人们则每天给她发手机短信，为她祈祷。

"我得到的爱远远超出我对他们的付出。与其说我度他们，倒不如说是他们在度我。"崔林的感悟简单而又丰富。

到大四时，崔林已经目标明确：我得把眼光放长远。在西亚斯的美好时光一闪而过，虽然各方面能力有提高，但自我感觉知识储备弱，还没能力工作，也不急于工作。教育投资是最明智的。我将来一定要找一个让我一直进步的职业。在我心中，安稳就意味着淘汰。美国教育专注提升人的能力。之前，我就是一个性格开朗自信的人。西亚斯、富特海斯，让我变得更加自信。好像自己已经在掌握着自己的命运，不再受什么外在的控制。

每年9月，世界名牌大学网站便开放招收渠道，接受学生申请。2019年9月，崔林在网上开始陆续向美国、英国、澳大利亚的大学投递申请。她心中的第一梦想是——伦敦国王学院（KCL），该校世界大学排名在前三十，在英国大学排第五。

崔林可谓信心满满，她的梦想能实现吗？

倾 听

杨一帆与崔林在进入西亚斯之前都是非常普通的高中毕业生，他们期望考入重点大学，但事与愿违，考进了一个自己不太满意甚至觉得丢面子的西亚斯。然而，入学之后，经过一两年的努力，他们变了，可以说相对于以往的自己产生了一个质的飞跃，无论是学习成绩还是视野境界。他俩的故事，也是陈肖纯"办一所回归青年人本质的大学，让学生成为最好的自己"的例证。

杨一帆与崔林，在堪萨斯国际学院里是许多学子的缩影。截至西亚斯国际学院成立二十周年的 2018 年，该校共培养输送获得富特海斯州立大学学位毕业生九千余人。堪萨斯国际学院近五分之一的毕业生选择出国攻读研究生，近十年来——2009—2019 年，有二百六十六名学生申请到哈佛大学、伯明翰大学、美国东北大学、悉尼大学、莫纳什大学、德累斯顿工业大学等 QS 世界大学排名前二百名的国外知名高校攻读研究生；有八十三名学生先后被北京大学、中国政法大学、北京邮电大学、哈尔滨工程大学等国内名校录取。堪萨斯国际学院考取中外研究生的比率居西亚斯全校前列，毕业生就业率连年在 95% 以上。

那么，这其中的奥秘是什么呢？让我们来倾听一下校园内非学生群体的声音。

教学模式与考核方式配套适应

我是西亚斯 2005 届本科毕业生，在美国读的硕士博士。2018 年在佐治亚州州立大学拿到"语言读写教学博士"学位后，美国有学校邀请，国内也有其他学校邀请，有的还做了公示。西亚斯创办人陈肖纯先生当时也召唤我回母校西亚斯。我的直觉是第一考虑回母校，这其中更多的是感情回报吧。回国，当然最重要的还是家庭原因，我是父母的独生女。在美国毕业前夕，留学生中流传一句话，叫：留国外坑家长，回来坑孩子。我在读博时已经有了孩子，孩子若在美国读书，条件当然好。

在美国读书，体制不同，开放自由，可以选你能够自主完成的学业课程，兴趣爱好再造。其教育公式是教师引导，讲得少，学业以学生为主，课堂上学生自己发表见解。国内是老师主导，学生在课堂被动接受。两种不同的教学模式其实与不同的考核方式接轨配套。国内是试卷与老师讲课内容配套，与课文有关。美国是大问题试卷，问题综合开放，答案不唯一，学生如果只是看课本，没有大量阅读，包括超出课本的新的阅读，没有思考，就无法适应试卷，也写不出答案。国内考试，期末成绩占总学分百分之六十。美方期末考试成绩仅占总学分的百分之二十至三十，每门课几乎每单元都有测试。两种教学模式各有所长吧。国内的教育太急了，学生适应不了就会钻空子，旷课，找人代考。学生旷课被处分，家长还说旷课吃亏了，因为交了学费没上课。这些涉及"三观"问题，也是我们需要认真思考改进的方面。

按照教育部文件要求，堪萨斯国际学院在 2019 年 9 月完成一个自评报告，其中第十个方面对办学特色进行了梳理。我们学院采取4+0 培养模式，即学生毕业后可获得中美双方大学的毕业证书与学位证书，国内学生不出国门就可以获得美国堪萨斯州富特海斯州立大学本土学生同等质量的本科教育，大大节约了教育成本。学生在大一期间主要以通识教育也就是博雅教育基础课为主，大二学年开始侧重专业和美方课程学习。学校中西合璧的建筑与园林，完备的体育、音乐、美术教学场馆设施，为学生创造了国际化育人的时空环境，也体现了新时代德智体美劳全面发展的育人理念。

——堪萨斯国际学院副院长王欢

学生也可以在快乐中学习

我在明尼苏达州的卡佩拉大学完成博士学业后，由导师推荐到富特海斯州立大学（FHSU）任教。我在西亚斯堪萨斯国际学院教"领导学"。有一个中国学生英语不好，上课时让他的一位朋友陪着来做翻译。没想到做翻译的学生也对领导力感兴趣了，常来旁听。我发现，中国大学生对领导力的课程比较陌生。在美国，小学时就学习或培养孩子们的领导力了。社会需要很多有领导力的领导。刚开始有的学生不喜欢这门课，两个学期下来，他们在小组讨论时讨论很热烈了，他们对自己知识的充实与能力的提升很满足。

我上课时也有同学玩手机，还有睡觉的。我不会看着他们任其这样，会叫醒他们，并告诉他们课堂参与度不高会丢分的。要让学生跟着老师的思维，引导他们走。有一次，有位学生上课时忘了带书，我让他出去或者回去拿书。学生毕业后要从事某种职业，或者当领导也有可能，我必须高标准要求。学生将来会理解这一点。我上课不仅考虑大多数，少数人也不能不关注，即使是一两个人。我将学生分成若干小组，让他们课下分工讨论，而后每个学生上讲台讲一部分，全班学生整体展示他们的学习收获。我发现，学生们也可以在快乐中学习。

中国学生有很多优点，他们非常尊敬老师。中美教育不同，中国学生从小学开始，做题时要区分哪些对哪些不对，答案只有一种。而美国的试题没有对错，只有好与差的选择，有的答案是开放式，两种都可以。那么，中国学习模式的好处是，学生更想把一件事情做得更好，表现非常努力、刻苦。美国呢，大学是一种体验，毕业后若是找不到工作，政府会给补贴，所以他们压力不大。中美教育有各自的目标，美国与西方一致，课程简单，大学本科阶段学的知识面宽泛。中国学生观念不一样，用更加努力的学习去适应环境或者说教育模式，他们非常珍惜机会。

大学生更应该有大局观念，因为他们即将走向社会。中国做好了，世界就会好。当代的大学生要有全球意识、社会责任。我经常对我的学生说，你们说在中国会遇到这样那样的麻烦，美国也有问题，你不能只是抱怨，我们每一个人如果在自己的岗位尽职尽责，那世界就会变得美好！

——堪萨斯国际学院外教主管布伦登·福克斯博士

学生认可西亚斯，老师觉得有价值

我毕业于复旦大学外语系社会学专业，在南开读的研究生，在西亚斯工作快十五年了。西亚斯学院是高考失望者的希望！这里的学生身上有闪光点，他们珍惜机会，善于抓住机遇。陈肖纯先生为他们打开了一扇新的命运之门。中国高中生如果直接国外留学，很难取得学位。堪萨斯国际学院很多学生取得美国富特海斯州立大学学位后，去欧洲、美国留学读研的，留在国内的，或继承家族企业或创业，去竞聘工作的岗位也不错。比如说2002级的朱琳，非常出色，她中专毕业后工作了一段，得知西亚斯可以读美国学位，便放弃工作来读，之后又赴美国罗文大学读硕士。她现在是西亚斯学院的财务处长。如果她当初不放弃中专后的那份工作转到西亚斯来，就不会有今天的高级会计师、副教授、处长的成就。再比如说张琪，家里经济条件差，在西亚斯读信息管理专业，获美国富特海斯州立大学学位后，去上海贸易公司打工，现在是保时捷汽车公司中国总代理。如果她当时没有读富特海斯州立大学学位，那今天极有可能就是一名普通的打工者。堪萨斯国际学院众多校友在世界知名企业就职，部分优秀校友创业成功，成为相关产业的引领者。

2019年，教育部批准堪萨斯国际学院招生纳入郑州西亚斯学院年度招生计划，统筹安排。之前我们是自主招生，有些学生英语与自我学习能力差。但是富特海斯州立大学课程的难度是由低到高的，大一学期以英语和通识课为主，外教英语课也比较多，在课程设置上有政治、艺术史、写作、电影欣赏等博雅教育元素，包括所有职业应该具备的共同伦理等。这些课程让学生耳目一新，接触到国际化知识信息。最初，学生包括学生家长，以及社会上的人，对在西亚斯国际学院读美国学位的学生有偏见，认为大都是学习差的学生才来读。富特海斯州立大学课程每学分二百六十美元，一门课三学分。有的学生说，我花五千多元，给我一本书，老师不讲课让我自己讲，太不靠谱了吧！但随着课程的进展，学生就慢慢理解了其中的奥妙，感觉非常好。在中国郑州新郑，在西亚斯，学生在这样的校园里能够聆听世界最前沿的知识，接触最先进的教学模式与理念，而其他学校少有这样的机遇。我说，教育的作用是个漫长的过程，堪萨斯国际学院究竟怎么样，要等到二十或三十年之后才会呈现效果，它对学生产生的影响是深远的，甚至包括对他们未来孩子的影响。

布伦登·福克斯博士教"领导学"，他将学生分出许多组，每个组分配不同的任务，每个学生都有当组长的机会，组织大家分工、收集资料，分析讨论，以学生为主体，锻炼了他们的领导能力。还有"翻转课堂"，学生上课不再是以老师为主的填鸭式教学，他们的才能得到展现。我们发现学生们非常有才能，他们的潜能被激发了出来，有些问题比老师讲得还要好，讲得更新潮更有新意，这是美国外教们的坦诚评价。去年，外教讲授"城市可持续发展"，要求学生分组准备，找案例支持做演讲，有一组学生以丹麦的哥本哈根为案例，用心收集了详细图文，在讲台上系统分析讲演了这个低碳利用的绿色城市，还与其他城市做了对比分析，那简直就是带着全班同学做了一个世界城市之旅，包括其发展趋向，比去那儿一趟都了解得多。外教非常惊叹。外教要求严格，有原则有底线，如布莱恩·斯旺森博士开课先讲清楚法则，中文版的，那学生就不敢旷课，不敢作弊，上课积极发言，富特海斯州立大学的学分是一点一点地积累起来的，偷懒没有用。这说明我们中国学生不是不善于遵守规则，而是没有人严格执行规则。但在现实中，如有中国老师也像外教那样按规则办事就会显得太另类。当然，堪萨斯国际学院每个班学生少，搞"翻转课堂"容易，可分阶段管理。外教们抱怨西亚斯其他学院一个班学生太多了。国内大学一个班一百多学生的多的是，很难实现"翻转课堂"、精细化管理。

国内中外合作 4+0 模式的独立法人大学机构有十一家，非独立法人的有几十所。有些是世界名校与国内名校合办的，他们是精英教育，我们是普及化的国际化教育。在西亚斯，学生从不认可到热爱，进而在热爱中找到了自信，改变了以往唯唯诺诺的性格。学生们非常认可西亚斯，认可堪萨斯国际学院，这也影响了我们，叫情绪传染吧，让老师觉得自己非常有价值。

——堪萨斯国际学院院长助理田亚楠

要创造学生表现的机会

我来西亚斯学院两年了，教授"管理策略"。在教授学生课程之外，我更多考虑如何将"负责任的管理教育原则"（PRME）推荐给可爱的学生们。这是联合国全球契约提出的，旨在激发和支持全球的责任管理教育、研究和组织领导。目前已经有八十多个国家五百多个商学院和管理教育机构签署了这个契约原则。简单地说，这个原则就是研究推行地球的文化价值及社会经济的可持续发展。人类从哪里来到哪里去，这个现实问题与中国传统文化有契合之处。契合得好，对人类的可持续发展有帮助。当前世界走向了两个极端，一个是极致的个人主义，一个是集体主义。我鼓励学生去做社会调查，说明问题，思考如何解决并参与到解决的行动中去。

要不了多久，全球大多数工作将由信息技术完成，就像现在的银行。社会的工作岗位会越来越少。我们需要为下一代找到不同类型的工作。对此整体的理解对我们的专业教学将会有帮助。而联合国负责任的管理教育对西亚斯学生来讲是一个很好的机遇。西亚斯大多数学生有很好的潜力，我们需要一个系统来激发他们的潜力。而传统的课程设置有问题，我们需要更好的教育，创造学生表现的机会。我希望有机会提出我的建议，中国严重的环境问题更需要这个教育项目，政府也会支持的。

——堪萨斯国际学院美国教授马基地·迈赫迪

西亚斯向何处去

无论是应试教育还是通识或博雅教育，都需要提升学生的学习力。诺贝尔奖推行一百多年了，现在的获奖者年龄滞后十五年，平均年龄在五十到六十五岁。而这个年龄段的创造力已经是日薄西山、强弩之末。一个人创新力的高峰在二十到三十岁。今天的大学与数百年前的大学不一样了，学习方式发生了质的飞跃，还按部就班地进行四年制本科学习就是浪费青春。如果二十岁拿博士，正是青春焕发、灵光乍现加马力十足，那人类的文明成果就会是另一番景象。我说，提升学习力是传统应试教育实现自由的路径。当然，当下的教育也会飞出凤凰，但那有点像弯道起飞。现在学习的模式变了，二十岁的学生在电脑网络上就可与名牌大学教授交流，选择学习比课堂学习还好，我叫它疯狂的燃烧，让学生在兴趣点上学。小时候我找不到书看，现在幸福了，京东可以寄来，一个小小的电脑里有几十万本书。

我认为，陈肖纯是引领中原大地国际化教育的盗火者，这一点实至名归。西亚斯成立二十年了，未来的战略性定位应精细化思考，主动策划核心竞争力。"兼容中西，知行合一"的深层次文章还没有做。中国传统文化与西方科技结合不能限于外教加课程。要了解西方的困局，了解中国传统文化的精华与糟粕，强强联合、对接，而解决全球困局正缺乏这种高度。要提倡融合，像化学，像屠呦呦的青蒿素。科学化地融合人类优秀文明成果是历史责任，错过了就是错过了历史机遇。如一年一度的中国新郑黄帝论坛，定位高，但国际元素少，不能总是关起门来孤芳自赏。

如今，能招到好学生的是名校，或者换个说法，名校招到的是好学生。但是，如果把名校的好学生一换，换成三本学生，那他们就该垮了。炒股高手是把股炒起来，价值不能错位。好学生谁要你教？！名校的学霸不上课。教育的本来意义是让学生好，让学生在原有的基础上提升。所以，从这个角度说，西亚斯学院上升的空间大，而名校上升的空间小了。打造学生的学习力就能成为一流大学，炒股高手就是差距大，从最低段位炒到最高位，就像扶贫把穷人变成富人。现在有些名校是名不副实，你手中的好股不是自己炒起来的。

我研发的"记忆引擎"是根据人的记忆规律，将人脑加电脑加网络结合起来的学习方法，可大幅度提升学习力，经过西亚斯护理学院的实验，做得风生水起。2010年，护理学院一百零八名学生参加全国四级英语摸底考试，一个没过。用上"记忆引擎"之后，不到一个月考试通过率 71%。形象地说，用与不用"记忆引擎"就是乡间土路与高速公路的区别。遗憾的是，"记忆引擎"没有在西亚斯普遍推行起来，这里有我个人的原因，也有西亚斯的因素。有些学生用了，但管理监督跟不上，眼睁睁地看着泡汤。如果西亚斯善于利用当代的高科技，革新教育模式，提升学习力，那就是最棒的学校，应该被写进教育史。

现在是有马车队，也有汽车队，能站在马车队上思考吗？柯达公司就是悲剧的典型。曾经，柯达公司机器轰鸣，但不研究电子化，不与时俱进，便会如索尼、摩托罗拉等大公司一样，一个一个地倒闭……

——留美博士后，西亚斯国际学院
原认知科学研究所所长杨宁远

充分利用中国和世界两个视野

做诺森比亚大学访问学者之前，王甲林担任郑州大学国际学院院长，后来还兼郑大美国佛罗里达国际学院院长（中外合作）。这样的背景，自然使他对中国与欧美发达国家的高等教育有一个深度比较，而且对中外合作教育有着独立的思考："从事国际教育，就要包容、接受世界不同的文化，不同国家的文化只有不同，没有优劣。中国的国际教育只有尊重学习世界各国先进优秀的教育成果，才谈得上创新。"

作为中外合作学校，定期接受中外有关机构专家学者的现场评估是一个惯例。郑州西亚斯学院校长兼堪萨斯国际学院院长的王甲林非常清楚，他主持编写的《堪萨斯国际学院中外合作办学现场评估材料》得用具体实例数据来说话。在拟定大纲时，他对编写者提出了自己的思路：

西亚斯的中外合作办学适应了经济全球化对中国乃至河南国际化人才的需求。重点高校发展的趋势应该就是国际化办学。中外合作办学，第一层次是引进，进而融合，最高层次是本土化，即把国外的模式拿过来，结合国情，中西合璧，形成一种创新模式，才能走出国门。西亚斯中外合作办学二十年，有经验可总结，也有教训要汲取。欧美发达国家的优质教育资源也是动态变化的，他们几十年前的一些教育模式，放在今天看也不一定就是优质教育资源。即使是优质的，引进来没有本土化，也会消化不良。得有自己的东西，才叫创新。西亚斯校园的外部建筑文化，体现了中西合璧，对学生有潜移默化的作用，但形式得与内容相统一。内涵发展，体现在我们培养人才的方案上。世界大学的中心过去在英国，后转移至美国。现在学生费时四年学习，拿到毕业证这块就业的敲门砖，但如今好多企业不光看文凭，还要看其他方面的能力。这就看学校创新的水平了，培养的学生是否受到社会欢迎。美国的优质教育也在不停地创新，除了让学生拿到毕业证，还会培养学生好多专业方面的技能，提供单项的证明能力的证书。所以提倡通识教育也好，博雅教育也好，不能脱离实际。党的十八大提出培养德智体美的教育目标，到了十九大之后的全国教育大会，提倡德智体美劳的教育方向。国内大学生思辨能力、想象力弱，动手能力差，故而进入社会就会不适应。一句话，堪萨斯的评估报告，就是既要总结出我们符合国家标准的做法与成果，更要体现出西亚斯中外合作办学的创新特色……

2019年9月，厚厚的两大本《堪萨斯国际学院中外合作办学现场评估材料》如期完成，其中师资队伍的管理机制这样概述："中外教师均为两校学术造诣高、专业背景强的优秀教师。中方EFL英语教师近三年来分批赴美参加每年一次的暑期专业培训；美方派专员常驻学校对 EFL 教师的日常教学进行监管并定期对此部分教师进行教学技能及专业知识培训。中方专业课教师每年轮流赴美、英等国参加为期六个月的访问交流学习。外籍教师由外方选拔和聘任。外籍教师承担专业核心课程的门数和教学时间占中外合作办学全部课程和教学时数的三分之一以上。中方教师大部分具有海外留学和培训经历。中外优质资源的融合、严格的师资培训及进修促进了教师教育教学理念的更新、课堂教学方式的改进和全英语教学能力的提高。"

也可以这样说，堪萨斯国际学院这座中外合作教育平台，引进借鉴了美国百年老校富特海斯州立大学的管理与教学模式，并融合创新，培养了一支具有国际化视野、了解国际教育通行规则的师资队伍。梅贻琦先生曾说：一个大学之所以为大学，全在于有没有好教授。他的"所谓大学者，非谓有大楼之谓也，有大师之谓也"，也可谓高等教育界的经典论断。时代变了，西亚斯不仅有一支中西合璧的师资团队，还有中西合璧的美丽校园。

堪萨斯国际学院学生曾多次荣获国际国内竞赛大奖，具体有：全国希望之星英语演讲比赛特等奖，全国高校商业精英挑战赛 2018 年（新加坡）全球品牌策划大赛中国地区选拔赛一等奖，第七届创新创业大赛一等奖，河南省翻译大赛一等奖，等等。

中外评估专家学者对堪萨斯国际学院的印象，正如王甲林院长的一番简短概括：充分利用中外合作办学国内和国外两个校园、中国和世界两个视野、中文和英文两种语言、中教和外教两种思维等特色和优势，努力打造成为具有一定国际影响力的学校。

2017 年 11 月，西亚斯国际学院举办一年一度国际文化周之际，美国高等教育委员（HLC）评审员卡琳·泰勒教授来到中国，她此行是作为同行学者受 HLC 委托来对富特海斯州立大学中国西亚斯校区做现场评估。泰勒代表 HLC 评估的是富特海斯州立大学，西亚斯堪萨斯国际学院只是其中一部分。

泰勒对中国文化很感兴趣，这是她第一次来中国。她在时任西亚斯国际教育学院（2019 变更为堪萨斯国际学院）院长助理田亚楠的陪同下，颇为激动地开始了校园考察。她去行政楼、国际教育学院大楼参加会议，还特意去教室听富特海斯州立大学美国老师的课，在课堂上，她惊诧地看到中国学生用自然流畅的英语提问、交流。"没想到中国学生的英语水平这样好，这简直超出了我的想象。"课后她对田亚楠发出这样的感慨。她特意去了学校"心理咨询室"，且非常细致地向老师提问，学生们都提到哪些心理问题，老师是如何解决他们心理问题的。在免费为学生提供帮助的"学习辅导中心"，她饶有兴致地了解到学习困难的学生在这里会得到好多方面的辅导。在现场考察中，她就像一个拎着摄像机的专业摄像者，一会儿是宏观的浏览，一会儿是逼近对象的细致特写。她的考察评估也超出了标准的框架，摄取了许多令她感到新鲜陌生的内容。

她在校园里的那几天，恰好目睹了西亚斯国际文化周的热闹场面，中国日、欧洲日、北美日与澳洲日等，一天接一天。欧洲街、意大利广场、图书馆、伦敦街，到处都是人头攒动的学生。舞狮、高跷、书法、绘画、刻章、手工编织、吹糖人等，这些带有中国传统特色的活动磁铁一般吸引着她的目光。泰勒激动地对一直随行的田亚楠说：在这样的一所国际化大学的校园里，还有这么丰富的中国传统文化，真是太精彩了。非常棒！

有天下午，泰勒在欧洲街随意转悠着，她想买几件学生亲手制作的东西留作纪念。一小摊前的中英文说明吸引了她，那上面写着：售卖所得将捐助学校贫困学生。她停了下来，与摆摊的几位学生攀谈起来。她选中了学生制作的彩石项链，并双手拎着在胸前比画着，那些天然不同色泽的石珠虽简朴却不失雅致，身边的田亚楠也赞美说，漂亮！可一问价，好贵，要一百元一条。没想到，泰勒伸出三个手指说，我要三条。

泰勒回美国后，很快就写出了一份较为详尽的《美国高等教育委员会对富特海斯州立大学现场评估报告》，该报告经美国高等教育委员会同意，于2018年1月19日发给了富特海斯州立大学代理校长，提交报告的短信开头如下：

亲爱的汤普金斯校长：

附件是继访问富特海斯州立大学（FHSU）之后完成的对多个办学地点的访问报告，如报告所述，各地点的运行模式满足需求，无须进一步评审或监测。

在多个办学地点访问报告中，您将看到关于教学监督、学术服务、学校教学设施、招聘信息以及学术表现适当性评估的简要评价。请考虑将这些评价作为继续改善其他办学地点运行的建议。

根据高等教育委员会（HLC）政策，校区访问的完成和办学要求的满足将载入贵机构的历史记录，完整报告将存入贵机构的永久档案。

……

这份现场评估报告是按标准格式填写的，其概述部分，要求提供富特海斯州立大学新增办学地点的信息，以及该校校外教学的整体方法，并描述自上一次校外教学评审以来该机构的增长模式，还要求提供有关外部组织或其他高等教育机构参与的信息。泰勒对西亚斯国际学院的判断结论是"充分"，即充分满足标准。相反的另外一个结论是"需要关注"，即需要跟踪考察有关的内容。

泰勒的评估报告对西亚斯的机构规划、教学设施、教学监督、学生支持、评价和评估、持续改进、综合建议等方面均有判断结论和详细评价。按理说，评审员对富特海斯州立大学在异国办学地点的校区写一份现场评估报告，除了抽象的图标数字，其文字也应该是理性的表述，但泰勒却在此报告的叙述文字里毫不掩饰自己的感情色彩：

"西亚斯国际学院的教学设施令人印象深刻。他们的口号是'兼容中西，知行合一'。这通过他们的教学设施，以及他们的专业课程得以体现。例如，他们的行政大楼的一侧与北京天安门广场相似，而另一侧则类似于白宫。整个大学的建筑仿效许多西方城市，而宿舍是目前在中国常见的多层高楼建筑。图书馆以电子方式获取学术资源和印刷资源，令人赞叹。又设立专门部门，负责心理咨询、辅导，令人称赞。教师有足够的办公室，可供与学生面对面或邮件方式沟通。而且，由于教职员工住在校园内，学生很容易地与教职员工交流。西亚斯的所有学生都住在校内，很少学生有汽车，所以停车不是问题。许多学生在校园内使用电动自行车，校园自成一体，因此学生所需一切都可以在校园内找到，包括医疗和牙科服务。……校园安全不是问题，据我个人经历，在任何时间，无论白天或夜晚，我都能安全地行走在校园的任何地方。"

在学生支持方面，也就是学生对西亚斯的满意度方面，泰勒满怀褒义地评价道："……富特海斯州立大学明智地选择了与郑州西亚斯国际学院合作，西亚斯创始人陈肖纯博士显然明白如何将东西方文化相融合，让学生有机会生活在一个多元文化环境中。"

评估报告结尾是评审结果摘要，泰勒非常简短的概括中仍然倾注了自己难以抑制的激动之情：

"此次赴富特海斯州立大学的合作院校西亚斯学院之行令人难忘，富特海斯州立大学应该为他们在中国建立这种伙伴关系的远见和眼光受到赞扬。对本次评估者而言，这里就是未来世界成为一体的地方。我此前的预期跟我了解到的事实几乎完全相反。我以前认为我只能参观校园的一些特定区域，并且只能得到有限的信息。但实际上，西亚斯校区提供了我需要的所有信息，并且提供的信息通常比我要求的更加完善。……我必须说，陈肖纯博士和富特海斯州立大学为'中西方的结合'设定了一个高标准。我觉得这两种文化相互交流的方式，即使在十年前看来也还是难以预测的。"

美国高等教育委员会的评审员非常专业。泰勒飞越太平洋，依据美国严格细致的标准，对中国的西亚斯国际学院及所属的堪萨斯国际学院（彼时为西亚斯国际教育学院）进行了一番现场考察评估，其结果不仅让她"充分"满意，同时也在评审报告中表达了她的惊叹和由衷的赞许。

到 2021 年，中国河南省与美国堪萨斯州结为友好省州已经四十周年。这一年的 9 月 23 日，河南省省长王凯与堪萨斯州州长劳拉·凯莉进行了视频通话，并代表双方政府签署了建立友好省州关系四十周年谅解备忘录。在此大背景下，郑州西亚斯学院即为双方教育合作、交流的结晶。

接着说崔林，在 2019 年秋季给欧美一些名校投递申请之后，她满怀希望，也颇有自信，因为她的各科成绩分与总均分都不错，符合一些名校近年来申请的惯例标准。可令她没想到的是，随后她连续接到三份拒绝申请信，其他的投递也都杳无音信。而且三份拒绝信可谓无理由拒绝，连不符合哪些标准都不说，就是简短的一句：非常抱歉，我们无法给你提供这个机会。这简直就是拒绝申请的一句套话。崔林的信心受到极大的打击，就如同狂风掠过之后扑倒在地的一株树苗，要再立起来可太难了。她的各科成绩均超过了七十分，总成绩平均分为九十一点三三，这些都符合世界名校的要求，近年来名校录取学生的总平均学分为九十分以上。她的社会实践、志愿服务、科研经历、发表论文等方面都有丰富的内容。

她难以抑制气愤的情绪："为什么呢？为何如此苛刻？！"她不甘心，连续几日在电脑上详细搜索欧美名牌大学近年来录取中国学生的信息，包括一些大数据排列。果然不出她所料，她看到好多大牌学校之前录取的中国学生几乎清一色出自"985"大学，连"211"学校的都极少。她无语了，热度也一点一点地冷却下来，眼睛盯着电脑屏幕，手指麻木地滑动着鼠标键往下拉。但是，她还是在一些统计数据的末尾发现了特例，尽管极少极少。真犹如在茫茫大海漂泊之中瞭望到地平线一般的感觉，她又拉起了希望的船帆。

2020 年年初，她重新评估了自身的优势与弱项，详细分析了自己所申请学校的专业对学生的特殊要求，调整了原先申报的专业。她没有退而求其次，仍然把第一目标锁定为世界前三十名的大牌名校。之前，她申报伦敦国王学院的人力资源管理专业，这一次将其改为了领导力与发展专业。在申报表中，她考虑对方的关注热点，又添加了自己的一些亮色经历：大学期间在国家公开刊物发表过四篇论文；2018 年冬天参加了北京对外经济贸易大学的科研项目——国家社科基金资助的"中国在国际舞台上的地位与作用"，其时负责收集中外文献资料二百篇，并撰写摘要；2019 年 11 月，参加"世界青年创新组织"的联合国可持续发展目标孟加拉国项目考察等。她写道："我在大学读书期间，为人类可持续发展目标走出了第一步，开拓了全球视野。"

堪萨斯国际学院资深外教斯旺森与比尔·艾伦（Bill Allen）也特意热情地为她写了推荐信。

艾伦博士的推荐信简短而又全面：

> 我真的很高兴为崔女士写这份推荐信。去年，辛西娅（崔林）是我的商法和商业、社会与道德课程的学生。她是班长，她以这种身份清楚地展示了她的组织、人际关系、沟通和领导能力。崔女士积极参与课堂教学，担任团队负责人，并在团队合作中取得成功，有助于解决问题和具有批判性思考能力。辛西娅在六百多名学生中排名第二。

> 她是学生会主席，在商业期刊上发表了三篇同行评议的文章，她曾作为国际学生倡议的领导者去过孟加拉国和印度尼西亚，还曾在中国的银行业实习。她赢得了许多奖项，包括在英语辩论比赛中获得第一名。崔女士是一位勤奋的学生，她细心准时。她具有很强的英语能力，可以胜任研究生工作。辛西娅计划在英国继续深造。

> 我在美国的专业经验包括建立和出售两家医疗企业和一家房地产公司。我曾经对数百名员工负责，并且根据这一经验，我相信我是一个品格判断的高人。崔女士超出了我在员工中要寻找的所有条件。我敢肯定，她将来会很出色。

> 如有任何疑问，请随时与我联系。

> Bill Allen

斯旺森博士的完整无保留推荐：

> 我很高兴在"商务概论"课程中拥有 Cynthia 即崔林。该课程是联合学位（中美）课程的一部分，该课程的学生既可以从 SIAS（西亚斯）国际大学获得中文学位，又可以从

富特海斯州立大学获得美国学位。辛西娅（Cynthia）在这些非常具有挑战性的课题上做得很好。与许多旨在记忆的课程不同，我的法律课程刻意侧重于批判性思维和苏格拉底式方法的教学，辛西娅在这两个方面都做得非常出色。

我特别欣赏辛西娅的一点是她愿意参与课堂。在该类别中，她获得了最高分，当我问一些困难的问题时，我通常可以依靠她给出出色的答案。实际上，有时我会避免在她举手时要求她提出一些简单的问题，以免她遇到更具挑战性的问题，因为这些问题使更少的学生能够推理。

辛西娅是名出色的学生，但她的才华不限于学习方面。她具有强烈的职业道德，并在生活的各个方面追求卓越。她确保自己对我们课程的细微差别表示真正的赞赏，并在课堂上和课外提出了深思熟虑的问题。

在她担任学生会主席的同时，我还与课外的辛西娅进行了积极的互动。

我很高兴有机会为您的机构推荐辛西娅。我为她提供完整无保留的推荐。

Brian A.Swanson

这次是万事俱备只欠回复了。2020年2月到3月，她先是收到了悉尼大学、伯明翰大学、爱丁堡大学的录取通知。之后又收到了富特海斯州立大学的录取通知，而且是全额奖学金的名额。可是她却没有开心或者兴奋，也就没有张扬地对同学与好友们宣布。她还是觉得自己基本满足伦敦国王大学的录取条件，她继续等待。

然而，一直到5月，也没有消息，她真是绝望了。6月1日这天上午，她看到了新邮件提示，打开后眼睛一亮，是KCL的。第一页的简短两行字跳入眼帘：

亲爱的崔小姐：

我非常高兴地告诉你，你的申请成功了，我们想要提供给你一个名额机会。

之后是招生官个人签名。她大致浏览了后面四五页详细列出的该专业所设课程，开学日期为当年 9 月。她在屋里来回走动着，也不知转了多久，最终站在窗口，向外面的天空眺望了很久很久。

她首先向父母报喜：我获得了堪萨斯国际学院优秀学位生。伦敦国王学院是我申请读研的所有学校里的梦想之校，今天总算圆梦了！

第四章　国际文化周

✦

点　睛

　　"点睛"，多用来比喻绘画、作文或讲话中的神妙之处。而西亚斯国际文化周的"点睛"，则是一个为期一周的国际文化周启动仪式。

　　2019年11月4日上午9点30分，校园意大利广场中央，铺着红地毯的方形台子上，校长与来宾站了一排。台下一黑一白两只相互戏耍的舞狮，此刻顿时安静下来，高高地伫立在那儿一动不动，手掌般大小的眼睛也微微一合，似乎在闭目养神，等待启动仪式。方台周围挤满了围观的学生与校外来看热闹的游人。

　　这一天是西亚斯第21届国际文化周的启动日，名为"中国日"，活动将持续六天。也有人将其称为国际文化周，但按照该节日英文名称Sias International Culture Week，以及活动持续的时间来说，应该称为"西亚斯国际文化周"。

　　校长王甲林西装革履，在台上热情洋溢地致辞：

　　"……由于秉持独特的'兼容中西，知行合一'的教育模式，西亚斯已经成为河南省响亮的教育品牌。我校历来重视对学生的人文教育，鼓励学生参与感受东西方文化的融合，提升学生的综合素质和创新精神。我校还长期致力于建立与世界各地高校的学术交流与合作，旨在将国际教育价值和教育理念带到中国，从而建立起一座沟通中外的桥梁。一年一度的国际文化周就是实现这一目标的具体一环，鼓励学生感知不同国家的文化与历史，让学生们早日成为具有国际视野的祖国建设者。

"……国际文化周是我们了解世界的窗口，也是全世界精彩文化的缩影。今年的活动将使学生了解更多的现代理念，并享受这道精彩的多元文化大餐。"

致辞完毕，王甲林手持一支特大号毛笔，走至舞狮之间，分别在两只舞狮的眼睛处象征性地点画一下，那两只舞狮刹那间仿佛被激活，张开了灵动的大眼睛，摇头晃脑地舞动起来……

与此同时，这一天的亚太大学联合会（AUAP）第四届英语演讲比赛、中国传统文化艺术展演、中国传统民间艺术展演、学生社团中国传统文化展演、摄影展、书画艺术展、秋思雅韵非遗作品展、西亚斯好声音决赛以及丰富多彩的国际文化讲座，在校园四处纷纷开幕启动……

"美国大学的国际文化周，我还是相当了解的，他们一般是办一场活动，时间是一个白天或一个晚上，主要是留学生参与，展示自己国家的美食和文化，在国内也是如此。可全校范围内持续一周的国际文化周，我还没有听说过。西亚斯是全校范围的国际文化周，师生参与度高，而且持续六天。"西亚斯国际交流处处长岳军亮，在他的办公室对笔者如是说。

国际文化周由国际交流处策划、承办，岳军亮是忙里忙外的总管。他是西亚斯国际学院 2004 级外语系毕业生，之后留学美国，获阿克伦大学教育学硕士与工商管理硕士，在校期间为精英社成员。留学毕业后曾在阿克伦大学国际交流处工作五年，负责国际生的录取、移民和学校国际合作项目的开拓等。2017 年，被陈肖纯邀请回国返回西亚斯母校工作。因国际教育交流，他曾走访三十多个国家。

说起为什么又回到了西亚斯，他笑了，随口说道："家国情怀，母校情怀嘛！我们国际交流处有一半是海归，大都是西亚斯国际学院毕业的。"

西亚斯国际文化周大体可分两个阶段，前十届主要是外教与留学生演出，全体师生看，参与度低。2010 年，陈肖纯在曼谷举行的亚太大学联合会上当选副主席后，理念转变，他要尽可能让学生多参与国际文化周活动。2014年，陈肖纯在伊朗德黑兰大学召开的第十一届亚太大学联合会上又当选为主席。也就是说，从西亚斯第十一届国际文化周开始，就特别注重举办一些国际化活动，组织吸引更多的学生参与其中。

说起近几届国际文化周，岳军亮侃侃而谈：

"比如，2017年，亚太地区世界大学校长联合会在西安召开之际，我们便邀请参会的大学校长们借此机会来河南西亚斯参加国际文化周并做讲座。他们乐意来，哈哈，校长们也可以说是被我们拦截过来的。

"就说这一届吧，去年，2018年，我们参加亚太大学联合会年会，陈肖纯先生向理事会提出申请，希望第四届AUAP英语演讲比赛在西亚斯的第二十一届国际文化周中举办，当时与会者投票表决，一致通过。为什么呢？他们大都来过西亚斯，知道西亚斯有这个能力，软硬件都好，有百余名美国外教在这里。这次比赛，有环太平洋十二个国家的高校参加，比赛结果，伊朗德黑兰大学第一名，西亚斯第二。那这个活动，西亚斯学生的参与度就高了，选手尽管是极少数，但听众多啊。我们的学生会见识到别国大学生的英语演讲水平。那来参赛的其他大学选手，很多是第一次来中国，对西亚斯很新奇，那他们回国之后就会向同学们分享来西亚斯的见闻，分享来河南与中国的见闻。这次活动，也是亚太大学联合会组织的规模最大的一次英语演讲赛。

"还有此次文化节中的洲际篮球赛，也颇有戏剧性。我在一次国际会议上与克罗地亚扎达尔大学的人相识，本来是他们邀请我们今年9月去参加一个欧洲地区的大学篮球联赛，可我们去不了。那我就顺势邀请他们来参加11月初的西亚斯国际文化周，参加洲际篮球赛。他们的球队由扎达尔大学副校长伊万卡·斯特里切维奇带队。他们第一次来中国，对中国几乎是一无所知，校长给我们的学生介绍克罗地亚的地理文化、两国贸易往来，学生觉得很有意思。让西亚斯学生尤其是西亚斯篮球队学生惊讶的是中国台湾义守大学篮球队的作风，他们的球员在赛场非常注重礼节，比赛结束集体向观众致谢，与裁判一一握手；在餐厅用餐要么吃完，要么带走，没有剩餐浪费的……"

此届国际文化周开幕前三天，我约了校国际交流处陈中纪主管，在一小圆桌前，我俩一边喝茶，一边聊天。说起国际文化周，他兴致勃勃：

"每届持续六天，从建校至今从未中断，真是不容易。最初不大注重主题策划，近些年来有了主题内容，越办越精。西亚斯好多学生是从河南农村来的，见外教都是第一次，怎么让他们不出国门看世界？校园建筑只是一个方面，国际文化周是一个窗口。这届国际文化周，我们策划举办了国际教育展，就在校园内的莫斯科广场，一个大学一个帐篷，美国、英国、新西兰、澳大利亚等五十多个国家的一百五十多所高校的招生官飞过来，非常壮观。还有二十多个国家的文化讲座，其中外国学者占一半。

"陈肖纯先生在组织协调会上说，此次国际文化周的亮点就是要创新，目的只有一个，以新颖的形式吸引更多的学生认识世界。

"东西方文化差异很大，不仅仅是在建筑、饮食、服饰方面，在思想、理念等方面也有很多不同。有一次，外教在我们国际交流处讲中西文化对比，从生活与工作、个人与集体、工作计划、信用规则、自由民主等方面对比着说，区别是明摆着的，但他的叙述中透出一种倾向：西方比东方好。在座听讲的有我们处的，也有负责外教的老师，还有一些学生，他讲完了也不问大家有没有问题。一般来讲，外教讲完了是要让大家提问来分享的。我便举手提问了，我说，文明或者说文化没有高低贵贱的区别，只有不同，这是国际文化的一条重要规则。在座的有人拍起手来。外教倒也绅士，说哦，上帝，我忘了说，原准备要讲这一条的。我说这个例子的意思是，国际文化非常复杂，那西亚斯作为一所国际化学校，学生应该对世界上不同的文化有所认识，否则未来将无法与世界对话。

"哦，对了，我们此次文化周组织了百余名学生助理，他们是国际文化周各项活动的组织参与者。我给你多介绍几位……"

培训者是怎样练成的

2018年9月，西亚斯新生报到的第一天，一位来自河南鹤壁市的女学生并没有急着办报到手续，而是在家人的陪同下先游览了一番校园。她高高的个子，一副微笑面孔，皮肤白皙。报到之后，被学校学生记者围上了，记者话筒举过来，问道：

"你好，请谈谈你对西亚斯的第一印象，好吗？"

"啊，像梦一样，感觉都不大真实。校园非常美，那么多喷泉，太漂亮了！"

"你对自己的大学生活有何规划，或者说憧憬？"

"我还没有太细致考虑，不过之前也查看了西亚斯介绍。想着大一要好好学习，还想参加学生会。大二嘛，多考几个证。大三争取交换生机会。大四，努力考研呗……"

她的回答自然简朴，带着自信，还有掩饰不住的激动。第二天早晨，一个刚刚走进大学校门、对未来充满向往与期待的新生，阳光地出现在西亚斯校园各处的大型电子屏幕上。她一进校门就幸运地脱颖而出。

她叫高子淇，商学院经济学专业新生。从上小学到高中当了十二年班长，所以一进大学校门，面对记者采访，她没有慌乱、退缩，回答得流畅自然。军训之后，她被老师推荐为新生代表，烛光晚会与开学典礼当晚，还参加了学校新生代表晚宴。她虽然当过十二年班长，可毕竟没有见识过西亚斯图书馆宴会厅的宏大高雅场面，更要命的是她的座位在外宾桌，相邻而坐的是美国西亚斯基金会第六任主席、世界女性未来发展学院创办者、院长杰瑞·尤伯利女士。她顿时拘谨、尴尬起来，一句英语也说不出，整个晚宴期间都没有放松下来。菜上来了，也不敢吃，偶尔象征性地来一点点。西餐是一道一道地上，用完一道撤一道。

尤伯利女士见这位学生的菜几乎没动，好生奇怪，放慢了语速问道：

"你不喜欢西餐吗？"

"啊，喜——欢。"

"为什么吃一点呢？"

"哦，我不饿。"

拘束归拘束，但她还是在与尤伯利碰杯的时候，鼓足勇气说了自己当下的感觉：

"你的眼睛好漂亮！"

"是吗？谢谢！是有好多学生这样对我说。我是西亚斯世界女性未来发展学院的导师。"

"啊，我听说过，知道世界女性未来发展学院。"

"哦，你怎么知道的？欢迎你参加！"

简短的对话，她说得结结巴巴，中间还让尤伯利的学生助理给翻译了几句。这次晚宴，让她印象深刻且颇受刺激。"面对丰盛的大餐晚宴，我几乎是零进食，与外宾碰杯的时候，手都在微微颤抖。"这一晚，她与十六位新生代表相识，建了微信群，成了"颜值爆表小分队"的一员，与邹圆圆一个群。

大一时，她报名考试参加了校理事长助理团。一场新生晚宴，让她觉得自己应该多认识外宾，来弥补自己的短板。当她与其他学校的同学谈起自己的这一想法时，他们惊讶不已：什么？校领导助理团都是学生？我们见校长都难。她也加入了校学生会。理事长助理团尊重她的意愿，分配她在礼仪接待组，学习接待外宾。

2019 年 5 月，西亚斯举行建校二十周年庆典期间，她负责的任务之一是接待美国堪萨斯州大学联合会的十三人代表团，其中主要是富特海斯州立大学成员。此时的她已经有了一些经验，负责该团全部事宜。堪州大学团在西亚斯的七天详细行程，全部有中英文对照。校庆期间，仅理事长办公室就接待一百三十多名中外来宾，但只有两名老师指导，主要靠学生助理各自独当一面。第一天，她在机场接团时很高兴，与同学们举着"西亚斯欢迎你"的条幅，扬着富特海斯州立大学与西亚斯的校旗。堪州团成员在机场出口一个个热情地与他们拥抱。但随即该团就有人向富特海斯州立大学带队莘迪·埃利奥特说，托运行李还没过来。也有人说，护照还在托运行李里。埃利奥特一脸茫然，不知如何是好——走吧，谁来认领行李；不走吧，行李何时能到是个未知数。高子淇急忙与理事长办公室指导老师联系，老师说先安排入住吃饭。于是兵分两路，由一位高年级学生陪同埃利奥特留在机场沟通、等待，高子淇带队奔新郑华美达酒店入住。当外宾们洗漱完毕，高子淇在餐厅已经点好了菜肴，以中餐为主，冷热搭配，配有冰镇可乐、啤酒，满桌五颜六色煞是好看，看着都来食欲。一番礼仪介绍之后，高子淇退出餐厅，好让这些飞越太平洋的美国客人安静用餐。也就过了几分钟，服务员突然来到高子淇身边，小声地说，他们在叫你呢。她立刻返回去，一进餐厅包间，就看到好几位拿起手中的筷子说：子淇高，我们不会用筷子。有没有刀叉？高子淇立马为自己的疏忽涨红了脸，连说对不起，请稍等……

　　这个小插曲仿佛是个引子，接下来所发生的一件事更让高子淇措手不及。来宾入住酒店的第二天一大早，堪州海斯姐妹城市委员会成员、富特海斯州立大学国际招生和跨文化融合部主任迈赫兰·沙希迪先生就给高子淇来电话说：

　　"上帝，简直受不了了，我要死了。"

　　"哦，您慢慢说，怎么回事？"

　　"怎么回事？这里的空调不好好工作，我真的没法在这里待了，我要回去了。"

　　"哦，明白了，我马上过去。"

　　高子淇带着同学赶到宾馆，她让其他人陪同沙希迪先生先去参加校园活动，自己留下来与酒店交涉。这一突如其来的意外，让她几乎晕菜。之前培训时，老师反复告诫外交无小事，得处处小心谨慎。如果堪州大学联合会要员因为酒店空调问题带头撤离，那不成了天大的失误？沙希迪先生因为空调制冷不好而情绪偏激，这一点高子淇也许不大理解，但在美国的确如此，即使室外再热，一进室内，无论是公共场所还是私人住宅，均凉爽无比。乘车亦如此，稍微有点闷热，他们就不习惯。这或许也是文化差异的一种。

她也没有时间听酒店经理解释了，或许是急中生智，她直接亮明底线：要么上午维修好，要么退房。经理当即派人对十八个房间进行检修。除了十三个美国客人之外，还有五个西安交大的代表，也归高子淇负责。她就在现场盯着，直到每个房间制冷效果测试明显，才离开酒店。原来酒店空调效果本来就不太好，再加上是插门卡用电，客人回到房间才开启，人一离开房间就断电了。那客人一回到房间，温度一时半会儿会降不下来，岂不闷热难耐？酒店经理为了规避退房风险，特意给这十八个房间配置了双卡，即使客人离开房间，屋内空调仍然运转。经理也即时将这一措施电话告知高子淇。

　　到了晚上，高子淇特意给沙希迪先生打电话：

　　"先生，房间空调已经检修好了，您现在感觉怎么样？"

　　"哦，非常感谢您的工作，现在的温度非常好！我今晚可以做个好梦了。"

　　总算是有惊无险，高子淇悬着的心终于落了下来。

　　校庆结束，高子淇送堪州大学联合会代表团到机场，临别时，她对沙希迪说：

　　"先生，这次你们参加校庆活动，我安排得不够周密，还有一些失误，请你们多谅解。我代表我们四位学生向你们……"

　　沙希迪连忙伸出手掌，说："不不不，完全没有，你们太棒了，是西亚斯最棒的学生！太棒了，我经历了最棒的行程，非常享受在这里经历的每一天……"

　　高子淇就是这样在不断地犯错中成长起来，其中的甘苦别人无法真切体会。回忆起自己一路走来的艰辛，她说："比高考还拼命，我也真是锦鲤好运，没有出什么大错。"

　　在西亚斯第二十一届国际文化周前夕，高子淇负责协助外教对参加高桌晚宴的三百多位学生进行培训。高桌晚宴的主体是学生幸运者，说是幸运者，是因为这三百多位学生全靠抽签获得名额。高子淇是上一届——第二十届国际文化周的抽签幸运者。高桌晚宴在图书馆一楼宴会厅举行，届时，男生着西装领带皮鞋，挽起着旗袍或长裙的女生，走红毯步入大厅，聆听大咖来宾的即席演讲，之后在校交响乐团的轻音乐旋律之中，与中外重要来宾共进晚宴，相互结识交流。宴会工作者也一律为着正装的学生。晚宴是高档西餐，先是冷餐加开胃酒，继而有数道大菜，最后上甜点。西亚斯一年一度的高桌晚宴众人皆知，遗憾的是每次只能有数百名幸运者参加。

学务处有培训流程，包括彩排。第一次培训，面对数百名幸运者——其中绝大多数对大型西餐宴会礼仪还一无所知，美国外教安娜从最基本的细节讲起。高子淇负责翻译，同时站在学生角度，补充注意事项，解答各种外教不好理解也无法解释清楚的繁复、可笑的问题。

安娜问学生，为什么要参加高桌晚宴？回答五花八门，有的说主要是想见识一下，对西餐一无所知，更别说大型西餐晚宴，所以报名时很纠结。报名也是碰碰运气，现在拿到精美的邀请函就变得正式了。感觉学校是真的在用心做这件事。有的说是因部分报名中签者放弃了，自己是补录抽中的，没想到会轮到自己，太幸运了。还有的男生说，发现自己中签后蒙了，立马与中签同学建立微信群，相互询问信息，赶紧买领带与领结。

安娜通过图片展示十二种餐具，逐一介绍沙拉叉、牛排叉等，台下的学生急了：老师，它们不都长一样吗？怎么还分类使用呢？老师也乐了，说你仔细看，它们长短不一，用途自然不同。

注意！用餐的时候胳膊肘不能放在餐桌上。——安娜开始强调重点。

安娜用汤勺比画着说，喝汤的时候，碗不能端起来，要用汤勺一勺一勺地将汤完全放在嘴巴里，且不能发出呼噜声响。她又用刀叉示范说，右手持刀，左手持叉，一小块一小块地将切好的菜肴完全放在嘴巴里，而且注意，咀嚼时不能露出牙齿。学生哗声四起，有人说，这也太麻烦了，累不累啊，这可怎么吃呢？

安娜说，按用餐时间节奏，服务员看你用完一道菜随即撤掉餐具。有学生立马插话问道：老师，那我们能吃饱吗？这让安娜蒙了，高子淇赶紧说，西餐上菜节奏比较慢，不要慌，慢慢吃，别以为撤餐具了就是结束，第二道菜很快就会上来，那只是换菜的一个程序……

安娜一边讲解一边演示说，吃肉要事先用刀叉剔下骨头，并且要将骨头放在盘子里。学生又是一片哗然：我们都是放在桌子上的，那盘子里的菜怎么吃啊？

安娜说，用餐巾抹嘴巴时只是轻轻地象征性地擦擦嘴角，不能用力，不能将餐巾搞得很脏。所有受训的学生哄堂大笑……

不管怎么说，这些中签幸运者届时是要参加高桌晚宴的，不能出洋相，珍惜机会，见识世界。好多学生生怕漏掉一个讲课细节，记笔记，用手机狂拍讲课图文。高子淇对培训场景的细节都记忆犹新："上培训课没有靠着座椅后背的，全都是直立着听……"

第一次培训结束，一位刚入学两个月的来自农村的男生，走至高子淇跟前说："学姐，我根本搞不清这么多复杂的讲究，一时半会儿也学不会呀，到时还不知道会出什么乱子呢。弄不好出了岔子怎么办？会不会受处分呢？"

高子淇乐了，说："不会，国际文化周就是让学生们学习的嘛，哪会处分呢。放心吧，放松一点。我们还要培训多次，之后还有彩排练习呢……"

高桌晚宴

2019 年 11 月 8 日，星期五，这一天是国际文化周的北美与澳洲日。当晚 6 点整，在图书馆一楼宴会厅，高桌晚宴准时开始。大厅灯光明亮，主席台上洁白柔软的纱幕之后，交响乐团演奏着悠扬舞曲。

男生挽着女生，一对一对徐徐入场，男生这边西装革履风度翩翩，女生这边彩裙飘曳活泼雅致。这一晚，三百多名学生幸运者加百余名来宾，共计四百余人参加。体验西方餐桌礼仪，且与名流嘉宾面对面交流的高桌晚宴算是拉开了序幕。

先由陈肖纯介绍嘉宾开场，而后他在致辞中说：

"……西亚斯每年在国际文化周之际，举办一场隆重而又盛大的高桌晚宴，其目的是提升学生礼仪修养，培养学生国际化交际能力和视野，展现国际化育人理念。在这所国际化大学里面，让同学们通过这个高规格的晚宴，熟悉国际社交礼仪文化，熟练运用餐桌礼仪，提高沟通能力，并从中学到知识，得到启发。让你们学习与不同国家不同身份的人如何结识、交往、交谈，培养多元思维，今后能够从容自信地参加社交活动，使同学们成为具有国际视野与人文情怀的中国现代公民……我们每次都要邀请一些中外成功人士，他们的讲演将带给同学们一些新的启示。"

有些学生顾名思义，猜测"高桌晚宴"是在培养贵族礼仪。陈肖纯的开场白可谓开启了盲盒，高桌晚宴要培养的是学生的素养与气质。其实，高桌晚宴也并非西亚斯别出心裁的独创，它来源于英国牛津、剑桥大学具有悠久传统的"学堂晚宴"。其导演者是博雅教育的理念，学生着正装及长袍并严格遵守繁复礼仪是一种形式，其本意是要来自不同地方不同背景的学生们在餐桌上文明平等地深度交流。西亚斯能将"学堂晚宴"引进校园本身就了不得，给学生开了眼界。可中国学生同一性强，而个性偏弱，那陈肖纯就将"学堂晚宴"更名为"高桌晚宴"，内容上添加了中外知名大咖来宾与学生的交流。从这个角度来看，"高桌晚宴"也可以说是学生的一堂大课。

接下来，第一位被邀请即席演讲的，是前海璞基金管理公司创始人杨毅先生。杨毅北大毕业，有美国留学、创业背景。此时的他倒并没有正式的西装革履，而是身着休闲装，连皮鞋都是棕白两色，显然是一位不随大流而又个性彰显之人。一开口，果然视角独特：

在美国，我参观、考察过五十多所大学，包括普林斯顿、哈佛等一流名校。我的眼光很刁的。我是第一次来西亚斯，这几天感觉学生们快乐、自信，脸上带着微笑。早晨在校园跑步两天，发现停车场标志明显，车辆停得很有秩序。中国公共场所停车混乱，大城市也管不好，西亚斯没有这个问题……

听说西亚斯有好多学生毕业之后留校工作，也有很多学生出国或在国内深造之后又回到西亚斯工作，这就是文化传承。这种情况，北大、清华不能说没有，很少。我说，这一点也是一个学校魅力与成功的重要体现，至少说明毕业生愿意回来继续为这里的学生教学服务……

我给大家分享一个故事，我儿子的故事，他曾在香港上学，是个学渣，就是各门功课基本都挂了。后来我与妻子商量送他去英国读书，我妻子无奈，我也没有什么好招了，对儿子说，我求你了，在那边好好读书，你若考试成绩有一个A，我给两千港币奖励。

一年之后，我儿子发微信给我，说，老爸，你原来说我考试得一个A给两千港币，还算数吗？

我说，当然了。他发成绩单给我。我一看，惊呆了，你们猜猜他学得怎么样？九门课，考了七个A。我倒不是觉得给他一万四千港币怎么样，而是惊讶他怎么学的。为什么在香港学不好，到英国就学好了。后来儿子回来了，我就与他正式地谈了一次。我问他，你怎么到了英国学校成绩就上去了？你给我说说为什么。

儿子说，我们那所学校很有历史，我的一位老师从该校毕业三十五年了，毕业后去剑桥大学深造，又回来任教。还有一个这位老师的学生，毕业二十五年了，也是毕业后去剑桥大学深造，而后返回母校任教。这位毕业了二十五年的老师，在二十多岁时不幸因基因突变成了盲人，他每次都与妻子一同来上课，他讲，妻子在黑板上书写讲义内容。

儿子讲完这个故事后，告诉我，他最敬佩他的老师。还问我，老爸你说，面对这样的老师，我能不好好学吗？！

我听完之后，明白了。中国的北大清华，也做不到！

我讲这个故事想说什么呢？陈肖纯先生为学生们建设了这样一所美丽的校园，营造了浓厚的国际化氛围，你们应该珍惜这么好的软硬件条件，将来翅膀硬了，飞回来继续为这里的学生服务，传承西亚斯的文化……

杨毅先生从儿子学习成绩的变化中悟到：一所学校有没有传承，是否有一定数量的毕业生愿意回来传承其文化，也是衡量该校是否成功的重要标志之一。他分享的故事有点长，推迟了后面的内容，但在场来宾及数百学生寂静无声，都凝神倾听。

晚宴结束之后，高子淇这位培训者是一边笑着一边回味：

　　唔——，好累，好辛苦，太难了！2018年，我第一次参加高桌晚宴时，有好多女生第一次穿高跟鞋，而有的男生走得快了点，让女生的高跟鞋都走掉了。去年，相互敬酒时，好多学生团团围着理事长、校长转，其他人不认识啊。今年培训，我们再三强调要尊重每一个来宾。这次晚宴好多了。尽管之前培训了五次，但还是有不少问题，走红毯秀之后，学校新闻中心跟踪拍摄，还有反光板照着，有的学生慌乱，笑都不会笑了，还找不着自己的桌子。

　　用餐时，学生服务员非常正式，程序到位，他们对着学生用餐者略微弯下腰，说，这个可以帮您撤掉吗？但好多学生还是有些紧张的，比如说黄油是蘸面包用的，有的抹牛排上了，有的还放汤里了。好多学生也许是出于习惯，反着用刀叉，还是左手拿刀，右手持叉，纠正不过来……

　　但不管怎么说，参加晚宴的学生们发现，还有人是以这样一种方式活着，在这样优雅的环境里，像电影里的贵族一样。也许他们内心会想，我是不是再努力一点，发现认识更多的朋友，去认识世界的更多方面。反正，怎么说呢，来自农村的学生，也许就像《变形记》里穷人与富人的孩子因交换生活环境所带来的惊叹一样的感觉吧。

　　我将晚宴情景发微信视频给我的父母，他们看着我穿礼服的样子，说我长大了，说西亚斯的学生能长见识。我也将微信视频发同学群与朋友圈，立刻就刷屏了，有的同学点赞，说得可好：理事长带我们仰望星空，我们更要在学习上脚踏实地。

我有一位西亚斯学姐，在牛津出版社实习，她告诉我，有一次参加社里活动，同桌的有北大、清华、复旦的学生，听说她是西亚斯的，都好奇地问，西亚斯啥学校，在哪里？她便自豪地将西亚斯介绍一番，秒杀了他们的好奇……

西亚斯简直是太爱学生了，放手让学生自己做！

不妨换一个视角：2018 年 11 月某天，在同样的地点——西亚斯图书馆宴会厅，听一听参加西亚斯高桌晚宴的几位学生的心声——

万一再碰上类似场合，我就不会发怵

这次晚宴，我是以住宿书院总院的学生助理身份参加，也是十分荣幸。我是 2017 年来到西亚斯国际学院的，我知道高桌晚宴是曾经看到住宿总院的学生部长光鲜亮丽地去参加宴会。他们能够去是自身足够优秀，被推荐才能参加，并不是说普通学生想要去就能够去的。估计大一的学生参加很少。2017 年的高桌晚宴，我不是太了解。今年有很多参加者是通过朋友圈集赞入围，最后通过抽奖方式确定的。而我并没有参与抽奖，因为我不太喜欢发朋友圈弄集赞、抽奖之类的东西，总觉得有一种消耗人际关系的感觉。另外也有些觉得参加高桌晚宴还得租礼服啊啥的，会比较麻烦。

但是，到星期三，总院老师通知说让我去参加高桌晚宴。我一下慌了，还有些纠结。后来一想，别人想去还去不成呢，得抓住机会。平时我看美国电影比较多，看见人家那种十分合身的西装革履的样子，特别羡慕。我就想，既然要去参加就得像个样子，不能像招聘现场的那种。然后跑来跑去总算搞到一套合身的西服。这之后就是一些基本的培训，周五下午是吹发型之类的。临近日子时，内心里特别期待。当一切都弄好，照一下镜子，哇——，有些惊叹吧。可能平时缺一些自信吧，穿上西装后感觉真的挺帅的。同学看见我甚至开玩笑叫我吴总，哈哈——。再之后，就是晚宴入场、就座、用餐、敬酒、交流、合照啥的。

这次参加高桌晚宴，让我们一些家庭条件普通、出身一般的学生，能够体验一把平时接触不到的西方高端礼仪，比如交友、结识陌生人、穿着等方面的东西。另外感觉到自己能够见识一些其他同学在同等条件下体验不到的内容。某种程度上自己也会有一种优越感吧，会感觉自己还是比较优秀的，增加自信。

人外有人，天外有天。虽然我今天体验到的这些，在短时间内不一定会对我自身有多大影响，但是，在以后甚至参加工作了，再碰上类似场合，我就不会发怵，不会有啥都不懂的小白感觉。高桌晚宴真是拓宽了我的视野。我感谢西亚斯，感谢陈肖纯理事长能够为学生的发展着想，给我们这样的机会！

——吴淞，2017级，商学院会计专业

不能闹出大笑话

我第一次听说高桌晚宴这个活动是在大一学年的上学期，也是我来西亚斯的第一个学期。当时我听到的，参加这个晚宴的好像都是由各个学院学生代表组成的，名额有限，能参加者都是优秀学生代表。当时就非常好奇，有点羡慕。后来，我在学校微信公众号上看到了关于高桌晚宴的推送，跟今年的场景一样，我看到一个个俊男美女穿着礼服，打扮精致地出席晚宴，陈肖纯理事长和重要嘉宾上台致辞和祝酒。一般情况下，凡是理事长出席的活动，都是特别隆重的，这也从侧面反映了高桌晚宴的特别。晚宴是正宗的西餐，喝的是红酒，我连西餐也没吃过，这让我对这个活动更加感兴趣。

不过今年的选人标准有所更改，采用了抽奖和推荐两种形式，我参加了抽奖活动，但是手气不好没能抽到这个名额，后来得知我有幸作为学生助理参加这次高桌晚宴，听到消息时我特别激动，特别高兴。但随之而来的还有一堆问题，高桌晚宴是一个隆重盛大的活动，要求参会者穿礼服，这就迎来了第一个问题，准备合身的西装。有的人是直接买的，有的人是在服装店租的。进场的时候须要走红地毯，拍照，也需要提前彩排。另外就是吃西餐喝红酒，必须会使用刀叉和高脚杯。而且还有好多领导嘉宾来敬酒交谈，问这问那的，这当然需要注意礼仪，不能闹出大笑话。这对我这个从未接触过西餐的"小白"来说，太有挑战性了。

我家是农村的，说实话，参加高桌晚宴挺累的，整场下来全靠硬撑着装优雅、装绅士，而且最后还没吃饱，哈哈——。不过，通过参加这次高桌晚宴，提升了我的礼仪修养，开了眼，知道如何与陌生的大人物打招呼，如何自我介绍；也学会了如何用西餐，如何敬酒，如何与邻座同学打交道。事先，老师也做了培训，让我较全面地了解了西方的饮食文化习惯。同时，有了这样的经历，相信我以后再进入高档餐厅、宴会，或者参加工作后遇到类似的场合，都能应对吧，它让我有了自信。

——栾世栋，2017级，体育学院社会体育指导与管理专业

我学会了如何用刀叉进西餐

我目前在学校住宿书院总院担任学生助理，在校长助理团担任实习助理，我很高兴能通过这次高桌晚宴与您相识，这也是我的一大收获。得知能参加高桌晚宴，我挺激动的，毕竟这个机会一年只有一次。我是大一的新生，刚刚来到学校，也不知道高桌晚宴是什么样子的，但是我想应该会很正式很漂亮。

我家是农村的。我们刚从高中走出来，高中时也没有老师介绍过西餐晚宴的礼仪，自己根本没有吃过西餐，更别说参加这样三四十桌规模的大型西餐晚宴。这个机会太难得了，希望感受这个独特的氛围，将老师教的西餐礼仪学以致用。啊，老师您问我什么感受，说心里话，整个过程一直都绷着，挺直腰板装呗，这领带勒得脖子发紧。整个过程感觉很累。参与这次高桌晚宴，我学会了如何用刀叉进西餐，如何敬酒，如何向外宾介绍自己。总之，开阔了自己的眼界，就仿佛是做了一场梦一样……

——陈永鹏，2018级，商学院经济统计学专业

这些都是我真实的想法

我已经是一名大三的学生，离毕业不远了，一直以来都想要参加学校的高桌晚宴，其实自己对高桌晚宴并不了解，不知道是怎么样的一种活动，只知道这个活动非常高大上，学校理事长、校长以及美国大学的一些校长会参加，而且参加的人都需要穿礼服走红毯。但也知道这个机会并不是所有人都有的，一般都是比较优秀的学生或幸运的学生参加。在我心目中，西亚斯的高桌晚宴一直处于一个高高在上的地位，仿佛和我没有什么关系，我只能仰望它。当然我也相信，对很多学生来说，都是如此。这次当我收到要参加高桌晚宴的消息后，又紧张又期待，紧张的是对此一无所知，紧张礼服鞋子应该怎么准备。我期待自己美美地出现在这个晚宴上，仿佛成为电视剧中的女主角，期待这个晚宴上的所有一切。怎么说呢，来之前，除了感觉高桌晚宴的高大上，对其他内容知道得太少太少。

宴会前我们进行过学习排练，如何进场，如何带节奏走路，如何和你的男伴配合，如何入座，怎样使用刀叉，敬酒时怎样自我介绍，如何保持自己的形象，等等。各种排练各种练习只是为了让大家自然地融入这个场合当中，不要让自己在这样一个文雅场面看起来像个小丑一样。当时心里就有一种感觉：你所看到的光鲜亮丽都有背后的艰辛努力，羡慕别人的光鲜亮丽殊不知别人背后付出了多少努力。

终于等到了这一天，当我走进宴会大厅的那一刻，环顾四周，非常惊叹，发现同学们都很严肃，有些紧张，没人说话，一个个坐得笔直。借用我同学的一个字来形容就是"装"。一切都是装出来的，因为与平时太不一样了。我相信，参加高桌晚宴的学生，之前几乎都没有接触过西方的这种大型社交聚会，你喝汤或用刀叉吃饭不能发出声响，你要与不熟悉的同学交流，还要与西亚斯的校长院长甚至国外大学的校长或老师碰杯交谈，等等。天啊，礼服是束缚的，刀叉是束缚的，一切都是不舒服不自然的，而我们只能装，但装得了一时，却装不了整个晚宴的过程，总会发现自己有跑出这个角色的时候，短短的培训也绝不可能让我们彻底记住一切文明礼仪规矩。

用餐时，总会听到邻座同学相互提醒着，嗨！你的刀叉拿反了。许多学生都说，好难受啊！为什么要这样吃饭？不敢大笑，不敢乱动，不敢大口吃，不敢吃饭时露出牙齿，哎呀喂，这种场合来一次就够了。

但我不这么想，通过这次晚宴我才更加意识到我自己是多么浅薄，多么井底之蛙。首先从用餐来说，虽然我吃过西餐，但对西餐文化一点也不了解，我的西餐文化也仅限于左手用叉右手用刀，其余一概不知，而这次让我了解到西餐礼仪包含了太多太多的东西。我想再有这样的用餐场合，我一定会很快适应，不用再看着别人怎么做去模仿。再说，见到很多有身份的人。我是个有点幻想的不切实际的女生，可我总觉得那些明星啊，作家啊，领导人啊，等等，都是离我很遥远很遥远的，有时甚至觉得他们都是虚幻的，而真实原因只在于，我没有与他们近距离地自我介绍或者相互交流的机会。

可这次不同了，我与校长们，包括美国来的大学校长们，碰杯相识，相互交谈。我发现，名人并不是遥不可及的，而是因为我没有努力，我还没有去努力变得优秀，让自己站得更高，然后去接触那些优秀的人。而通过这次晚宴，我立刻就有了新的想法，我不再满足于不挂科顺利毕业，然后找个工作，结婚生子；不再满足于我现有的这个层次；不再满足于在幻想中去想象那些人；不再满足于自己就这样停滞不前。

我不想以后再有这样的机会时，丑相百出，不想出现在这种场合时内心是恐惧的，神态举止是慌张的，对社交礼仪是无知的。所以我明白，我要学习的东西还有很多很多。"世界那么大，我想去看看"，我要带着享受的好奇的心情去体会这个美好的世界。

很感谢，感谢西亚斯住宿总院给我这次机会，更感谢西亚斯的活动把我从虚幻拉回现实，给了我奋斗的动力。老师，真的，这些都是我真实的想法。

——白晓冬，2016级，中美双学位金融学专业

余 音

2019年11月8日，第二十一届西亚斯国际文化周北美与澳洲日。18点30分，洲际篮球赛的最后一场球赛——克罗地亚扎达尔大学对阵中国台湾的义守大学在西亚斯体育馆准时开始。比赛开始不久，西亚斯负责接待扎达尔大学球队的韦其良同学发现，该球队队长与女教练戈尔达娜有些神色紧张且着急地在球场边说着什么。多日以来，韦其良与扎达尔球队的十四位队员、两位教练已经混得很熟，他走到两位跟前询问什么事，是否需要帮助。戈尔达娜扭头看到他，便语速很快地说：很糟糕！我们忘记带国旗了，可是你知道比赛完了之后，我们有个重要仪式，要拉着国旗、校旗合影；没有国旗是不行的，可眼下……

韦其良立刻就明白教练与队长为何紧张了，因为比赛开始他们无法再抽出人手回宾馆取国旗了。他便插话说，教练，别急，我去宾馆给你们取国旗，你看怎么样？教练的眼睛瞬间来了神，脸上也露出了轻松笑意，说，太好了！我怎么一着急居然没有想到你。于是，队长与教练一阵翻找之后，将一房卡递给了韦其良。韦其良快步走出体育馆，向学校宾馆跑去……

韦其良是新闻与传播学院新闻采编制作专业的2017级学生，是学校国际交流协会会长（学生社团）。他作为学生助理，负责扎达尔大学篮球队的接待导引等事宜。

扎达尔大学球队与义守大学球队，不仅赛场上打球风格迥异，其他方面也大不相同，简直就是彼此特征的反衬。义守大学球员的平均身高并没有优势，比扎达尔大学球员的身高差了一大截，扎达尔十四位球员身高齐刷刷的均在两米左右，在西亚斯校园一走，与周边学生相比简直就是鹤立鸡群。每次赛场比赛结束，扎达尔球队是人气最旺的，西亚斯好多学生会争着与他们合影留念，那两米多高的球员与低矮女生合影好不滑稽，彼此都感觉是一种难得的相识机会。

而负责接待义守大学球队的西亚斯女学生常文静说："太省心了，他们几乎不需要帮忙，从酒店到赛场或者参加活动什么的，不需要我们学生助理带领，告知地点，准是提前到达。"他们保持了中国传统的礼仪，服装整洁，在酒店对吧台服务员也彬彬有礼，问候早安晚安。教练是谢玉娟女士，对球员要求很严，不许球员对外随意联系。她被安排的用餐地点与球员们不在一起，但她始终与球员在一起用餐。在赛场，义守大学队是唯一将背包整齐排放在场边的球队，比赛时团队合作到位，遇到有时间限制的时候，队员们会同时喊出五四三二一，来提醒队友不要延误时机。比赛结束，他们会主动上前与对手球员握手，而后给裁判员认真鞠躬，并高声喊出谢谢。临走，逐一清理带走自己用过的水瓶等杂物。义守大学队虽没有身高优势，但个个球艺了得，加上彼此配合协作得出神入化，在此次洲际篮球赛中得分最多。

义守大学球队的这些细节呈现，让西亚斯球队队员与观看比赛的学生惊叹不已，原来一个大学学生篮球队竟能如此严谨而又优雅。

扎达尔大学球员则不拘小节，潇洒自由。到西亚斯的第一天晚上，就让西亚斯学生带他们去校园外的酒吧，他们喜欢啤酒与威士忌，教练与校长也随后赶来与球员一起乐。中途，教练与校长先走一步回去休息，小伙子们又去 KTV 唱歌，每个球员都非常活跃，一直到凌晨两三点才离开。即使比赛活动开始，他们这种夜生活也没有停止。文化节期间，他们还专门去了一趟少林寺，对中国功夫惊讶至极，感到不可思议，私下问韦其良，中国人是不是都会功夫？中午在小龙武术学校吃饭，饭后一位球员拿出一双筷子，私下对韦其良说：我悄悄拿的，吃饭的时候怎么也学不会如何使用，你回去再教教我，我要留它做个纪念。

韦其良说："感觉他们参加比赛的求胜心不太重，更多的是享受此次中国的行程。他们非常重视家庭成员的亲情，手机屏幕壁纸全都是家族里的亲人。"

带队的扎达尔大学副校长伊万·斯特里切维奇，还特意在赛事期间抽空为西亚斯学生做了一个讲座，介绍了扎达尔城市的悠久历史文化，当然，亦详尽地介绍了扎达尔大学。该校是克罗地亚最古老的大学，也是欧洲历史最悠久的高等教育机构之一。学生们听斯特里切维奇从扎达尔大学 1396 年的源头讲起，全都发出了惊叹的呼声……

世界太丰富，知道得越多，感觉未知的范围就越宽。在不同文化的对比之中，学生们自然会对世界充满敬畏，从而激起探知世界的好奇与热情。

再说韦其良，他跑到宾馆，按房号打开房间，在队长所说的几个包里翻遍了，也没有找到国旗，急得满头出汗。稍微冷静片刻，他接通了球场另一位学生助理的电话，让扎达尔球队队长说话。一番对话才弄明白，原来队长给错了房卡，国旗在另一个房间。韦其良也是灵机一动，对那位学生说，我让服务员开那个房间，待会儿你与我视频，让队长告诉我国旗在哪里。而后，他又在视频里按队长的指引，顺利地找到了国旗。

当韦其良将国旗递给教练戈尔达娜后，这位备受球员尊敬的教练、老师，眼神庄重，将右手放在胸口，低头鞠躬向他这位大二的学生致谢……

戈尔达娜这个庄重的致谢仪态，让韦其良顿感惊叹，这是他陪同扎达尔球队一周感受最深且永不会忘记的一幕，它甚至比洲际篮球赛所有精彩的比赛场景都印象深刻。原来，一个看上去不拘小节、散漫自由、即使第二天有比赛也要在酒吧喝酒唱歌到深夜的球队，在远离祖国的异国他乡，对祖国以及需要展示祖国的哪怕一个小小的仪式，也无比珍视。在与扎达尔球队的球员、教练与带队校长的交往过程中，韦其良发现，爱家人、爱母校、爱祖国，是他们深入骨髓的情感，往往在无意间的言谈举止中流露出来。

2019 年 11 月 9 日，西亚斯国际文化周国际日，上午 9 点，在西亚斯西校区剧场有一个隆重的庆典仪式及大型文艺演出。

作为西亚斯传统活动，国际文化周是西亚斯国际化办学理念和办学成果的集中体现。二十年前，对西亚斯来说是一个重要的节点，她恰好一步跨越了新世纪的门槛，幸运地遇到了中国加入 WTO，从而为中国的莘莘学子开启了一个睁眼看世界的窗口。二十年后，她需要回顾与反思，瞬息万变的时代迫使她必须遥望新的地平线。

陈肖纯快步走上舞台，即席演讲：

大家上午好！

每年的深秋时节，西亚斯都将自己最包容、最多元的一面展现给全校师生和来自五洲四海的朋友们，国际文化周已经不间断地举办了二十一年，成为我校重要的品牌特色文化活动之一，也见证了西亚斯从起步到壮大、从萌芽到成熟的光辉历程。……

今年的国际文化周与往年相比，除了保留丰富多彩的节目展演、高桌晚宴等传统活动之外，还同期举办了第四届亚太大学联合会 AUAP 英语演讲比赛、西亚斯洲际篮球赛、"秋思雅韵"非遗作品展、国际教育展等配套活动，以及名家荟萃的二十多场学术讲座，使国际文化周的内容不断充实、不断创新，给全校师生提供了充实的精神食粮与文化大餐。

从诞生之日起，西亚斯就是一所与众不同的学校。正如本周一河南省原副省长、省法学会会长刘满仓来校调研时指出的那样，"西亚斯将中国国情与西方教育理念充分融合，优势互补，从而取得了巨大的社会影响力"。我们始终将"中西合璧"作为办学理念，始终致力于将世界上最先进的优质教育资源引进中国、引进河南，与中华民族优良的传统文化相结合，培养具有"国际视野，中国情怀"的复合型人才。我们要求，西亚斯培养出来的毕业生不仅应该做到"英语精、知识新、视野广"，更应该胸怀祖国，放眼未来，具备适应社会不断变化的能力，成为有担当、有行动、有贡献的世界公民。

在西亚斯发展的前二十年，我们已经达到了校园环境的国际化、师资队伍的国际化、文化活动的国际化、交流合作的国际化和课程设置的国际化，使学生不出国门即可享受到优质的教育资源。在下一个二十年，我们要花力气、下功夫，从内涵式发展的角度，不断深化加强教学科研的国际化、学科建设的国际化、管理服务的国际化，使西亚斯朝着"国内知名、世界瞩目"的发展目标稳步前进。

第二部　全　人
WHOLISTIC EDUCATION

第五章　博雅载体——住宿书院（上）

❧

从汉字的源头开始

2019 年 10 月 28 日，第十二届"汉语桥"世界中学生中文赛的游学日在西亚斯开展，来自世界一百零五个国家的近三百名师生，分散在校园里欣赏体验有中国传统文化的表演。按导游安排，这些师生都不会漏掉一个特别的地方——校园北边的中国园林。游学师生分批而至，在中国园林内体验甲骨文书法、传拓艺术、茶艺、脸谱、团扇、古筝等表演。

走进中国园朝南的大门，对面约数十米处便是一个衔接了蜿蜒长廊的客厅，在这里，西亚斯明礼住宿书院瀚香书社的几位学生成员正在各自忙碌，有的伏案书写，有的拍照，有的讲解悬挂在墙壁上的甲骨文书法。客厅三面墙壁挂满了该书社学生的书法作品。这一天当然算是个隆重的节日，瀚香书社社长董文博身着淡青色长袍，面对客厅大门，从容自信地一笔一画地书写。

中国园林的传统文化展示，每一次都是将甲骨文放在首位，访问参观者进入中国园的第一站需经过这个演示甲骨文的厅，而后再顺着厅西边的长廊进入园林观赏其他。这一安排，是明礼住宿书院院长张兰花教授的构想设计。

在西亚斯这所国外来宾频繁造访的校园里，学生们面对客人怎么介绍自己呢？

我是西亚斯某学院、某住宿书院的学生。西亚斯位于中国黄河南岸的郑州新郑，这里是黄帝故里，距甲骨文的发现地安阳约二百公里。——这样的自我介绍就是一种文化形象，一张散发着博雅素质味道的名片。

人类文明史无疑是从文字的诞生起步。中国汉字是华夏文明的载体，甲骨文是中国汉字的源头，是汉字的童年，放在中国园林文化展示的首位，仿佛是要告诉西亚斯的学子们，中国文字已有三千六百多年的历史，若是没有这惊天地泣鬼神的文字延续，华夏文明也就如同世界其他消亡的文明古国一样，早已湮没在历史的尘埃之中。只有敬畏祖先的文字，才谈得上文化自信。自信不可能来自历史虚无，凡来此观赏的外国友人，无不对这些曾经镌刻在龟骨或兽骨上的美丽文字而表露敬畏之情，并充满了探究般的好奇。

每来一拨客人，董文博都直起腰来笑脸相迎，而后便继续伏案书写。头两拨外国师生与他的对话比较简单，一番礼貌问候之后，对方很快就陷入茫然，有的学生尽管可以用汉语参加演讲比赛，但一下子穿越时空，从万物的形态上去辨认三千年前的汉字，并不那么简单。

一拨客人走后的间歇，书社副社长提醒董文博："社长，你别太紧张了，我看你每次都与人家用英语对话，直接用中文说就行。人家可是来参加汉语比赛的。"

再有客人走进来，董文博用中文交流，他对靠近的一位来自印度尼西亚的女学生说：

"您好，欢迎！您能说中文吗？"

"您好！我会中文。"女学生立马用流利的汉语回答。

看着桌案上的笔墨与书法，女孩子还说了句："我学过中国书法里的楷书。"

这让董文博来了情绪，他一本正经地对这位比他小六七岁的中学生讲解了一番甲骨文的来历。女孩子则只是微笑着默不作声。接着，他又指着墙上的一幅书法作品说："你学过书法，太厉害了！那你能不能从这些甲骨文的形状上猜出一些字呢？"

女学生居然一口气说出了"山、林、河"等好多字。不过不是猜的，她说："我认识这些甲骨文字的。"董文博大为惊讶，让女学生写几个甲骨文字给大家演示。女学生询问了董文博甲骨文的笔法，写出的几个甲骨文字居然还算漂亮。董博文带头鼓起掌来……

纵的赓续与横的移植

2019 年 10 月 8 日，教育部依据《中国教育现代化 2035》精神，向全国各省区教育主管部门与有关重点高校印发了《关于深化本科教育教学改革　全面提高人才培养质量的意见》，教育界称此《意见》为"新二十二条"。其中的第八条主旨是：加强学生管理和服务，强化学生诚信教育和诚信管理。值得注意的是，《意见》还特别提出了一项新的倡导内容：积极推动高校建立书院制学生管理模式，开展"一站式"学生社区综合管理模式建设试点工作。

推动书院制，开展学生住宿社区综合管理模式建设试点，无疑是以学生为中心，在学生的专业学习课堂之外，再营造一个师生近距离交流的社区载体，好让师生互动起来，为学生提供相对完善的教育与服务。也有人将这种相对完善的教育体系称为全人教育。如此一来，学生在专业学习课堂之外的住宿社区，仍然身处一个学习浓厚的氛围之中。

那教育部"新二十二条"倡导的这个书院制到底新在哪里？

"书院"在中国已有千余年历史。西方一流大学有住宿学院制，亦历史悠久。西亚斯国际学院建有九个学生住宿书院，将全校三万四千余学生全部归纳其中管理，可谓住宿书院全覆盖。从名称上看，西亚斯既有纵向继承中国传统书院的元素，又有横向借鉴或移植西方"住宿学院"制的视野，仅此一点，西亚斯已与西方高校或中国其他高校的该类模式不一样了。

西亚斯九个住宿书院各有特色，明礼住宿书院以中国传统文化为主题，以传嬗赓续华夏文明血脉为己任。该院 2019 年注册的两千九百余名学生来自全校十三个专业学院、三十七个专业学科。院长、教授张兰花，河南省许昌市人，浙江大学中国古代文学博士，河南省非遗研究基地·中原文化产业研究中心主任，河南省非遗保护专家委员会委员。主要研究方向为中国传统文化、中国古代文学等，著述研究成果颇丰。在她的倡导下，明礼住宿书院的学生们成立有古琴、传拓、甲骨文书法、脸谱、礼射、皮影、脸谱、刺绣、茶艺等非物质文化遗产社团。张兰花利用自己在河南传统文化领域的人脉资源，请有关专家给社团学生授课，甚至手把手地传艺。同学们虽说是零基础，但经院训"明礼尚行，德才双馨"日复一日的熏陶，便与随意玩玩的兴趣爱好有了质的分野，他们信心满满，沉浸其中，乐此不疲，在充实自己的过程中，居然慢慢滋生一种责任——日后走向社会，将不负明礼住宿书院，担当传统文化形象大使使命。他们的愿望朴素却不简单，墨上传拓社社长李涛说："学哥学姐们将技艺传授给我们，我们再传授给学弟学妹，这本身就是一种传承。"

张兰花说，我们中原大地这所三万余人的大学，若没有浓厚的中国传统文化气息，那走出校园的学生何来博雅人格气质？传拓社的成员在掌握了基本传拓技艺之后，便不再安分，他们在一起聚会时便常常冒出许多"野心"来，有的提议野外考察，去寻找历史碑刻真迹来传拓，有的甚至提议明礼住宿书院应该筹建博物馆，长久保存学生的传拓作品……

到了 2021 年 4 月，明礼住宿书院筹建的"西亚斯汉画像博物馆"正式开馆剪彩。

中国书院教育萌芽于唐代开元六年（718），成熟兴盛于宋代。唐朝中后期十余省共有书院近五十所。南宋时期，书院更成为一种得到官方扶持资助的重要教育机构，日趋规范，且历经元、明、清朝代延续发展。在南宋文化宽松的社会环境下，书院的知识分子实际担负有士君子"为天地立心，为生民立命，为往圣继绝学，为万世开太平"的社会重任。明清时期，这种游离于官方教育体制之外的书院，尤其是其自由、质疑的精神与学风，自然会引起统治集团的恐惧。之后，或将其收编为官学的附庸，或将其取消。明朝时期，官方大型禁毁书院的举措就有四次。清朝统治集团禁毁书院的行动更为极端，致使有千余年历史的书院制教育走向衰落、灰飞烟灭。

扒开历史浸透血迹的厚土，我们会惊奇地发现，中国千余年书院制的残片之中，竟然有熠熠闪烁的自由、质疑、探索与社会责任的治学因子，尽管极其稀有，只是在南宋辉煌了那么一个时段，却足以让我们自豪。南宋书院强调学生的自主学习与相互启发，导师只是注重引导。如《丽泽书院学规》要求学生："凡有所疑，专置册记录，同志异时相会，各出所习及所疑，互相商榷，仍手书名誊册后。"彼时书院名人自由讲学也是一种常态。或许是人类探索文明进程中的一种巧合，中国书院制的这些稀有可贵元素竟然与西方一流大学住宿学院的治学精神有诸多相似之处。

虽说"书院"是一个有着中国血缘的名字，但从教育部"新二十二条""配齐配强学业导师、心理辅导教师、校医等，建设师生交流活动专门场所"的实际内容来看，其更贴近世界一流大学历史悠久且被时间证明效果显著的"住宿学院"制。教育部倡导当代大学推行书院制，当然不可能是承袭中国宋代书院模式，宋代书院也不是今日之高等教育，其实质是要推行一套通识教育与专业教育相融合的管理机制，试图给学生提供相对完善的教育，以趋近博雅教育（素质教育）的核心目标。具体操作上，有加强通识教育课程和环境熏陶，拓展学术及文化活动，促进学生文理渗透、专业互补，鼓励不同专业背景的学生混合住宿、互相学习交流，建设学习生活社区，在传授专业知识的同时，引导学生融会贯通人文与自然科学，进而让学生的学养积淀更为深厚广博，为其日后的创新活力积蓄潜在能量。这无疑是中国高等教育近几年来勇敢的探索与尝试。

2014年，实行书院制半个世纪之久的香港中文大学，还有台湾清华大学、台湾政治大学、复旦大学、西安交通大学、华东师范大学及北京航空航天大学七所高校在京发起成立了亚太高校书院联盟。

闻名世界的英国剑桥大学三一学院，即是住宿学院，建于1546年。牛顿、培根、达尔文等皆毕业于此，学校走出了三十余位诺贝尔奖得主。

十九世纪初，美国大学中的实用教育对古典学科教育形成了强劲冲击。耶鲁大学校长杰里迈亚·戴对此趋势组织教授们论证，发表了《1828耶鲁报告》，对实现大学目标提出了有效的方法："我们并不认为，仅靠课堂授课即能实现所有的教学目标。在学校内，学生组成了一个大家庭，教员也同样是这个大家庭中必不可少的组成部分。他们不仅在工作与进餐的时候与学生们在一起，其他的课余时间也在一起。在住宿学院建筑内，学生的房间附近一定安排有一个教员的房间……"

值得注意的是，在这份近二百年前的报告中，耶鲁就提出了"住宿学院"的构想。在西方大学的住宿学院里，有资深教授作为学生的导师，他们也住在学生宿舍区域，为学生解惑答疑或与学生一起探讨学术问题。

西亚斯住宿书院制相对于高校学生传统住宿区域管理模式简直是脱胎换骨，以往在住宿区域管理学生的是他们的哥哥姐姐一般年龄的辅导员，还是兼职，因为辅导员归专业学院管理。如今管理学生且与他们住在一个区域的是住宿书院的院长、教授，当然还有党总支书记。以往的学生住宿区除了学生宿舍几乎没有多余活动空间，如今的住宿书院，环绕学生住宿区的还有小型图书馆、会议室、社团活动空间等。简要地说，在西亚斯校园诞生的住宿书院，担负起了学生专业教育之外的所有责任事务。

住宿书院全覆盖

西亚斯九个住宿书院之上有个住宿书院总院。2019年入住各书院的新生均接到来自总院的一封热情洋溢的信。

亲爱的同学们：

你们好！欢迎入住西亚斯住宿书院！西亚斯的每一名学生都具有专业学院学生和住宿书院学生的双重身份，专业学院负责与学生专业教育、学籍管理、学业规划、毕业实习、学生科研、论文指导等有关的教学，住宿书院侧重于学生课堂之外的教育、管理与服务，注重学生的思想成长、行为养成、人格塑造和实践锻炼、创新能力培养，承担学生第二课堂拓展、思想教育、党团建设与活动、学生事务管理、学生安全稳定和自制能力培养等。

住宿书院分别以科学精神、学会学习、实践创新、责任担当、多元文化、人文底蕴、健康生活、国际视野为主题，以宿舍为中心构建由学生和导师共同生活学习的育人社区，通过导师导学、朋辈互学、环境促学、实践践学、自我养学的方式，鼓励和支持学生实行自我管理、自我服务、自我教育、自我监督。促进学生整体素质和能力的提高，指导学生健康成长、成人成才。

同学们，梦想即将起航！西亚斯住宿书院是你们人生起航的筑梦之地，是你们实现理想的成才之地，是你们健康成长的幸福之地，我们满怀热忱、张开双臂欢迎你们的到来！

西亚斯住宿书院硬件配有育人导师办公室、党团活动室、咖啡洽谈区、社团活动室、谈心室、研讨交流室、图书馆、心理工作坊、就业创业与生涯规划指导室、健身房、公共厨房、自助洗衣房、聚会餐厅、小超市等。每个住宿书院的公共文化空间均有师生互动图文展示。穿行在如此温馨优雅的学生住宿区域，你会感受到"书院制"在这所校园里落地的绝不仅仅是理念或口号，而是打破常规的物资投入，还有投入背后对学生的爱心。

各住宿书院建立之初，具有一个共同的主题，即构建导师与学生共同生活学习的社区，学生在此第二课堂，文理交融，小范围学习、求索。但当学生们打乱专业年级居住在一起的时候，由于每个住宿书院的学生均来自不同专业学院，组织大课或集体活动的时候便遇到了困境——各自上专业课的时间不同，很难聚集起来活动。这样一来，若是外聘名家大咖讲座，参加学生不多便会浪费资源。校方组织各住宿书院论证之后，博采众长，决定各住宿书院确定一个自己的主题，让学生们根据个人爱好来选择入住。如此甚好，志趣、专业与爱好相近的学生便会相对集中居住在某个住宿书院，当然他们同时也可选择参加其他住宿书院的活动。

明礼住宿书院，以立德树人、求是担当为主题。院训：明礼尚行，德才双馨。使命：为往圣继绝学，为万世开太平。愿景：传嬗优秀传统文化，赓续华夏文明血脉。

知行住宿书院，以倡导学生科学求索精神为主题。院训：弘毅力学，知行合一。愿景：建设有人文情怀、有科学精神、有社会影响的现代住宿书院。

致远住宿书院，以勤学善思、敦笃致远为主题。院训：厚德博学，天道酬勤。愿景：打造治学严谨的现代化育人住宿书院。

至善住宿书院，以融汇中西、追求卓越、创新创业、修身育人、服务社会为主题。院训：崇德、尚学、笃行、至善。愿景：建设崇德尚学、智慧健康、文明和谐的育人社区。

思齐住宿书院，以引领学生勇担时代使命为主题。院训：明德、善思、拓新、济世。愿景：培育具有国际化视野和卓越领导才能的未来领导者。

博雅住宿书院，以增进学生国际文化理解为主题。院训：博学天下，雅行世界。愿景：构建开放包容、和而不同的多元化育人社区，培育兼容中西、知行合一的国际化实用人才。

博艺住宿书院，以创新学生体育美育模式为主题。院训：博学笃行，尚德崇艺。愿景：让每位学子以健康体魄领略艺术之美。

寰宇住宿书院，以打造学生海外交流平台为主题。院训：学贯中西，名冠寰宇。愿景：培养具有家国情怀、创新精神、实践能力和全球视野的复合型人才。

启贤住宿书院，以汇智中西、励志成才为主题。院训：厚德励学，以智启贤。愿景：努力建设成为融智启贤、汇智中西、群贤毕集、齐治共享的国际化新型青年社区。该书院在前八个书院之后成立，排行老九，硬件设施采用国际化服务模式配备，设有独立图书馆、健身

2019 迎新生音乐会 ▲

学院成立二十周年庆典演出 ▼

▲ 2014年6月11日，陈肖纯在日本横滨参加世界大学校长联合会年会

▼ 陈肖纯在高等教育国际论坛年会作报告

西亚斯学院二十周年校庆庆典 ▲

富特海斯州立大学校园 ▼

西亚斯国际文化周开幕 ▲

西亚斯国际文化周 ▲

房、讲座大厅等。该书院学生还可与西亚斯国际合作院校录取的本科、硕士、博士生交流探讨。

住宿书院尽管主题特色各不相同，但均以育人为首位，将西亚斯校训"兼容中西，知行合一"的理念融汇其中，使博雅教育的灵魂有所依附。中国古人曰：天行健，君子以自强不息；地势坤，君子以厚德载物。西方古希腊有：我爱我师，我更爱真理。

博雅教育的灵魂在中西方古典教育里可谓时隐时现，似乎离我们非常遥远。倒是她的缺失离我们很近。第二次世界大战之后，流传有这样一个故事。

一位第二次世界大战时期纳粹集中营的幸存者，战后做了美国一所学校的校长。在每一位新教师来学校就职时，他都会郑重地交给教师一封信。信的内容完全一样，里面写道："亲爱的老师，我是集中营的生还者，我亲眼看到人类所不该见到的情景：毒气室由学有专长的工程师建造，儿童被学识渊博的医生毒死，幼儿被训练有素的护士杀害，妇女和婴儿被受过大学教育的人枪杀。看到这一切，我怀疑：教育究竟是为了什么？我的请求是：请回到教育根本，首先帮助你的学生学会做人。你们的努力绝不应当被用于制造学识渊博的怪物、多才多艺的变态狂、受过高等教育的屠夫。只有在使我们的孩子具有人性的情况下，读写算的能力才有价值。"

纳粹的反人类罪行，是通过纳粹疯狂机器上尽责的齿轮和螺丝钉来实施执行的，其中不乏受过高等教育者，他们在战后有一个共同的称呼：平庸的犯罪者。正因如此，人类更应反思深省：教育的灵魂是什么？！

传嬗赓续华夏文明血脉

送走那位印度尼西亚的女生之后，大家感慨不已，七嘴八舌地议论起来："你看人家一个外国中学生，居然可以用汉语与我们无障碍交流，会中国乐器，学过中国书法，还能认识一些甲骨文。"董文博摇着头说："哇——，太不可思议了！作为一个中国人，真是羞愧……"

西亚斯建校二十多年来，连续不断地每年举办一次国际文化周，在持续一周的节日里，其中第一天的"中国日"最为热闹，内容也丰富精彩。"兼容中西"不能丢了"中"这个根。陈肖纯是"洋装虽然穿在身，心依然是中国心"。举办国际文化周的初衷当然是为学生开启一扇近距离欣赏世界的窗口，而"中国日"无疑又是传嬗赓续华夏文明血脉的责任担当。早在 2006 年 10 月 30 日，在西亚斯第八届国际文化周的"中国日"里，即举办了河南省高校书画巡回展，展出了来自河南十四所高校的二百多幅书画作品。礼失求诸野，中国传统文化博大精深的魅力既在专家学者的讲演里，也在校园节日民间艺人的表演之中。学生的博雅气质，无法灌输而成，只能点点滴滴滋养。没有"博"即没有"雅"。学生有了内在的"雅"，其外在的"博"才有意义。

董文博是 2018 级学生，在西亚斯堪萨斯国际学院读中美双学位，金融专业。他来自河南周口一农民家庭。中国毛笔有"南湖北刘"一说，即南有安徽的善琏湖笔，北有河南的汝阳刘姓笔。董文博的姥爷是周口村人，那里家家户户手工做毛笔，他姥爷即为刘姓毛笔的传人。改革开放后，他姥爷突发奇想，联络本家兄弟开了个毛笔厂，生意兴隆。他父母跑到山西太原经营文房四宝，其刘家毛笔颇受当地书法界青睐。文博母亲受家族影响，对毛笔与书法较为熟悉。董文博在家中耳闻目染，从初中开始学习书法，后经舅舅介绍，拜郑州大学书法学院老师为师，以学习楷书为主。2018 年到西亚斯上大学后，在张兰花院长的支持下，他创办了以甲骨文为主题的书法社，名为：瀚香书社。他招收的四十余名成员来自全校八个住宿书院。2019 级新生入学之际，瀚香书社参加了校园"百团招新"活动，摆出座椅，立起阳伞，向新生展出社团书法作品，吸引新生参加瀚香书社。

董文博虽对神秘的甲骨文感兴趣，但老师没教。到了西亚斯，明礼住宿书院院长张兰花对他说，搞个甲骨文书展吧，学习继承中国传统文化应该求本溯源。张兰花是中国古代文学博士，她请学校书法老师给予董文博具体指导。在西亚斯二十周年校庆活动之际，瀚香书社展出了十二幅甲骨文书法作品。之前，董文博强迫自己练习书法与英语口语。校庆庆典那几天，中外来宾络绎不绝，董文博忙前忙后，不仅表演书写，还用英语解释、回答外宾的问题。事后回味，自打办书展以来，自己不仅英语口语大幅度提高，统筹策划组织能力也颇有提升。学校书法老师只是偶尔来书社指导，董文博还得兼任书社学生的业余教员。这一来就逼着他下功夫多学了，否则对不起社长职位啊。甚至对学术界未解的一些甲骨文，他也尝试着大胆推测其含义。

　　说来也巧，2019年西亚斯国际文化周的"中国日"那天，瀚香书社在校园展出甲骨文之际，也恰好是甲骨文发掘、研究一百二十周年。中央电视台《焦点访谈》特意播发了名为"因为刻骨，所以铭心"的专题节目。其时，董文博与他的书社成员们未必会想到，中国乃至世界的文化学者，在这一百二十年期间即是通过一片又一片的甲骨文字，触摸到了三千多年前的华夏文明基因。一片甲骨惊天下，沉睡了三千多年的四千五百多个甲骨文字，迄今为止，已有三分之一被学术界破解。它们早先仿佛凝固于兽骨或龟骨，而后就如同艰难且漫长的发明它们的历程一样，又缓慢而艰辛地从骨片里爬出来。而我们回头看时，它们数千年的步子竟如同跳跃一般，从甲骨跳到陶器跳到青铜跳到竹简跳到纸张直至跳到今天的电脑屏幕之上。想我华夏文明凭借汉字载体绵延至今，而无数先贤为之油枯灯灭，岂能不念天地之悠悠，独怆然而涕下。

　　研究通识甲骨文的毕竟只是少数，而绝大多数国民对其近于无知。尽管甲骨文连绵至今，但知晓的人越少，其被时间再次掩埋的可能性就越大。印度尼西亚女中学生的表现让董文博羞愧，他感到了危机。他与他的书社成员们，希望通过自己对甲骨文的触摸，召唤更多的学生来感受中国千年瑰宝的温度。他的四十二名成员，相比于西亚斯在校的三万多学生，也太微乎其微。他感到了沉甸甸的责任。

　　要想在今天这样一个快节奏且充满竞争的社会校园里，让学生们对三千年前的甲骨文感兴趣，对与他们学业就业看起来没有半毛钱关联的中国传统文化予以关注，难度可想而知。然而，博雅教育的灵魂，也就是"雅"，从何而来呢？一个走出大学校门的中国学子，若对祖国的历史文化浅薄无知，那爱国的情感依附何处呢？西亚斯明礼住宿书院的愿景即是：传嬗优秀传统文化，赓续华夏文明血脉。

董文博发展会员先从自己的室友开始。马一多同学，也在西亚斯堪萨斯国际学院读中美双学位。他原本并不想加入，是被董文博拉进社的。他是甲骨文发现地安阳人，那里有一个"中国文字博物馆"，陈列的即是惊天下的甲骨文。父亲是记者，母亲经商，家境不错。父母在他读小学时就让他学书法。教书法的老师通晓甲骨文，但没有教，他学的是楷书与隶书。他曾去过当地的中国文字博物馆多次，还去了甲骨文的发现地殷墟。他与董文博同一宿舍，喜欢自由自在，不愿意将自己的课余时间塞满。他人缘很好，与同学们能玩在一起，性格豪爽，偶尔请室友吃饭。马一多小时候学书法是父母逼的，高三时，去考民航驾照，签了培训合同；到大二时，已完成了航空动力、法规、气象及飞行原理等课程。他未来的志向是飞机与蓝天。董文博拽他进书社时，马一多说："我自由散漫惯了，哪能按时参加练习呢。你就算我一个人头，我能不能不去参加活动？"没想到一加入就上了瘾。他练习甲骨文与别人不一样，别人是先了解造字规则，知晓其含义，还顺带看看某些甲骨文字演变至今的轨迹，而后临摹书写。而他是把书写甲骨文当画画玩了，一边用毛笔画甲骨文，一边询问学哥字的意义。写着写着，就随着性子将不同的甲骨文字自由组合成脑袋里想象的画面了。比如，他将河字放在山字的下面，二者之间留出一段空白，再把日字放在山字的右上方。写满一张，眯缝着眼对着甲骨文组成的一个个画面，露出颇为得意的表情。几次活动下来，马一多对董文博说：唉，董哥，这画甲骨文还真的很有意思，一点也不觉着累，写着写着就把一脑袋的英语数学给忘了。参加几次活动之后，他开始催董文博了：董哥，今晚有练习了，咱一块去啊。

一个学期下来，马一多由兴趣到入迷，他在画甲骨文时居然根据字体的组合联想或者说想象，叙述起三千年前古人的故事来了。书社成员大都是在格子内一个字一个字地书写，有的同学说，马一多写出的甲骨文不规则，大小不一。他说："嗨，自娱自乐呗。按格子写，也不会规矩，有的字竖长，有的就三笔两笔，甲骨文本身就不规矩。我有时候写着写着，就体会出以笔代刀的感觉。那古人用刀或什么的东西在兽骨龟骨上刻字的时候，哪有大小规则呢，还不是见缝插针地刻吗？甲骨文不也叫龟甲兽骨文吗？雏形文字是比较自由的，规则是后来的事了，古人就是简单叙事记事而已。简单多美啊！一个甲骨文字就是一幅画，你可以想象它记载的三千年前发生的事，太有意思了！……"

甲骨文字的象形画面，给马一多提供了想象的空间，并引发了他的联想思考。有一次，他对着甲骨文中的"国"字猜测，想象着那画面或许是用长戈武器来保卫土地的意思。一查果然就类似这个意思。对具有三千多年历史的汉字，不追本溯源，岂能体会它发展演变的美妙，又岂能感触圣贤的伟大。自然科学与艺术的共同特质是情怀，有了情怀，创造就有了原动力。艺术与科学原本就是相通的。

以往是父母逼着马一多学书法，他没动力，练到半道丢了。现在是他主动按时静下心来写来画。是甲骨文诱惑了马一多，还是马一多与甲骨文一见钟情，已经说不清了，反正马一多在甲骨文的世界里有了"跳出格子"的逆常态思维。

马一多的梦想是飞机与蓝天，他还会在更为浩瀚的空间里去自由想象……

第六章　博雅载体——住宿书院（下）

❧

意料之外的调研结果

杨家卿教授正式受聘西亚斯之前，只是偶尔在西亚斯做过几次报告。他感到这所校园与自己工作的学校完全是两个不同的世界，这里充满了太多新鲜的内容，让他耳目一新。2018年，经人推荐，陈肖纯约他到西亚斯面谈，想聘请他到西亚斯某个住宿书院任职。杨家卿业余喜好书法与收藏，见多识广。这一年7月的一天，他在赶往西亚斯的路上还在心里嘀咕：如果西亚斯这位创办人陈肖纯见我冷冰冰的，把我当打工者看待，我就不来了！

路上是这么想着，但在西亚斯外教公寓桥咖啡厅见到陈肖纯时，陈肖纯快步向他走来，满脸真诚的微笑与握手的力度即刻就让他有一种亲切感。双方坐定之后自然是寒暄一番，杨家卿先是简单介绍了自己的经历，而后竟轻松地说：

"我是准备办退休手续了，一生工作总是有点积累吧。如果能来西亚斯，也算是发挥余热。"

"我们这里的人到六十岁一退休就感觉自己老了，心态也有变化，其实呢，您还正是做事业的好时候啊。"陈肖纯笑着回应了一句。

"倒也是，退休闲在家里还真是感觉浑身不自在，"杨家卿略一愣神说，"这几十年积累的经验、知识还没派上用场呢，说停就突然停了下来。"

"您说的是。美国科学家经过科学测试，说人类正常的寿命应该是一百二十岁，六十岁是人生黄金时段。积一身的知识、智慧、人脉和经验，还有健壮成熟的身体，突然停下来不干了，既是浪费自己，也是浪费社会资源。"陈肖纯又往桌前倾了一下身子，笑着说："你前半辈子为国家做出了很大的贡献，后半辈子应当为自己的理想做点事。西亚斯是一个开放的平台，你在这里能做的一切不仅可以成就西亚斯，肯定也能成就自己和社会，你后半生干自己有兴趣的事，更能辉煌你的人生！"

两人见面谈话的时间很短，但杨家卿却是换了一种心态，他不仅为能到西亚斯工作而感到高兴或庆幸，而且似乎一下子就有了精神头儿，那个纠结不已挥之不去的"退休身份"也不知不觉被丢在脑后。他在家中将书柜里的书来了个重新洗牌，分类整理，将有关教育类的排列在一起，准备为西亚斯做贡献了。

其时，西亚斯设有人文社科、工学、经管、艺术、理学、体育与继续教育六大类十六个专业学院，有本科、专科专业七十四个，中外合作办学项目六个。2016 年始，西亚斯设立了第一个住宿书院——知行住宿书院，2017 年又设立了致远与至善住宿书院。在书院制试行过程中，将思想政治、爱国主义教育等内容也一并纳入书院教育内容。到了杨家卿来西亚斯的 2018 年 9 月，西亚斯全校都实行了住宿书院制。

杨家卿被学校任命为寰宇住宿书院院长，听这书院的名字就可推测其国际视野的境界，该院位于校内伦敦街伦敦大本钟钟楼之下，钟楼顶层有咖啡厅，其楼顶的大钟响起时，全校两千五百亩校园的任何一角都荡漾在钟声之中。距伦敦街东端百多米处即是校图书馆，大本钟楼与图书馆可谓相互呼应。距伦敦街西段不远处即是蜿蜒曲折且近乎原生态的黄水河。如果站在图书馆顶层俯瞰四周，伦敦街两侧围绕大本钟楼的尖顶建筑林立，包括远处的黄水河及河边的树木，就会令你的视野跳跃且舒展。进入该院一楼宽敞的接待大厅，是学生活动场所，周围一圈沙发，厅中心的诸多小圆桌被简易沙发或木椅环绕。正对面墙壁中心是寰宇住宿书院的 LOGO——以蓝色背景衬托的金黄大本钟与学士帽的微缩组合。图标两侧是色彩缤纷的多国国旗。此大厅显然具有接待来客与学生聚会两种功能。

楼上是学生宿舍区，有带洗衣机的洗衣房，有学生研讨小型会议室。宿舍里没有上铺，有卫生间，可热水洗浴。之前，新生每次报到总会因上下铺之争而引发矛盾。有一年，一位新生在宿舍将行李放在下铺，而后去办有关手续。结果回来一看，他的行李被后来者放在上铺，下铺被占了，于是发生争执。此消息反映到理事长这里，陈肖纯表态，以后取消上铺，宿舍里只放下铺。西亚斯一切为了学生、为了学生的一切的理念，就体现在这些细节方面。

杨家卿尽管见多识广，但如此的学生居住环境他也是平生第一次见识。按学校住宿书院的规定，他的办公与居住房就在该书院的二楼，与学生居住地近在咫尺。

这个国际化教育平台让杨家卿信心满满，他踌躇满志。上任之后，他即开始了一番深入细致的调研。但调研过程中的见闻与数字汇总结果却让他大跌眼镜，现实情况的复杂程度远远超出了他事先的想象。寰宇住宿书院位于校内西区的伦敦街，辖北十二至北二十共九栋宿舍楼，其学生住宿与育人社区环境，可谓河南省高校最佳，当年入住的三千五百余名学生，分别来自全国二十四个省市自治区，分布在全校十一个专业学院。

他发现的第一件头疼事，是该书院有相当比例读美国富特海斯州立大学学位的学生。其中有部分学生是家里不差钱的独生子女，他们甚至开着宝马、奔驰、玛莎拉蒂来校读书。有一次，杨家卿与一位山东的富二代学生聊天，他问学生：

"你一个月得花几千吧？"

"两三千。"学生漫不经心地说。

"两三千？全算上。"杨继续追问。

"那有七八千吧。"学生的口吻满不在乎。

实际上，他发现还有个别学生每个月消费竟然高达几万元。这让杨家卿大为吃惊。这种富二代高消费的学生固然在学生中属于少数，但他们对身边学生的影响岂能忽视。

他调用的三辆三轮车本来是清理垃圾的，但在宿舍区转悠了几天，居然从学生手里收购出来十几吨旧书。学生的兴趣点居然不在读书上，用过的书毫不吝惜地随手丢掉，好不怪异。这一现象背后的原因是什么？学生们来大学读书的目的又是什么？这样的联想让杨家卿在夜晚辗转反侧，难以入睡。

开学不久，他要给寰宇住宿书院的新生做一个讲演。开讲前，他与学校办公室一位年轻的秘书闲聊，谈到了自己即将开讲的主题是告诫学生珍惜当下在西亚斯学习的机会，不要奢侈浪费，要有远大志向。不想秘书悄悄地提醒他说，院长，寰宇住宿书院的不少学生都是富二代，他们的高消费已经养成了习惯，再说这也是人家的自由，家里有钱嘛。父母都管不了，你就别说他们了。杨家卿愣了一下，没有回答。前期的调研情况自己心里清楚，入学教育不谈学生的高消费奢侈浪费问题，这绝不可能。他认为这是一种病态现象。讲演当中，他着重讲了这个问题，题目就是"有钱的学生就该任性吗？"他列举了自己调研中发现的例子，告诫学生们这种奢侈之风的危害。同时以比尔·盖茨为例，大讲特讲这位世界首富如何在个人生活上低消费，又是如何在公益慈善方面高捐助。其目的就是让学生们辨认高尚与低俗的区别，摆脱"商品拜物教"这个旋涡。

令他感到最大压力的还是学生的安全事宜，宿舍里零乱摆放的大功率电器，不能不让他联想到之前见闻过的火灾。不断地发生学生摔伤、酗酒事件，有位大二学生喝酒昏迷不醒，送到医院灌肠抢救，家长都叫来了。在他入职后第四个月的一天，发生了一件让他揪心且震惊无比的事：寰宇住宿书院一位江西籍大四男生跳楼自杀了。该学生的专业学院归属校国际教育学院。学生自杀时间为 2018 年 12 月 27 日，地点为江西南昌自己家中。其时，学校将其称为"12·27 事件"。该男生是家中独子，父母均为江西某高校管理干部。他 12 月 26 日晚上离开学校，27 日上午乘飞机回江西，母亲接儿子回家，在家吃的午饭。下午 3 点，他一人在家，莫名其妙地从十七楼跳楼坠亡。出事的第二天，也就是 28 日，学生父母带着一位心理学专业的同事赶赴西亚斯。在西亚斯，他们详细查看了孩子宿舍及遗物，询问了有关老师、领导及同学，就是想知道孩子为什么会走这条路。遗憾的是没有发现异常痕迹。在 27 日凌晨，他也只是在网络 QQ 上留有几条与同学聊天的记录。无论在寰宇住宿书院还是在江西该学生的家中，包括该学生的手机电脑，都没有找到哪怕只言片语的遗言。他的死成了一个谜团。老师说，该学生成绩还不错，应该能顺利毕业，就是有时候喜欢宅在宿舍玩游戏。与该生父母同来西亚斯的那位心理学专业老师，推测了几种可能：有可能是应急事件，该学生想赴加拿大留学，感觉自己成绩不理想？或者是网络游戏成瘾，有角色带路等。该生父母没有埋怨学校，默默地处理了孩子的遗物，带着遗憾与极度的哀伤走了。他们无论如何也想不明白，自己的宝贝独子为何要放弃宝贵的生命？为什么要选择离开这个世界？后来，该学生父亲来信对杨家卿说：不再想了，明白了又能怎么样？我们对孩子选择西亚斯不后悔。

"12·27 事件"对杨家卿简直就是一个强刺激，一个学生说消失就消失了，想起来就心疼得不得了。学生的死因还是个谜。如何探查学生的心理动向，有针对性地实施精细化管理？如何指导他们规避风险，走好人生漫长之路？这些问题逼着杨家卿煞费苦心地思考。杨家卿从学生入学心理普查测试中发现，书院里的这些当代大学生有百分之五十左右具有或轻或重的心理障碍问题。

怎么办？杨家卿得将梳理的问题归类分析，尽快理清思路，而后与寰宇住宿书院党总支研究、推出系列管理方案。该书院最初推出的工作思路是：各项工作争第一，书院管理创特色，团队合作比贡献，安全稳定抓牢实。随着调研的深入，安全问题不断地浮现，杨家卿果断地在全院教职工会上宣布了调整的新思路，他说：我们原先的工作思路是将"安全稳定抓牢实"放在最后一条，现在，我们必须将这最后一条放在第一位，对，就是将"安全稳定抓牢实"排在头等重要的位置。学生进了学校，居住在我们这个书院社区，我们就有了责任，什么责任？法律与关爱的责任！全校工作千头万绪，我不管你部署多少紧急事务，但我首先抓这个安全保障。

没有安全保障，一切都无从谈起。

把学生作为完整的人来培养

2019 年，时任西亚斯住宿书院总院副院长、主持全面工作的楚金金，曾是西亚斯 2002 级读中美双学位的学生，她 2009 年赴美国富特海斯州立大学读教育学硕士，2011 年归国后回到母校西亚斯工作。之后，一边工作一边读中外合作宁波诺丁汉大学高等教育管理博士学位。她从大学本科教育阶段即开始接受中西融合教育模式的熏陶，之后对英美大学博雅教育及住宿学院制也颇为了解，且有亲身经历体会。

2016 年，当陈肖纯在西亚斯试行第一个住宿书院之际，并没有在全校引起什么反响，毕竟该书院学生仅仅占到全校学生的十分之一左右。况且试行效果如何，是否就会在全校陆续推行住宿书院制，都是未知。但是，到了 2018 年全校实施住宿书院制的时候，教职员工包括学生就反应强烈了，用"鼎沸"一词来形容也不为过。尤其是有些教职员工，不仅不理解，还抱怨连天。管理决策层呢，对此决策也并未完全理解到位。

楚金金作为总院主持工作的副院长，可谓住宿书院的总指挥了，她得协调处理新体制推行之际冒出来的各种各样的问题。之前的学生在校只有一个身份，某专业学院的学生，现在是两个身份，还得归属一个住宿书院管理。楚金金对西亚斯推行住宿书院制的必要性与实际价值是如何认识的呢？这一点至关重要，如果她看不清这项颠覆学生传统住宿模式行动的价值所在，岂有定力来应对摁下葫芦浮起瓢的局面？

2019 年秋天，恰好是西亚斯全面推行住宿书院制一周年之际。某天上午，我按事先约定的时间，在西亚斯学生活动中心三楼总院办公区见到了楚金金。她的着装休闲随意，但与环绕身边一拨接一拨人的对话却简洁而又有节奏。她看了看手表，那时与我约定的时间刚过，随即引我走向靠里的一间小型研讨室。她吩咐助手让其他来找的人在大会议室等候。我们隔桌而坐，她又起身特意沏了一壶茶，关上门，开始与我交谈。我从不同的角度向她询问西亚斯住宿书院制，有时简直就是追问，故而使她的阐述不停地跳跃：

我在学校负责留学生事务时，就个人观察，当时作为旁观者，对当下中国学生人才培养目标，跟传统的中国学生培养模式比较，感受还是不一样。慢慢观察就发现，也是我的一个感受吧，你是把学生当作一个为社会工作的产品来培养，还是把他当作一个人来培养？如果你把学生当作一个零件来培养，你希望学生用所学知识进入社会后为社会做贡献，这当然也是一种模式。但你这个时候可能就忽略了他作为一个人的情感需要，比如忽略了他的正常情感、兴趣爱好等等。如果当时在有限的选择范围内没有他感兴趣的专业，学了四年，毕业后又改行了，那他们在校四年学习的东西不就白费了吗？我们能不能在学生的专业学习之外，给他们提供空间条件，或者说激发他更大的潜力？

学生毕业之后就与学校没关系了吗？国外大学非常注重校友与母校的联系，那他们怎么做到这一点的？陈肖纯理事长也非常注重保持校友与母校的连接，学生虽然离校了，但一直感觉西亚斯是他们的家，为什么呢？学生在校期间，西亚斯是把他当一个完整的人来关心来培养的。所以他们日后就不会忘记母校。你看一下世界地图，我们有标注，西亚斯分散在世界各地的学生与西亚斯有联系，而且还很密切。西亚斯虽然不是百年老校，但这个要长远地看，学校与学子密切联系，无论对学校还是对毕业生个人都有说不尽的好处。

西亚斯并不是第一个吃螃蟹的人。当时（2015 年）我查了，全国已经有少数高校试行书院制。理事长觉得这个办法好，与西亚斯全人教育理念靠得近一点。如北京师范大学书院制，考虑发展培育学生六个核心素养。我们加入西亚斯特色，多了两个，就是多元化与创新。但是，倡导容易，真正落地太难了。国外大学叫住宿学院。中国其他大学叫书院，没有住宿两个字。他们可能认为不应该把住宿这俩字排在其中。但陈肖纯理事长坚持保留"住宿"二字，而且不能丢掉"书院"两字，丢掉了书院就等于没有保留中国元素，丢掉了中国传统。西亚斯是中西合璧的大学，所以我们就叫"住宿书院"，与西方的、中国历史传统的都不一样。

陈先生的理念是，除了要教学生知识，更要把学生当作一个完整的人来培养。国内大学传统的宿舍楼，方方正正的，除了住宿区没有多少其他空间。有公共的卫生间、公共澡堂，有楼层宿舍管理员，保洁员将卫生打扫得好，宿舍楼就管理好了。学生课外时间挖掘没有？我们一周只给学生排了二十多课时，那其他的时间学生干什么去了？国内大学很少关注这一点。但是话又说回来，学生在宿舍期间如何评价，这个环境影响了他们还是没有，很难量化出来。既然无法量化出它的产出效益，那一般来说就不花钱做了。因为你花了很多钱，未必就能证明是你花钱起到了这个作用。论文数量、实验室数量，这可以以表格数字统计计算出来。那推行住宿书院，要改造要花大钱，宿舍区有大厅、有活动研讨空间、配图书室，最重要的还要有教授老师与学生住在同一个宿舍区。可是，看起来傻傻的概念，做了也衡量不出成绩来。理事长还是要坚持做，人们很难理解，或者说很多人根本就不理解。学校对学生，要不要花很多钱做活动？这个要看长效影响，需要长期跟踪。西亚斯有个同学去香港一所大学参观回来，我俩谈到教学质量，谈到书院活动对学生的影响能否测试出来。同学说，刚刚改革，时间不长，测出来也未必一定是你期望的。如果以后有条件，应该评估，应该加上西亚斯环境对学生的影响这一项。影响学生发展或者说健康成长的元素很多。我们改变了学生宿舍的格局空间，组织了很多活动，这到底影响了学生的素养没有？现在测不出，但陈肖纯先生就坚持一条，把学生作为一个完整的人培养。他说，西亚斯的教育模式就是三足鼎立，或者说三个支柱——博雅、全人、融合。

中国古代书院当然不是我们这个样子。国外叫住宿学院，我在美国富特海斯州立大学就住在校园宿舍区，教授也在社区里面住，这样缩小了教授与学生的距离，类似一个社区。学生不仅在课堂上见老师，在宿舍区也可以近距离与老师探讨交流。如果住宿地没有教师，学生课堂外见老师很难。国外学生住宿区如果开设通识课程，我在楼道宣传栏能看到，有兴趣就签到报名，是选择性的。这个专业课之外的学习，也许在你人生的某个时间段会发挥作用。这也就是跨界学习吧。富特海斯州立大学学生住宿不是按专业分类住宿，如一个专业一个班的集中在一起。他们是按学生报到顺序随机自然住宿，接近社会社区真实状态，不同专业不同班级的人做邻居，而且是跟不同年龄的人相处。如果到了大学阶段还是中学居住模式那样一个状态，之后就很难适应社会。社会上没有这样的情况，也不会给你如此安排。学生回到住宿学院，就是一个社区，有楼层助理，帮你解决生活问题。住宿学院会组织趣味活动，社区里有小报告厅、多功能厅，学生们可以组织冷餐会，可以听讲座，可以与教授交流。但国外的模式照搬过来也不合适，我们没有那么多教师，宿舍楼也没有那么多活动的空间。

现在好多学生在专业课之外就宅在宿舍里玩游戏，这难道不是在浪费青春吗？太浪费了。那我们的住宿书院把活动带到你身边，把不同的人带到你身边去，让书记院长老师当你的邻居。学生上学阶段就体验了社会的社区形式，接触不同的人，不像过去，学会计的住一起，一个宿舍里甚至一个楼里都是会计专业的，那现在一个宿舍里也有其他专业的同学，上学就接触了，你毕业之后就会有好多领域的同学。文科的学生可以从理科学生身上学到东西，理科的也一样，从文科生那里获得一些激情。我们希望他们尽可能彼此碰撞，撞击出火花来，但你碰撞不出来，怎么办？这就又有了新思考，学校2015年开始考察探索这件事，2016年开始办了第一个知行住宿书院，2017年又试了两个。当时的特征是，思政、爱国教育内容也一并转到了书院，运行表明，书院这个平台同样将这一难教的内容深入有效推开。2018年，全面推行住宿书院制，陈肖纯理事长希望住宿书院有各自的主题特色。为什么呢？就是希望有大致共同爱好兴趣的同学能够相对集中住在一个区域。学生各自性格情趣不同，有的学生希望有一个安静的学习居住环境，但也希望与别的同学交流。还有学体育艺术的就喜欢热闹。还有喜欢科技的。比如说，有的同学喜欢创业，让他们集中住在一个区，是不是彼此就可以相互交流探讨？没准儿搞出个大名堂来。如果各住宿书院没有主题特色，那你学校请教授去某个书院做讲座，有兴趣的去听了，但人少，就得拉几个班去听，而去听的不一定有兴趣，那岂不是资源浪费嘛。现在，西亚斯九大住宿书院都有各自的主题特色。如今的学生大都有兴趣爱好，有的从小就超喜欢音乐美术体育，但父母是思政系统的，让他报了法律专业什么的，那就把他们火热的爱好激情压在心底了。他们没有机会去尝试自己喜欢的东西。现在不同了，在住宿书院他们可以尝试自己喜欢的课程或活动，于是又多了许多机会，让他们有了一个情绪出口，发现自己其他方面的天分或潜能。

西亚斯住宿书院的终极目标是，让学生根据自己的爱好兴趣选择住宿书院，今年已经实现了在网上选择，学生奔着书院的主题去了。陈肖纯理事长的愿望就是将学校的资源更多地投放在学生身上。当然，这只是实现了一部分，还做不到全部，因为之前已经有人落户在各个住宿区域了，也就是八大住宿书院成立之前。得等待，等最早的学生分批毕业之后，学生可以有限地选择。这对各个住宿书院也有压力，你做得不好，选择的学生就不会多……

——楚金金叙述的细节不少，算是对西亚斯住宿书院的一个脉络梳理。陈肖纯对创办住宿书院的说法则简洁明了，他说："西方名校的住宿学院是小班教学探讨，他们的学生住宿区域是为了更好地与专业学院区分。而我们西亚斯是把学生宿舍楼改造为另一种教育形式的学院或平台。当然也有借鉴国外住宿学院的理念，中西合璧嘛。但更主要的是便于分为两种教育形式，对学生形成双院制的闭环教育，或者说是相对完善的教育。"

两只手表以哪个为准

管理领域常常会拿"手表定律"说事。所谓"手表定律"，是指如果拥有两块以上不同时间的手表反而会制造混乱，让看表的人无所适从，不知如何判断准确的时间。

西亚斯由传统的运行已久的十六个专业学院制，一下子又并行推出九个住宿书院制，前者与后者并存运转，由此而引发的各类不适应真是一言难尽。无论是教职员工还是学生，面对这一他们从未见识体验过的新生事物，反应当然是复调式。"两只手表以哪个为准"，即是住宿书院推行初期，有的教师冒出的一句形象调侃。

西亚斯最大的专业学院——商学院有近万学生，原学生工作办公室就有四十九个辅导员。推行住宿书院制后，辅导员职能转到住宿书院，商学院只管授课。其他十五个专业学院亦如此。专业学院不适应了，有人说：专业学院是节约了辅导员，可全校住宿书院增加了九个书记、九个院长。老师原先只管学生工作，不管行政事务，有行政部门管。现在是住宿书院面对所有部门，成了一个旋转不停的陀螺。这样的机制能有效率吗？还有人说：连河南省唯一的"211"、双一流大学都没有全面推行书院制，西亚斯也太冒了吧！

也有老师说，推行住宿书院制以前，学校搞什么活动，是学生多的专业学院有优势，如商学院，年年各项大型活动得第一，因为他们学生多，就人才多呗。推行书院制就打破了这种不大合理的格局，各个住宿书院人数几乎差不多，这样不也有效地防止了一搞活动大院通吃的问题嘛……

"Y老师，不好了！2018级大二女生苏莲莲失联了。她同宿舍学生告我，我立即打电话，但不接。怎么办呀？"Y老师是西亚斯某住宿书院育人导师主管，那天他下楼时接到了育人导师这个电话。育人导师是住宿书院对管理学生老师的新称呼，之前在专业学院叫辅导员。

"哦，不要慌。这种情况第一时间先报警，向警方提供苏的手机、身份证号，警方会定位的。"Y老师镇定地吩咐育人导师。他之前对自己管理的育人导师有培训交代，遇到紧急情况先向他汇报，再决定如何行动。他管理学生的第一原则是不要出事。

警方在三十分钟之内就锁定了苏莲莲其时在学校附近旅店的房号。Y老师也第一时间赶到，他从苏莲莲慌乱的眼神里看出她极其不稳定的心态。

Y老师要通了苏莲莲父亲的电话，且简单快捷地叙述了苏莲莲的危险情况，要求他立刻赶到学校来。

"老师，不是我不管我女儿，我管不了，我没能力管。让她妈管哇，我在外地打工了，管不了啊。"父亲推诿的态度很明显。

"苏莲莲是你的女儿。我也有孩子，也做了孩子的父亲，作为父亲就要对孩子负责到底啊！你必须无条件地赶过来，孩子必须管！"Y老师说完就挂了电话。这几句有分量的话真管用，父亲赶到了学校……

Y老师对学生有责任有爱心，热爱教育事业，对西亚斯有深厚感情，具有丰富的学生管理经验。学校突如其来全面推行的住宿书院制让他有点蒙：

……专业学院与住宿书院信息不对称呀，专业学院有分工，没有了学生管理职能，专管授课，发通知发要求的，学生有问题就会问住宿书院的育人导师，可育人导师也不懂专业啊。那专业学院与住宿书院的活动时间有冲突的时候，学生怎么办？听谁的？搞个讲座会议，人到不齐了。凡涉及核心重要问题的，或者说权利问题的，互不相让。我们一个住宿书院的学生就来自十几个专业学院，头都大了。说个不恰当的比喻，那专业学院与住宿书院就好比是犬牙交错，管理起来极为不方便。别说是不同年级不同专业的学生混住在一个区域，就是按年级同专业分区域居住，一个导师面对四个年级的学生时都忙疯了。育人导师新人多，工作量大了，原来专业学院一个辅导老师管四五个班，可他们集中上课啊。住宿书院的育人导师在自己负责区域，除了睡觉的时候，其他时间都见不全自己的学生。原来一个专业班请假相对集中，现在学生请假集中在课余时，随时都会有，中午请假学生最多。有些育人导师无法适应，就离职或换岗了。A书院冒出的是这个问题，B书院冒出的是那个问题，大家似乎都是摸着石头过河的感觉。我们私下里聊天，大多数人都不理解住宿书院的好处。

表面看教育与育人是分开了，专业学院只管专业课教学。但专业学院也在埋怨。辅导员都走了，工作丢下了，活儿丢下了，管理的权限也少了，那原先专业学院书记的激励政策，入党啊，评优评先啊，也都丢下没专人管了。他们也想不通啊。

过去，学生宿舍就是个睡觉休息的地方，并非学校关注的重点，现在需要在居住区的住宿书院关注学生的全面素养，问题一下子凸显而出，抽烟的酗酒的文身的失恋的，甚至还有吸毒的。入学学生有个新生心理普查，通过电脑、手机设定的标准格式方法测试学生心理状态。测试结果分为四个等级，一级的最严重，其中几乎百分之九十都有问题。2018年10月，九大住宿书院的育人导师全都忙碌起来，对测试为一、二等级的学生逐一谈话，进行心理咨询，有问题爆发倾向的需要持续关注，二次评估，甚至跟踪关怀。问题非常严重的，则要劝其退学……

Y老师的电脑里有个"危机学生预警库"，那是他重点关注的学生。他有预感，或者叫预测判断，知道哪些学生早晚会出事。有位学生自闭、抑郁，不愿意与同学交流，听课心不在焉，通过育人导师谈话，心理咨询开导，得知他在初中上课时，被老师当着全班学生的面甩出的一本"飞书"砸了头，从此性格大变。育人导师也真是辛苦，还得与学生长期交流，并要求家长配合。可就是这些所谓的"问题学生"，在育人导师的引导下，陆续走出宿舍，参加了社团活动，有的还参加了演讲辩论队。他们的性格也渐渐地由内向变为外向，活泼开朗起来。之后还能顺利毕业，找到不错的工作。而这些都是以往仅有专业学院时做不到的。

Y老师说，校领导决策层既然做出了这么大力度的改革，不惜花费巨大投入，那对住宿书院制一定有清醒的认识，也有逐步推进的规划计划，就是新体制中涌现的许许多多新问题，需要及时解决。我感觉眼下就是缺乏一根精神的纽带把大家联结起来……

学生的复调旋律

全校推行住宿书院制，专业学院与住宿书院磨合出的问题很多，育人导师流失比较严重。专业学院的人说，我们是第一课堂，只管上课好了，其他的所有事情有第二课堂负责。而住宿书院的人则说，我们岂止是第二课堂，还是第三、第 N 课堂，学生除了上专业课，其余的事我们全管了，可管得过来吗？

管理中层的分歧意见上升到校里的决策层。有一部分人不仅仅是提出问题，而是直接质疑推行住宿书院制的必要性与意义。作为西亚斯推行住宿书院制的总策划师，陈肖纯在决策层表态了，他说：首先要在管理层做工作，不要以无知阻碍住宿书院制的推行！这句话比一大堆宣传住宿书院制的材料管用，它很快就在全校尤其是各住宿书院传播开来。即使是住宿书院里的一位普通育人导师，或者是导师主管，也能随口说出这句话来应对众说纷纭的问题。传播这句话的有理解的执行者，也有不理解的调侃者，后者还多于前者。但这句话最起码促使好多管理人员与教师在面对诸多新矛盾新问题时，去思考住宿书院究竟好在哪里。

陈肖纯本身就是一位在校园里游走的宣传者，他不仅大会小会说，当面对几位住宿书院的年轻育人导师时，也会简单地说说住宿书院的理念。他接待校外来访者或媒体记者时，还会详细将住宿书院的好处介绍一番，他这样说：

> 西亚斯实行的是双院制，学生在专业学院学习专业课，凡是专业学院不能提供给学生的教育内容，都由住宿书院来培养，培养学生的综合素质、创新思维及各种能力。这也是西亚斯全人教育的体制保障。
>
> 我对西亚斯教育模式有一个形象比喻，叫三足鼎立，即博雅、全人、融合教育。三者彼此联系，不可分割。博雅给学生提供多学科体系教育，让你具有文理背景，工科学生也学哲学与艺术，文科学生也要学财经，也得学科学知识——地理、物理、天文。这个跨学科学习，不是泛泛了解，而是有一定深度的学习。那全人教育也可以说是公民教育，爱国诚信、社会责任等等均包括其中。这在每个国家都有。发达国家做得非常好。我们的学生从小就有教育缺陷，缺乏诚信与社会责任担当培养。大学的全人教育是补课。现在，教育部提出全面教育，培养德智体美劳的学生。还有一足叫融合教育，即产学融合，培养社会当下急需的人才，而不是培养不受社会欢迎的人。
>
> 三足鼎立的核心是融合创新，面向未来打造未来教育。古今融合，中西融合，在碰撞中产生更美的火花。融合教育

很有威力，能积聚能量，对学生的专业学习形成冲击影响，冲击思维，开窍于其他，达到突破创新的效果。

陈肖纯面对众人对住宿书院制的不理解仍然能够笃定前行，与他的教育理念密切相关。陈肖纯游学世界名校，拿来牛津、剑桥、哈佛、耶鲁等世界名校住宿学院制的一把火，烛照中国古代书院的耀眼精华，将二者融合起来，在西亚斯校园踢踏起舞。截至 2020 年，河南别的高校的书院制还悬在空中难以落地，而西亚斯住宿书院已经覆盖全校，形成中原地区规模最大、改革较彻底的住宿书院群落。

具体细分来说，西亚斯各专业学院负责与学生专业教育、学籍管理、科技竞赛、学业规划、毕业实习、论文指导、项目指导、创业指导等有关的教学、科研工作；而住宿书院侧重于学生课堂之外的教育、管理与服务，注重学生的思想、心理健康成长，行为养成，人格塑造和实践锻炼，承担学生第二课堂拓展、思想教育、党团建设与活动、学生事务管理、学生安全和自治能力等诸多方面能力的培养。概略而言，西亚斯的专业学院加住宿书院，开启了德智体美劳五育并举的创新教育模式。

相对于教职员工对住宿书院制的反应，学生群体的反应之声则呈现更为明显的复调旋律。有人由非住宿书院转入了住宿书院，而有的人，主要是 2018 级新生，则是一进校就直接进入了住宿书院。在一切尚在探索择顺阶段，他们的体会表达像一个多棱面反光的晶体。

至善住宿书院 2016 级学生李腾飞，在体育学院主修社会体育指导与管理专业。他感觉住宿书院的优势不大明显：

> 我家是河南商丘责成县村里的。我爸种地，兼职打工。我大二时，学校将我的住宿区改为了住宿书院。大一时，楼里整个西区都是一个专业的，宿舍里每间屋子都是一个班一个专业的同学。大二有了住宿书院。突然感觉与老师有了距离，有时候就像没有老师管一样。从住宿书院出来晚了，导师要登记，也不认识我们。还没感觉有什么太多好处。过去

专业学院有辅导员，现在住宿书院有育人导师；专业学院的活动通知不那么多了，有也不具体了；原来由辅导员管着，现在育人导师好像管得少；原先年级辅导员一个管二百多学生，现在住宿书院一个导师管三百多学生。一个楼层住的不是一个专业学院的，专业不同，有外语的商业的法律的。我们各玩各的，与其他专业学生交流很少。打球时交流多，共同爱好嘛，我倒是也交往了一些新的朋友。

西亚斯课外活动多，设施设备好。郑州的，新乡的，还有外省的一些大学，我去看过，没有西亚斯好，我们的体育场馆多。他们没有住宿书院，学生宿舍没有空调。我们的住宿书院有好多学生活动场所……

至善住宿书院 2016 级学生杨宇露，体育专业。他说：

父母在北京打工，我小学初中是在北京读的。靠父母托关系、花钱，我才能上学。小学一、二年级在私立，三年级才上公立。后来考上私立高中，说是不用参加国内高考可直接到国外读大学，但高中毕业到国外读大学的话费用老高了。2013 年我回到家乡固始县读高中。差别老大了，私立高中一个班三十多名学生，县里九十多名学生。在县里，晚上十点回宿舍。早上七点早读。

我在北京初中是班里前三名，到高中，还是周边县的好高中，我在九十多名学生里排名倒数第二。高考时当然想报北京学校，同学多嘛。但最终报了西亚斯体育专业。西亚斯有名气，外号小清华。西亚斯体院厉害，有 CUBA 体育训练场，听说有的学生都超一本线，也报了西亚斯。这里参加高档次比赛的机会多。西亚斯篮球队很厉害。跟很多有名的高校比，西亚斯生活体育设施条件好太多太多。学习氛围没人家好。学校建筑风格吸引人。各类活动每周都有，你有才艺就可展示出来。我的外校同学来这里玩，说来了就不想走。

有了住宿书院，其实没有感觉到多大变化，可能学校好管理，我感觉调课好麻烦。住宿书院楼层有自习室，育人导师与学生接触不太多。住宿区管理比过去好一点，平常按时上课，8点要锁楼层大门。奖励证书也比过去多了。我自己还不大适应，几乎不习惯与别的专业学生交流。现在体育学院里选课或重修，没人给你提醒，得靠自己了……

宁婕好，2018级，博艺住宿书院新媒体中心主任，商学院金融管理专业。她是河南周口市鹿邑县人，高中阶段的切身经历与进入西亚斯学院之后的感觉形成巨大反差。入学西亚斯时她太普通了，与众多学子一样，对环境对学习充满了好奇。博艺住宿书院众多课外活动的其中一项——院公众号记者编辑，契合了她的爱好，吸引了她，让她为之着迷，为之忘我投入：

我在博艺住宿书院的活动中认识了不同专业的同学，也认识了同专业的三个班的同学。课外活动蛮丰富，活得挺充实。

读高中，那是两点一线——学校与家。

……

说西亚斯吧。到了西亚斯简直换了一个活法，吃得好，住得好，至少不会亏了自己。来之前，有人说西亚斯是贵族学校，报名册上有收费标准，并不太高。我第一志愿报的西亚斯。我哥说，西亚斯校长是美籍华人，中西合璧，不一样，全亚洲最好的高校。图书馆里都有玩的滑梯。来了之后，哇——，果然高大上，简直不可思议。校园里有好多好多学生食堂，宿舍有卫生间、热水淋浴，还有空调。进校后找宿舍楼，我被分在博艺住宿书院的北八楼。北八楼偏僻，与学校环境风格不协调，被室友称为北大荒。但很快我就发现了北八楼的地理优势，离西班牙餐厅最近，离教室近。至于住宿书院设施大致都一样。迎新生烛光晚会时，我们每人手里拿一根蜡烛，还抽奖，学生代表参加欢迎晚宴，真是独特，眼前一亮，心灵震撼。感觉西亚斯就是不一样，那晚在仰起头来看烟花时，感觉自己就是学校当晚的主角。

大一学年第一学期，博艺住宿书院学生会宣传部部长到我们宿舍宣传了一下，也有海报。就是招收喜欢摄影摄像写文章的学生，为博艺住宿书院公众号当编辑。我一听就高兴。我对电脑感兴趣，之前喜欢摄影，编辑带视频带照片的文档，有自己的名字放在下面，感觉挺牛的。我报名参加。面试时，学姐问我，是什么吸引你报名参加的？我说，首先是因为我爱好摄影写作，当编辑用电脑做视频图文编辑，可深入了解学习更多技能。当然，我也非常想成为学生会宣传部的一员。又有学长问我，假如在工作中我布置了一个错误的不太可能完成的任务，你会怎么做？我有点蒙了，没遇到过这样问问题的。学长继续说，大胆说，把真实想法说出来就行，不要以后遇到情况了说一套做一套。我就直说了，说我会告诉你这个是错的，没有完成的可能。如果你坚持让我做，我会做，但是后期的责任嘛，得一起承担。之后，又问我有什么优势竞聘，我说我不是一个初学者，也不是电脑小白，写作文也不差，有拍照基础啊。关键是热爱，内心想学新东西，自学能力强。我还说，下来把自己拍的照片发给他们看看。

面试完，宣传部的头儿很快就短信通知我了，说：你是唯一不用复试直接进入面试的，祝贺你了！

我们固定时间开周会。工作实行积分制，主动者加分，接受分配任务者加分。无故不参会不工作者扣分。这个积分日后评选优秀时可用。我从来不迟到，主动申请任务，将我们的群置顶，设部长为特别关注。部长开玩笑说，你每次别太积极了，给别人也留点机会。2019 年，五四青年节表彰会之前，博艺住宿书院大事记学生工作部分需要整理，工作量很大。不巧宣传部部长不在学校，我只好站出来了。其他部长带着干吧，我东问西问的，加班做，终于把好多资料整理成一个完整有序的东西。第二天部长回来了，惊讶地说明明三天的工作量，你提前就干完了。部长还说，我们几个部长商量了，推选你为优秀干事，是全校级的。积分公布了，没说的。

工作中也有犯错的时候。有一次是我编辑排版的图文，发之前部长也审阅过。但发出来之后，发现把院团总支副书记打成了书记，少了一个副字。部长挨批了，还哭了。但部长没吵我，顶了这个错。我内心很不是滋味。从那以后，我记住了这个教训，每次发稿前都认真校对好几遍，再没出现过失误。一年了，我为我们的博艺住宿书院学生服务，能力得到提升，蛮骄傲的。2019年新学年开始，宣传部与新媒体中心分家了，学生会各工作部门换届，有六位同学竞选新媒体中心主任。中心设一个主任四个副主任。我往正的冲。交了竞选表，经过全院的竞选面试，我成功了，做了新媒体中心的主任。我想继续做，做得更好！

……

全校师生对推行住宿书院制发出此起彼伏的"复调旋律"，陈肖纯则颇为冷静，一边倾听，一边宣传，说："我们为什么不应让专业学院管学生，是专业学院应该集中精力和资源做好做强专业，如果他们事务性工作太多，哪有精力搞好专业教学和科研。学术要优秀，应当专一、专注、专攻，这本是我尝试推行住宿书院制的初衷，可后来一看，育人也应当专一专注专攻啊，而且更为重要，应该排在教育的首位，对学生成长里外都好，那为什么不改革呢？！我们理想的住宿书院是四个学生住一间，应该包括有大一至大四的学生，且来自不同专业，以老带新。本来不同专业的高年级的学生成了老大哥老大姐了，强迫其自律，成为低年级学生的榜样。这样无论从资源共享、相互激励还是考研、就业等方面，都能起到非常大的作用……"

许圣道推出双导师制

2019 年夏日的一天，在西亚斯外教公寓餐厅，王甲林与许圣道两位校长一起用晚餐，王甲林聊起了自己在英国做访问学者的事。因为他说不回国度假了，房东便将自己的猫委托他照看。随着圣诞节的临近，他又改变主意想回国。房东不高兴了，理由是你一回国，我计划全乱了。许圣道微笑着对王甲林说：

"你那个英国房东也是一根筋，你改变计划想回国了，多大个事，他再把猫委托'猫家庭'照看不就行了嘛！"

王甲林也笑了，说："就是嘛。"

郑州西亚斯学院前身为郑州大学西亚斯国际学院，许圣道为郑大任命的该院第一任院长，后调回郑大工作。待他刚刚退休，陈肖纯便去拜访，邀请他继续回西亚斯担当重任，理由很简单，他在西亚斯当校长多年，对西亚斯有感情。就凭感情这两字，许圣道无法推脱了。不久，他回到西亚斯，任副校长。全校住宿书院是他分管的重点。其时为 2019 年夏末，西亚斯九大住宿书院已经运行一年整了。

在校园里突兀冒出的这么多庞然大物——住宿书院，必须与原有的专业学院协调配合，方能使学校的轮子正常运转。而这就需要一个组织机制来保证动态纠错，决策者得设计纠错机制，来解决新生事物衍生的新问题。纠错机制的科学与否，或者说有效与否，取决于决策前信息来源的丰富性与可靠性。西亚斯在这一点上恰恰是一个宽松的氛围，人们不会因言而获罚。教职员工对学校运转中存在的问题，或批评或提出调侃的言论，就浮在校园的各个环节之上，作为管理决策者只需注意倾听便是。即使是学生，在学校师生对话会上，也可以学校主人的口吻大胆提出问题，要求校方从速解决。

许圣道从学校最高决策层潜水般地往深处游走，他先是在学生个体或学生组织那里倾听，而后在住宿书院的育人导师那里倾听，又在专业学院的授课教师那里倾听，随之再一层一层地往上走。学生说住宿书院与专业学院是"两张皮"的有，说住宿书院给自己提供了更为广阔空间的也有。专业学院"只管上课就好了"的抱怨，住宿书院"两只手表以哪个为准"的调侃，他都听到了。还有更难听的，有人说，学校摸着石头过河，缺少顶层的科学系统设计。还有人说，学校除了校头，大概没有多少人理解住宿书院的好处在哪里。

有一天，许圣道在住宿书院调研时与一位学生随意聊天，他问道："同学，你是哪个学院的？"

"怎么说呢，我是博雅住宿书院的。"学生笑着说，"在专业学院下课见不着老师，辅导员也没了，同班的学生都不熟悉，下课后回住宿书院的活动多了。"

"那你对住宿书院熟悉吗？"

"那倒是，我反而对住宿书院的学生导师更熟悉一些，但同学们也大都不是一个专业学院的呀。"

"现在，你有两个身份，既是某专业学院的学生，也归属某个住宿书院。你对这两个身份有什么感受吗？说来听听。"

"校长，说心里话，我的专业学院的身份越来越弱化，那将来毕业走向社会之后，有人问我，你毕业于西亚斯学院什么专业，或者说在哪个专业学院学习什么专业。我怎么回答呢？我总不能说我是博雅住宿书院的吧。"

这位学生的回答让许圣道沉思良久。这是学校"双院制"给学生带来的一个新的困惑。在接下来的调研中，他从住宿书院的育人导师、院长、书记那里，也得到了大致类同的信息。学生在校的大部分学习时间转移到了住宿书院，他们一下子不大适应，似乎丧失了在原专业学院的专业、班级与年级的归属感。这个困惑在学生群体中具有普遍性。如果不及时拂去他们的这一困惑，将会影响学生的心理状态，使他们既不能于专业学院专注学习，也无法在住宿书院投入地参与丰富的活动。

许圣道还听到了另一种异常的声音：住宿书院的育人导师在流失。在 2019 年的暑假期间，学校人力资源处忙碌异常，一边在为人数不少的离职育人导师办手续，一边在社会上招聘优秀的育人导师。而与之形成巨大反差的是，专业学院的老师反而一时间清闲起来，除了上课，其他事宜大都流转到住宿书院去了。可好多学生说了，上课之后，就找不到老师了，专业问题问谁呢？问住宿书院的育人导师吧，他们又大都辅导不了。育人导师抱怨说：一个人管理二三百学生，他们分别来自十几个专业学院，上课的时间各不相同，如何组织活动？社区主题班会的主题都不好确定，我们无从入手啊。

信息是异常丰富，但能够从中倾听到"运转异响"并锁定原因，进而拿出调理办法的，却非得是经验老到的高手。许圣道沿着"异响"追溯思考了，住宿书院的育人导师为何离职人数颇多？他们中的年轻人进校时可谓门槛不低，名校毕业，硕士以上学位，党员优先，那可是从众多竞聘者中脱颖而出的佼佼者。细究起来，缘由还是住宿书院与专业学院的合理分工与协同配合问题。这个问题不解决，住宿书院运转迟缓倒在其次，耽误的可是学生。一切为了学生，为了学生的一切，在西亚斯不是悬浮的口号，而是天条理念。

随着一步步深入调研，许圣道有所发现，从形式上看，学校新设置的九大住宿书院虽然新加了院长与书记岗位，又新聘任了一大批育人导师，但由于专业学院那边原辅导员岗位的取消，学生的学业规划、辅导以及评奖等诸多事宜遇到了瓶颈。实行双院制后，专业学院发文多，但落地难了。而住宿书院这一边呢，院长教授书记加育人导师就是再博学多能，也无法解答学生的海量问题，毕竟是学生多导师少。正像有的导师主管所说，仅学生请假这一件事就把育人导师给搞疯掉了。原来在专业学院，学生请假相对集中，课间找辅导员办理即可。现在呢，学生必须得下课之后到住宿书院育人导师这里请假，尤其中午时刻最集中，育人导师的午休时间都被挤占了。

许圣道需要找到四两拨千斤的那一招，需要找到一把钥匙，打开那扇阻隔在专业学院与住宿书院之间的沉重无比的门。住宿书院这边的育人导师已经属于超负荷状态，院长与部分育人导师还得住在书院。许圣道得在专业学院那边另辟蹊径。获得的信息多了，思考的角度也不会少，这个角度不行就换一个。他苦思冥想出了一个新办法——全校实行双导师制。掰开了说，就是在住宿书院设有"育人导师制"的基础上，同时在专业学院设置"学业导师制"。如此双管齐下，为学生提供更为周全的教育服务。

如何操作，需要具体构想设计，而十六个专业学院另设"专业导师"，需要学校投入一大笔经费。

全校推行住宿书院制之后，问题层出不穷。从各专业学院、住宿书院到校决策层也陆续出台过一些管理办法，但效果甚微。这个新诞生的住宿书院与专业学院不大同步，可谓蹒跚而行。当许圣道将双导师制的构想摆上校决策层的会议桌时，与会者很快便意会到了此举的奥妙所在。它虽然还未试行，但"双导师制"这两个轮子仿佛已经滚动在大家的想象之中。它似乎就是一盘困局期待已久的那个"落一子而满盘活"的棋子。

许圣道正式向陈肖纯汇报，提议在全校十六个专业学院实施"学业导师制"，并且需要学校经费投入。陈肖纯果断拍板支持，让财务处列出详细预算。

作为学校最高决策层，对于覆盖全校实施"双导师制"这个大举措，当然应该也必须有"顶层设计"，只是这个设计须来自"双院制"（专业学院与住宿书院）试行一段时日之后，否则将会无的放矢。作为决策者的决策，不鸣则已，一鸣则要惊人。接下来，许圣道主持有关部门起草《学业导师工作办法》。经广泛征求意见，上下论证，并经校长办公会讨论通过，该规章于2019年11月在全校正式实施。

该规章总则部分对学业导师的领导机构、身份地位、晋升渠道做出了详细规定：

"各专业学院成立由党政领导为组长的学业导师工作领导小组，全面负责本院学业导师的选配、考核及管理工作。学业导师是学校教师队伍的重要组成部分，是学校从事学生学业指导、职业规划的骨干力量，各专业学院要像重视业务骨干一样重视学业导师的选拔、培养和使用。教师晋升高一级专业技术职务（职称），须有担任学业导师的工作经历且考核合格。"

该规章对学业导师的岗位职责、配备与选聘、管理与考核，均有详细条款予以规范。最后一章——第五章是政策保障，让学业导师不仅是为职责而工作，而且给他们提供保障与动力，激发他们的创造性与积极性：

"学业导师工作考核为优秀的，由学校统一表彰，颁发荣誉证书，同等条件下优先晋升职称。学业导师工作考核合格以上的，同岗同酬。学业导师按所带专业学生人数给予学年补贴工作量。"

此规章一出，专业学院老师讲完课走人或难以找到的现象大大减少，有的学业导师本身就是讲课教师所兼。他们听取学生的意见和建议，或辅导或与授课教师联系反映。他们对所带班级学生给予学业指导，帮学生做学业规划，同时指导学生参加考研、学科竞赛、英语考试等。如此一来，住宿书院育人导师的负荷也大为减轻。

双导师制实际上是更为接地气地掌握学生动态，对学生的第一课堂与第二课堂进行精细化管理，很快就化解了将不认兵、兵不认将的乱象。学生在专业学院被定位，与学业导师建立了联系，有了班级年级专业归属感。如此，在第一课堂之外，学生们根据自己的兴趣爱好开心投入到住宿书院的第二课堂世界。

随后，学校的顶层设计系统配套推出：有《双院制协同育人实施意见》，其中对专业学院与住宿书院的职责做出明确划分；有《全人教育实施办法》《住宿书院五级网格管理办法》等七个管理规定。学校对住宿书院实施五级管理层次，从上至下依次为：学校—住宿书院（设有院长、书记）—育人导师—社区（每个书院划分若干社区，有社区长）—宿舍（有宿舍长）。学生除了专业学习之外，在住宿书院也必须接受"全人教育"，学校对此规定了学分认定机制，学生必须在专业学院与住宿书院拿到规定的相应学分，方能毕业。

明礼住宿书院院长张兰花基本住在书院小区，还常常招呼个别自主能力弱的学生在她家里吃饭，学生感觉到院长的热心温暖，便敞开心扉说心里话。她对与自己同住一楼的邻居学生，有近距离观察与交流，对西亚斯的双院制与双导师制有深度体会：

"如今，校园之外是浮躁的社会，学生管理难度很大。住宿书院是利用专业课堂外碎片化的时间，来做学生工作。专业学院与住宿书院是在磨合中发展，专业学院以教学班级为单位，我们住宿书院是以学生住宿室友为单元。学生上课区域那边有学业导师，课余时间在宿舍小区有育人导师。之前，你让专业学院的辅导员管理学生的课外活动，也远远超出了他们的能力范围。我们选聘育人导师要求素质高，因为他们要做学生灵魂的导师。住宿书院制施行以来，学生缺课率降下来了，打架的也少了，文明礼貌素质也提高了。有的老师说，在磨合期学生不闹事就不错了，你想想，同宿舍的不同专业、不同年级，沟通起来容易吗？现在环境改变了，我们老师的办公区与学生近了，服务近了，能真切客观地了解学生的需求，接触一多，学生愿意与你交流了，有危险也愿意向老师述说。这对学生的心理问题有预警保护作用啊……"

　　学生安全是各住宿书院管理的头等大事，全人教育没有安全即等于零。西亚斯尚在全面试行"双院制"的路上探索前行，至于这个有别于其他学校的模式到底会使学生产生哪些改变，还需要日后漫长跟踪。

　　在欧美世界名校里几乎没有辅导员这个岗位，学生入校，作为一个独立的人，将独立完成注册、找宿舍、做规划计划、选专业课、联系专业老师等一系列或易或难的事。而中国大学生入校之后，每走一步都需要询问，他们需要一只拐棍。而这个习惯或曰能力的养成是从小就开始的。与当代大学生的自主能力不相匹配的是，我们的许多大学里是"除了辅导员都与学校脱离"的状态，这使得学生更为孤独无助。一切为了学生，学生走进大学之门，学校就必须负无限责任。

　　西亚斯的双院制加双导师制无疑是对高校教师"脱离状态"的反拨。学生由此环境呵护而得到的改变与成长是自然的。在西亚斯住宿书院这个社区大家庭里，学生在上专业课之外，还有许多发现的可能，既发现自己，也发现崭新的世界。学生进入大学校门，不仅仅是为了读书，也要有所追求有所发现有所创新。

　　在双导师制运行一段之后，校园内此起彼伏的"复调旋律"渐渐地不再那么喧嚣，专业学院与住宿书院原先抻来扯去的那些热点问题，也趋于冷却。时间仿佛真有魔力。许圣道专门向校理事长陈肖纯汇报了一次。陈肖纯详细听完之后笑了，轻松地说，这下基本成型了，符合我们当初全校设立住宿书院的初衷。住宿学院，世界名校有先例。书院呢，中国古代教育也有精华可取。我们将两者融合在一起，强强联合，错不了。创新嘛，一开始好多人理解不了，这也很正常。我们为什么要推行住宿书院制，我们如何来办住宿书院，现在，我心里有底了！

游学孟加拉国

2019年元月12日，杨家卿凌晨3点30分就起床准备。其实他醒来的时候还要早，想着即将以带队团长的名义与三十八名师生一道去孟加拉国水仙花国际大学（DIU）游学访问，就有点激动，再无困意，与年轻的学生一道远行，让他忆起了自己数十年前的青春岁月。4点50分，团队在西亚斯东校区的商学院门前集合，国际交流处主管于峰向大家宣布，杨家卿教授为此次孟加拉国之行的带队团长。此团成员来自全校九个住宿书院，杨家卿任院长的寰宇住宿书院有六位学生参加。5点整，校车从学校东门出发去郑州新郑机场。其时，大雪刚过，白雾弥漫，能见度不到三米。车子异常吃力地缓缓而行，大巴司机向前倾着身子，瞪大了眼睛，但仍然无法辨别方向。一位学生很快打开手机上的GPS导航地图且高声指路，司机即刻轻松好多。到达机场时已经7点，不足二十公里的路程足足走了两个小时。

让学生走出校门去见识世界，谈何容易。"兼容中西，知行合一"的校训里蕴含着西亚斯的教育密码，知识的认知亦包含了行动。杨家卿所带团队走出校门即被大雾包围似乎也是一种隐喻——认知世界需要穿越重重迷雾。

由于气候原因，航班延误，他们一行三十九人抵达昆明机场时已是当日下午，计划转乘的飞往孟加拉国首都达卡的航班已经起飞。团队需在昆明滞留到14日中午。于是杨家卿与几位同行老师商量，第二天在昆明游览几处颇具特色的景点。但是，看什么？大家七嘴八舌摆出了一大串名胜，学生尤其活跃。此时，杨家卿的寰宇住宿书院院长、教授兼带队团长的角色让他提出了一个必去之地——西南联大校史馆。这个地方，学生想不到，年轻的老师也想不到。

第二天，他们先看了大板桥镇，而后在具有二百多年历史的"石屏会馆"用餐。下午就赶到云南师范大学参观西南联大校史馆。在整个中国都摆不下一张安稳课桌的抗战时期，西南联大师生共赴国难，"刚毅坚卓"，办学不辍。在近九年的时间里，先后有八千多学子就读该校，他们当中日后产生诸多大师，为中华崛起、人类文明而担当重任。杨家卿对学生们说："他们是当之无愧的民族脊梁！"走出校门，在出国游学之前，能在此游览一番，并于"国立西南联合大学"校牌前留个影，可谓一个好的开头。

陈肖纯是世界大学校长联合会财务长和候任主席，曾任亚太大学联合会副主席、主席八年，还是亚太大学交换联盟的董事，每年受邀参加多类大型国际教育会议，与中外高等教育界联系密切且广泛。他的这些头衔身份，使他较为轻松地把西亚斯国际学院拉到国际教育的圈子之内。在他的多方游走、穿针引线之下，西亚斯已经与全球四十多个国家的两百多所高校和科研机构建立了合作交流关系，而且与其中诸多高校达成友好合作协议，实行了教师互访、教材互通、学生互换、学分互认机制。这些合作院校星罗棋布于北美、欧洲、中美和南美、非洲等地区。西亚斯在与全球高校的合作交流中，初步蹚出了一条文化融合、资源共享的国际办学、办国际教育的路径。也就是说，陈肖纯先生搭建了一个国际教育平台，将西亚斯全校师生融入了世界大学圈，让他们有更多机会见识世界，学习新的知识。仅仅作为亚太大学交换联盟的理事单位这一项，西亚斯学生与教职员工就有权选择参加联盟内六百多所高校组织的公费交换、交流活动或项目，其中不乏世界名校。杨家卿带团赴孟加拉国之行，便也是联盟学校交流的活动之一。

14日下午，西亚斯游学团走出达卡机场，分若干小组乘大巴驶向市区。周围简陋不堪的建筑群纷纷进入视野。学生们都一脸的失望。孟加拉国人口一亿六千多万，可谓世界人口密度大国。首都机场附近及市区景致，让同学们想象、放大了这个国家的贫穷。越接近市区中心，交通就越发拥挤混乱，机动车人力车行人混杂在一起，小贩游走穿梭其间。当车子即将路过达卡市中心广场的国会大厦时，水仙花国际大学的两位老师自豪地介绍说，这是世界上最大的立法机构大厦，曾被称为二十世纪最伟大的地标建筑，也是孟加拉国最有名的景点之一。杨家卿临行前做过功课，知道该国会大厦闻名世界，他当即提议下车合影纪念。水仙花国际大学两位老师欣然应允，引导他们下车游览。

晚饭过后，杨家卿所带小组在达卡市区大街小巷内散步时，看到了更为吃惊的一个个画面，他日后在自己的孟加拉国访问杂记中写道："到处都是人力三轮车，车夫个个精瘦，肤色黝黑，光脚拖鞋，骑行时几乎不落座，咬牙瞪眼吃力蹬车，眼神里似乎充满了物质和精神上的期许……。街上抱领孩子的妇女与乞讨老人、儿童很多，这些场面是我从未见到过的。远在他国之时，想到我国的改革开放给民众带来的实惠和生活方面的巨大变化，如若国人来此感受一番，真是活生生的教材……。"

当团队所有人员于16日中午在水仙花国际大学集中后，看到该校为了欢迎远道而来的中国西亚斯的朋友，事先做了精心准备，他们提前将西亚斯团队三十九人的照片集中制作了一个版面，特意挂在学校门口，送给西亚斯来客一个惊喜。当晚，水仙花国际大学举行了欢迎晚宴，校长致欢迎词，杨家卿代表西亚斯做了答谢致辞。宴会大厅灯光明亮，欢声笑语，一扫西亚斯一行人的旅途疲惫。

杨家卿借此机会，当晚与所带学生交流。他说，同学们，抵达达卡之后，我看有些同学一脸的郁闷。我们来到了一个陌生的国家，要多看多问，要与孟加拉人近距离互动交流，了解人家的风土人情，开阔自己的视野。尤其需要指出的是，我们既要看到人家的不足之处，也要看到他们的长处。我们在这里看到了数百年的稀有古树，看到了闻名于世的异域风格的建筑，感受到了水仙花国际大学的热情友好。水仙花国际大学校长还要安排我们看国家博物馆、国家图书馆，看有名的大学，这都是非常难得的机遇。所有这些见闻都会给你们留下深刻记忆。

接着，他又话题一转说，当然，我想大家也会将此地的见闻与国内情形对比，国家啦，学校啦，还有民族文化。坦率地讲，这里城市中的好多房子与我们国家五六十年代的模样差不多，你们看到好多落后现象一定非常惊讶，可你们不知道，我们国家曾经也是这样。如果没有改革开放，我们也不会有今天。所以，我送大家两个字：珍惜。还是中国好，西亚斯好！我相信，水仙花国际大学接下来的安排，会给同学们更多的惊喜。

听杨团长这么一说，同学们的眼睛都发亮了。杨家卿可以说是将西亚斯寰宇住宿书院的讲座，移到了孟加拉国的达卡市，搬到了水仙花国际大学。这就是游学，学生们在游走到境外的时候，身边有这么一位父辈般的长者，有这么一位教授，有这么一位院长，那就大不一样。学生与他的交流与学生之间彼此的交流，内容悬殊，视角也绝不会相同。由此，学生观察世界的时候，会多一只眼，会多几个视角。

1月18日，他们参观了达卡大学，该校建于1904年，有"东方牛津"的美誉。诺贝尔奖获得者尤努斯与拉赫曼毕业于该校。在1月20日上午，水仙花国际大学为西亚斯游学团安排了一场"重头戏"——在达卡尤努斯基金中心大厦二十四层列席"亚洲金融论坛"，其间有尤努斯的主题演讲。同学们非常激动，觉得机会难得，早早用完早餐，乘大巴前往。

穆罕默德·尤努斯出生于孟加拉国吉大港一个富庶的穆斯林家庭，在达卡大学获经济学学士与硕士学位，后留学美国获经济学博士学位。1969—1972年，在美国田纳西州立大学经济学系任教。1972年，孟加拉国独立后不久，他毅然选择回国。1974年，孟加拉国发生严重饥荒，他开始寻求解决饥饿与贫困的对策。"1976年，在一次乡村调查中，他把二十七美元借给了四十二位贫困的村民，以支付他们用以制作竹凳的微薄成本并免受高利贷的盘剥。"——这个真实的经历成为他日后创建伟大"乡村银行"造福平民的起点。1979年，他创立了小型乡村银行，为贫困的孟加拉人提供小额贷款业务。这位"穷人的银行家"为人类实现持久和平的目标做出了非凡贡献。他怀有悲悯情怀的创意证明：在人类生存的地球上，即使是最贫穷的人，在有限的扶持下也可以努力工作实现自己的发展。他曾荣获国际国内六十多项大奖殊荣，1994年获世界粮食奖，2006年获诺贝尔和平奖。

论坛开始，白发苍苍的尤努斯先生精神饱满地致欢迎词。随后他做了主题演讲。演讲的内容丰富而多彩，其中深邃的理念、金融与社会的关系，西亚斯的学生未必能够完全理解，但尤努斯对金融与穷人关系所做的一个形象比喻，杨家卿团队通过同声传译是清晰地听到了：金融是什么？金融是企业尤其是穷人的氧气！

在参加论坛之前，杨家卿在早餐时就跟学生们打招呼说："今天能够现场聆听尤努斯先生的演讲，是一生中难得的幸运机会，你们到时听我安排，抓住机会个别交谈，会议中间休息时，争取与尤努斯先生合个影。到会场后，我们集中就座，不要散开。"有的同学笑了，以为这不过是杨院长的美好想法，大会那么多人，怎么就抓得住与诺贝尔奖获得者合影的机会呢？

等到大会主持人宣布会间休息时，杨家卿即刻就找到附近的水仙花国际大学陪同老师，西亚斯学生杨一帆做翻译。他加快语速说："请您为我们团安排与尤努斯合个影，您就对他讲，我们从中国远道而来，是郑州西亚斯大学的一个团队。"那位老师微笑着跑去找大会组织者，不一会儿返回来对杨家卿说："成了！他们安排你们还有台湾大学的，一起与尤努斯先生集体合影。"合影事宜由大会秘书处秘书指挥，就那么片刻工夫，早有准备的西亚斯团队各小组纷纷快速就位，环绕着尤努斯先生站好，其中四位女同学也瞬间展开了西亚斯学院的校旗。于是，一张珍贵的游学照片瞬间被众多记者们抢拍而去。事情还没完，西亚斯学生神奇的英语表达与社交能力现场发挥了作用，他们在拍照完毕后，围在尤努斯身边，你一句我一句地与尤努斯个别交谈上了。杨一帆同学向尤努斯郑重地介绍了团长杨家卿，两人简短地交谈后，杨家卿送给了尤努斯自己事先签名的《学步小杂》一书，而后又请尤努斯在自己另一本著作上签名留念。其中有几位同学带着笔记本，居然也请尤努斯签到了名。同学们开心极了，会间休息就十多分钟，一晃而过，学生们就像做了一个短暂的美梦。

当日下午，水仙花国际大学举行了一个欢送仪式。该校理事长萨布尔教授做了讲演。杨家卿代表西亚斯游学团致答谢词，西亚斯王婷同学做同声翻译。其间掌声笑声此起彼伏。仪式最后，西亚斯团队各小组表演了自己编排的节目。杨家卿为自己所带的学生感到骄傲，学生们的英语表达能力令他惊叹不已，他感到自己也年轻了好多。

事后，杨家卿又结合自己的体会，对同学们说："到处都有机会，关键看你是否是个有心人。我们的西亚斯到处都是宝，如果你发现不了，那就可能浪费四年宝贵时光。"

1月22日上午，杨家卿所带团队返回郑州新郑机场。在机场开往西亚斯的大巴上，杨家卿在此团微信群内发了一段话，他写道：

亲爱的同学们：

这次和你们赴孟游学，让我受益良多。从你们身上我看到了青春、激情、活力和希望。每天和你们在一起，的确使我开心、愉悦，正如我来西亚斯的感觉，累并快乐着。短期的相知相识，了解到你们都是西亚斯的精英，更有不少当年的冠军和学霸，还有不少人在相关专业取得了非凡业绩，都是我非常喜欢并令人赞赏的。我在和你们同样的年龄段，未必有如此出色的成就。你们非常优秀，非常谦虚，非常可爱！我虽年过六旬，真的向往和你们一样的青春岁月，我羡慕你们。我们交往的日子还长，我期待和你们保持联系。为西亚斯的美好明天，为你们幸福的美好未来，为国家的繁荣富强而共同奋斗。最后，提前祝愿你们春节愉快，阖家安康。

游学团其他三位带队教师都是年轻人，比杨家卿年龄小一大截。从杨家卿发在微信群的话语口吻可以看出，他是与学生平等地交流。而这也正是西亚斯住宿书院的理念，在书院这个专业学院之外的大社区内，学生可以近距离与导师、教授平等交流探讨人生与学问。

《院长荐文》与师生互动

杨家卿在寰宇住宿书院公开设立了"院长谈心日",一周一天,与学生交流,或曰答疑解惑,话题涉及学生信仰、学习生活、心理及人际关系等,若遇到疑难问题,他会介绍校内其他学者来谈。在交谈中发现学生中存在的共性问题,他会不定期地组织学者讲座。杨家卿最走心的创意是,在寰宇住宿书院微信公众号上开辟了一个《院长荐文》栏目,每周两期。为了这个栏目,他专注得不分上班下班了,每每在微信朋友圈、同学同事群内看到有益于学生成长的美文,都会即时保存,而后加上推荐语发在书院的微信公众号上。《院长荐文》受到院内数千学生的喜欢,有好多学生留言参与讨论,有的还会给杨家卿回信谈谈自己的体会。

有一次,寰宇住宿书院北十九唐宁街第一社区 2018 级英语 6 班的张珍珍同学,在微信号上发了一篇精彩的"《院长荐文》读后感":

翻开《院长荐文》,在一篇篇牵动人心的文字里,思接千载,心骛八极。在那些如春风拂柳、雨中白莲、雪中红梅、暗香浮动,充满诗情画意,明丽纯粹、充满叩问深思、发人深省的好文字里,我日渐成长。

最初喜欢上《院长荐文》专栏,是因为看到了那一期《一世读书抵封侯》,被陈先达的那一句"大红大紫非我有,满床满架复何求。人生百样各有得,一世读书抵封侯"所吸引,心生感动,从此爱上了在万籁俱寂的深夜翻看几页文字。从最初只看《院长荐文》专栏里自己喜欢的文章,到最后一期不落地读下去,时而还会反复观看。在步入大学之后的全新人生里,可以说我从《院长荐文》里受益匪浅。

我明白了何谓情怀。在我浅薄的认知里,情怀不是天马行空、痴人说梦的虚无，而是立足现实、立地摘星地对美好的永恒向往。在我看来，这类似于罗曼·罗兰的英雄主义——在认清生活的真相之后，依然热爱生活。关于情怀，我印象最深的是《院长荐文》专栏里唐双宁的那一句"我给书法下的定义是，书法是以汉文字为对象，以笔墨纸砚为工具，以书外功夫为基础，用以宣泄情绪、创造美感的艺术。那么当时就有人问我，什么叫书外功夫？我说，书外功夫就是读万卷书，行万里路，经万件事，抒万般情，师万人长，拓万丈胸"。可能在很多人看来，这与情怀无甚关联。但至今读来，我仍会在心中生出一种隐秘的欢喜，似乎那一瞬间心中所有的尘埃都已被拂尽。我知道可能终其一生，自己也无法到达"读万卷书，行万里路，经万件事，抒万般情，师万人长，拓万丈胸"的书外功夫的彼岸，但心中自然而然地会升起一种"高山仰止，景行行止，虽不能至，然心向往之"的情感，这促使我在人生的道路上砥砺前行。因为见过世间美好的人，不可能舍得自己在短暂的人生里再次跌入泥潭，活得肮脏而麻木。

我明白了何谓学习的意义。在很长的一段时期里，我也曾看轻过学习，我甚至认同过读书无用论的观点。失去了学习的目标后，我浑浑噩噩地混过日子，直到学习成绩一落千丈，也未想过及时止损。直到在《院长荐文》专栏里，看到一位母亲和孩子探讨学习的意义时，才豁然开朗。我想，文末的这句"愿你背上书包，明白为何自我学习，为何多练苦读，为何踏实戒躁，为何精进付出。愿你走出校园，懂得何谓父母深情，何谓师长嘱咐，何谓天道酬勤，何谓自我之路"的殷殷期盼与祝福，是我至今为止听过的最好的关于为何要努力读书学习的答案。努力读书学习，不是单纯地为了所谓的学历，更不是单纯地为了拿一份比同龄人更高的薪酬。我想，我们努力读书学习，是为了追求一种更好的生活状态，在唇红齿白的年纪里，不把偏见当作正义而不自知地沾沾自喜，而是以一种宽容的态度，活出不卑不亢的自己。我们努力读书学习，是为了有足够的底气，敢于以平凡之身，对抗世事艰难，敢于以平凡之身，活出惊鸿瞬间。

我明白了何谓业余时间的利用。有一期的《院长荐文》，作者引用的威廉·科贝特的一段话，回答了很多人想要读书，却苦于没有时间的疑问。威廉·科贝特在《对青年人的劝告》里写道："文法的学习并不需要减少办事的时间，也不需要占用运动时间。平常在茶、咖啡馆用掉的时间，以及附带着的闲谈所用到的时间——一年中所浪费掉的时间，如果用在文法的学习上，便会使你在余生中成为一个精确的说话者、写作者。你们不需要进学校，用不着课室，不需费用，也没有任何麻烦的情形。"我开始坚信，业余时间可以成就一个人，那些被我们随手丢弃的碎片化时间，同样千金不换。

我明白了何谓自由。康德说，所谓自由，不是随心所欲，而是自我主宰。我们一生所慕，不过爱与自由。但我们可能误解了自由，自由不是我们所有的愿望都可以被轻而易举地满足，而是我们用苦行僧般的自律，换取更多的选择方式，心有底线和良知，且知足常乐。

在《院长荐文》专栏里的收获不胜枚举，不再一一赘言。在这一年多的时光里，我无法确切地告诉别人，我收获、成长了多少。但请容我化用《院长荐文》专栏里的一句话，毫不自谦地说一句："经过这一年多的时光，读过的这些《院长荐文》，足以让我今后即使没有富庶的生活，仍有富庶的生命，可以让我今后清贫却又甘于朴素，平凡而坚持善良，渺小却又足够强大。甚至日后嫁人，读过的这些《院长荐文》里的智慧和善念就是我的嫁妆。我未入过繁华之境，未听过喧嚣之声，未见过太多生灵，未见过滚烫心灵，但这些文章给了我所有智慧和情感。"

读一本好书，就像和一位高尚的人进行一次心灵的对谈。读一篇好文章亦如是。在寂静的深夜里，书卷多情，似缓缓归来的故人。你读或者不读，它都在那里，等待着与你的重遇。默然邂逅，淡然欢喜。开卷有益，读书从不相负。

在张珍珍的"读后感"里，可以看到她到底收获了什么。她收获了与专业教学互补的灵魂丰盈之美，她在"双院制"里接受了相对完善的教育。专业所长容易看到，而灵魂之美一般难以探视，所幸的是，张珍珍在她的"读后感"里详尽地描述了自己灵魂之树的动态成长。

截至 2020 年 5 月，《院长荐文》已发百期，其影响已经远远超出了寰宇住宿书院的范围。其时，杨家卿的众多亲朋好友发来贺信，有的还用书法诗词形式表达感悟。

西亚斯住宿书院是践行"兼容中西，知行合一"校训的载体，其核心理念是师生互动，探讨交流，培养品学兼优的学生。这在中国高等教育领域是个重大新课题。杨家卿利用微信公众号平台，以"读书、做人、奋斗"为主题，推荐美文，与学生交流互动，效果显著。我们从张珍珍同学的读后感中可以窥一斑而知全豹。

2021 年 4 月 25 日，"河南省高等学校书院制育人模式改革现场交流会"在西亚斯校园召开，主办单位——中共河南省委高校工委、河南省教育厅，将河南省所有高校（一百五十一所）主要负责人召集于西亚斯校园，交流研讨书院制建设。河南省主管教育的副省长霍金花在会上强调：高校管理体制到了不能不改的地步了，必要而且紧迫，不是推与不推的问题，而是怎么推的问题。不要犹豫不决，尽早下决心。河南所有的高校都要启动。要敢于探索，勇于创新！

中共河南省委宣传部部长、高校工委书记江凌 2018 年从广东省调入河南，他对中国南北方改革理念与模式的差异应该颇为了解。在这个河南省所有高校负责人参加的现场交流会上，他的动员讲话可谓慷慨激昂："郑州西亚斯学院为河南省高校提供了一个很好的样板！住宿书院制改革是现代大学育人模式的创新，我们要以书院制改革为突破口，以更大力度、更实举措推动河南高校综合改革。当前的育人体系滞后于现实，不要说解决新时代热点问题，坦率地说连解释都困难。会后怎么办？河南省的重点高校，要加快速度，发挥引领作用！"

最后，江凌语重心长地说："各位校长要将你们手上的资源重新配置，我拜托同志们，要站在战略的高度，站在民族复兴的高度来推动高校改革。"

第七章　校园管乐团启示录

❧

歌唱祖国

2019 年 9 月 9 日晚，郑州西亚斯学院举办"迎新生音乐会"。我提前十多分钟到场，体育馆内已经座无虚席，就连多处阶梯通道上也坐满了学生。在正对着舞台的观众座席高处，有位热情的学生工作者为我找来了一把折叠椅，我便在阶梯通道最高处平台的一个角落里坐下。

该校有惯例，每年都要举办迎新生专场音乐会。环视整个体育馆，学生们全都身着校服整齐入座，或许他们严格的军训还没有结束。即将演出的乐团演奏者几乎占满了硕大的演出舞台，各种管乐器在灯光之下熠熠闪烁。灯光暗了下来，报幕员用中英文双语报幕，音乐会由西亚斯交响管乐团演出，指挥扈汴英。

第一个演奏曲目是《歌唱祖国》。随着扈汴英的指挥棒骤然扬起，舞台背景画面的中国山河在雄壮有力的旋律中次第展开。铿锵和谐且婉转美妙的乐曲使整个体育馆共鸣，当年的新生沉浸在这既熟悉又陌生的旋律之中。一曲终了，全场爆出持久的掌声。这一年，西亚斯报到的新生有一万多人，到场的只是其中一部分。祖国这个概念，应该是深深扎根于他们内心深处。对祖国深厚情感的养成却是一个复杂而微妙的过程。西亚斯大型交响管乐团让新生在震撼人心的音乐旋律之中来欣赏体验祖国的神圣与分量。

现场主要来自河南各地的新生中，绝大部分对交响管乐团的演奏形式是陌生的，他们甚至叫不出舞台上那些管乐与打击乐器的名称。演奏是分段进行的，休息的间隙，扈汴英为学生们逐一介绍管乐团的各类乐器，每当介绍到某种管乐或打击乐器时，背景画面上会打出该乐器的图片，乐团里相应的演奏员便即兴为大家演奏一个片段。器乐种类很多，有木管类、铜管类，还有打击乐器等数十种。前几首演出曲目，学生们还在安静地倾听，但不一会儿便喧哗声起，欣赏一场大型交响管乐团演奏毕竟需要一定的音乐素养，那是一次演奏者与欣赏者的默契合作。但扈汴英却耐心地将交响管乐团的主要乐器名称及其在乐团里所发挥的作用，穿插在演奏的空档里一一详细介绍。

如果说演奏《歌唱祖国》之后是暴风雨般的掌声，而接下来的演奏曲目，掌声便没那么热烈整齐了。如《长号在前进行曲》《狩猎波尔卡》《歌剧魅影》《斯拉夫进行曲》等。除了萨克斯重奏《四大名著主题曲》与《机器猫》这两首学生较为熟悉的曲子博得较多掌声之外，其他曲子的演奏并没有激起在场新生的多大兴致，还有好多人低着头呈现一片昏昏欲睡的状态。这场面倒也正常，学生们的联想一时还无法与那些陌生的经典名曲旋律交融在一起。与学习自然科学规律一样，建立在感性基础之上的音乐素质也需要慢慢培养。

待演出结束，扈汴英转过身来，他身后的演奏团队也都起立，面对鼓掌的学生微微点头鞠躬。扈汴英并非留着长发的潇洒艺术范儿，准确地说，他已是一位老者，但身板笔直，身材高大，体态略胖，俨然一副乐团资深指挥的派头，远看与中央乐团原常任指挥李德伦酷似。他背后那个大型交响管乐团，与他高大魁伟的身材很和谐。等学生们稍稍安静下来，他用河南口音很重的普通话缓缓道出：

同学们好！西亚斯创办人陈肖纯先生的办学理念是实施全人教育。作为当代大学生，不但要学好文化课，也要学一门艺术。入学之后，你们会慢慢发现，西亚斯校园有丰富的第二课堂。艺术不是说教，需要慢慢地熏陶。"一切为了学生，为了学生的一切"，在西亚斯不是空洞的口号，西亚斯的办学目标是培养具有国际视野、综合素质过硬的复合型人才，以打造"英语精、知识新、能力强、交际广、行为雅"的全人教育模式为特色。我们交响管乐团不仅仅是让团内的学生学会演奏，而且更重要的是面向西亚斯全体学生普及传播音乐文化，丰富校园文化生活，提升学生们的审美水准和音乐欣赏水平。所以，每年新生入学之际，我们都会举办大型的迎新生专场音乐会。

刚才，你们欣赏了一场精美的交响管乐演奏，但是你们不知道，西亚斯交响管乐团仅仅是西亚斯管乐团的一部分。西亚斯管乐团人数最多时达八百多位成员（哇——台下一片惊讶之声），其中绝大多数学生都是零基础，什么是零基础呢？他们不是来自西亚斯音乐学院的特长生，绝大多数来自西亚斯商业、计算机、外语等非音乐专业学院，简单地说，乐团学生在入团之前，没有乐理知识，没有摸过管乐器或打击乐器，他们甚至叫不出好多管乐器的名称。但是，经过我们专业老师的指导与他们的刻苦训练，他们不仅能够自己吹奏好多经典曲子，而且能在大型乐团里参加合奏演出。一个学生除了完成学业，还从零基础到能够在大型管乐团参加高难度的合奏，这是什么？这就是综合素质的提高，这对学生的音乐素养，尤其是对学生团队合作意识与能力是极大的提高。他们将来走向社会，将会因这段经历而受益无穷。

长话短说，新学期开学之际，我们向所有的新生敞开大门，如果你对音乐感兴趣，如果你想学会一种管乐器，如果你想参加管乐团的演出，近期随时可以到我们乐团办公室报名参加！

真没想到，扈汴英的这段关于西亚斯管乐团的介绍兼招聘新成员宣传，博得了比演出更为热烈的掌声。

为什么搞大规模乐团

一所综合大学的管乐团若由音乐专业的学生组成倒也不足为奇，他们入大学前都有童子功，对乐理乐谱及某类乐器非常熟悉。西亚斯学院也有颇具规模的音乐学院，但陈肖纯力主创办超大规模管乐团的初衷，并非让音乐学院的学生在校园内或对外活动中来个专业震撼的演奏，他有更为深远的思考。所谓超大规模，西亚斯管乐团人数最多时八百余人，由交响管乐团——适合室内演奏、行进管乐团——适合室外演出、打击乐团等组成。这种规模在全国高校范围首屈一指。更为神奇之处在于，团内绝大多数成员来自学校非音乐类专业的零基础学生。这些零基础学生经过一番常人难以想象的学习训练，竟然能够排列在一起合奏出一些世界名曲来，且成功演出，这其中化"零基础"为神奇的奥秘何在呢？西亚斯又为何要创办这超大规模的管乐团呢？

这得从陈肖纯根上的原动力说起。二十世纪八十年代他在美国留学时，那里学校的体美教育让他深为触动，或者说十分吃惊也不为过。之后他在美国成家有了孩子，有一次，去孩子的小学参加家长会议，竟然意外地看到校园内有小学生交响管乐团，而且还不止一个，是在不同区域看到了共三个小学生交响管乐团在优雅熟练地演奏。那些乐团小演奏者，在飞舞的指挥棒之下，彼此协作配合默契，阳光下的校园因此而平添了旋律的优雅气息。这太让他惊叹了："之后，我留意发现，美国的小学校内，学生们几乎每个人都会一种乐器。而且每个孩子都掌握几项体育运动的技能。我儿子在学校里学会了游泳、篮球、冰球与拳击，还不仅是学会而已，他还必须得参加比赛。美国大学里没有体育专业队，我慢慢发现，他们原来从小学起就很厉害。记得当时看到他们小学校园那么随意自然演奏的三个交响管乐团，我立刻就想起了自己当年所在的小学，哪里有什么乐团，像样的乐器都没有见过。不知为何，我那时高兴不起来。中美教育在小学阶段就拉开了距离，而且我们的这个缺失太大太大太大……"

"现在，中国提倡全面教育、素质教育，将德智体美劳作为教育的方向目标。"他面对我的访谈向上伸出右手补充说，"可我们把德智体美劳每一项分解为严谨的模块体系去实施了吗？"

陈肖纯对中国的美育状况做过了解，学生的音乐基础非常差，重视小孩体育美育的家庭应该不到总数的百分之二十，尤其是农村。中国大学与音乐严重脱节。音乐包括乐理知识、音乐欣赏与通过具体的乐器去感知音乐。他创办西亚斯办管乐团的初衷可谓直奔主题："……坦率地说，你不通过乐器来理解音乐是浅之又浅的。西亚斯管乐团吸收零基础的学生，让他们通过训练能够吹奏曲目，上台合奏表演，这个过程对学生有太多太多的好处。音乐可以触发灵感，提升内涵，治疗伤痛，改善心态，会让你神经兴奋起来，驱散郁闷，加强人的幸福感。音乐会给人带来高级别的提升。可我们的大多数学生在迈进大学门之前，这方面有个大缺失。他们在基础教育阶段所缺失的，西亚斯给他们补补课，补体育与美育的课，包括音乐。我在多种场合讲西亚斯的办学理念是三足鼎立，叫博雅、全人、融合。全人教育就是多元教育，学校培育的学生怎么样，要看你学生的气质。如果学生懂音乐，那气质就不一样。有的老板皮包里有钱，但给人的感觉仍然穷，因为档次上不去，不懂艺术，感性素质低，对美的事物没有感觉。上海好很多，新加坡、中国香港也做得好。我不是贬低内地学生，而是说如果我们这方面做好了，就会赶超上去。教育是什么，简单地说就是把学生教好。西亚斯办一个超大规模的管乐团，不是为了好看，在某种大型社会活动上展示西亚斯这个符号，而本质的意义是面向全校数万学生普及音乐爱好！"

其他大学办管乐团，大都是由音乐专业的学生组成，百人左右很像样了。有的学校办管乐团，热闹两三年也就无声响了。不好坚持啊。西亚斯管乐团这么大规模，学生零起点，不识谱，连管乐器都没见过。老师把一个个学生带出来得花多少工夫可想而知。管乐老师说，学生一开始吹不响，吹响了又吹不准，天天吹，嘴巴都吹肿了。老师一对一地手把手地教。西亚斯管乐团有十多位老师，四个指挥，千余件乐器，行政化专业管理，已经坚持了十七年。西亚斯管乐团模式来源于该校的理念：提供优质教育，创造学生奇迹。

乐团从大一新生开始培训，可是学生到大四也就该退出了。据扈汴英介绍，在培训的过程中，乐团要无奈地淘汰掉一半左右的学生。其中的艰辛可想而知。说起西亚斯办管乐团的历程，陈肖纯似乎由此联想到了西亚斯办学的方方面面。

"西亚斯就是一所将音体美融合在教育当中的大学。"他毫不含糊地说，"我可以这样说，西亚斯的办学理念也好，模式也好，走过的历程也罢，都体现在西亚斯管乐团里了。一切为了学生，就是要体现在点点滴滴的方面……"

用音乐教育人，塑造人，完善人。那音乐对学生来讲真有那么神奇吗？

音乐是表达人类感情的最神奇的语言。早在人类文字形成之前，音乐就几乎与人类的狩猎与祭祀相伴而生。就像鸟儿的鸣叫一样，音乐是人与生俱来的本能，那是来自呼吸的节奏与内在情绪变幻曲线的启示，它精灵一般释放于人类自己，飘忽于空气之中，又通过人的听觉与心灵的喜怒哀乐所契合。它虽不可触摸，却灵魂一般附着于我们的肉体。在中国古代神话之中，当音乐官神夔跳起舞来，用石片敲打出千山起伏、万水流淌的《大章》乐曲，飞禽走兽都会聚拢而来，正在格斗的士兵也会放下武器。

如果让美妙的音乐飘进人的内心，便会少一些野蛮狂人，或许还会避免或减少那些非理性的残酷战争。人类的创新发明，同样是激情的产物，是思维的音乐旋律之舞。

指挥与他的三个支撑

2005 年夏天，扈汴英应约到西亚斯与陈肖纯初次见面。在这之前，西亚斯组织管乐团已经四次，但效果很差，或者说失败过四次。

乐器也买了，老师也请了，学生也报名参加了，可就是久久难以合奏成像样的曲子，仿佛一盘散沙难以聚拢起来。其时，西亚斯有位副校长向陈肖纯力荐解放军空军政治部军乐团原优秀长号演奏家扈汴英，而陈肖纯正是求贤若渴，于是邀请扈汴英到西亚斯面谈。

作为一所中外合作大学的创办者，陈肖纯阅人无数，通过一番交谈，他发现扈汴英不仅是一位优秀的管乐演奏家，而且在空政军乐团学习过指挥，背后拥有非常广泛的管乐界人脉资源，且具有丰富的地方组织管理经验，于是真诚邀请扈到西亚斯管乐团来领衔。而扈汴英呢，却比较低调。

"西亚斯要组建大规模管乐团，而且您说了，这个管乐团要担当全校普及音乐的重担，"扈汴英微笑着且压低了声音对陈肖纯说，"我不能随意表态，我的办事原则是先调研情况，再向您谈我的意见。您看准不准？"

"好啊，扈老师您先看看！"陈肖纯轻松地笑了，接着扈的话茬说，"了解了解情况我们再谈。"

扈汴英在学务处老师的带领下，找原管乐团的老师、学生询问情况，几天下来，他心中有了谱。他认定西亚斯管乐团以往学生有付出没结果的失败在于管理。乐团成员都是业余的，来自各个非音乐院系，没有一种理想信念，没有制度约束，想来就来，想走就走，当然就是一盘散沙。这盘散沙如果没有一种强烈的黏合剂把他们黏合起来，就绝不可能成为一个合格的管乐团，也更谈不上登台成功演出。可用什么样神奇的黏合剂能做到这一点呢？扈汴英颇费了一番心思。人的经历也是一笔无形的财富。当发现了西亚斯管乐团的致命缺陷之后，他以往丰富的管理经验就成了一个智库，从中冒出不少点子来。原来，他 1979 年从部队退役后在郑州市公安系统做过多年工会负责人。面对西亚斯组建大规模管乐团这件事，他除了技艺上可以演奏可以指挥的优势之外，又多了一条管理经验的优势。真是古话说得好，没有金刚钻岂敢揽瓷器活。他主动再次找陈肖纯谈话时，有了一股跃跃欲试的冲动。面对一脸沉稳且表现出倾听状的陈肖纯，他简要谈了自己调研的结果，而后直奔主题，话语口吻不但不再低调，还流露着满满的自信。他将自己思考出的"黏合剂"概括为"三个支撑"：管理＋技术＋感情。

"我非常赞成您办学的理念，实施全人教育，这对现在的大学生来说，真是太及时了。西亚斯要组织数百人规模的大型管乐团，而且要能够成功登台演出，说到底得靠实力说话。我认为，要想成功，必须要有三个支撑为依托，管理加技术加感情，缺一项都不准，也可以说是三足鼎立吧。一是管理支撑，要有一整套制度，包括组织保障，包括奖惩分明的政策。理事长您得给我好的政策。要有激励机制，优秀的学生，学校每年能不能留校一部分？乐团学习合格的学生可不可以加学分？二是技术支撑，面对零基础的学生，必须有专业老师，让学生学到真本事。乐团是业余的，训练必须专业。我们需要请河南省交响乐团与高校专业人员当老师。另外，学乐器这一行，练习不能断，寒暑假不能休息，进行高强度训练。第三个就是感情支撑，这么多学生来自学校各个专业，他们大多数没有音乐基础，有的是一时冲动报名参加，那如果没有感情的凝聚，学生很难坚持下来。如果我来这里，就要带头做出牺牲与付出，把乐团当作一个大家庭。老师要与学生交朋友，师生之间、学生之间友好交流互动，学生之间互帮互助。乐团本身就有天然的凝聚力，关键在老师如何组织引导，因为大家走在一起是志同道合。乐团一旦形成了感情的凝聚力，学生自然就会投入地进行练习，那咱们乐团的成功就是水到渠成的事了……"

陈肖纯自然对扈汴英的一番新颖思路很是赞赏，他补充说："扈老师，您的思路非常好！我们首先要引导学生，告诉他们为什么要学音乐，学音乐对个人的发展有什么好处，对社会有什么意义，他们懂了这个才能坚持学下去。"陈肖纯当即表态：尽快专题研究，拿出可行的操作办法。随后，扈汴英便着手准备"三个支撑"的实施细化方案。也就在这一年新生入学之前，西亚斯正式聘任扈汴英为西亚斯管乐团艺术总监兼指挥。

乐团指挥是乐团的灵魂。乐谱是固定的，但音乐是灵动、激情的，指挥凭借其深厚的艺术修养，对乐曲背景与内涵的深度理解，通过肢体语言、面部表情，让整个乐团的每一位个体演奏成为统一和谐乐曲的一个完美组成部分，就像人灵活的四肢包括手指脚趾浑然一体于人的身躯一样自然和谐完美。当一个管乐团或交响管乐团在指挥下演奏出美妙的曲子，其在欣赏者中产生的视听效果已经远远超出每位个体演奏的相加。那些优秀的社会管理者，也往往会从交响乐团的演奏里悟出音乐背后的启示。

管乐团演奏这门复杂的综合艺术，需要诸多演奏员操十几种器乐、在同一个空间和时间内，于统一指挥下按照不同调式、旋律、节奏完成和声共鸣，从而奉献给观众完整的音乐作品和美的享受。演奏者必须经过呼吸训练、节奏训练、识谱训练、作品分析训练等才能达到作品演奏的要求。管乐团演出大多在室外，而交响管乐团主要在室内。

扈汴英是总监与指挥一肩挑。在他的组织下，管理支撑的组织架构先搭了起来，管乐团设团长一名，副团长五到八名；内设有办公室、组织外联部、宣传部与纪检部，每部部长一名、副部长两名，同时按乐器种类将队员们分为十个声部；通过对学生技术、思想、个人素质的层层考核，遴选出乐团骨干，领导各部门各声部开展工作。

其实，西亚斯在全校本科人才培养大纲之中，对学生选修公共艺术类科目是有规定给予支持的，学校鼓励学生在规定的专业学习之外，选修几门公共艺术类课程，合格的给予相应学分。这也是西亚斯在国家教学大纲与学校教学大纲对接的缝隙之处，补充的教育内容。将西亚斯管乐团学生学习音乐理论、管乐演奏与学校规定的选修艺术类公共科目衔接起来，恰好是非常自然的一件事，也吻合了学校的博雅教育理念。不久，经过校方研究，对于扈汴英提出的给予乐团光荣退团学生相应学分、给予乐团优秀学生奖励留校、外请专业老师、寒暑假不休息训练等一揽子方案，给予了全方位支持。

扈汴英家在郑州市中心，距西亚斯学院有三十多公里。按说管乐团日常训练每周有固定时间，他完全可以在学生训练时到校，但他平日里大都吃住在校园。寒暑假集中训练时，他更是与管乐团学生在一起，在各分部指导学生。扈汴英非常了解这些渴望学习音乐的学生，他们打小既没有家庭音乐背景的耳濡目染，也没有学校音乐课的系统学习，更没有机会触摸把玩管乐器，况且大学毕业走向社会时也欠缺社会资源的助力垫脚。西亚斯管乐团若能够真正让他们学会一种乐器，并在训练中养成团队合作的习惯，那将对他们日后的人生产出助力影响。看着这些普普通通家庭的孩子在校园各个地方可劲地练习，他就常会忆起自己走音乐之路的艰辛。

扈汴英为1949年生人，父母是地道的农民出身，与音乐不搭界。他读育英小学时，看到别人吹口琴羡慕之极，感觉好听极了。他还算幸运，二十世纪五十年代，他所就读的是全河南省唯一一所有一架钢琴、一辆三轮汽车的小学。在小学时就痴迷音乐，他用舍不得吃冰棍攒下的零钱，买了口琴。其时，家人、亲戚都不支持他费工夫学音乐，说那是下九流。可他已经被音乐诱惑得无法回头，自己偷着练，在晚上蒙着被子找口琴的音阶。无师自通，他学会了，还会用舌头打拍子。他又请教别的同学，学会了口琴高音与低音部的吹奏。后来，在同学们唱歌时，他竟然能够毫不犯怵地用口琴伴奏了。在郑州读中学时，他从伙食费里节省，买了个竹笛。其时的中学里有文艺活动，有音乐老师教唱歌，没有人教乐器。他跑到别的中学去请教朋友。等入门了笛子，他又学拉二胡，乐此不疲。那时最好的老师就是唱片，他跟着唱片学会了一些二胡曲，较熟练的有《王三姐赶集》。

1968年，解放军空政军乐团招文艺兵，他勇敢地报名应试，自信地站在考官面前用笛子吹了一曲《我是一个兵》，其中一段难度较高的欢快音符，被他吹得流畅自然。而后，不等考官吩咐，他又用二胡拉奏了《王三姐赶集》。那个年代，在报名参军的众多年轻人当中，他的这一爱好简直就如同身怀绝技。在空政军乐团里，教官根据他的自身条件，让他选择了吹长号。

天道酬勤，经过部队严格训练，日后，他成了三军（陆海空）联合军乐团里一名优秀的长号演奏员，还学习了指挥。

"我暗下决心，既然来了，就一定要把西亚斯管乐团搞成，这是一件对学生和学校有益、对国家和民族有利的好事，不能辜负陈肖纯理事长的信任，更不能辜负各级领导和全校师生的重托。"这是扈汴英在西亚斯走马上任之后的决心。他铆着一股韧劲，头一年带着乐团一百六十多名学生，开始攀登艺术的高峰。

当然，扈汴英也非常清醒，他说制度是刚性的，而管理则要人性化。他常常对团内管理老师说："有了规章制度，怎样让大家都来自觉遵守非常重要，靠简单粗暴的制约手段，不但不能让大家遵守，反而会适得其反，让队员们产生抵触情绪。内因在事物的发展中起着决定性作用，要想化腐朽为神奇，变被动为主动，及时了解、解决学生思想上的问题才是避免各种问题的根本。平时多与学生交流，了解他们的思想动向以及学习、家庭和生活状况，帮助他们解决实际困难，久而久之，大家形成了有困难找乐团的意识，产生了强烈的归属感，形成强大的向心力，那时整个乐团就会被感情这根纽带紧紧地连在一起了。"

扈汴英自己的从艺经历就是一本教科书，他能够从一名普通战士成长为空政军乐团优秀长号演奏者，那也就有自信让自己带领的学生成为乐团里合格的演奏员。他推荐的管乐团专业教师或来自河南省交响乐团的国家级演奏员，或来自高校从事管乐教育的优秀教师。

从事音乐艺术的人天赋固然重要，但也有规律可循。违反规律是会事与愿违的。独奏是一门艺术，合奏又是一门艺术。管乐团演出是一门高超的协作艺术，其中有滥竽充数者不行，个人演奏水平高但不懂协作也不合格，每位团员都是团体演奏不可或缺的重要组成部分，只有彼此密切合作才能演奏出和谐乐章。学校是聘请了优秀的指挥与教师，但面对从未接触过乐器的学生如何教，这对教师来说可是个从未遇到过的大难题。扈汴英心中的愿望与现实之间的距离简直就是天地之差。教师们每周定期从郑州市区到西亚斯校园来，教学训练往往从白天延续到夜晚，训练场地也往往从室外转移到行政大楼大厅。但是学生们异常缓慢的进度或曰几乎看不到效果的表现，让老师们心急如焚。其间老师们找扈汴英诉苦或想打退堂鼓的频率可想而知。他们说，这些孩子几乎没有音乐的童子功，平时还要上非音乐的专业课，要想短期内达到合奏水平，这也太难了吧！有的老师说，我们必须改变学习训练方法，另辟蹊径！

梦想在天上，可必须得从地上开始。扈汴英有一句响亮的话常挂在嘴边：人生因有梦想而精彩，团队因有梦想而辉煌。他与老师们反复磋商，集思广益，最终真是找到了一条可行的捷径：将基本功训练融入曲目练习当中，每次合乐之前，把曲目中涉及的音阶、连音等难点作为基本功练习内容，这样，既重视了基本功的训练，又为合奏曲目做了铺垫。

到了2013年，扈汴英领衔的西亚斯管乐团已经发展有五百多人。到了2015年，十年征程，西亚斯管乐团的人数为八百二十三人，有上千件乐器。其时，每当遇有学校重大庆典活动，行政楼北侧的楼前广场及三层楼高度的楼梯上便站满了潇洒的乐团学生，他们在阳光下青春靓丽：头戴红白相间的高帽，帽顶处还晃动着一团团火红的花穗；红蓝相间的上衣之下，是雪白耀眼的裤子与鞋子；手中金光闪闪的乐器在学生们手中发出浑然和谐的乐曲，使校园行政楼一直通到图书馆的广场上洋溢着浓浓的节日气氛。西亚斯管乐团成立八周年之际，扈汴英在总结讲话里说："……寒暑假集训是辛苦的，纪律严，要求高。每天早上从6点跑早操开始，除了用餐、午休，学生们一天训练达十个小时。强度大、任务重，虽让人疲惫不堪，但却备感充实。学生们增加了肺活量，磨炼了意志品质。集训又是快乐的，为了让大家排除杂念安心训练，我们组织了联欢晚会、声部聚餐，欢声笑语不断，让人感觉无比温暖。老师也与队员们同吃同住，同训同乐，训练时是严师，精益求精，课下是长辈益友，与学生谈心，请学生吃饭，教学生做人，让学生受益匪浅。全团上下不懈努力，心往一处想，劲往一处使，面对再难的曲目，我们也从未退缩，大家发扬蚂蚁啃骨头的精神，一个小节一个小节地突破，一个难点一个难点地攻克……"

音乐是表达感情的语言，扈汴英在领导指挥这支管乐团时，其感情表达是一点一滴的行动。

在2006年的那个寒假里，参加训练的学生才一百六十多人。扈汴英带头，其他老师响应，组织聚餐联欢会，学生自己排练节目，表演乐团的故事。聚餐费用全由老师们请客。随着乐团学生人数的日益增多，寒暑假聚餐联欢会，学生实行AA制，每人二十元，其余费用由老师包了。在异常艰苦紧张的训练间隙，聚餐联欢会成了一次放松的交流，师生之间，学生之间，彼此对应共鸣，演绎出别样的有温度的一曲交响。回忆往事，扈汴英难以抑制内心的激动："一个寒假或暑假训练下来，乐团学生之间的感情比他们与专业学院同班同学的感情都深，团员们三天不见就想来。团里同学到了大四，要毕业了，大都会到乐团来给老师献花。乐团新成员看在眼里，自然会受到感染。久而久之，乐团感情支撑的效果就会越来越明显。"

2015 年，西亚斯管乐团成立十周年，乐团同学们瞒着扈汴英偷偷地为他准备过六十六岁生日。学生们将以往活动中抓拍的照片还有视频集中起来，做了个浓缩编辑，制作了专题祝福视频，那里面还加进了不少学生在校园里补拍的画面：他们在大蛋糕周围摆满了扈汴英或指挥或培训示范的镜头；他们在校园广场上排列出"生日快乐"的队形，背后打上"管乐团四大部门祝扈老师生日快乐"字样。其实，视频画面里最大的亮点，就是学生们那一张张欢快的阳光笑脸。当这个视频礼物一幕幕闪现在扈汴英眼前时，意外的惊喜令他百感交集，一向严肃认真的他竟突然间胸脯起伏，像个孩子一般泪流满面……

壁垒是如何突破的

2004 级学生彭增，当年就读于西亚斯经贸系市场营销专业。高考后第一志愿报了郑州大学升达学院，同时也报了郑州大学西亚斯国际学院。但他表哥说，升达管学生严得很，周一到周五不让出校门。而且还劝他：高中就够严的了，你还没受够吗？他便将西亚斯改为了第一志愿。新生报到那天，学长热情迎接，让他倍感亲切。当年的迎新生烛光晚会对他来讲是个震撼，他之前从没置身过那样绚丽的灯光与欢快的氛围之中，中外名家的演讲更是让他大开眼界。那一晚的感觉与他之前高中三年的经历截然相反，他用两个字形容——放松。

入学不久，他报名参加了学校管乐队，学习吹大号，但一个多学期下来也没有摸着门路。扈汴英领衔的管乐团从全校选拔学生时，彭增刚好上大二。他所在的班里连他共有四名同学报名学大号。他之前学过一点简谱知识，面试的时候唱了一曲《让我们荡起双桨》，扈老师当即说：条件不错，有节奏感。就这样他加入乐团了。

他是河南南阳市邓县彭桥镇丁南村人。父母为当地的小学老师。母亲的听戏爱好，对他来说算是音乐启蒙。但他十二岁之前可以说从未接触过乐器。他记得，有一次去彭桥镇玩，看到有人吹口琴，十分惊奇。在彭桥镇读初中时，全校只有一位音乐老师，他认识了脚踏风琴与手风琴。至今他也说不出为什么，那时就特别喜欢听音乐。他十二岁生日那天，舅舅送了一架电子琴，他跟着老师开始学古典乐曲。不久，他学会了电子琴，之后口琴、竹笛也能吹了。"音乐真是太奇妙了，只要是自己喜欢的歌，我都试着用电子琴去把它弹下来。"

他在邓县读高中时压力老大了，紧张的情绪无法排解。在宿舍里，常常躺在床上听磁带曲子，一听就入迷，忘了烦恼。上高一时，第一次见到萨克斯非常好奇，就想玩玩，但有人告诉他买一件得一千五百元，惊得他半天合不拢嘴。没有钱买萨克斯也阻挡不了他的好奇与兴趣，为了学这个乐器，他最初每周跑到南阳市去听一节课。可老师很快就把他这个念头扼杀在萌芽状态："彭增！你还有时间学这个？"高中阶段他不停地做试卷刷题，没有音乐课。

说起中学时代的记忆，彭增印象最深的是压力与音乐："到了高二，就紧张极了，心情很郁闷，那时表哥给了我一盘磁带，还说他高三时心里很憋闷，有时呼吸都感到压抑，就像要爆裂一样，可是听听贝多芬的《致爱丽丝》与理查德·克莱德曼的《梦中的婚礼》就会缓解好多。不久，我也像表哥说的那样，也有想哭的时候。我喜欢听《瓦妮莎的微笑》，反复听，之后浑身放松，从心里到肌肉的那种放松。我家里条件还不算太困难，到了邓县读高中，内心有压力，决心一定要考出个好成绩来，不能让别人小瞧了。可班里同学都在玩命地学呀，周考月考连着来，月考成绩要张榜，到了高三，单科成绩也要排名次，学校还出成绩册子。有一次，月考之后我在班里排到中等，老师给我调了座位，靠前了，离老师近了。但仍然有无形的压力，无形的刺激，那是一种对自我的折磨。喜欢交流的学生也许会排解压力但没有时间啊。我偷着听贝多芬的《命运交响曲》，听德沃夏克的《第九交响曲》，听哈恰图良的《马刀舞曲》。直到今天，回想起来，才发现在我心情最郁闷最紧张的时候，是音乐陪伴着我。音乐是催化剂，不同的音乐融合，表达不同的情感。它既可以让你热血沸腾，也可以让你泪流满面。"这一回忆，或许让彭增找到了自己喜欢音乐的真正原因。

2005年11月16日，这一天西亚斯校舍已开始供暖，室内温暖如春。而早晚的室外已是寒意袭人。扈汴英带着百十来名学生，就在这一天的晚上于校东区田径运动场路灯下吹响了新组建乐团的第一声。扈汴英拿长号示范，他双腮鼓起，吹出的音调圆润婉转、优美动听。学生们似乎忘记了寒意，开始高一声低一声地练将起来。

扈汴英对学生们说：万事开头难，你们慢慢来，能吹响了就是成功。

彭增站在田径场西南角，借着路灯，对着大号的号嘴鼓起腮帮子吹，可是怎么也吹不响，只发出嘶嘶声。他憋足了气力，满脸通红地将嘴唇收拢了吹，也不响。接下来，无论他如何变着气力与嘴唇的形状，反正就是吹不响。一个接一个晚上，他独自跑到田径场西南角的路灯下练习。乐团彭建新老师告诉他，先不要按音符的顺序来，从最容易的两个空键音4和7开始吹。没几天，他终于吹响了。之后，老师告诉他找到感觉就好，这一节就吹4和7，往长了吹，往稳了吹，吹好了再往下进行……

天很快就冷了下来，管乐团从校东区的田径场转移到了校西区的行政办公楼大厅。西亚斯行政大楼不像其他大学校长楼那样森严，这里既是校长与各职能处室办公场所，也是学生社团在节假日或办公时间之外的活动乐园。在老师的速成法训练之下，一个月之后，彭增可以简单地吹出《划船曲》了。之后，便是长号手与大号手的配合，最简单的空拍节奏也得反复磨合。等到乐团各声部往一起合的时候，就乱成了一锅粥，指挥老师的嗓子都喊哑了，但不成调的效果往往让老师摇头不已。他们在学会自己吹奏之后，还无法兼顾看指挥的手势与眼神。

放寒假了，乐团学生不许回家，全都在校内训练。早晨6点出操跑步，而后便是一整天的训练，乐团纪检部专门负责考勤。白天，一般是在室外田径场练习，遇到变天，有些管乐器的指键都被冰冻的水蒸气黏住了。一度，彭增的嘴唇都吹肿了也无法达到老师的要求。有些学生想家，也有不少中途退团的。退团学生说："我们到学校是来学专业课的，成天吹吹打打的，太难坚持了，这到底是为了个啥嘛？"

扈汴英对同学们说：我们管乐团的原则就是团结合作，牺牲自我，服从大局！

一个寒假训练下来，彭增与乐团同学建立了深厚友谊。他感悟到，管乐团这个集体谁也离不了别人的协助，大家彼此成就，最终成就乐团。该当绿叶的时候就是要衬托鲜花，该当鲜花的时候就是要尽情绽放。这其中隐含着人生的哲理。

彭增回忆："在建立情感的基础上，谁迟到了，违反制度了，我们用开玩笑的方式就解决了。谁迟到谁买糖。说个不恰当的比喻，扈老师的管理方式就是胡萝卜加大棒。扈老师权威呀，对我们的错误严厉指出，不留情面。师生之间、同学之间有了感情，所有的问题都好解决，包括纪律。在西亚斯校园，你若是看到一大堆学生走在一起，那准是我们管乐团的。"

彭增记得非常清楚，在2005年将近年底的时候，有一天，"我们一百六十多人的管乐团在扈老师的指挥下，第一次将非常简单的德国民歌《划船曲》完整地合奏出来了，尽管效果不太好。大家激动得说不出话来，我当时的心情无法用语言来表达，真是热泪盈眶，看看周围，好多同学都是这样……"

2008年，彭增毕业后留校，在西亚斯管乐团当了老师，协助扈汴英做乐团管理。

杨祎凌是西亚斯管乐团成立十年之际入团的。她来自河南信阳市，小学时喜欢竹笛，初高中时期几乎没有时间去关注自己喜欢的音乐。到了西亚斯，她第一学期就报名参加了管乐团，愿望也很简单，弥补中学的缺憾，玩玩爱好，圆一下梦想。老师根据她的身高与基础爱好，建议她学了长笛。当她办好手续领出带有精美盒子的长笛，打开盒子看到那件躺在柔软天鹅绒里的华美长笛时，可是激动了一阵，简直有一种爱不释手的感觉。昂贵的乐器，由学校免费提供练习，老师免费教学，真是在圆自己的音乐爱好梦。

每周有三次固定学习时间，但这对她来讲还远远不够。在田径场训练时，看看周围的同学，大都是零基础，手指僵硬不说，这些来自不同学院不同专业的学生，几周下来都找不到感觉。"团结合作，牺牲自我，服从大局"的乐团名言几乎成了杨祎凌潜意识中的驱动力。参加乐团之后，她的寒暑假就与训练相伴了。不想回家那是假的，可扈老师的另一句名言，乐团的每一位学生都知道：一天不吹自己知道，两天不吹同行知道，三天不吹连外行都听得出来。这一名言在杨祎凌脑海里挥之不去，令她不敢懈怠。

她不仅吹奏技艺提升很快，而且善于合作，热心助人，于是在大一学年第二学期即被乐团提升为副团长。到大三时，她担任了管乐团团长。乐团优秀毕业生可以留校，这是学校给管乐团的激励机制。杨祎凌毕业后留校在继续教育学院任教。说起自己在西亚斯管乐团的经历，她坦率地说：

"我在管乐团的四年里，大约有百分之二十的同学中途退出。毕业时，有的同学说在乐团的付出大于收获，我自己感觉是收获大于付出。在家里我被父母娇生惯养，家务基本不用我做。可在乐团里呢，我不仅要学习演奏，还要组织学生们一起练，我不能叉着腰指指点点吧。我变得有了责任心，也是被逼的。我不仅仅代表我自己，还代表西亚斯管乐团。我有了集体荣誉感。在寒暑假里，有时候累得躺在床上，真不想起来，但闭上眼心里不安静，想着练习了一天的同学们住宿的安全，想着第二天学生们的伙食。最重要的是，我在管乐团的训练演出过程中学会了配合指挥与全体团员一起合作，演奏出美妙的乐曲。这个过程已经深入我的骨髓，也会影响我的一生。"

2016年秋天，梁紫雨到西亚斯报到那一天，校园里开放活泼的氛围与她之前听来的没有太大差别。如今的年轻人知道，口碑比广告更靠谱。报到后，她看到校园内到处是学生社团招新生宣传站，便留意询问有没有音乐社团，她业余想学音乐。恰好，军训结束之后有一场迎新生专场音乐晚会，她很高兴地与同学们早早提前入场。演出前，交响管乐团团员身着演出服从她眼前走过时，女团员自信优雅的姿态吸引了她的眼球。"太好看了！若是有一天我也加入这个乐团多好。"她那一刻冒出的就是这个想法。演出的曲目令她兴奋不已，有《机器猫》《长号在前进行曲》等，当然也有一半的曲子她从未听过。她也注意了周围的同学，到演出的后半场时好多昏昏欲睡，但她没有丝毫的倦意。"同学们，学会欣赏音乐是人生高级的享受！"演出结束时，扈老师的这句话又唤醒了她掩埋内心很久的音乐激情。

她报名，填表，参加面试，顺利地被西亚斯管乐团吸收为新成员。她本是奔着长笛或单簧管而去的，但老师建议她学长号。梁紫雨读汉语言文学专业，河南漯河市人，从小学到高中一直喜欢唱歌，但没有玩过乐器。到高中阶段，父母竭力反对她学音乐走艺术特长生的路子。但她有点拗，或者说较劲，在不耽误课的前提下，还是参加了一些学校组织的文艺活动。参加校管乐团对她来说是满足了自己的兴趣欲望，因为这个兴趣在大学之前想碰但没有机会。兴趣越被压抑就会越发强烈。对乐团有的同学来说，训练是自讨苦吃，而对梁紫雨来讲却是好不容易撞到的机遇，她特别珍惜："我是一个比较感性的人，学习偏科，高三时别人都从早到晚地在教室做题，我有时会突然心血来潮，中午请假下午回家，一个人在屋里听音乐，不听不行，甚至感觉不听音乐就走不出郁闷。"

在管乐团，相对于那些有乐器基础的同学来说，她学得并不算快，或者说学得有些吃力。那些同学不用早起，她不行，有些急。也有一时过不去的坎，寒暑假不能回家，身边同学时不时就有吃不了苦而放弃的，这让她时常处于纠结状态。尽管父母已经不再反对她参加管乐团，但她还是偶尔也会冒出放弃的念头，因为这个训练学习是一个漫长的枯燥过程，仅凭碰碰玩玩爱好兴趣怕是难以坚持下来。有时她甚至怀疑自己能否最终与数百名同学一起合奏出一首像样的曲子。

音乐的魅力是奇妙的。每当各声部组在一起合奏时，个体吹出的音符居然混合成了悦耳的旋律，这让她兴奋不已，"那一刻的感觉是，之前的辛苦付出值了"。她就会像充了电一样再坚持着练习一段。再往后，扈汴英的"感情支撑"法开始发挥作用，这个由共同理念相同爱好凝结的数百人乐团，越来越像一个大家庭。慢慢地，她喜欢或者说爱上了这个乐团，再不想放弃，尽管有时也有矛盾发生，但她已经打消了中途退场的念头。

到了大四的时候，她对乐团的回味显得有些超脱了：

"其实回头想来，最累的不是在管乐团的训练，不是寒暑假在校园里跑早操与一天接一天的练啊合啊的，而是感情问题。哈哈，我是一个非常感性的人。在专业学院的班级里，学生之间当然有矛盾，甚至有较深的纠结，但表现出来就是一些表面摩擦。管乐团的学生也有矛盾，可像一家人的内部碰撞，过去就没事了。我们是西亚斯人数最多的学生社团，大家为了共同的兴趣爱好聚在一起，合奏出那么多高雅经典的曲子，是多么值得骄傲的事情。所以，我即使受委屈也不愿意离开乐团，学生老师之间感情很深。每当扈老师过生日时，我们会自发地组织起来准备，给扈老师献花，给他送上一个个惊喜。在西亚斯管乐团里我学到了好多好多东西。除了音乐，老师们还就人生的意义给我们价值观的引导。在训练过程中，专业学院的同学会觉得我们比较另类，包括室友，他们不理解我们为什么在专业之外那么投入。可是两三年下来，他们开始羡慕我们，羡慕什么呢？羡慕我们学了一技之长，学校还给坚持下来光荣退团的学生加六个学分呢。我的宿舍里还有一个小号手，我俩谈起音乐话题时，别的同学也会好奇地加进来。在宿舍里谈音乐，是不是好酷的一件事……"

在西亚斯两千五百亩地的校园里，梁紫雨如果没有依着自己的兴趣参加管乐团，四年里与同学们在一起也只是谈论本专业学习的话题，那该是多么单调乏味的学生生涯，也是异常寂寞的漫长过程。日后回忆起来，总会缺少点青春的丰富色彩。

她说自己是一个非常感性的人。喜怒哀乐人皆有之。学生们或高兴或悲伤或纠结，总需要一个感情抒发或排遣的出口。音乐艺术就是感情或曰情绪的作品。梁紫雨在音乐中完善了自己，有了一个健康的心态，这不正是她日后人生的一个牢固奠基吗？她笑着对我说："白天我在专业学院有什么不开心的事，有什么一时还解不开的学业困惑，晚上一到乐团与同学们合奏曲子，一天的疲倦烦恼就烟消云散了。宿舍里会有摩擦，但彼此都不大说出来。到了乐团里说说笑笑，即使不说，合一个曲子，那旋律中共同的节奏就如同找到共同的语言一样。多么开心快乐！"

没有什么能比开心快乐更能带给人学习工作的动力，包括灵感与创造。再往后呢？她走出校门融入社会，这段管乐团的经历以及音乐本身这个精灵还会带给她多少意外的惊喜？真还不好估量。

从 2005 年到 2020 年，彭增、杨祎凌、梁紫雨是西亚斯管乐团培养数千名学生的缩影，或者说代表。他们都是普普通通的学生，在校四年毋庸置疑是以专业学习为主，但他们还在这样一个大型管乐团里发掘、展现了自己的艺术潜能。他们为自己自豪，为自己所待过的乐团骄傲。校园里的学生则在日常活动中分享了他们的旋律之美，慢慢地将不再对那些经典的世界名曲感到陌生，他们既羡慕乐团的同学，同时也为乐团感到光荣骄傲。西亚斯学院当然也为能培养出一批又一批这样的学生而感到欣慰。

很难想象，如果西亚斯没有将管乐团学生训练演出作为一门公共选修课认定的机制，没有给予每位光荣退团队员二到六个学分的激励，包括其他一整套保障措施搭配的"沃土"，管乐团的学生们能够共同绽放出如此美丽壮观的青春之花。

郑州大学音乐学院的姚谦到西亚斯管乐团多次考察后写道：在扈汴英老师的带领下，乐队成员从"目不识丁"，到音符节拍的掌握，从大部分乐器连名字都叫不出，到能用管乐器发出音调、用鼓镲打出节奏，再到可以相互配合发声合奏出完整的乐曲，每一点一滴都凝结着扈老师的心血，和每一届乐团成员、每一个乐团成员的不放弃自我的努力！

你们的演奏直达我的内心

2019 年 7 月 25 日下午，已将近 6 点。西亚斯管乐团三百多人在校东区肯尼迪报告厅的合奏练习已接近尾声。该厅有六百多个座位，小小的舞台当然无法容纳三百多人，为了不至于相互妨碍，学生们隔排隔座地在排椅之间站着练。休息之际，校理事会秘书长王伟带着一拨访客走了进来。王伟拍了拍手，示意大家安静，而后向大家介绍说，莫斯科国立柴可夫斯基音乐学院电视系主任巴尔别克先生一行来西亚斯参观访问，随同的有莫斯科俄中教育学院院长周拓等十余人。他们路过报告厅时听到乐曲声，进来看看大家。他还特意介绍说："巴尔别克先生三十年前毕业于莫斯科国立柴可夫斯基音乐学院，是一位非常专业的音乐家。"学生们发出了一片惊叹之声。紧接着，王伟就请扈汴英指挥乐团演奏几首曲子给客人欣赏。扈汴英微笑着慨然应诺，并简要地向客人们介绍了西亚斯管乐团。巴尔别克带头鼓起掌来。

该报告厅比较简陋狭小，是西亚斯建校初期的一个小型会议厅，学生们在暑假期间借用训练。其时，学生们大都集中在报告厅的南侧，面对西边的主席台练习。客人们则站在另一边北侧的座位边。演奏前，王伟也就顺便招呼客人们坐下来。一种非常随意自然的场面，客人们虽然坐在座位上，却微微向左侧过身来，面朝学生准备倾听。

第一支曲子是《歌唱祖国》，随着扈汴英的指挥棒有节奏地一抖，整个大厅被和谐雄壮的旋律所弥漫共鸣，仅仅开头的一段旋律之后，巴尔别克的面部表情瞬刻变得专注，而后他竟站了起来，退后了几步，似乎是想寻找稍远一点的角度，以便能够看到乐团的全貌。随之，访客们也都随了巴尔别克全都站立起来专注地欣赏。一曲终了，巴尔别克带头热烈地鼓掌。

演奏的第二首曲子是《歌剧魅影》，第三首曲子是特意奉献给客人的柴可夫斯基的《斯拉夫进行曲》。整个演奏期间，巴尔别克与他的随行就一直站在大厅的北侧，看得出，巴尔别克被学生的演奏所吸引、感染。果不其然，待演奏结束，巴尔别克激动地即兴演说起来：

"……我非常激动，按捺不住地要说几句。我向同学们表示小小的遗憾，你们演奏的《歌唱祖国》是一个令人耳目一新的曲目，我在俄罗斯很少听到。我非常清楚，你们大家用超高的水平演绎了《歌剧魅影》，还有我们俄罗斯民族的《斯拉夫进行曲》。正是在《斯拉夫进行曲》的伴奏下，当年我的祖辈踏入第二次世界大战战场，所以我在异国他乡听到这一熟悉的旋律时，有一种难以抑制的感动。令我最感动的是这首《斯拉夫进行曲》是由在场的各位学生——未来的音乐人演奏出来的。我从大家的演奏中，从大家的目光中能看出来，你们都是真正的爱音乐之人、懂音乐之人，所以我今天在这里——西亚斯美丽的校园，尤其是欣赏到你们精彩的演奏，感到非常地欣慰和羡慕。我从未想过，在中国地大物博的中原地区竟然能听到家乡的乐曲。

"音乐是这个世界上最美妙的东西，它是美的一部分，所以我在这里看到你们幸福的笑脸，看到大家对音乐的热情，我无比激动。我特别想感谢在座各位的精彩演奏，尤其是我们今天的指挥家。请大家相信，这个世界最美妙的东西就是音乐。音乐是一门国际化的语言，它不需要翻译，不需要诠释，它可以直达人心。你们精彩的演奏再加精彩的指挥，直达我的内心。虽然说我的心是俄罗斯的心，但是，远在千里之外我的那颗热爱祖国的心依然同大家紧紧地联系在一起。我们的各位乐手、各位演奏小天才们，为你们喝彩！各位圆号、长号的演奏家们，你们都是最棒的。你们演奏出来的音乐，你们发出的音乐是纯粹的、至美的，希望大家演奏出来的纯粹的音乐和心灵纯粹至美。祝指挥家先生以及在座所有未来的天才演奏家们万事如意，同时祝你们在未来的音乐道路上更进一步！我认为你们今天演奏的乐器就是你们的心灵，今天听到了大家的演奏，祝大家在未来甚至几十年之后的演奏也能像你们的心灵一样，发出最纯粹的声音。祝大家学业有成，一切顺心，爱你们！"

巴尔别克的即兴演说，由他的随行翻译一段一段地翻译出来，学生们屏气凝息地听着，他们绝没有想到这次非正式的集体合奏居然能够得到远道而来的著名音乐家的高度赞赏。当巴尔别克简短的演说戛然而止时，学生们仍然还沉浸在喜悦激动之中，居然忘记了即时的鼓掌致谢，但随即就爆发出了一片雷鸣般的掌声。西亚斯管乐团已经获得过很多奖项，但他们还是第一次听到异国音乐家对他们的演奏给予如此激情的赞叹：各位演奏的小天才们，你们的演奏直达我的内心！

"人生因有梦想而精彩，团队因有梦想而辉煌。"扈汴英的这句话应验了，从 2008 年到 2018 年，西亚斯管乐团共斩获全国与河南省集体和个人重要奖项百余项。主要有：

河南省教育厅主办的第二、三、四、五届大学生文化艺术展演一等奖 14 项、二等奖 14 项、三等奖 10 项；

河南省文化厅主办的历届器乐大赛金奖银奖多项；

河南省首届学生管乐节器乐大赛一等奖 1 项、二等奖 4 项、三等奖 1 项，并获优秀组织奖；

2015 年 3 月，获中国教育部主办的第四届全国大学生艺术展演活动表演类甲组二等奖；

扈汴英在担任西亚斯管乐团总监与指挥期间，还应邀参加多种管乐节，并荣获上海国际管乐节比赛优秀指挥奖、维也纳管乐节最佳指挥奖、河南省管乐艺术特殊贡献奖等。

就像所有出名的乐团一样，西亚斯管乐团开始忙碌起来，校外重要活动的演出邀请纷至沓来。他们应邀参加过河南大学百年校庆迎宾仪仗、河南省纪念改革开放三十周年开幕式仪仗、河南警察学院迎新春音乐会、第十一届 CUBA 大学生篮球赛西北赛区总决赛开幕式、河南省音乐家协会管乐学会成立专场音乐会等大型活动演出。

2014 年 11 月 16 日，应中国台湾友好合作学校邀请，西亚斯管乐团挑选了百余人，组成了一支赴台巡回演出访问团，加上带队领导及随行的国际交流人员，全团一百零八人赴台。管乐团在台中市大肚山麓有"花园式校园"美誉的静宜大学演出后，校长唐传义热情洋溢地说："这是一场绝美的视听盛宴，使人陶醉其中。"在义守大学演出后，该校校长萧介夫欣喜之情溢于言表，他说："非常感谢西亚斯管乐团带来一场完美的音乐会，为我们义守大学增添了艺术人文的气息。"访问团一行赴台北市立人国际中小学访问时，尽管事先已有约定，但百多人的管乐团到校之后，还是让丁柔校长感到了意外的惊喜，因为这是该校有史以来接待过的规模最大的团，而且还有一支颇具规模的管乐团带来精彩演出。该校驻校董事在致辞中说："希望通过这样的文化交流，提升年轻人特别是低年龄学生对艺术的认知与感悟。"演出真正是相互交流的高潮，立人国际中小学音乐社的小朋友们与西亚斯管乐团的大学生同台奉献音乐歌舞。西亚斯管乐团此行最后一场演出是在位于台北市士林区阳明山的台湾中国文化大学校园举行的，该校校长李天任在欢迎仪式上说："希望借此交流，让同学们在文化艺术熏陶下更具国际视野。"演出地点在校园百花池，当扈汴英指挥的每一支经典曲子演奏完毕后，暴风雨般热烈的掌声与欢呼声便骤然响起，久久回荡在校园。谢幕的《拉德斯基进行曲》更是让师生的情绪被点燃到高潮，久久不能平息。

西亚斯管乐团的此次赴台交流，行程八百余公里，从北到南，奉献了五场演出。这样的巡回演出访问对两岸的和平与交流都意义非凡！

回到西亚斯校园之后，扈汴英召集管乐团六百多位学生开了一个会，他就像指挥演出时那样精神饱满，语重心长地给孩子们打气鼓劲："我们此次百余人组成的管乐团，在台湾友好合作学校展现了西亚斯国际学院良好的精神风貌，也体现了西亚斯管乐团学生团结一致、遵守纪律、技艺精湛的风格。所到之处，我们给当地师生奉献了一场场丰富的音乐盛宴，受到台湾高校师生与中小学师生的热烈欢迎和一致赞叹。我说这些，就是告诉同学们，大家今后要好好学习专业知识，继续坚持刻苦训练我们的演奏技艺，在西亚斯这样一个国际化的大学里，今后类似的机会还会有很多很多……"

当然，西亚斯管乐团的大部分演出还是在西亚斯校园内，受众就是学校的三万多学生。一年一度的"迎新生专场音乐会""为祖国奏响"专场音乐会、校运动会开幕式、家长访校日、为期一周的国际文化周与学生毕业典礼等，凡是全校大型活动，他们都精心准备，奉献一场场管乐或交响管乐的视听盛宴。西亚斯全球合作院校已达两百多所，在这个拓展向世界的平台之上，管乐团与国外友好院校的合作演出也是校园一道亮丽的风景。2013 年西亚斯访校日期间，该团曾与美国百老汇管乐团、美国 LEE 大学管乐团等在西亚斯同台交流演出。

2015 年 10 月，河南省首届学生器乐节（管乐节）在西亚斯国际学院举办，该管乐节以"我的中国梦——奏响中原号角"为主题，吸引河南省七十多家优秀学生管乐队汇聚而来，参演学生总数达两千余人，真可谓河南教育系统管乐艺术的一次史无前例的盛大节日。西亚斯管乐团七百四十人的欢迎演奏阵容在开幕式上吸引了所有人的眼球，乐团学生神采奕奕、精神焕发地演奏了《勇往直前进行曲》和《一二三四歌》。其演奏效果震撼了到场的嘉宾，包括参赛各兄弟学校乐团选手。此次管乐节，西亚斯管乐团是迎宾队伍最大、参赛选手最多的学校。中国管乐协会主席、解放军军乐团音乐总监原团长、国庆六十周年三军联合军乐团总指挥于海，见到如此盛况，拿起麦克风，声音高亢地评价说：

"看了你们的演出，我们都非常激动，你们比我们解放军军乐团的规模都大。演出质量很好，各个声部层次清晰。在一个学校，七八百人同时演奏管乐，在全国实属罕见。可以毫不夸张地说，西亚斯管乐团为全国管乐事业的发展做出了突出贡献！"

大赛组织者的评价是：西亚斯管乐团的演出阵容，展现了当代大学生奋发向上、朝气蓬勃的精神风貌，同时展示了河南省学校艺术教育的丰硕成果。

真是机缘巧合，中国管乐协会的数位副主席当时也在场，据说该协会主席及所有副主席共同参加某项音乐活动，这还是第一次。在西亚斯交响管乐团的伴奏下，著名歌唱家李光曦演唱了他的代表作《祝酒歌》。

2019 年 9 月的一天上午，那是扈汴英刚刚指挥了迎新生专场音乐会的几天后，我俩约好了在他办公室进行一次访谈。他的办公室很简单，沙发也比较陈旧，上午的阳光从窗口斜射进来，照着屋内的桌椅及堆放的资料，明暗对比之下倒也随意而自然。他喜欢抽烟，但我到之后，他就把烟掐了，且站起身来将窗户开了条缝。他看上去非常平静，慢慢地沏了一壶好茶，我们边喝边聊。我也不仅是提问，遇到投机的话题，也会不失时机地谈谈音乐学习对当下高校学生的好处。有那么一会儿，听着他讲述管乐团一茬又一茬学生的紧张训练过程，我产生了一种感觉，那间小小的办公室根本就不是他的办公场所，只不过是他暂时休息喝茶的地方，他甚至无暇在这里逗留。茶品完了，他又备了一杯雀巢咖啡请我用。访谈快结束时，他电话叫来他的两位学生，他们曾经是管乐团的学习者，之后成为优秀的演奏者和乐团优秀学生干部，毕业后留校做了老师。一位是前面写到的彭增，另一位是学校知行住宿书院的党总支副书记李树玲。李树玲是西亚斯管乐团第一任学生团长，学市场营销专业。

与扈汴英告别时，他让我记下了彭、李二位的电话，说自己给乐团数百学生有纪律规定，训练时不许开手机，必须静音。自己以身作则，去给学生们带课训练从不带手机。我若找他得先联系彭、李二位。我笑了，心想这办公室果然就是他临时喝茶的地方。他真正的办公场所在校园内众多学生的训练之处。

从扈汴英的办公室出来，我想，假如这大学校园里没有这样一支大型的管乐团，那会是什么样一个氛围？……

高校美育的成功案例

现为郑州师范学院音乐教师的姚谦，毕业于郑州大学音乐学院，她曾在巩伟教授——郑州大学音乐学院院长、河南省管乐学会主席的指导下，经过一年多的调查研究，于2016年4月完成了硕士学位论文，并顺利通过答辩，论文题目为：《普通高校建设"零基础"学生管乐团模式探究——以郑州大学西亚斯管乐团为例》。

河南省管乐圈子并不大，彼时的西亚斯又是郑州大学中外合作的国际学院，故而巩伟教授对西亚斯管乐团较为关注，也时常予以指导。而姚谦在读研期间便兼职给西亚斯管乐团长笛声部学生带课，每逢寒暑假，便与西亚斯管乐团学生同吃同住在学校。在她动手写论文之前，西亚斯管乐团已经荣获诸多奖项。有这个背景，姚谦对西亚斯管乐团自然是再熟悉不过。当她构思毕业论文的选题之时，眼前的西亚斯管乐团触发了她的灵感，由此联想到中国高校的美育现状。当她征求巩伟教授的意见时，巩伟告诉她：音乐学院的研究生，往往专注于学习研究自己擅长的某类乐器，这太过于狭窄，你能够跳脱出来，研究管乐团与高校美育的联系，无疑具有更广泛的意义。这个选题非常有研究之必要，有创新点。

得到导师首肯，姚谦便有了底气。但姚谦的过人之处，或者说研究该课题的社会意义在于切中了中国当代大学美育的时弊，这一点，论文的题目已经彰显。

2020 年 8 月，教育部发布了《关于几起高校学位论文作假行为的查处情况的通报》，除公布数所重点高校学位论文作假行为查处结果，还同时要求全国各高校"立即采取行动，全面复核、排查近五年（2015—2020）授予博士、硕士学位的论文"。高校校园公开张贴学位论文代写小告示可谓平常事一件。在浮躁作假之风渗透高校校园之时，姚谦无疑是选择了贴地有难度的一项调研课题，也可以说是选择了一份社会责任的担当。西亚斯管乐团在全国高校是独一无二的"这一个"，姚谦基于西亚斯管乐团的思考论文，也是独特的"这一个"。她的论文是结合社会需要意义上的独创，是一个智慧的发现，且绝不会与别人"撞车"。在她之前还没有人如此系统深入地梳理西亚斯管乐团这个特异现象。

姚谦在论文开篇数百字的摘要中，阐述了校园管乐团建立与提升大学生审美能力与综合素质的关系："高校艺术教育不仅是专业艺术教育，同时也是面向全体学生的教育，是传播先进文化和培养高素质人才的重要手段，在完善人格、陶冶情操、培养创新思维等方面扮演着重要角色。随着我国高校公共艺术教育改革的不断深入和迅猛发展，普通综合性院校的艺术教育得到了长足的进步。其中管乐团作为艺术教育的重要载体，已经普遍走进了国内外各高校。管乐团由于其规格高、规模大、表现力丰富等特点，已经成为当下大学丰富美育教学内容、提升综合办学水准的一项重要因素。管乐团的建设与开展，不仅丰富了学生的校园文化生活，而且能有效地提高大学生的艺术文化修养和审美鉴赏能力，提升大学生的综合素质。"

研究西亚斯管乐团的意义何在？姚谦开门见山地指出："然而目前国内比较成熟的大学生管乐团多数集中在九大专业音乐学院，或是由某些综合性大学音乐系的学生所组成建设的，真正普及到高校内其他非音乐专业而成立并能够良好发展的管乐团凤毛麟角。

"本文以郑州大学西亚斯国际学院管乐团为实例进行实践调查，针对其成员'零基础、非专业'这一特殊因素深入调研……，进而概括总结出一套适用于综合性大学建设非专业管乐团的指导性理论，旨在为我国高校音乐教育的发展提供较为客观的材料和可行性建议。"

该论文的关键词是：管乐团建设；零基础；组织；教学；管理；训练。姚谦的眼光真是够犀利，就像打井，点位找得那叫一个准。试想，如果她的着眼点是全国为数不多的几大音乐学院具有专业水准的交响管乐团，或者是全国重点综合性大学音乐学院学生组成的管乐团，那选题立意便没有了普遍意义，即便费力耗时研究写出来，对中国绝大多数高校的音乐普及教育来讲也无法仿效，就像数十年前举国家之力人为树立起来的某些样板让人无法仿效一个样。

管乐团艺术在国际教育领域是个什么现状呢？"……作为西方音乐三大媒体之一，现已成为各国经济、文化发达的标志之一。近半个多世纪来发达国家早已将管乐团的教育深入到大、中、小各类学校，成为最基础的音乐教育。如今的管乐团作品创作量及曲谱的发行量更远远超过管弦乐团，迅猛的发展正将管乐团音乐推向世界舞台，成为一股新兴的音乐主流。"——姚谦从文献研究的角度做了如此概述。

时隔多年，姚谦仍然清晰记得论文答辩时的具体场景。

"西亚斯管乐团每年都要招收新生，而新生入团是零基础，什么都不会，"一位老师带着疑问说，"那该乐团如何让新生在不算太长的时间内融入声部，学会乐器并参加合奏演出呢？"

"西亚斯管乐团各声部都有老生，该乐团光凭老师教授还远远不够，他们有个传统，老生带新生，一帮一地带着学带着练，每逢课下，老生带了新生就在校园某个角落开练起来。"姚谦不紧不慢地回答道，"大一新生相对于中学生来说，悟性与理解力也强好多，上手也就快。关键是乐团有很好的理念，老生争取教会，新生下功夫学好，乐团全体劲往一处使，所以成效快。"

还有位老师提问："该论文课题的核心创新点是什么？"

姚谦的回答简明扼要："与其他大学不同的是，西亚斯管乐团的学生必须是先学会乐器才能学习合奏。这一点就是创新，它对于大学普及艺术教育具有借鉴意义。"

姚谦的课题是自己深入乐团考察调研出来的，在理论上也做足了功课，所以回答老师的提问自然流畅，脱口而出。每每回答完毕，答辩老师们都频频点头认可。最终，姚谦的论文被评为"优秀"。

中国教育领域在管乐普及方面尚处于初级起步阶段。这一点在中小城市及农村的中小学尤其滞后。陈肖纯率先创建校园大型管乐团的初衷是既有近忧也有远虑，他在为校园的音乐教育缺憾补课。

中国教育部针对学生体育美育现状，2014 年推出在全国教育领域深入推进体育艺术"2+1"项目，什么意思呢？就是倡导通过学校内组织的课内外体育、艺术等教学活动，让每个学生至少学习掌握两项体育运动技能和一项艺术特长，为学生的终身发展奠定良好基础。提高学生的审美、人文素养，是培养德智体美劳全面发展人才不可或缺的一环。教育部原部长袁贵仁说得好：美育是心灵的教育，是提升一个人、一个学校、一个社会基本素质的重要途径。

美育是传承、创新中华优秀文化的重要载体，也是"立德树人"的核心元素，更是与国际教育接轨的重要媒介与途径。西亚斯管乐团的老师曾坦率地说："管乐团那么多学生，但不夸张地说，他们刚入团时百分之九十五的学生连国歌都唱不好，其中还有好多学生根本就不会唱国歌。"这种现象既是教育的也是学生的悲哀。

西亚斯管乐团自 2005 年成立至今，已经将三千余名不识音律、没摸过管乐与打击乐器的学生被培养成为乐团合格的演奏员。扈汴英的管理方法是：乐团是业余的，训练必须专业！

扈汴英曾对我聊起过一件小事：说这次新冠疫情那么多医护人员

逆行武汉，他们是最美的人。在他们离开武汉返程的车上，当记者采访时，大家唱起了歌，遗憾的是一个人一个调。如果他们能把歌唱好，那就更美了，就能再美一点。

音乐就是能够使人再美一点。面对西亚斯管乐团一个接一个的非凡成就与荣誉，很难说是学校打造了乐团，还是乐团光荣了学校，同时也很难说是乐团成就了学生，还是学生托起了乐团。在西亚斯，学校、乐团、学生彼此融为一体，他们彼此成就，谱写并演奏了一首浑厚优美的交响乐曲。

美育以艺术课程为主体，主要有音乐、美术、舞蹈、戏剧、影视等。人类创新的灵感活力来源于艺术精灵的激发。以往在学生们中流行一句口号，叫学会数理化走遍天下都不怕。其实如果仅仅是学会数理化，那将会很可怕，那是一种没有后续爆发力的单向发展，而欠缺美感素养的人或许越是勤奋对社会的负面影响也越大。著名的"钱学森之问"真是振聋发聩。学生如果只擅长抽象思维，而无法伸展形象思维的翅翼，那将无法翱翔于未来的星空。学生没有美育的滋润，必将埋下影响未来创新活力的隐患。美育真是中国当代教育的稀有元素。2020年10月，中共中央办公厅、国务院办公厅印发了《关于全面加强和改进新时代学校美育工作的意见》，描绘了覆盖全国的顶层设计美育蓝图。该实施《意见》对新时代学校美育的意义强调，可谓字字珠玑："美是纯洁道德、丰富精神的重要源泉。美育是审美教育、情操教育、心灵教育，也是丰富想象力和培养创新意识的教育，能提升审美素养，陶冶情操，温润心灵，激发创新创造活力。"

全球最古老的大学——博洛尼亚，大约创办于1088年，迄今已有近千年的历史，它仍然完好地存在于意大利的博洛尼亚，并磁石一般地吸引着莘莘学子与慕名而来的游客。博洛尼亚创办初期即是学生与老师共同组成的学术殿堂，大学是学生与老师共同的大学。"教育之母"博洛尼亚的发端史，既与现在的大学密切相连，也启示着大学的未来。

第八章　世界女性未来发展学院

以人类平等为导向

在结缘郑州西亚斯学院之前，杰瑞·尤伯利为中美文化交流而奔忙，她在美国创办有环球交流协会并担任主席，到 1998 年已经到过中国八十余次。1999 年，她在北京参加世界妇女大会之后，被陈肖纯邀请到西亚斯校园参观了一圈。彼时的西亚斯校园还非常简陋，但她信服陈肖纯的办学理念，从此为西亚斯的中美教育合作事宜奔波尽力。她那时认为，虽然陈肖纯几乎近于疯狂，但中西合璧的教育发展远景并不疯狂，即使什么也没有，但通过人的努力，愿景可以达到。对此，她有一个形象的表达："就像爱情，如果你知道爱情在何处，虽看不到结果，也会慢慢地走。"

尤伯利加入了美国西亚斯国际学院基金会，之后还担任了该基金会第六任主席。她不仅宏观规划协调，也在具体细节上践行自己的理念。她是那种理念与行动协调一致的人。熟悉她的学生说，在她的美国亚利桑那州菲尼克斯的家里，总是住着被帮助的中国留学生，这拨走了那拨又来。

在卸任西亚斯基金会主席之后，有一天，她约陈肖纯在西亚斯校园有一次正式面谈。

她对陈肖纯说："从西亚斯国际学院 1998 年成立，我已经关注服务了十年，西亚斯几乎每年都在发生变化。现在，我想换一种方式继续做，我想创办一所世界女性未来发展学院，地点就在西亚斯校园内。当然，这需要你的理解与支持。准确地说，是我们共同来创办。"

陈肖纯微笑着轻松地问道："噢，世界女性未来发展学院？好大的名字，这个学院主要培养什么样的学生呢？"

"这个根源在于世界需要有领导力的领袖，而培养未来精英领袖正是大学分内的事儿，也是世界优秀大学的传统。"尤伯利不紧不慢地说，"我知道，这是个大胆的设想，但如果我们能够既大胆又严谨地为女学生设计领导力培训课程，那这个学院就会引导学生凭着她们的激情与执着去创造和实现梦想，进而鼓励帮助大学生成为学校、社区、国家乃至全球的优秀领导者。"

稍稍停顿一下，尤伯利又补充说道："可以肯定地说，世界女性未来发展学院致力于促进和提升女性领导力的目标，也是与联合国可持续发展目标一致的。它不以财富为导向，而以人类平等为导向。"领导力中最重要的就是境界。杰瑞·尤伯利的视野境界已经呈现在她对女院目标的解释之中。

陈肖纯笑着应道："你的设想与西亚斯中西合璧的办学理念也是一致的。"

那时，陈肖纯与尤伯利已经是结识十多年的老朋友了。在陈肖纯创办西亚斯国际学院的路途中，尤伯利可以说是一位决策层的同行者。她非常理解、欣赏陈肖纯的教育梦想，而且相信这个梦想一定会实现。此时，陈肖纯反过来也非常欣赏尤伯利的这一大胆的梦想。两位老友本可以轻松地来谈这个话题，但对于经过深思熟虑且要赋予行动的尤伯利来说，这个话题又显得非常沉重，她需要陈肖纯的理解与合作。

"这是一个非常好的创意。或许，未来中国第一位女性主席将毕业于世界女性未来发展学院了！"陈肖纯还是轻松幽默地道出了对尤伯利这一大胆设想的赞赏，同时也以这样的非正式口吻表达了他非常乐意与尤伯利合作的意愿。

"是的，"尤伯利终于轻松地笑了，接着说，"我要的是效果，而你看得比我更远。"

可以说他们二位一拍即合，2009年5月，"世界女性未来发展学院"（女性学院）在西亚斯校园成立了。杰瑞·尤伯利是该院创始人，并兼任院长。当年，该学院在西亚斯校园只招收了一百名学员。

决策见境界。经过论证，女性学院对外公布的宗旨简单明了：世界女性未来发展学院是一个严谨大胆的专注于世界范围内提升女性领导力的培训组织，为实现以联合国可持续发展目标相一致的社会公平、性别平等及人类尊严而努力。

按照尤伯利的话来说，世界女性未来发展学院的目标就一句话：促进和加快全球女性的进步。

尤伯利可不仅仅是一位大胆的梦想家，她同时也是一位敢于将梦想变成现实的社会实践者。她创办的环球交流协会，即长期致力于与国际同行分享最佳问题解决方案，进一步促进世界范围内的沟通和理解。该协会已经组织召开近百场国际会议，研究了诸多热点项目。

女性学院学生要上课与实习，但所学内容又与各自所在专业学院的教学大不相同。尤伯利的计划是：招募世界各地优秀志愿者导师来西亚斯，吸引并激励学生们探索人生意义与目标，并通过发展协作和包容性的合作伙伴关系来充分发掘学生的潜能。学员来自西亚斯学院大一至大四不同专业，每周有八到十小时课程学习和项目组活动。学生在女性学院必须参加一个或一个以上以联合国可持续发展目标为活动核心的项目活动组。同时，鼓励学生们根据女性学院的育人理念，自己去创建围绕社会公平、两性平等和人类尊严方面的项目活动团队。

能够自愿迈过考核"门槛"进入女性学院的学生，应当具有一定的思想准备。女性学院甚至不会给完成学业者添加额外学分。这个提升学生领导力、培养未来领袖的地方，有中国"苦其心志、劳其筋骨"的文化氛围，有特意设计的苦行僧般的路程要学生去行走去跋涉。学生明白，来此的本意就不仅是为自己而学，而是奔着提升他人能力并提高他人生活地位而来的。女性学院轻个人功利，重社会责任，将激发个人潜能与别人福祉联系起来。不可否认，也有一些学生是冲着世界女性未来发展学院的名字而来，这里有外教导师英语教学，有开阔眼界提升领导力的课程，这都没有错，女性学院本来就是一所没有围墙的学校，任何专业的学生都可以报名参加。但这也同时意味着——

淘汰的无遮拦。参加者若不认同女性学院的理念，或者不能坚持走下去，自然会退出，事实是退出者也不在少数。今天的好多学生即使是在校园里读书，也对"投入产出"计算得过于宽泛，北大教授所谓"精致的利己主义"之说也绝不是空穴来风。

尤伯利之所以一开始就对陈肖纯说"这是一个大胆的专为年轻女生设计的领导力培训组织"，是因为她早已考虑筹划另一个大胆的设想——借用西亚斯国际学院这个平台，女性学院每年要组织一次世界性的"女性成长论坛"。她要邀请中国乃至世界各地的精英来此论坛交流，讲演，让女性学院以及西亚斯的莘莘学子分享那些在自我及他人生活中做出积极改变与特殊贡献的人。她要拓展学生的视野，给他们搭一个梯子，让他们睁开眼睛看世界。她试图竭力让该学院的活动内容与世界女性未来发展学院的名字相吻合。

谁愿意过来当导师

在女性学院，导师是奔责任而来，应该把他们称为"志愿者导师"更为贴切。谁愿意过来当导师？这是尤伯利创办女性学院初期面对的最大挑战。女性学院不收取学费，经费困境当然也是"谁愿意过来当导师"的瓶颈问题。

尤伯利建了一个女性学院网站，面向全球招聘导师。她满怀自信等待志愿者应聘："他们不认识我，也不是为我而来，是为了女性学院在网站上公布的那个愿景而来。我的愿景就是他们的愿景，我们恰好在一个共同的愿景之上。"为什么说是志愿者导师呢？女性学院给出的条件是：应聘导师合格者，作为志愿者需要参加三天十五到十八个小时的授课培训，然后再选择以什么样的方式来运用自己的知识、人际网和技能等，来参与担当女性学院的导师工作。导师自己担负交通费用，女性学院仅提供食宿。

也就是说，导师工作是无报酬的。每位导师在女性学院工作五周，最后一周与下一任导师办好交接。还好，这个世界上有不少热心于人类平等的志愿者。尤伯利有时候在菲尼克斯市的家里，接待那些有愿望来中国西亚斯"世界女性未来发展学院"当导师的人。她通过网站介绍世界妇女的现状，以图文呈现自己所了解或亲历的某些地域女性生存的贫困状况。被暴虐家庭伤害的女性，被不公平待遇所歧视的女性，在世界各地比比皆是。尤伯利说："人类是基于男性女性组成的世界，应该是男女公平的共同体，而不应当只是倾斜于男性。"她的不懈宣传吸引了志愿者的关注。

在 2009 年至 2010 的第一学年里，她从众多的应聘者当中选聘到九位导师，他们由美国一家咨询培训公益组织推荐，大都为美国国籍，身份为企业家、人生教练、大学老师、律师等社会成功人士，具有宽广的视野。九位导师中只有一位是男性。看来，女性更愿意为了自身美好的愿景而加入这个志愿者行列里来。尤伯利分期组织了对导师的培训。其中有些导师并没有到过中国，但好在如今的网络世界可以让这些导师坐在尤伯利家的客厅里，即可看到西亚斯校园场景和那些可爱的黑头发学生。

尤伯利将自己变成了一个在太平洋两岸忙碌的人，要么带着导师从美国飞到中国，要么就在西亚斯校园里等待那些从地球上不同地方飞来的志愿者。她还搞了一个动态创意，让那些在女性学院完成教授任务的导师逐个在网站视频里现身说法，对那些即将来西亚斯的或报名当导师的人，介绍女性学院的学生如何学习如何做社会考察如何去做公益。这些学生自身的改变以及由他们的活动而带给乡村孩子的笑声，感染了更多的人，于是报名当志愿者导师的也就越来越多。

女性学院成员必须参加至少一个公益项目组活动，其项目内容由成员根据联合国可持续发展目标发起并执行。可以这样说，女性学院从一开始就将公益实施项目设计为一个动态开放的程序，成立那年只有为数不多的几个项目组，随着一批一批导师与学生的加入，师生共同探讨协商又不断地补充了新的项目组，就像滚雪球。简单地说，每一个项目组的主题都是针对现实需要的创意，这里没有死的规矩，有的是批判性思维，它是一个激发学生潜能的机制。学生们运用导师传授的知识与技能，在社会实践当中发现问题，并付诸行动去解决。那些被发现的问题与妇女、儿童或其所在地域的发展状况密切相关，是点也是片，是国家的也是世界的。从某种意义上说，女性学院的学生们正是在可感可触的现实中，用行动在逐步缩小自己和身边的人与联合国可持续发展目标的距离。尤伯利认为，在影响妇女儿童或他们的社区、国家及世界重要问题方面，女性学院的创意项目为学生提供了一个很好的采取行动的机会。尤伯利创办女性学院的动因是：世界需要领袖。女性学院提供了一个机会平台，让学生们发现自己的潜能，创造机会、采取行动去改变现实。其实，莘莘学子当中不乏具有领导力潜质的人，但他们往往没有发现自我，即使有发现者也没有机会历练。而那些尚未练得屠龙之术或空有屠龙之术者的抱怨与悲叹于社会问题又有何用呢？

在女性学院成立第十个年头的时候，也就是 2019 年，其公益项目组已有十七个，当各项目组学生代表手托各自 LOGO 标牌，在校园里游走展示时，异彩纷呈又浑然一体，因为其背后有一个共同的愿景。

在此，不妨列举女性学院部分活动项目：

明日小领袖——帮助农民工子弟小学生和乡村留守儿童。为孩子们开启了解世界的窗口，引导建立他们关心的公益项目活动组，培养孩子们的领导力。

阅读种子公益计划——尽管人们公平享有优质教育的希望是那样遥远，但导师与学生带着书本走进县城或乡村学校，引导学生父母陪伴孩子阅读。其背景是联合国人类"优质教育"的目标。

一对一活动——在中国当下大约六千一百万留守乡村儿童背景之下，该项目组的活动形式是"不二书信"，其成员与留守儿童进行一对一交流，做他们的大学生朋友，按月进行书信往来。

国际儿童节——以"我是世界小公民，环保从我做起"为主题，与儿童互动，展示大学生风采，践行环保，热爱地球村。

"站起来，采取行动，发出声音"——目的是传递联合国可持续发展目标的火炬，巡走校园，呼吁学生认知，参与行动。

继续学习——广泛结交促进目标实现的伙伴关系。导师与学生走进企业开展英语角交流活动，为女性平等及体面工作创造机会。

关注艾滋病——致力于在河南省传播、普及预防艾滋病知识，帮助受艾滋病影响的儿童，邀请国际志愿者为艾滋遗孤带来国际文化，为他们创造更多可能。

传递女性声音——提倡女性追求优质教育，大胆追寻自己的梦想，在家庭、社区以及工作场所获得平等权利。邀请其他高校学生参加西亚斯校园一年一度的"女性成长论坛"，为他们创造更多新的可能。

阳光天使——致力于障碍儿童的教育。目的是提供机会，学习如何将特殊儿童融入社区，追踪他们的兴趣爱好与行为，为他们制订特殊的成长行动计划。

女性学院成立十多年来，磁石一般吸引了世界各地的志愿者导师前来，而且也引起了中国热心公益企业家的关注，诸多企业渐渐成为女性学院的合作伙伴。他们被这些特殊的大学生感动，就像滚雪球一般被卷入并给予女性学院慷慨资助。资助虽有多寡之别，但爱心同样分量沉重。有的企业家对女性学院的学生承诺："你们从郑州西亚斯学院到河南各地企业、乡村的车票留着，由我们企业报销。"尤伯利将众多中国企业合作伙伴的 LOGO 印在女性学院的画册里，她代表女性学院诚挚答谢："你们对世界女性未来发展学院的认可坚定了我们对于发展我们的领导力和拓展我们的全球化社区的决心。你们给予学院的种种支持使得我们可以通过我们的项目组和项目给予他人更多，你们增强了我们的领导力和超越我们自身和地域局限的能力。感谢你们的承诺和对于我们的信任。"

毋庸置疑的是，尤伯利在西亚斯的学生中看到或听到过太多的男女不平等事例，女生常常在课堂上就会即兴讲述在乡村的见闻：有的父母不想要女孩子，对男孩比对女孩更好；也有父母将女孩从小就交给别人抚养；还有父母让姐姐打工挣钱供弟弟读大学……中国城乡之间的巨大差异在西亚斯学生身上就呈现无遗。企业也是如此，男性管理者包括高管人数远远多于女性。尤伯利是为了改变女性地位而工作的，但她绝没有想到会有那么多中国企业家——大都为男性企业家，不仅理解女性学院的理念，而且也用具体的行动来资助。

令人欣喜的是，世界女性未来发展学院声名鹊起，其部分活动项目也得到了一些发达国家文化基金的关注，如"用艺术形式传递女性声音"项目便得到了美国文化基金资助。该项目活动在女性学院连续举行三年，尤伯利邀请美国女性作家、音乐家、壁画家、舞蹈家、歌唱家、诗人、摄影师等作为导师，参与到对中国学生的领导力培训项目之中。艺术家向学生们分享"如何通过艺术找到自己的声音"，他们现身说法，谈从艺术中滋生灵感创意的成功喜悦。学生们开始慢慢跳出固有的思维方式，尝试着创意思考。周末，艺术家与学生会前往社区、乡村学校或工厂，在演讲、展览、讨论、艺术表演等互动中，缩小了不同文化背景的人与人之间的差异。三年间，河南约有超过五万人参与了这一活动。这一国际艺术交流活动在西亚斯这所国际化校园里倒也司空见惯，但当它拓展到了校园之外，且带有"促进和加快全球女性的进步"使命时，其行走轨迹便意义非凡起来。那些乡村的中小学生，还有养老院的孤寡老人，包括企业家与一线底层工人，则从这些活力四射的艺术家的讲述或表演中了解了世界及人生的别样色彩。

1941年1月，杰瑞·尤伯利出生在美国密苏里州一个叫欧瑞的小城镇。父母的爱让她的童年自由与快乐。全家常常开了车去长途旅行。父母的教育方式有点特别，鼓励她好好学习，尽情玩耍。从她上幼儿园到高中期间，父亲就喜欢邀请她的小朋友到家里玩，她的家简直就是孩子们的游戏乐园。每年复活节时，父母会将鸡蛋藏在屋里，而后让孩子们寻找。冬天，父亲带着杰瑞与她的小朋友去滑雪橇，等回到家里，母亲早已准备好了比萨饼与热巧克力，孩子们就在她家里过夜，床铺不够，就睡在地板上。夏天，孩子们还会在她家院子里"野营"，搭个帐篷，燃起篝火。尤伯利日后的领导力或许就发源于这样的家庭氛围。

女性学院创办那年，她六十九岁。学院每年都有困难，需要找导师，需要找钱，需要策划组织"女性成长论坛"。她的助理说，她一天工作十几个小时，如果没有强大的信念根本挺不下来。尤伯利则说："如果这事对世界没有多大影响，就容易中途放弃。可是它有影响，一停下来，就有多少女性会贫困、会死掉，所以不能停下来……"

就在她将热情与精力倾注于中国学生身上之时，她九十多岁的母亲卧床不起了。母女深情的纽带将她牵扯回美国，她暂时停止了中美之间的往来飞越。"几年前，我遇到了最大的困难，我的母亲突然卧病在床了，我必须回去照顾她。但女性学院也需要我，我必须在场。真是两难的选择，压力无法用语言来说。妈妈重要，我必须将妈妈排第一，女性学院排第二。在那段最困难的日子里，我自己必须想办法找到一种平衡……"谈起母亲，她的语速瞬间就慢下来，有些哽咽。母亲去世那年九十七岁，尤伯利也已七十多岁了。母亲非常理解女儿为之奋斗的愿景，生前曾经在尤伯利的陪同下到过西亚斯国际学院四次，她也爱上了远在中国的女性学院与那些可爱的学生。

莎伦·华莱士（Shannon Wallace）女士是女性学院 2019 学年的导师，她是一位声乐记者，同时也是歌唱家。论年龄，尤伯利与她是两代人，她属于孩子辈，但她来中国女性学院的热情是被尤伯利点燃的。她这样形容尤伯利："她浑身充满了能量和热情，简直太棒了！希望我在她这个年龄也能像她一样智慧，对未来充满各种愿景，我从未认识到或者说从未见到过的愿景。她对我们的贡献，不，准确地说是对我们人类的贡献，让我清晰可见。杰瑞·尤伯利是一位杰出的领导者，她让我信服。所以，我就来到了中国，来到了女性学院。"

教育学博士、女性学院美国导师薇薇安·杨（Vivian·Young）女士，谈起尤伯利来非常兴奋，仿佛受其热情感染似的，她抬起手臂，张开十个手指说："她充满能量和爆发力，动力十足。非常执着勤奋，信守承诺，从不放弃。她总是把自己的生命能量奉献给其他的人，完全没有索取，仿佛与生俱来就是奉献。她一直在努力工作，似乎是一种停不下来的状态。她说有时候争辩没有用，关键是行动。她是个标准很高的人，要求高，对所有的人期望也高。她本身的言谈与行动激励着身边的人。我们大家，包括学生都会想：我要成为杰瑞所期望的人。所以，你会看到，在女性学院有好多学生很自信，且在坚持不懈地学习工作……"

女性学院中国导师、国家心理咨询师、国际 ICF 人生教练杜丽梅，谈起尤伯利感触颇深：

"她都七十八岁了（2019 年），一位老人与年轻人一样充满活力，每天工作十小时以上。我才三十多岁，但她的工作状态比我好，所担负的工作量比我还多。我承担高年级的课，她除了负责女性学院的领导工作外，也为学生上课，有时候还给二百多学生上大课。她还跑女性学院设在孟加拉国、尼泊尔的分院事务，跑女性学院拓展到其他落后国家的项目。我觉得，她这种状态用常规说不清，只有一种可能，那就是使命与她自我的承诺。这种超越年龄、身体状况的工作状态，是来自精神层面、情感层面的东西。她这种非常规的特质引起了我极大的兴趣。尤伯利是一个言行一致的人，她每周五节十个课时的课，准时开课。上课时她带着时间表，鼓励或者说是激励每位学生发言。她说：'我承诺了把团队带到什么地方，如果不做就实现不了！'她思想敏锐，对人事洞察力很强，善于体察学生的情绪。对女性学院的发展以及过程，对新事物，她既有哲学洞见，也有开放包容的胸襟。2019 年 9 月，她为二百多新生上大课时我在场，她精神饱满地尽量与每位有需求的学生沟通。新参加的学生困惑多，包括人生、家庭、情感、学业等，当学生站出来，仅仅几分钟，最多不超过十分钟，她就能够让学生打开心扉。情绪低落、流泪的学生，在她的心理疏导安抚之下就会平静下来。有一位女生因与父母的关系处理不好，情绪很低落，尤伯利首先拥抱学生，并告诉她，你很棒。尤伯利在恰当的时机会说出那位学生最需要的话，落在她的心底。反过来，学生会主动拥抱她。具体地说，她会很快确认学生是需要情感关注还是思维转换，她会模拟示范，让学生打开内心并释放情绪。之后，那些有困惑的学生会在两周之后有改变或突破……"

从个体到整体是相似的，开启一个人或一个群体是一个循序渐进的过程。在尤伯利的感召之下，女性学院在 2010—2011 学年的第二个学年里招聘到十三位导师，在 2014—2015 学年就有二十位国际友人导师。女性学院从 2009 成立至今，导师数量逐年稳步攀升，共有一百多位国际友人导师志愿来到中国"世界女性未来发展学院"教授课程。导师们带着爱与使命而来，无论在教室讲台上，还是与学生们一起去偏僻乡村，其身影自带无形光环，学生们受其影响是一个润物细无声的过程。

你就是一个非常棒的例子

一批又一批的国外志愿者导师飞到西亚斯来，他们必须在教学内容与时间上无缝对接，而这也正是尤伯利的良苦用心所在，她必须物色筛选排列好每个时间段的导师，才能不让学生的期待和渴望落空。导师们来去匆匆，却个个使出浑身解数为学生答疑解惑，并与学生一起勾勒出接近那个未来美好"愿景"的诸多可能性途径。

2019年年初，美国丹佛。她在一个名为"智慧无限"的学习论坛中，结识了杰瑞·尤伯利。某一天，尤伯利有个演讲，给大家分享中国西亚斯"世界女性未来发展学院"的故事。其时，女性学院已经成立十年，尤伯利仍然就像十年前那样投入并满怀激情地叙述演说，一个个最初羞涩腼腆连发言勇气都没有的学生，在图片和视频里伴随着抑扬顿挫的语调展示出不可思议的变化。那些真实而又生动的面孔，那些串起了学生微妙嬗变的彼此联系的环节，让她内心激动不已，她瞪大了眼睛，仔细地倾听，生怕漏掉了哪怕一个画面或者一段介绍。

她从1987年开始，做"个人和职业发展教练导师"二十多年，培训过很多学生，其中包括不少社会成功人士。但尤伯利的一个个故事竟然令她有一种猛然醒悟或惊醒的感觉，那种惊醒仿佛来自内心深处冰层的爆裂一般，不停地轰轰作响。她顿时觉得尤伯利在遥远中国的那个女性学院超越了自己以往所从事育人导师的范畴，蔓延到了她想象不到的遥远的边际。

她是一个非常外向活泼的人，在语言表达的时候总是辅助于千变万化的肢体语言。待听完了尤伯利的故事之后，仿佛受内心的召唤与驱使，她快步走至尤伯利面前，带着一脸感动不已的表情急促地说：
"我想参加你们的女性学院。"尤伯利对她的教育与职业背景还是了
解的，当即也没有迟疑，就答应了："好的，欢迎你加入！"说完顺
手递给她一张名片，还说之后联系。

　　有一天，她坐在写字桌前从名片夹中抽出尤伯利的名片，考虑如
何去那个她从未去过的遥远中国时，之前听尤伯利演讲时涌动而来的
热情之潮竟然缓缓退去，她冷静下来，"第一个念头，我要当一名志
愿者，可我不知道如何从我的业务中，从我能得到报酬的工作中，跳
出这一个多月的时间来。这么做值不值得？我能够达到那样的高度
吗？我担心自己对学生的影响达到不到尤伯利的期望"。她犹豫了，
将尤伯利的名片又放回了名片夹。她没有抉择，也没有将自己的两难
抉择告诉尤伯利。

　　一周后，她在亚利桑那州的凤凰城再次见到尤伯利时，低声地
说："很高兴见到你。我，我上一周没有联系你。"

　　"哦，我注意到了。"尤伯利平静地回答。她们没有再接着谈这个
话题。

　　接下来的一周，她从尤伯利那里对女性学院有了更细微的了解。
有一天，她忽然莫名地变得自信起来，似乎是发现了一个全新的自
我："我会对女性学院的学生产生影响的，一定会的！"当她做出决
定之后，渐渐醒悟：做志愿者导师贡献于遥远中国的那些学生的同时，
对自己又何尝不是一种改变呢！她还意识到自己以往对别人进行训练
时，总是强调超越自我局限的视角，现在该轮到自己超越一把了。她
知道自己去遥远的中国要做什么了，在去见尤伯利之前，自言自语
道："开始谈吧！"

　　之后的一天，她在凤凰城的项目会上私下与尤伯利谈妥之后，又
微笑地走到讲台上，向一百五十多位同仁分享了这一重要抉择："今
天，我高兴地向大家声明，我即将成为杰瑞·尤伯利领导的那个位于
中国郑州的'世界女性未来发展学院'的志愿者导师了！我没有别的
什么目的，我愿意为这所女性学院付出一年的时光……"

　　日后，在中国的女性学院里，她有时候会微笑着向同行导师或

她的学生分享自己当时的抉择："我放下恐惧，超越地域边界，超越我自己，公开说出我的诺言后，感觉整个世界都明亮起来。我信守诺言，很快办了签证！我感觉自己似乎是向世界发了一个声明，然后就来了……"按她的说法，自己的教育轨迹是一条曲折的线条。大学本科毕业获心理学学士学位后即工作，但生活目标不明确，后转型教育学。她深知教育内涵对年轻学生们来说有多么重要。

2019 年 3 月，她第一次踏上中国的土地，来到西亚斯校园。上课前，她仔细翻看了学生的申请表，其差异还是明显的：有的学生能够看到自己的可能性，被女性学院的愿景鼓舞着跃跃欲试；也有的学生对此并没有认识，还谈不上能力的充足与否。并不是每一个报名参加女性学院的学生都是为了那个美好的"愿景"而来。她的培训绝不会像坐在外教公寓大厅一边听着钢琴一边喝着咖啡聊天那般轻松。

她给一年级学生上课，非常投入，声情并茂地演讲，一个模块讲四周。前两周培养技能，后两周要求学生一一演讲。她的眼神会关注到每一个学生，而且会给每一位学生上台演讲的机会。很快，她就发现有的学生从不发言，说话时胆子小，每次来上课总是坐在最后一排，一句话也不说。她就有意地提问他们对讲课内容有什么想法，可这些学生露出一脸惊讶、胆怯的表情，从不在班上表现自己。她的职业经历告诉自己，这样的学生是需要引导的，也是能够转变的。当她第一次鼓励学生举手分享他们的观点时，她的眼光从一个个面孔上扫过去，遗憾的是没有人举手，好多学生下意识地躲避着她的目光。她微笑着，要求大家做一个举起双臂的游戏，每个人的胳膊举起来了，她大笑着说：你们的胳膊都是好的嘛。她再次提出问题，要求学生回答，但场面仍然是沉默。她知道这得慢慢来了，于是开始挑选学生上台来。渐渐地，就有学生自愿举手上台了。

她问那些没有举手的学生，你们害怕吗？进而特意加重了语气说："现在上台的学生最初与你们一样，也是害怕举手的，但他们克服了恐惧，走上台来准备跟大家分享自己的观点了，注意，这就是差别！记住，你们每人都有能力做一个正常的演讲。别等到举手再想着行动，我可是无法带着恐惧的人去行动。这对你们每个人都是挑战。"

她把类似的话在每堂课都重复一遍，连着几周说下去。不管导师要求引导学生做什么，首先得诱导学生寻找或发现自己的可能性，抓住稍纵即逝的自信。内心封闭的孩子是孤独的，他们既然不善于表达自己，也就不大会善于吸纳周围同学聚集而散发的超常能量，同时很难号召或影响别人。而这恰恰与一个人的领导力紧密相连。

当同学们开始慢慢地习惯了逐一上台自然地表达自己的想法之后，她说："在我的课堂上，你们每一个人的观点都很重要，无论对自己还是对所有在场的人！"

一个多月的授课培训很快就结束了，她从学生们的奇妙变化中看到了自己的影响力，为此而激动不已。有位总是坐在教室最后一排角落里一言不发的学生，有一天开课后没有出现，她以为这位不显眼的同学不会出现了，后来他来了。在她的激励下，这位同学给了她一个惊喜——做了一个非常好的演讲，还用了PPT，声音洪亮又清晰，在座的每一位同学都投入地倾听。

她说："你会惊喜地看到，这些学生身上充满了无限的可能性。"

——这位庆幸自己来到"女性学院"的志愿者导师是：教育学博士薇薇安·杨。

2019年8月，居住在美国亚利桑那州的她，在领英软件平台上发布的工作活动引起了一位老同学的关注，彼时她正在用音乐为儿童和老人服务：她给老人们做演讲，辅导写作，用自己的美妙歌声帮助那些抑郁或痴呆老人改善症状。她用带有爱心温度的歌声，改善了老人的身心健康。她对自我的工作价值充满了信心："我的奶奶心理压力大，脾气急躁，我给她唱歌，使她的心情舒展好多。"有研究证明，音乐对人类身心的确具有特别疗效，可以使人改善情绪，缓解病痛，变得开心起来，甚至摆脱抑郁。

她毕业于亚利桑那州立大学，工作经历丰富：做过儿童音乐老师、电视新闻广播者、记者、政府说客——说服处理复杂的矛盾事务、倡导社会公共事务、向公众演讲，以及歌唱家等。但贯穿其中没有中断的是唱歌，美妙的歌声给了她自信以及展示能力的机会。

"嗨，你想去中国吗？"有位同学在电话里问她。

"去干什么呢？"

"那里有个世界女性未来发展学院。"

"那我去干什么呢？"

"去做志愿者导师啊！"

……

就在这样随意的聊天中，她感觉那个陌生遥远的女性学院的理念与自己用音乐为儿童、老人服务有共同之处。于是在同学的引荐之下，她去凤凰城拜会尤伯利，参加了一个志愿者导师介绍会，也就是一个小型朋友聚会。从周五到周日，每天早8点到晚8点，尤伯利向一拨又一拨的来宾们介绍中国西亚斯的女性学院，回答大家的各种问题。尤伯利对她说："你是一位优秀的音乐家、歌手，具有演说才能，今年的'用艺术形式传递女性声音'项目是美国文化基金支持的最后一次机会了，请你好好考虑一下。"

她觉得这个机会很特别，于是珍惜，很快就向尤伯利表达了争取机会的愿望。可是她同时也说出了自己的担忧："我在美国是音乐家，为儿童与老人服务。在中国的女性学院也有可能吗？能为老人带来温暖吗？"

"当然可以！"尤伯利毫不犹豫地回答她。

接着，尤伯利又语气肯定地补充说："你三周之后去中国郑州的世界女性未来发展学院上课。必须准备好PPT课件。"这让她惊喜的同时也有些措手不及。只有三周的准备时间，她必须用两周的时间做好PPT课件。就在尤伯利家的客厅里，她与另外三位导师一起接受了导师培训。

"我们在这里，不仅仅是为了实现我们自己的愿景和超越自我，更是为了确保我们能够带着其他女性走向这条通向独立、自信和勇敢的新的道路！女性学院有一条重要原则：你拥有无限可能性！"尤伯利充满热心与激情的叙述，加上女性学院的历程视频，着实让她心潮涌动。尤伯利还接通了薇薇安·杨博士的微信视频，杨在2019年4月离开西亚斯之后又去了"世界女性未来发展学院"位于尼泊尔与孟加拉的分院。杨同样热情地向她分享了自己激动人心的经历与收获。最让她怦然心动的是，女性学院的好多女生微笑着出现在视频中，她们用手指比出两个 V 放在脸上热情地说：我爱你们！她们个个阳光又自信地用英语非常简洁地讲述自己是如何改变人生的。她看到女性学院居然已经有了位于世界各地的一千多名校友。尽管是通过微信网络交流，但她仍然能够感到那些学生的温度。她与在座的几位导师都有一个共同心愿，那就是："我们应该为她们做点什么！"

就这样，她几乎是回味着那些学生的笑脸而一路飞到西亚斯校园来了。这是她第一次来中国。她讲课的主题：了解自己是一名领导者。学生们渴望得到新知识的好奇眼神激起她讲课的热情，她以艺术家的热情方式拥抱、亲吻自己的学生，鼓励他们彼此之间心与心的连接、亲近。第一周，她讲原则与价值观的区别。她擅长形象思维，告诉学生："当我的祖母问我，送我的东西吃了吗，我可以说还没吃，但我知道，说吃了祖母就会很开心。这与不说谎的原则并不违背。"她强调：原则不可以改变，比如诚实，而价值观随着情况可以改变。课后，即使晚上 10 点左右，也有好多学生给她发短信，叙述自己当天上课的收获，她感觉白天的课程还没有结束，同学们与她仿佛在开一个夜间研讨会。

有一天，她去参加西亚斯音乐学院的好声音决赛演唱，之前便热情地邀请自己的学生去看。演出结束之后，她与同学们围绕在一起，讨论如何让自己变得更加自信，一旦有机会就要抓住。她笑着说：我们今晚的研讨课就叫自信地唱一首歌。有位学生之前看着手机字幕唱英文歌都很紧张，不久的一天便甩开手机成功地唱起来。她非常开心，拥抱着这位学生说："哦，我真为你高兴！"她让学生与自己一起上台歌唱，培养自信。她还以自己特有的方式，教学生如何向公众演讲。学生们无意之间发现唱歌居然与演讲也有内在关联。

一个周日，她与学生们去了一个乡镇养老院，在温暖的阳光下，她指挥学生们围拢在那些老人身边，而后带头——拥抱老人，与他们聊天。学生当即把她的问候翻译给老人们听。那些坐在轮椅上的老人，拉着她的手紧紧地贴在自己的脸上。养老院的老人听说她是从遥远的美国来的，还收到了她带来的包装漂亮的礼物，个个都拉着她的手不愿意松开，有的老人还赞美她非常漂亮。她感动得哭了。事后，她对同学们说："我被他们的真性情和善良所感动，这是我在其他国家从未见过的善良的老人。"

2019 年 10 月下旬，她在即将离开女性学院回国之前，深情地告诫学生："……不仅仅是学生，每一个人都充满了无限可能性。你们在专业学习之外，学到了领导技能，让你们更加有可能成为优秀的领导者。当你们知道了自己是一个潜藏的可能性，便拥有了可能性，就能做到自己所希望的，甚至一切。知不知道自己有可能性，这是人的认识问题。认识到这一点非常重要。我工作经历丰富，还是位歌者，从来没有想到会来中国，但有这种可能性来中国，女性学院发现了我，我的可能性变为了梦一般的现实。如果你有能力发现自己的潜能，并激发它，未来就会清晰可见，并充满可能性和希望。所以，作为女性学院的成员，每人都有可能性，发现自己，你自己就是一个非常棒的例子！"

这位"用艺术形式传递女性声音"的导师是：莎伦·华莱士。

中国导师的悟点

"九〇后"课题，全世界都有学者在研究。有人说，他们付出与享受脱钩，享受现代成果迫切，自私与奉献交织在一起。

女性学院招聘中国导师比较难，或许有意愿者迫于生存压力难以抽出整块时间来做志愿。杜丽梅是女性学院少数中国导师之一。2019年 5 月，她应邀参加"第十三届女性成长论坛"，其演讲主题为：机器人时代促进地球文明进步的青年终身领导培训探索。没想到论坛期间与女性学院"一见钟情"，竟在当年 9 月初做了女性学院的志愿者导师。

她毕业于北京大学，研究生专业为"跨文化系统与国际传播"。

做志愿者导师的身份是：国家心理咨询师、国际 ICF 人生教练、美国 ACTION COACH 国际商业教练和广州合伙人、广州智趣岛教育咨询有限公司创始人。二十世纪八十年代，她出生在四川农村，当地女孩受到严重歧视——她的母亲就因为生了两个女儿而常常受到丈夫、家族和村民的歧视与责骂。大学毕业后，她一度因梦想与现实之间的落差而情绪低落。她曾去过二十多个国家，可谓见多识广。她在广州有自己的教育基地，培训对象以青少年为主，也包括老师，关注下一代顶尖人才的培养，希望他们从自我开始，开启人生的英雄之旅。作为一名自我改变者、人生设计师与教练，她给自己定义的使命是：帮助更多年轻人从平凡走向伟大，支持他们作为领导者，拥有梦想、使命、才能、行动和责任，过上有意义的生活。这些美妙而神圣的字眼听上去与现实当中指望打拼讨生活的年轻人相距甚远，仿佛飘浮在天上的云彩一般。由此也可以想象或很难想象杜丽梅工作的艰辛程度。而杜丽梅从自身命运的改变经历反思，却坚信她会帮助更多年轻人实现梦想。

"第十三届女性成长论坛"开幕式于 5 月 10 日上午 9 点在西亚斯歌剧院举行，宾客如云——五十多位嘉宾来自世界十几个国家。精英演讲的超前理念与神圣目标着实令她耳目一新，也与她内心深处的"使命"相遇。

在为期三天的论坛上，她演讲的主题引起听众——西亚斯学生的高度关注，因为仅仅从她在电子屏幕提示的要点就可看出已经到来的机器人时代对当代大学生巨大的冲击：机器人时代将很快解放人类在体力、知识和高级专业技能方面的主导地位。它将攻击甚至替代传统教育来培训工人和专业人员。如果我们不希望人类被机器人领导，年轻人的培养模式应该改变！

她演讲那天是周六，台下有一百多新生，开讲前老师点名。她一看这阵势，就明白听众的自愿程度或热情应该大打折扣。开讲之后，她忽然发现学生大都拿着手机，再仔细环视会场，竟然惊讶地看到听众全都拿着手机，没有例外。没有人做笔记。学生们大都不时地低着头看手机，她猜想十有八九不是玩游戏就是看什么休闲节目。几乎没有看到有与她演讲内容交流的那种眼神。她十分吃惊，于是再次调出屏幕提示语并加上高亢的语调表达演讲重点，我们的努力需要：1.最大限度地发挥机器人所不能取代的人类的潜能；2.以有限的生命长度支持每个人，在自我实现和对地球文明贡献之间取得平衡，以实现他们的潜能；3.让有教养的人促进地球文明发展，解决这一系列问题。

会场氛围仍然没有多大改观，学生的表情与姿态告诉她，他们在等她讲完下课。她开始提问，但是一副副茫然的表情与没有聚焦的眼神让她震惊，同时也让她想到了自己在新世纪伊始所见到的那些混日子的大学生。十九年过去了，如今的大学生相比那个时候是有大的改观还是变得更糟？这位给外企中国区域主管做过培训的教练来了脾气，她不再演讲计划的内容，而是要求所有学生放下手机："我无法接受你们浪费我的时间！现在开始提问！"结果反而会场氛围翻转，学生收起了手机，没有人提前退场。她最后还要求参会学生发言。这一场演讲倒是有点像传统教育模式的授课，学生们非自愿地来了个思维刷新。事后，尤伯利的学生助理对杜丽梅赞叹说："真没见过您这么强势的老师！"

该场报告结束之后，杜丽梅心生疑惑：是不是学生们对自己的演讲内容不感兴趣呢？她又特意去看了别的演讲专场，但也好不到哪里去。这件事引发了她诸多联想：

> 李光耀有个预言，说中国经济的向好与平民精神形成反差。那我就想，那天听我演讲的百多位学生的精神状态是否也是一种预言呢？真是难过！最美好的新世纪青年二十年间居然没有大的变化。北大清华好多学生也迷茫，百分之三十的"空心病"，没有明确的志向，无聊度日，虽然他们成绩好。全球都在培养精致的利己主义者。中国经济好，但年轻人麻木。未来职场有百分之七十的事机器人可以干，这种趋势逼着你去预测。就算一百个人当中有十个人趴下去睡觉，那他们的前方是什么？其他专业的学生也是如此吗？其他学校的学生呢？西亚斯有三万多学生，如果大部分是睡过去

的，那就应该让大多数人像女性学院的学生一样醒过来！西亚斯学生的问题，也是中国大学生的问题！……

　　杜丽梅的反思与思考未必精准，但她毕竟是由此及彼地在质疑思考。然而，世界女性未来发展学院当年二百多名学生的规模都面临挑战，尤伯利暂时还不可能发展更多学生。杜丽梅非常看好西亚斯的未来，但也清醒地看到了部分新生麻木的现状，她找尤伯利表明自己愿意来女性学院做志愿者导师。于是，2019年9月，她放下在广州的业务，到女性学院来担负志愿者导师的使命。

　　中国导师罗慧玲，毕业于华东师范大学应用心理学专业。一位在领导力与组织发展方面经验丰富的专业人士，具有世界500强某公司多年人力资源管理背景，具有在电子和咨询行业人力资源全系列智能管理的经验。她到女性学院做导师的轨迹与杜丽梅一样，先是作为演讲嘉宾参加"第十三届女性成长论坛"，其演讲主题为：女性在职场上的职业生涯。她的目的是通过设计模型展现出"女性职业生涯模式以及大学与职场之间的差距"。受女性成长论坛精神感召，她于2019年11月开始担任女性学院志愿者导师。

　　她的培训模块是：人生、愿景、规划。最初的几节课，她让学生们各自描述十年后的目标是什么，没想到这些新加入女性学院的学生一脸茫然。被她一一点名后，有的说正在准备考英语四六级，有的说正在准备某专业课程考试，也有的同学被众多社团活动所诱惑，同时参加四五个社团，哪个也不舍得丢，又不晓得统筹法，搞得自己疲于奔命。按常理说，大学生尤其是大三大四的学生，应该思考自己的人生规划，有未来的愿景，从而才能向愿景的方向前行，否则极有可能出现南辕北辙的事情。但罗慧玲眼前的学生大都没有思考自己的人生愿景，也就更谈不上规划。即使是有些梦想愿景的，问他们如何一步一步去实现，也是茫然不知所措。有位学生说，未来想做企业的CEO。罗慧玲便问道，你为什么要做企业的CEO？学生说不出来。罗接着问，你怎么实现这个遥远的愿景？学生仍然不知从何说起。有的同学想未来赚大钱，罗问为什么，同学说："有了钱就可以开心消费，有成就感，可以照顾父母，让他们过上更好的生活，自己也就会有幸福感……"

罗慧玲有些不大相信自己的耳朵，但眼前的事实就是如此。她对学生引导说："实现幸福的途径很多，有钱未必就一定有幸福。而你们人生的道路上，甚至在你人生的重大转折点，实际上往往是由亲人、朋友、导师等人相助而完成了某一段的路程，但这与钱多又有多大关系呢？"

据了解，我们的高中甚至大学并没有"人生、愿景、规划"课程设置模块，也没有类似于女性学院这样的导师给予引导。是在这样的年龄段开设此类课程过早了吗？可这个年龄段的学生并非生活在孤岛之上，他们或多或少地在思考自己的未来，无论是恋爱婚姻或者愿景事业。那大学的专业老师没有此类职责，辅导员又太年轻，学生的"人生模块"也未必就清晰，那学生们该如何抉择呢？按罗慧玲的说法：他们只好一边思考一边在焦虑中度日。她在培训学生的过程中看到抑或说感觉到了学生的焦虑。

在欧美发达国家，高中就有此类课程设置，或者说高中学生就大致确定了各自的人生目标，他们拟定规划，知道大致往哪个方向努力，去一步步地做。大学生在学校里则是各自奔着自己的"人生愿景"去奋斗的，野心勃勃，有所舍弃，敢于争取，动力十足。这样的学生无论学习或活动涉猎的范围多么广，但大都不会偏离自己的轨迹太远。

罗慧玲曾坦率地说，她还是感觉到了西亚斯学生与国内"985"或"211"高校学生在某些方面的差距。但她同时也为西亚斯女性学院的众多学生而庆幸："他们是多么幸运！"

之所以幸运，是因为有来自世界各地的精英导师来引导学生，与学生一起探讨"人生、愿景、规划"。这一切都是在女性学院的大愿景里来一步一步实施的。罗慧玲接下来的培训根据自己的"悟点"切入，她不仅讲理论课，更多的是案例教学，是实际引导、操作。在教室里，她组织学生按两人一对分散开来，做"现在与未来"的游戏。简单地说，两个学生相对而立，彼此间隔数米距离，首先由其中一个学生闭上眼睛说出自己的愿景，而后说出当下的起点是什么在哪里，之后另一位同学问对方如何达到愿景，闭着眼的同学每说出一个实施的步骤就往前迈进一步。最初，好多同学往往是走到中间就不知下面实施的步骤了，睁开眼睛一看，便发出失望的感叹。

学生们通过"现在与未来"的游戏，将自己的迷惑之点暴露无遗，同时也在彼此的启发之下，被导师引导着思考并拟定适合自己的愿景，找出一步一步接近愿景的办法来。

重要的是你想要一个什么样的未来愿景。在这种两人游戏当中，学生们往往说的是心里话，而不是台上的套话空话大话。若是归纳一下那些在大教室不同位置说出的愿景，或许就是当代大学生的原景缩影。为数不少学生的未来愿景是"权力与财富"，他们非常现实。也有一些学生选择"社会责任""追求真理""人生价值"等。同时代同年龄的学生，为何其心中的愿景竟然差别如此大？如果与国际名校的学生相比，他们之间又会有何不同呢？这确实是个值得思考探索的问题。

罗慧玲对自己的新发现非常欣慰："同学们仿佛是被开了天眼，原来是平视自己眼前，可谓目光短浅，现在是俯视自己的人生，有超脱清醒的快感。有的同学当场大哭起来，因为一计算，想要达到自己的愿景，时间远远不够用啊。于是，他们开始行动，敢于舍弃，删掉大量毫无意义的微信圈子，推掉与自己愿景关联不大的社团，精神饱满地轻装上阵……"

至于人生、幸福，那是一部天书，还得学生们在日后漫长的人生旅途中去慢慢体味。

你拥有无限可能性

稀有资源

"你拥有无限可能性"是女性学院十项原则中的一条。学生们如果能够看到自身具有的这种潜能，便会自信地去改变自我超越自我。

2019年10月的某一天，导师薇薇安·杨匆忙走进中国女性学院的一间教室。这已是她第二次来到西亚斯，授课对象是女性学院高年级同学。她兑现了自己在亚利桑那州凤凰城对杰瑞·尤伯利的承诺——为女性学院志愿付出一年时间。这一年夏天，她去女性学院尼泊尔加德满都分院工作了一段。

"让我们开始吧！"她在讲台上略带微笑地说。班长宣布起立，导师与同学们高声朗读女性学院誓词。课前宣誓是女性学院传统的课堂仪式，任何一位志愿者导师开课前都要与同学们一起履行这个仪式。誓词里浓缩有女性学院的核心理念，也有非常强烈的激励，它仿佛就是特意不断提醒学生不要忘记使命与愿景：

> 作为世界女性未来发展学院的一员
> 作为世界女性未来发展学院男性学院的一员（女性学院内设有男性学院）
> 我承诺为提升世界女性的领导力而奋斗
> 探寻激情，树立目标，选好成功之路
> 我要勇往直前，诚实守信
> 我要超越自我
> 我要乐于奉献
> 我要尊重他人的权利和尊严
> 我要开阔眼界，提升并践行领导力
> 我要使生命充满意义和张力
> 作为一名全球化公民，我要对自己的行为负责，我要与世界和谐相处
> 我自愿宣誓并承诺遵守

作为女性学院的学生，课前高声朗读誓词这种仪式感会提示学习愿景并将其存储内心，从而产生自信与骄傲。导师们不辞辛苦地飞来，倾其智慧与时间帮助学生提升领导力，目的就是让学生改变自

己并带动他人一点一点地缩小与遥远目标之间的距离。

作为领导如何激励团队？薇薇安·杨对学生说："就像组织一场游戏，你要乐在其中，与大家一起做游戏，并且随时鼓励他们别忘记了自己的承诺。"

薇薇安·杨的讲座也是组织学生们做一场游戏。忘记初衷承诺的不仅仅有可能是团队成员，也有可能是团队带头人。薇薇安·杨声情并茂地讲了一个流传甚广的故事：在纽约大街，有人在建一座教堂，搬运工A一边干一边抱怨，低着头闷闷不乐；而搬运工B却是一边干一边哼着小曲，还不停地吹出悠扬的口哨，显得很是开心；路边观望者问A为何不开心，A说太苦了，自己非常讨厌这活儿；路人问B为何如此开心，B说是在为自己信仰的神建一座漂亮教堂，而这正是他这一生最想做的事，而且这将会是纽约最漂亮的建筑，它也将是人们寻找和平与哭泣的地方。

我们辛勤奔忙，忘了不停地抬头遥望一下目标，仰望星空与梦想。心中有目标与梦想，便会激发出自己想象不到的潜能。而团队领导就是需要适时地提醒自己的伙伴，别忘记了美丽梦想，而后低头做好自己的事。

中国导师杜丽梅带着学生去距郑州市百余公里之外的乡村看望留守儿童时，那些身处西亚斯校园的大学生们瞬间便见识了城乡教育的巨大差异：村里小学，每个年级有四十多名孩子，他们表情木讷，眼睛里没有快乐。他们惊诧地看着这些外来的与村里不一样的人，仿佛是遇到了天外来客。无论杜丽梅在讲台上下如何诱导，就是没有一个学生发言。杜丽梅便教他们通过举手或不举手来回答问题，当让爸妈不在村里的请举手时，有一半多的孩子缓慢地举起手来，他们就是所谓的"留守儿童"。

"他们今后的生活怎么办？"杜丽梅转过身来，与一起同行的女性学院的大学生说。

面对眼前的现实，女性学院的学生们才真正感悟到什么是社会责任。

杜丽梅最初带大学生去乡村小学的时候，在班里给每位小学生胸前贴上名字标签，一个大学生负责带六个小学生，一个年级四十多名小学生围成一个圈子，在大学生的引导下互相介绍聊天。杜丽梅让小学生们模仿着她高声说话，好让大家能够听到，她仔细观察哪位学生第一个勇敢站出来，即刻给予鼓励。有了第一个就有第二个。杜丽梅紧接着用表情与肢体语言给孩子们示范截然相反的死气沉沉与神采奕奕两种状态。"哪一种状态好啊？"她高声地问那些学生。这一回，小家伙们都举起了手七嘴八舌地高声说后一种状态好。不过两个小时的组织调动，所有的小学生都活过来一般，恢复了应有的天真。杜丽梅告知小学老师，下午邀请六到七个孩子家长来见个面，没想到下午的教室坐满了，估计能来的家长都被吆喝来了。在黄昏告别时刻，孩子们招着小手微笑着，高声地与杜老师与大哥大姐们再见……

乡村教师大都不愿意待在这样的学校，当地初高中辍学率高。杜丽梅发现：有的七八千人的村庄，当年考上大学的不足二十名，仅占当年应考生的百分之十三。考察一圈下来，女性学院的大学生有了开悟：原来我也能够在充实自己的同时帮助别人！

到了2019年10月，有位外国导师临时有变，没能按时来西亚斯，于是杜丽梅又被尤伯利邀请二次到女性学院做导师。之后，她由最初对"睡过去学生"的担忧而转变为信心满满，因为她看到了学生的苏醒。

　　第二次来，我带了五十个高年级学生。之前，他们不敢有太大梦想，为不知道自己要什么而焦虑和犹豫，而焦虑的根源在于盲目的恐惧。当他们有了梦想，就变得坚定，原先的困境没变，自信的程度变了，敢于去尝试新事物。至于各种随之而来的困难，慢慢说。有女性学院在他们身边，或者说他们置身于女性学院很幸运。据我了解，在其他大学里没有这个项目。社会上是学管理或搞管理的才涉猎，花钱学，但价格昂贵。西亚斯很荣幸，造就了顶尖的学生。学生们学习的效果现在看不大出来，但未来将会明显，机器人时代机器可以替代好多职业岗位，包括同声传译，但难以替代高级管理人员与团队领袖。中国劳动力大都位于中低端，世界500强企业的CEO还是白人与印度人居多，中国人很少，为什么？因为中国教育贡献的CEO少。中国经济需要本土的CEO，如果教育领域产生不出来，外国人会进来。印度人从小学就开始训练交流与演讲，他们会为了提升自己的管理能力去进修。有好多工程师一辈子也无法跨越自己原有的知识结构。阿里巴巴高层合伙人，即他们的领导阶层，可以将人送到国外的大学去学MBA，但绝大多数人无法做到。所以，从女性学院走出去的学生是社会的稀有资源。

她在告别女性学院之际，还提出了一个创意联想：西亚斯如果将女性学院的模式拓展到校园里另外三万多学生，那可能是中国第一个培训学生领导力的大学。从这个维度上讲，它将超过某些国内名校。

女性学院给了我不一样的旅程

志愿者导师的职责就是提升学生的眼界，辨别人生质量的高下，从而帮助他们做出抉择。

潘有凤，西亚斯国际学院外语学院商务英语专业2010级学生，河南驻马店市正阳县大岭乡李砦村人，父母均为农民。她在乡里读初中，喜欢英语，读高中在驻马店。从初中到高中学的是哑巴英语，可以看但说不了，但她喜欢，将汉语与英语相比较，居然找出了一系列的不同规律，学习突飞猛进。高中毕业去广州打工两年，为自己奠定了再次高考的经济基础。她上面还有三个哥哥。父亲常年在外打工，母亲在家带四个孩子。在她的眼里：母亲勇敢、智慧有魄力，靠蹬三轮车卖东西为家里积攒了一笔钱，还大胆地走出乡村，借了些钱，在驻马店市买了一套二手房。这使得她能够从乡村中学里跳跃到城市高中读书。父亲远在外地，母亲就是她眼前了不起的人物。

作为国际化大学，西亚斯的学费较其他公办大学高，但父母支持她。她英语好，西亚斯中西合璧，正合她心愿。她打工两年也攒了点钱，第一学年的学费够了，她当时想：这是自己唯一的机会，后面的钱总是能够挣回来的。

西亚斯众多的外教资源加丰富多彩的国际交流活动让她大开眼界，就在这个校园里，她的眼界跳出了河南，看中国也看世界。大一下半学期，她偶然参加了女性学院的公开课，那天美国导师讲课，而翻译者竟然是一位与她同样的大一学生，而且她站在台上特别自信自然。这一幕触动了她这位外语学院学生的敏感神经，她暗自想道：我也想成为那样，自信地站在台上，用熟练的英语为导师做翻译……

本来出于好奇，想着提高自己的英语水平，没想到还有学哥学姐们在做着别样的令她大为吃惊的事情：女性学院的宏大目标与同学们的人生愿景简直就是闻所未闻，且给她一种天翻地覆的感觉。她最初想，自己成绩不太好，农村来的，又不自信，在这里能够提升自己帮助别人吗？

她从西亚斯毕业之后，回首在女性学院的三年多经历，就像回忆昨天的事情一样清晰：

一开始听课，完全是新的东西，太新鲜了，与专业学院授课内容大不相同，而且特别适合我们大一新生的心理状态，那时大家正在为各自的未来而焦虑不安呢。听课期间，也没有觉得自己可以有什么大的变化，可以为什么联合国人类可持续发展目标做出什么贡献。心理变化是从一件小事开始的：我的小侄子有威廉姆斯综合征，在症状发生前家里人并不知道。后来，全家包括亲戚们都为孩子担心，但没有好的办法让他逆转。女性学院有个导师讲到了这个病。后来我们组织去孤儿院——也就是女性学院"阳光天使"项目组活动。那是去新郑特殊教育学校。我在那里看到好多孩子都有一点问题，都是残疾或智障的孩子。我们走近那些孩子，在导师的示范下试着抱抱他们，奇妙的事情发生了，那些原本冷漠的孩子有了变化，慢慢地微笑起来。从那天开始，我们有了长期关注这些孩子的计划，有了与他们互动的愿望。这个特殊学校有七十多个障碍儿童，轻度重度都有，混在一起。我们同去的一位同学，看到那么多孩子围过来，当即惊吓住了。当时，我们最大的感触就是这些本来就可怜的孩子是被关起来的，虽然没有被扔进孤儿院。这是个寄宿学校，老师不太开心，也不阳光，看样子并不热爱这项工作。学校气氛压抑。这些我们能理解，但不希望持续这种状态，这些孩子与校园氛围激起了我们的恻隐之心，我们希望能给学校的老师们也带来新鲜的活力。

第二次去的时候，孩子们跑到铁栅栏边隔着铁栅栏欢迎我们。以后再去，到点就早早地迎接我们。我们每周三去看他们，做游戏、写字、画画，组织他们搞展览。基本上一个女性学院的学生对一个特殊学生。现在这项活动仍然在进行，八年了。"阳光天使"项目也得到了西亚斯大学生的响应，我们在各种场合呼吁学生参与，有的整个班参与。我很开心，也很高兴，那些孩子有了快乐期待，他们管我们叫哥和姐。

女性学院有个导师做大脑研究，特意为我们介绍了中美教育特殊儿童的方法。导师们教我们如何实现目标愿景：天上的星星遥不可及，但有了一年三年五年的目标，变成细小可实现的东西，就能慢慢接近遥远的愿景。当然，最开始要改变自己。要做大的事，一点点改变都是有意义的，也是与愿景目标有关联的……

领导力有硬实力与软实力之别。硬实力要求学生自己定目标，召集小组人一起做。潘有凤与特殊学校的教师和孩子沟通，打开他们的心扉，孩子们由自卑恐惧到容许接纳，进而转变为真心欢迎"阳光天使"。软实力相对于硬实力，提升起来更为不易。潘有凤由一个进女性学院时更多考虑自己梦想的自卑者，慢慢地变成了一个有主人翁意识，用公正同理心、同情心去观察人与社会的大学生。她主动去做出改变，用行动影响别人，而这恰恰是普通专业学院教育所欠缺的。她最自豪的一件事是在女性学院创办了"思维大爆炸"项目小组，通俗地说，有点像女性学院的学生智囊团，探讨疑难问题怎么办，提出解决方案。她根据自己的观察，列出了西亚斯校园好多问题，并提出解决方案。其中有趣的一件事是：发现外语学院女生上厕所排长队，等待时间长。学校采纳了她的建议，很快将一个男厕改为女厕。潘有凤与同学们在假日走进乡村考察，与村干部沟通倒污水影响水井水质的问题，并试着联系国外的水过滤设备。由点及面，她与同学们收集资料归纳分析，发现河南乃至中国好多农村都存在这个问题，包括有害气体与化肥的污染。她一点一点地改变着自己，变成了一个意识到自己肩上有责任的大学生。

我是谁？在世界上处于什么位置？与其他人结成什么样的关系？如何过一个有意义的人生？如何从身边小事做起，去一步步实现自我价值？导师的问题导向培训，她的自卑感一点一点地融化，她慢慢自信起来："原来每个个体都可以发光，可以影响世界。"

2014 年毕业，她除了拿到专业学位之外，还同时收获了世界女性未来发展学院的毕业证书。毕业前夕，她萌生了留学的梦想，是女性学院激起她想去看世界的欲望，但父母没这笔钱来圆她的梦。有一天，她找尤伯利倾诉自己的郁闷，谈着谈着就抑制不住地哭泣起来。

"你为什么要哭呢？"尤伯利冷静地问她。

"我，这一段好像迷失了梦想和方向。"她支吾着回答。

"你可以再跟我分享一下你的梦想吗？"尤伯利追问了一句。

"我的梦想是去美国读书。"她流露着无奈的眼神坦率地说，"但是，我的家人承担不起高昂的费用。"

"那你的梦想到底是什么呢？"尤伯利继续问道。

"我的梦想是不可能实现了……"她继续无奈地倾诉自己的困境与郁闷心情。

"你的梦想到底是什么？"尤伯利再次询问，且语气肯定鼓励她说，"你要始终清楚自己的方向在哪里，只要你敢想就能够做到，愿景就会实现。做任何事情都是如此，不要随意放弃！"

面对尤伯利连续数次的发问，潘有凤恍然大悟，她霎时明白了尤伯利是要告诉她：梦想是要去美国读书看世界，而家里承担不起学费是个暂时的困境而已。梦想和方向仍然在远方而并没有迷失。她告诉尤伯利，自己要通过打工攒学费去一步一步实现梦想……

去美国留学，一年的学费就得二十多万。这对刚毕业的潘有凤来说简直就是一笔想都不敢想的巨额款子。她先去应聘就业，目的就是一个——为留学打工挣钱。她一边打工一边复习。一年之后，尤伯利提醒她了："一年多了，你的梦想还在吗？如果在就不能等，要准备考试！"

在尤伯利的指导下，她于 2016 年勇敢地参加了英语考试，并申报了美国名校——亚利桑那州立大学雷鸟全球管理学院。美方学校非常看重她在西亚斯的学习简历，尤其是在世界女性未来发展学院三年多的学习实践。她成功了，而且还获得了亚利桑那州立大学四点二万美元的奖学金，这笔奖学金将分三次给她。就像她当初入学西亚斯一样，她想第一年能够交上学费了，后面的坎也一定能迈过去。就这样，她当年赴亚利桑那州立大学读书了。到亚利桑那州凤凰城后，尤伯利安排她住在自己家里，给她这个第一次远离祖国的学生以安全感。她的父母非常焦虑担忧，而尤伯利对她的父母说："你们把姑娘交给我，就放心吧！"潘有凤回忆说："爸妈听了尤伯利的话就放心了，不太担心我，知道有尤伯利在。"开始上学后，尤伯利又给她好多学习与生活方面的指导，具体到如何乘公交车省钱。潘有凤有一种尤伯利时时就在身边的感觉。

亚利桑那州立大学注重个人表达、独立意识、批判思维。而这些她在女性学院均有涉猎。身边同学来自美国、马来西亚、印尼等众多国家，她自然而然地就会关注并思考世界。老师不断要求看世界的东西，看哪个国家有成功或失败案例。实习时参加学校自己的公益项目，与不同集团合作，关注阿富汗妇女经济发展，这些项目都有奖学金支持。她学全球管理，学大企业怎么管理世界供应商。有一门课是社会企业责任，关注的是企业对社会的责任。她由此想到自己在西亚斯女性学院规划的个人愿景："所有的形式都是为了我们达到目的，追求形式的过程中忘了目的就错了方向。"

她在亚利桑那州立大学的学习考试中真真切切感到了"诚实"的

珍贵，这与在中国西亚斯"世界女性未来发展学院"里感受到的一样。没有诚实，你随时都可能被无情淘汰。诚实的原则不能变，但你可以天马行空地想象与思考。每一门课都有课题报告，类似写论文，老师对学生所有的课题报告或论文实行严格检测，检测出有不诚实的错误即宣布作废，严重者对其劝退。如果有网上抄袭，系统自动评估对比会发现，老师或者给你改正的机会，或者就直接给你挂了。学校不允许不诚实的学生走向社会。

潘有凤于亚利桑那州立大学顺利毕业，实现了自己第一个梦想——睁开眼睛看世界。2018 年 5 月，她回到中国，于上海一家外企工作一年之后，担任了业务发展经理。回顾一路走来的足迹，她简直不敢相信自己的变化："杰瑞·尤伯利创造了一个女性学院。女性学院给了我不一样的旅程。尤伯利教给我们很多东西，包括那么多志愿者导师。在女性学院只要你敢想，就可以做，就可以实现。尤伯利给你资源、帮助、指导。我最大的感受是，永远可以失败，永远可以找到她。她是母亲角色，又是创造者与导师。在美国读书时，有一年圣诞节，我们有好多中国学生飞到她家过圣诞……"

女性学院重新给了我一个灵魂

水晶晶，大一学年第二学期鼓足勇气报名参加了女性学院面试，这一年女性学院刚好正式成立。之前的大一阶段，她就知道女性论坛，但看到那个全英文语境氛围，便不敢靠近。在英文面试之前她还与同学反复练习。她是一路忐忑不安地走到导师面前的。

"你为什么报名参加女性学院呢？"一位外教问道。

"我，我觉得，世界女性未来发展学院的名字就很吸引我。"

"你对女性学院的目标有了解吗？"外教继续问。

"以联合国可持续发展目标为宗旨，培训女学生的领导力。"她低声回答。这是事先看资料背会的。

"那你能够为女性学院的学习培训付出时间吗？"

"哦，我愿意付出时间去努力，既然参加就不会考虑投入。"

"那你想做一个领导吗？"另一位外国志愿者导师提问她。

"我有兴趣了解女性领导的知识，提高自己。"她没有正面回答提问。

"那你觉得自己可以成为一个领导吗？为什么？"导师换了一个角度继续提问。

这一问可把她难住了，她可从来没有想过自己能否成为一个领导，而且要成为一个领导得具备哪些条件呢？她脸微微泛红，腼腆地迟疑了片刻，笑着摇了摇头……

面试完毕，她走在校园里的时候还担心地想：这下没戏了。让她惊喜的是，女性学院录取了她。

她从小生长在农村，是河南洛阳宜阳县人，父母是农民，还做些小生意。从小学五年级起，她到外公外婆所在的县城上学。父母有三个孩子，她是老大，母亲常常就把弟妹交给她带着，让她无形中扮演了保护弟妹的角色。其实，相对于弟妹来说，她更具有领导能力潜质，只是彼时的她还意识不到这一点。她能够勇敢地站在女性学院导师面前参加考试，本身就是潜意识自信的推动。之前，她至少有过领导对象——弟妹。她高中阶段也在县城学校读书。高中之前的应试教育时间漫长，但最基本的常识教育——人的自我认知与表达能力，却是缺席的。

她是西亚斯国际学院 2008 级商务英语专业学生，在女性学院上的第一堂课是由导师安（Ann Grim）讲的，梦想主题。安老师人到中年，精神饱满，镜片后面的目光关注着每位学生的表情，她对学生们说："每个人都有很大的潜能，关键是有没有自我认知，这一点对每个人的人生轨迹至关重要，尤其是对受歧视的女性。"

导师安逐一询问每个同学的梦想，鼓励他们当众讲出来。而后挨个让同学上台去表达：为什么有这个梦想。在学生上台表达时，安老师走下台来与同学们一道做听众。水晶晶作为一名大学生，被导师安点名且在临上台前才问自己：我的梦想是什么呢？为什么要有梦想？她内心一片茫然。当她站在讲台上时，自然是表达不清楚的，因为还没有想明白。她说自己有将来想做一个 CEO 的想法，带着一群人做点什么。"为什么呢？或者说你想做什么呢？"导师安追着问。水晶晶支吾地说:"这个我还真没有问过自己,现在说不清楚。"

一堂课下来,水晶晶发现自己并不是特例,好多同学与自己类似,之前几乎没有仔细思考过这个问题。导师安课间与同学们分享了自己的成长故事,她某方面的成功竟然与很久以前那个遥远的梦想有关。下课前,导师安归纳说:"梦想这个东西对我们每一个人来说非常重要,它直接关乎你的命运甚至人生轨迹。你想成为一个什么样的人,这个问题在上小学时就应该问问自己。"水晶晶有所开悟,她从小与家人亲戚甚至小伙伴交流少,从来没有真正地谈过这个话题,也没有独自思考进而追问自己。导师的影响如醍醐灌顶,触及心灵。她说,挖掘自己就是从这堂课开始,我究竟要成为一个什么样的人!

没想到,在日后的培训学习当中,导师们还真的就是指导着学生在挖掘自己。什么是领导?导师并没有讲抽象的概念,而是让学生们说出心目中的领导角色有哪些特点。你一点我一点,领导的角色便一点一点地丰满起来。学生即使说了哪怕是一小点,导师也认可记录下来。导师的上课方式本身也是领导力的体现,不是高高在上的灌输,而是协调大家一起做,包括导师本人。即使是台上与台下的师生关系,导师也绝不限制每一位学生的自由思维,但是导师在把控方向,让学生知道什么是优秀的领导。不仅是挖掘自我认知,导师还像体育教练与演出指挥一般地训练学生的领导能力与技巧:在台上演讲时手脚怎么放,眼睛看哪里,语调与节奏如何掌控,肢体如何与语言协调配合……

水晶晶随尤伯利去很小的村庄,帮那里的妇女把她们的手工艺品导向市场。有时候,当她为某件事纠结时,尤伯利会拍拍她的肩,就像看着自己的孩子一样,而后说:如果我是你,我该怎么做?导师们总是及时对她的变化与想法给予肯定鼓励。在那些看似细小的事情上,导师们也亲力亲为,即使与偏僻小村妇女的接触对话,也总是倾注着热情,散发出爱的温度。水晶晶看在眼里,记在心上。

没过多久,水晶晶真的竞选上了领导——女性学院绿色西亚斯项目组副组长。该项目组致力于环境的可持续发展。他们从校园里的环境做起,目标是走进每一间教室、每一个食堂,呼吁环保理念,收集统计塑料袋、瓶子与盒子等一次性用品，分析因果关系。他们走出校门与企业、医院合作，推广可多次使用的塑料袋；去河南省图书馆查阅资料，汇总河南省每年所消费的塑料袋数量与危害后果。在环境污染日益严重的今天，水晶晶与同学们就是在这些看似微乎其微的行动中既改变着自己，也改变着环境。她一天天在变化，领导能力也在提升，之后当上了女性学院项目组组长，又担负起女性学院协调所有项目组的大组长。在忙碌的日子里，她都忘记了在女性学院初次面试时自己露出的那个幼稚微笑。

多年之后，谈起女性学院对自己的影响，她说："……影响非常大，简直就是嬗变。作为一般大学生，理念或梦想多少还是有的。最初我想改变世界，慢慢发现没有能力，过好自己就行了。女性学院让你认识到：做领导，你也是自己的领导。先从改变自己做起。你做好的一点点事情，真切感觉到是为世界在做贡献。你影响一个人、两个人，影响四个人，分散出去，蝴蝶扇动翅膀，就会发生奇妙的社会效应。导师的课让我体会到我们是可以做这些改变的。我们相信做小事情可以影响别人。女性学院的所有项目活动都与联合国可持续发展目标关联，能参与就是荣耀。为改变世界参与行动，这个观念越来越深，一直影响到我之后的生活与选择……"

"一句话，我们的教育给我知识。女性学院给了我灵魂，重新给了我一个灵魂。"她这样形容女性学院给自己带来的变化。

而尤伯利则说："我也常常从我的学生身上得到鼓励。不是我给了他们灵魂，而是我们帮他们找到了自己的灵魂。"

有了方向，必须有行动，行动比想法更难，有想法没行动就是失败的人生。水晶晶真的是开发了自己的潜能。值得庆幸的是，她挖掘到的是能够释放于人类社会进步事业的潜能。

从西亚斯毕业之后，同学们谁也没有想到她竟然报名参军了。她的爸爸当过兵，支持她：你有兴趣就试试嘛！报名前她与尤伯利导师通过话，说了自己的想法。尤伯利赞成她的选择。

到部队不久，她又自愿报名参加测试，成为中国驻南苏丹维和部队的一名军官，维护治安，保护妇女儿童，阻止战争。这个选择与她在女性学院就规划的未来愿景是一致的——为世界和平做一点贡献。彼时，弟妹已经成年，她没有过多犹豫就做出抉择。女性学院导师教给她的领导力包括勇敢决断。南苏丹某些区域被联合国认为是世界上最艰苦最危险的任务区，水晶晶是逆袭而去：

"……2012年7月，南苏丹发生了一场小型战争，持续好多天，就在我们营地附近。可用枪林弹雨来形容吧，我们的宿舍都被子弹打了好多洞。我们的部队不参加战争，只负责两万人的一个难民营，任务是确保战火不要蔓延到那里。我们有十四个女兵，部队负责不让难民走出一定区域，如果他们求救，就去保护。我每天睡五小时，站岗放哨，全副武装。有一天，一个火箭弹击中了我们站岗的位置，很幸运没有人受伤。那几天，我们部队有两个人牺牲，四个人受伤。火箭弹穿入战车，车内的战士连呼叫都来不及。战友牺牲的事实让我们难以接受。我负责安排广播，每天进行。士兵就是一块砖，我有时也协助联合国人事部门的邮件联络，跑来跑去做现场翻译，不定期邀请各国军官参加晚会，做英文主持。我带着女士们去其他营地考察交流。有时候会想到女性学院导师说的话：做领导，你也是自己的领导。

"我为什么做这个决定？因为它促使你改变生活现状。在我做决定选择时，女性学院的影响是推动力。我在维和部队带兵，组织事务，帮助妇女儿童。世界女性未来发展学院就有保护妇女儿童的项目。在西亚斯读书时就希望有一天能去世界妇女组织，南苏丹虽然危险，但离联合国的工作更近了一步。那时，我留有一张杰瑞·尤伯利的照片，脆弱时会想到她，想到她的期待。从她身上感受到的力量永远不会间断。我会想，如果遇到这个困难，我们的院长尤伯利会怎么做？她会希望我怎么做？……"

在南苏丹的一番历练，使她在看到世界的另外一副面孔之外，也看到了自己的弱小。从部队退役之后，她火速回家看望了父母弟妹。之后，她就继续朝着遥远的"愿景"出发，且想加快脚步。不久就考取了波兰华沙大学国际关系专业，她选择了攻读以色列海法大学、波兰华沙大学双硕士学位。

世界女性未来发展学院在每年举办的"女性成长论坛"结束前有

一项议程——为女性学院学生颁发毕业证。毕业典礼在西亚斯体育馆举行，场面宏大，学生统一着装，逐个上台接受证书。女性学院为能够毕业的学生颁发毕业证与护照，证书上有西亚斯创办人陈肖纯和女性学院创办人杰瑞·尤伯利的签名，这个隆重的仪式让好多学生当场感动得落泪。那年，水晶晶上台接受证书的那一刻突然难以抑制涌出的泪水，她并不是为了能够顺利毕业拿到毕业证书而激动落泪，而是为了一个全新的自己："……那天，如果是杰瑞·尤伯利为我颁发证书，我会哭得更厉害。一个蜕变过程，完全变成了一个全新的自己。我找到了自己的动力和方向！"

她有一本全球通行证

毕业时，她领到了女性学院颁发的一本类似护照的小册子，每页均有导师寄语。她一边翻看一边说：就好像拿到了一本全球通行证。

陈阳，西亚斯2010级外语学院学生。河南周口市鹿邑县人，父母为农民。在西亚斯读书时，她的第二外语是法语。2014年毕业之后，她到浙江一家建筑企业做翻译。之前，这家企业老板聘用过多位翻译，其中还有大学老师兼职做的，但与非洲那边商业谈判时无法顺畅沟通。老板面试时看她很自信，就想让她试一段。

老板对眼前这位刚走出校门的姑娘很是惊讶："你的英语哪里学的？"

"西亚斯国际学院。我在我们学校世界女性未来发展学院学了两年半，导师来自世界各地，各种口音都有。英语沟通没有问题。"

老板一听放松地乐了："那你就来我们这里工作吧！"

而后，企业就派她随团去西非做商业谈判。他们从浦东机场出发，经过十一个小时飞行到达东非埃塞俄比亚的亚的斯亚贝巴国际机场，逗留三个多小时后，又经五个小时的飞行，到达了西非的尼日利亚拉各斯（Lagos）机场。没想到从落地到出海关，一路遭受当地海关各类人员的"大劫"——多道关卡，全都是变着法地索要好处，有要现金的，有要风油精的，有要雨伞的。陈阳巧妙应对沟通，再加上同行者及时塞上好处费总算过关走出机场。当地人说英语口音很重，还夹杂有俚语，陈阳顺着对方的思路揣摩那些难懂的意思，随机应变，倒也有惊无险。待走出机场，当地的合作企业老板已在等候。

"……你们终于出来了。哈哈，感觉怎么样？"合作伙伴热情地问道。陈阳的老板抱怨说："感觉糟透了，我们被拦了好多次。从来没有见过这么糟糕的机场。"合作伙伴大笑，说："哈哈，尼日利亚就这样。我以前在中国也告诉过你的，还记得吗？不过这是你们第一次来，他们看你们的护照上没有入境记录，所以专门为难你们。欧美来的航班就更麻烦了。不过嘛，等第二次来就不会这样了。欢迎你们来到尼日利亚！"

在阿比亚州的阿坝市，陈阳一行数人与当地州长有一场谈判。浙江这家企业的当地合作伙伴与州长关系密切，于是就有了这场所谓给面子的会谈。那天他们按约定时间去州长官邸，两辆车尾随了州长的车队前行，最前面是警车开道，其中还有军车，在州长的车后竟然尾随了十多辆车。车队行驶到人多之处，州长还从车窗伸出手臂向蜂拥而至的人挥手致意。一进入州长官邸，十几个人前呼后拥，有州长的秘书、私人医生、助理、保卫人员等。进入州长硕大的办公室之后，州长站定在屋子里最显赫的位置，而陈阳这边参加谈判的只有五个人。州长需要水，立马有人送，所有人围绕着州长一个人服务。刚进办公室，就有工作人员小声提醒陈阳：不要触犯州长，不要说不合适的话。陈阳随即将此意思翻译给了自己的老板。州长的威严气势似乎掌控了整个谈判场面，他的傲慢与居高临下的姿态让陈阳的老板一行数人顿时拘谨起来。一时间围绕谈判桌就有几十个人坐定，州长直截了当地开口：

"欢迎你们远道而来！中国与我们关系很好。哦，我很忙，给你们三到五分钟时间，搞定今天的所谈内容。"

陈阳的老板不仅不懂英语，出了国还只吃中国菜。"三到五分钟搞定？开什么玩笑？这怎么可能？这简直就是见个面拉倒了。"陈阳的老板有点急了。而随行老板的其他几位此时都沉默不语，似乎还有些紧张。无形中片刻之间陈阳即被推到了谈判桌上主角的地位。紧张又不能显露出来，老板便撑着镇静的样子，因为他毕竟对初来乍到的陈阳的实战经验如何没有把握。可老板不知道陈阳所擅长的还不仅仅是英语沟通，女性学院导师教给她的最重要的素质就是自信，而且还有国外导师高手专门培训过商务谈判艺术，从理论到模拟表演。陈阳从进州长官邸开始就格外注意察言观色，环境、氛围，各色人等的言行，都成了她飞速处理的信息源。州长习惯使然，将自己摆在一个高高在上的位置，俯视着这几个初来乍到的客人。傲慢就体现在他的表情和语气当中。

"尊敬的州长及各位朋友好！我们董事长周先生非常高兴今天能与州长会谈。没有问题，尽量三五分钟谈好。"陈阳从容且面带微笑地回答了州长。

接下来，陈阳注意到尽管从见到州长就没有看到他的笑意，但当她听到陈阳礼貌且自信的表达后，身体姿势发生一点变化：向陈阳一行这边微微倾斜了一下，这表示他对谈话对方产生了兴趣。接下来，陈阳在转述老板的表述时，只是非常概要地翻译了那些她认为州长会感兴趣的话题，而且根据州长的表情变化，重点强调了引起对方注意的细节。果不其然，州长开始提问了，于是紧张的场面开始逆转，老板回答州长的提问自然就顺理成章轻松多了。一问一答，陈阳动态地揣摩着州长的意思，又尽量将双方感兴趣的话题快速地择要翻译。她落落大方，从容优雅，流利如行云流水般的翻译，让在场的双方都感到自然顺畅。很显然，她的气场化解了州长高高在上的傲慢锋芒。五分钟不知不觉早已飞逝而去，但州长谈兴甚浓，很是愉快。陈阳见缝插针，简明扼要地将老板的几个重要提议告知了州长，州长频频点头表示同意。

会谈很是成功，傲慢的州长居然当场对陈阳大加赞赏一番，说她的英语很棒，而且还讲了一个小插曲。说上次也是中国南方一家企业董事长来面谈，结果翻译的内容他基本上听不懂，大家都蒙了，只好礼节性地结束会谈。临了，州长傲慢的表情不见了，变得谈笑风生，还让私人助理与周老板和陈阳保持联系。

会谈之后，老板又当面夸奖陈阳一番，说："陈阳啊，一开始我真是手心都捏出汗了，不瞒你说啊，我们都有些紧张，我怕没有时间沟通，州长说给那么点时间怎么都不够啊。可没有州长的支持，合作难度就大了去了。你的表现很好，没有让州长把我们给镇住。"

陈阳笑着说："哪能呢。这种场合要的就是气场和自信。我们既要尊重他的权威，又不能被他控制。在西亚斯女性学院里，我们见识过世界各地来的气场强大的人物。在每年一次的'女性论坛'上，我们接待的都是领域精英。见得多了也就不会慌张了。在女性学院，导师们为我们讲谈判艺术，反复模拟各种场景，都成模式了……"

后来，陈阳随公司老板走了欧美非洲十多个国家，为公司做独立翻译。

陈阳在西亚斯学的第二外语是法语，再学西班牙语就容易些。在女性学院导师的指引下，她告别了不愿离开的企业，考取了西班牙马德里的全球商学院（GBSB），读商业管理的研究生。

在马德里的 GBSB，有来自四五十个国家的学生，陈阳所在的班里就有二十几个国家的学生。到那里不久，她发现身边好多中国留学生比较封闭，不主动与其他国家学生交往，而且总是喜欢抱怨西班牙的社会问题。但陈阳的思维方式不同，女性学院的导师给了她包容不同文化的胸襟，那些志愿者导师本身就来自世界各地。她有意观察西班牙社会和学校内积极的东西，想到的是怎么从班上二十几个国家的学生那里学到什么，了解他们所在国的文化。于是，她开始行动，组织大家在周末吃中国菜，反正都是 AA 制，关键是得有人热心组织。在餐桌上她就滔滔不绝地讲中国文化，那些外国学生不仅品尝了中国佳肴，也在一种轻松欢快的氛围里了解到神奇的东方文化。她一边喝着啤酒一边说："我常给父母打电话，虽然他们并不富裕，甚至还缺钱，但总是先问我，姑娘，你需不需要钱哪？"外国学生一听非常惊讶，说太不可思议了，你们中国的父母怎么会爱孩子到这样的程度?！过一段，她又组织班上同学周末去吃法国菜，餐桌上由法国同学讲述法国文化。如此一来，不断循环下去，同学们感情贴得很近，犹如兄弟姐妹一般，而且在学业上还有战略分工，定期汇总交流，学习效率大幅度提高。他们在周末周日玩起来也很嗨，非常放松。她在西亚斯女性学院里学到的领导力抑或说养成的领导素质，在西班牙的校园里展现出来。无形中，她成了班里学生的活跃领袖。

再往后，班里同学聚会时很少听到对西班牙的抱怨，他们在一起讨论政治经济文化及国家走向，各有自己的想法。对那些观察到的社会问题，他们甚至会变换角度提出改变并解决它的办法。

一个刚走出校门不久的人，独自在国外奔波工作，当然会遇到很多意想不到的困难，但她会想到心中的标杆——杰瑞·尤伯利，想到那些从世界各地飞到西亚斯的一个个身怀绝技的志愿者导师。说来也奇怪，有些困难甚至差点使她放弃计划中的事了，但女性学院的经历仿佛成了精神动力，虽然她心里七上八下，但一下飞机立马又投入学习或工作状态。

陈阳仿佛是从世界女性未来发展学院里领到了一本全球通行证，她在不同环境与不同文化的地方如鱼得水，自由自在……

你就是未来，未来是由你而创造的

2019年5月11日上午9点，"第十三届女性成长论坛"在西亚斯歌剧院开幕。杰瑞·尤伯利，这位女性学院创办者与女性成长论坛发起人在六千多名参会者热烈的掌声中，精神矍铄、步履坚定地走上讲台，向与会者致辞：

"……今天，我们在这里不仅仅是参加第十三届女性成长论坛，也是庆祝世界女性未来发展学院成立十周年。世界女性未来发展学院创办于2009年，致力于女性领导力培训。当我准备离开西亚斯基金会时，陈肖纯理事长接受了我创办世界女性未来发展学院的请求，通过培养西亚斯女大学生领导力，让她们成为校园、社区乃至国家的领导者，来提升女性在世界范围内的领导地位。世界女性未来发展学院已经发展成为一个多层次的项目，在这里，成员们可以进行四年的领导力学习实践，获得实习机会，在社区中开展项目组和项目活动。此外，应男性学生的请求，我们成立了世界女性未来发展男性学院，他

西亚斯明礼住宿书院瀚香书社 ▲

西亚斯寰宇住宿书院活动厅 ▲

▲ 西亚斯管乐团迎新演出

▼ 西亚斯管乐团校园演出

作者与世界女性未来发展学院创办人杰瑞·尤伯利　▲

西亚斯与科大讯飞战略合作签约　▼

▲ 陈晓军与富特海斯州立大学助理副校长、国际友好城市协会理事埃利奥特，富特海斯州立大学国际招生与跨文化融合部主任沙希迪（右）合影

▼ 陈肖纯与美国亚利桑那大学签署合作办学协议

们希望成为学院的一部分，支持和提高女性在世界各地的领导地位。世界女性未来发展学院于 2017 年在尼泊尔加德满都开设分院，2018 年在孟加拉国达卡开设分院。目前已经有超过五个国家邀请我们入驻……"

她稍稍停顿了一下，用难以抑制的激动语调继续演讲：

"所有的一切都始于西亚斯。目前为止，我们已经培训了一百二十九名志愿者作为世界女性未来发展学院的导师，来到学院教授学生领导力的课程……有超过五百名来自世界各地的嘉宾曾来参加女性成长论坛。此次，有省内外的大学生参加论坛来学习领导力和团队建设的技能，扩大社交圈，共同寻找提升女性领导力的方法。……"

2006 年，在西亚斯校园，杰瑞·尤伯利组织的"第一届女性成长论坛"由西亚斯国际学院校长李海俊（男性）宣布开幕，他还特意强调请观众席上的男性观众离开会场，因为这是女性论坛。随后，李海俊在开幕式后也离开了会场。女性学院成立十年来不仅组织了为数众多的女生参与学习实践，而且还应有视野有境界有超前思维的男生请求特意成立了男性学院，他们承诺为了支持和推进女性的进步而奋斗。

这个可喜的意外局面让尤伯利感慨万千："他们——一千一百多名女性学院的学生，将课堂学习到的内容付诸行动并融入生活中去。通过他们的公益项目，可以最终把学到的管理原理带到他们的村子和社区，通过运用这些技能来使其他人参与其中，从而有所作为。我没有想到这些把知识变成行动的转变会如此迅速……"

其实，追溯尤伯利创办女性学院的初衷，还得回溯到 1995 年，那时她在北京参加世界妇女大会之际结识了很多中国各界的女性精英朋友，通过她们了解到中国女性的现状。后来，应陈肖纯先生的邀请，走进了位于郑州的西亚斯国际学院，在一片极其简陋的校园里看到了未来的愿景，于是成为西亚斯基金会的一员。而催生她这一梦想问世的是许许多多挥之不去的社会现实见闻：

在非洲，那些切割过生殖器官的母亲仍然坚持让自己孩子继续这一行为来提高结婚的概率；

在亚洲，仍然有为生活所迫而卖给别人做家奴的女童；

中国农村数千万留守儿童和在城市就读的民工子弟学校的儿童，因缺乏必要良好的教育，其未来被边缘化已经是一种可预见的趋势；还有那些渴望亲情与读书的孤儿……

"……当城市的经济繁荣发展，农村的社会、经济和教育水平还很落后，文化的差异和母亲的角色阻碍了女性的进步，好多母亲通常在让女儿重复她们的行为模式，比如月经期间，女性被要求与牛和山羊一起在谷仓里睡觉，也不被允许进入厨房、参与社会活动或寺庙活动。再比如，早婚或包办婚姻，以及不允许女人从事一些特定的职业。那些坚持切割生殖器官的母亲和那些让女儿裹脚来提高结婚率的母亲一样难以令人理解。甚至现在，有些母亲们都在要求女儿们通过丰胸手术和割双眼皮手术，来提高她们的吸引力。遭受过这些磨难的母亲正在把这种传统文化观念又传给女儿，令人感到惊讶的是，母亲需要为给年轻女性造成痛苦和不平等的行为负责。如果没有女性在社区、商业和政府里担任领导职位，在女性、儿童和人类等问题上，我们就没有发言权去影响决策和引领改变。女性的声音和观点可以为如何分配和分散资源提供不同立场。男性和女性应该为创造更好的短期成果和长期结果共同来做决定。"尤伯利总是选择机会如是叙述她的见闻与理念。

美好境界会凝聚人心。联合国人类新世纪可持续发展的十七个目标，包括社会公平、人道主义和性别平等，都是人类生存发展的基础平台。令人遗憾的是社会现实与这些基本目标的差距依然巨大。中国在女性教育、男女薪酬平等、母婴健康、家庭暴力和环境保护的进程中仍有好多需要改进并填补的缺憾。全球状态也并不乐观，2019年6月，联合国可持续发展目标进度报告显示：没有哪个国家能在2030年之前实现联合国可持续发展目标。

正是基于社会现实与"目标"之间的遥远距离，尤伯利采取了这个行动——成立世界女性未来发展学院，并根据所关注联合国可持续发展目标的动态数据发起并执行了一系列公益项目。她认为，世界并不缺少解决问题的答案，而是缺乏具有领导力的精英。"我不在意怎么做，但我绝不忘记为什么这么做。我脑海中关于乡村女性或贫困儿童的模样激励着我不断努力……下决心并不难，难的是如何在遇到诸多困难时还能继续坚持下去，而且还有许许多多的人都没有享受过社会正义、人格尊严和性别平等的权利。"从距离意义上来说，尤伯利带领的女性学院以及越来越多加入其中的人，包括学生、志愿者导师、社会各界的赞助者等，一步一步地在拉近那个遥远的愿景。

这支队伍的"行走"卓有成效，截至 2019 年，女性学院已经免费培养了一千一百多名学生。志愿者导师简直就是苦行僧形象，他们自愿花费资金、时间，奉献技能和资源，来为学生们展现有意义的生活范例，分享他们丰富多彩的生活经验，为创造一个富有吸引力且持久和谐的世界而竭力工作，如此的境界与热情自然而然地会传染给学生们。世界人口有接近一半是女性。在中国，有百分之四十八点一的人是女性，其中有百分之四十九点八的女性在农村。这正是女性学院的意义所在。

有一年，"女性成长论坛"的精彩主题吸引了美国的丹妮尔·汉普森女士，她自 2005 年起便在美国从事在线广播节目。结缘女性发展论坛之后，她在美国特意创办了"世界女性未来发展学院广播电台——WAFW RADIO"，于是女性学院的声音传达到了地球的每一个地域。汉普森女士说，这个电台的使命即是展示世界女性未来发展学院的魅力，扩大社会影响。女性学院的一些学生也被她跟踪采访。

尤伯利的母亲在九十二岁那年欣然飞越太平洋来到西亚斯，参加女性成长论坛的"荣誉母亲分享会"活动。母亲非常赞赏并支持女儿在遥远中国所创办的女性学院。荣誉母亲分享会也是女性成长论坛的一个亮点，学院邀请学生的母亲和其他家庭成员来感受见证孩子的成长。在第十三届女性成长论坛中，尤伯利特意对学生的亲人们说："……那些从未受过教育的母亲和祖母们也曾来到现场，我们感谢她们相信自己的女儿值得过上更好的生活，并珍惜女性现在获得的接受教育、医疗健康等机会，因为世界上有很多女性并没有机会获得这些。"

在第十三届女性成长论坛上，有一位年轻的女嘉宾应邀演讲，她是世界女性未来发展学院"阳光天使"项目创办者、2014届毕业生潘有凤。这位父母是农民、从小在乡村长大并上学的孩子，在刚刚走出西亚斯校门短短的五年之时，便与那些管理着数十万员工或者是走遍世界的女精英们站在同一个平台上，面向数千名观众分享自己的"自我发现与改变"之路。她演讲的主题是：自我探索的路线图。值得一提的是，她的演讲并非仅仅是简单介绍自己，而是结合女性学院与美国雷鸟全球管理学院的学习理论，向与会者阐述了一套量化评估工具和方法，为学生听众打开了一扇自我发现之窗。

潘有凤——世界女性未来发展学院众多毕业生中一个不大清晰的缩影，她背后的那一千一百多位毕业生的肖像可谓是异彩纷呈，各有各的精彩。如果有一架神奇的摄影机去跟踪他们，一定会发现幼苗破土而出般的力量与希望。

"我们这一代人把一个人送上了月球。你们这一代人可以把食物送到挨饿的人嘴里，把书本送到乡村孩子的手上。我们这一代人创造了一些技术，使得交通工具和计算机可以用于连接世界各地的人们。你们这一代人可以确保这种联系带来和平的关系，尊重多样性，并使世界为每个人服务，确保没有人被遗漏。

"你可以创造一个人类和大自然和谐相处的环境。

"你就是未来，未来是由你而创造的！"

杰瑞·尤伯利的这段话仿佛是每天回荡在西亚斯校园里的钟声……

第三部　融合

INTEGRATED EDUCATION

中西合璧 East Meets West

知行合一 Knowledge Meets Practice

第九章　创造机会

✱

你鼓舞了我

许璐瑶，郑州大学西亚斯国际学院 2007 级国贸专业学生。2011 年 4 月，她被河南省教育厅授予 2011 届省级优秀毕业生荣誉称号，该校同期被授予该项荣誉称号的共计一百四十九名学生。

她获得美国富特海斯州立大学全额奖学金，赴美留学，后又考取了哈佛大学研究生加做项目研究。西亚斯赴国外留学的人多了去了，从哈佛毕业意味着有更多的选择机会，而她返回了母校西亚斯任教，这个独特的循环轨迹，成为西亚斯的一段佳话。

她永远选择第一排的座位

2007 年，许璐瑶高考之后大失所望，心情沮丧。她在整个高中阶段的摸底考试成绩优秀，原本想着考上国家重点大学应该是稳妥之事，结果高考没发挥好。读中学时，她是一个喜欢挑战的学生，喜欢物理，而轻松平淡的生活让她感到乏味无趣。有朋友告诉她，中外合作的西亚斯国际学院好出国，于是她报了西亚斯。那时的她对西亚斯并不了解，而只是将西亚斯当作一个实现未来出国留学梦想的跳板。她的考虑非常简单而又朴实：不能改变现实或环境，那就暂且改变自己的心态，换一条路子走。

军训结束，西亚斯在室外田径运动场举行了盛大的迎新生烛光晚会。之前，她是爱好艺术的，学过书法，练过电子琴、钢琴，烛光晚会仿佛激活了她的热情："西亚斯校园居然还有这样的活动！"在规模盛大令人震撼的烛光晚会上，她感受到了校方为迎接所有新生所散发出温暖。她开始留意并关注校园里的活动。很快，她心态就调整好了，高考失利的郁闷仿佛烟消云散。心情开朗的她发现西亚斯有丰富的资源，也有很好的机会。她去参加社团活动，还报名加入了校团委宣传部，在换届时竞聘为宣传部部长。

她所就读的国际教育学院是读美方富特海斯州立大学学位的，外教全英语授课，喜欢提问。学生没有固定座位，每次上课随机选择。学生们大都不习惯于课堂表现，害怕教师提问，教室里就出现了一个滑稽状态，第一排的座位总是空着的，学生们来听课时总是在后面选座。还有一些学生则喜欢选择"阳光沐浴区"的座位，即教室最后一排的角落里，那里似乎是一个被关注的盲区，学生可以一边上课一边做自己的事。相当部分的学生学外语仅仅是为了考试过关，拿到规定的学分。而许璐瑶则不然，她的目标是要真正掌握这门语言。故而，她非常珍惜每一门外教课，每次听课都选择第一排中间的座位，即使来晚了，她也会坐在第一排中间，于是她成了教室里第一排的孤独者。她有自己坚持另类的理由："学习过程就是犯错误的过程，我不怕丢人。"真正掌握一门外语谈何容易，许璐瑶知道仅仅课下去找外教问问题会比较唐突尴尬，她想通过课堂表现让外教熟悉自己。班里需要班长，她毫不犹豫地举手争取。每一节课，她会尽可能地思考并多提问题，注意倾听。如此，她便自然而然地接近了外教，模仿他们的口音，交谈的话题也日益广泛。外教们也喜欢听她聊中国的传统文化。熟悉之后，外教们还会叫她一起玩游戏，最初她根本不知道对方在说什么，因为她不懂游戏规则。慢慢地，她居然从外教那里学会了好多西方人玩的游戏，将语言的学习拓展至专业课程之外更宽泛的领域。她的韧性坚持有了效果，渐渐地可以不大费力地阅读英文原版教材。她还勇敢地参加学校组织的英语演讲比赛。

负责"人力资源管理"与"美国商业法"课程的外教玛莉莲，原是美国佛罗里达州的律师，后被富特海斯州立大学选聘来中国西亚斯任教。在上玛莉莲的课时，不管许璐瑶提出什么样的问题，玛莉莲总会先问她："这个问题，你是怎么考虑的？"很快，许璐瑶悟到，玛莉莲是有意地引导自己独立思考。她往往是仅给出一个大致的范围或方向，进而引导她批判性的思考，锻炼其质疑与多角度思维的能力。当许璐瑶与玛莉莲熟悉之后，有一次，玛莉莲对这位活力四射的学生说："我看你很像我年轻的时候。"从那之后，许璐瑶有什么困惑都会去请教玛莉莲，而玛莉莲的开导也总是让她拨云见日。用许璐瑶的话说，她们的师生关系有时候倒更像一对姐妹。在许璐瑶遇到困境的时候，玛莉莲曾经对她说："有时候适当的压力是有好处的。上帝很公平，每个人来到世上都有自己的优点，你要始终意识到自己的优势价值，勇敢地往前走！"

玛莉莲曾经问她，你未来的梦想是什么？她说：我想成为一个能帮助更多人的人。她也多次请教玛莉莲，自己未来适合做什么职业。玛莉莲说：你倒是适合做一位商业人士，但商业又太过复杂，你性格单纯，又善良，既然想帮助更多的人，那你还是更适合做教育。

后来，许璐瑶在美国留学的时候，飞到佛罗里达州与玛莉莲一起过感恩节。如今，说起西亚斯的这位恩师，她感慨地说："如果不是她，我就不会自信、坚定地往前走。"

哈佛的那些事

2012 年，许璐瑶考取了美国富特海斯州立大学全额奖学金研究生。这时，她在西亚斯国际学院工作实习。西亚斯有一个教职员工出国进修规定，她出国前与校方签署了一个协议，双方约定：她毕业后返回西亚斯工作，在美国读研期间，由西亚斯发三分之一的工资，其余部分待回到西亚斯工作后补齐。

她在富特海斯州立大学读研的 GPA——加权平均分数高于标准要求，提前读完所有规定科目。两年间，她还多次陪同富特海斯州立大学代表团到中国西亚斯访问，负责机票、议程安排、会务对接、全程翻译等。那时，她的《大数据时代下客户关系管理研究》的论文也在国际刊物发表。随着自身软硬实力的积累，她又为自己抬高了标杆，报名求学哈佛大学金融管理专业研究生加做项目研究。哈佛要求报考学生的托福成绩为一百分以上，满分为一百二十分。她连考了三次，第一次九十六分，第二次九十八分，第三次考了一百一十三分。

面对哈佛主考官的提问，她自然沉着应对。

"从哈佛毕业之后，你计划做什么？"主考官严肃地问她。

"我要做教育。"她非常肯定地回答。

"为什么？"

"做教育是我的理想和抱负。"

"为什么？"

"因为教育是对社会有益的事业。做教育在帮助更多的人的同时也能够让自己成长。"她自信地回答了主考官这个自己早已仔细思考过的问题，其中自然也传达出她的社会责任意识。

"你有自己独特的想法，清楚自己将来要什么。"主考官对她的回答颇为满意地说。

哈佛的精髓是"追求真理"，平庸的人与探索真理无缘。哈佛大学时任也是历史上首位女校长福斯特在就职演讲中曾有句名言："一所大学的精神所在，是它要特别对历史和未来负责——而不单单或者仅仅对现在负责。"

许璐瑶以优异的成绩与多元化的经历，终于考取了哈佛大学！入哈佛之初，她的系主任带了主管召集新生免费聚餐，在这种随意自然的场合，系主任就像是与新生聊天一般，将哈佛的特色介绍一番。初来乍到，她不知道如何在图书馆查询某一类科目的图书资料，于是咨询自己的学术导师，导师为她联系了图书馆的一位工作人员。她按约定的时间去图书馆，那位工作人员端来两杯咖啡，手把手地教她如何查询，直到她学会使用为止。之后，她还了解到，哈佛的大校长福斯特竟然与哈佛的本科生居住在一个区域。校长也时不时地邀请学生代表一块聚餐聊天。令她不解的是学生们见了校长并不称呼其头衔，而是直呼其名。

哈佛的动态信息通过邮件发送给全校师生。许璐瑶即使是从哈佛毕业多年之后，仍然能够收到学校动态信息，其中包括一些对哈佛质疑的负面信息，校方也不遮掩回避。校方会在信息中告知：学校正在跟踪，并将及时反馈给大家。身处哈佛校园的她感到自己就是真实地置身于哈佛社区之中，学校所发生的大事小事也就是她自己的事。

在哈佛上课的经历对她这位已经拿到美国百年老校富特海斯州立大学学士、硕士学位的学生来说，仍然是颇为震撼。她所在的班有六十多位学生，而她是唯一的中国学生。与中国课堂上老师提问后学生才考虑答案的状况截然不同，每当哈佛老师课堂提问时，即刻便激起学生的"炸锅般回答"。上课时，教师学生都很随性，坐在前排的黑人学生一边吃东西一边听课，嘴巴里还在嚼着三明治的同时便举起手来，对老师的讲课内容当场提出质疑：老师，我刚刚看了《纽约时报》的一篇文章，其中的观点与您刚才所讲的内容不一致。我认为这个问题值得讨论。令许璐瑶惊讶的是那些知名大牌教授在课堂上的诚恳，他们往往坦诚地对提问题的学生说：你提的这个问题非常新鲜，我现在还不能给出成熟的意见，待研究之后下次答复你。有的教授讲到尽兴之处，解掉领带，脱下西装，随意地坐在桌子上讲演。那一副投入的样子，似乎早已忘记了这是面对学生的课堂，而是在求索真知的路上。教授特别注重启发学生的发散性思维，上课以学生为主导，热衷于和学生们展开讨论，看似没讲多少内容，但在课堂结尾归纳总结的框架图，却蕴含了他们的智慧，大多数学生的讨论内容早已在他们的预料与掌控之中。教授则更像是课堂舞台的导演。在这样的学习氛围之中，许璐瑶很快就变得勇敢敏捷起来，她也常常是面对老师的提问，举手的同时迅速思考自己的回答与疑问。在课堂上沉默的学生往往会被老师认为你没有进入独立思考的角色。

学生们目标明确，学习玩命。但他们不仅仅是为了考试。有位同学对她非常严肃地说："我为什么要读博士？不读。那对我来讲是浪费时间。我的目标是从政，我可能是美国未来的总统之一！"有的同学对老师提出的问题迅即回答，而且会想出好多种答案，会从不同角度来思索。学生们虽然善于独立思考，但在论证的过程里，他们团队合作，责任到人，既相互质疑，又取长补短，彼此友好。这样的环境氛围，她还是第一次经历。许璐瑶也是拼了，有时直到夜深人静两三点钟，她还在一边啃着面包一边看书，那时她也会感觉自己好孤独悲凉。她偶尔也会给父母发微信诉诉苦，但是，她没有停歇放弃，而是一直坚持往前走。

她也带着好奇参加课外活动：在哈佛华人学生联合会，与多才多艺的学生精心组织很有仪式感的中秋、春节聚会；参加常春藤学校联谊赛；志愿兼职担任哈佛校园访问者的导游解说。华人学生的英文写作是个难点，她在哈佛学习写作中心享受了两年免费学习，该中心写作授课批改文章的老师均为哈佛在读博士。

哈佛大学有充足的社会资助经费，学生寒暑假出国实习费用全由校方负责。可她在校园里往往找不到哈佛的标志或校徽图案，校门上也难以找到。毕业之际，她与同学们在校园里拍毕业照时也没有找到哈佛标志。就冲这一点，她为哈佛总结了一句：低调地做高调的事。

2018 年，哈佛大学第三百六十七届毕业典礼像以往一样隆重，封锁有关道路，当期毕业的学士、硕士、博士集体大联欢。许璐瑶早上 5 点就起床，参与学生花车游行，11 点在中心广场集合，中午一顿盒饭。下午 2 点，去听哈佛毕业的世界名人演讲。

校长凯瑟琳·德鲁·吉尔平·福斯特在这一届毕业致辞演讲中告诫敦促学生：每个学生都应清楚自己的方向，并为这些目标设定好道路；能发现生活的意义和目的，发现一种激发自己活力的激情；为真理而求索；能用自己所受的教育做有价值的事，在世界上行善……

全球最大财经资讯社创始人、三度当选纽约市市长的布隆伯格曾在哈佛 2014 毕业典礼演讲中说：顶尖大学是让各种背景、各种信仰、探询各种问题的人，能到此自由开放地学习和探讨想法的地方。

哈佛大学用心良苦，让曾经走出哈佛校门并为社会、人类做出巨大贡献的校友，回校为毕业生讲一场大课，启发他们思考未来的人生之路。

我不想让我的每一步不算数

即将走出哈佛校门的她，当然会有很多幸运机会，彼时的她就像一只羽翼丰满的鸟飞向蓝天。分布于世界各地的哈佛校友会时不时地发一些诱人的职业资讯。摩根大通公司、麦肯锡公司也是她心之所向。但处于十字路口的她，想到离开中国西亚斯之前与学校签订的那份协议。此刻，那份协议居然沉重无比，令她犹豫徘徊，并最终成为一只推动她走向的无形巨掌："钱已经不是主要的因素，关键是心里过不了那个坎。就像父母把孩子养大了，可你又飞跑了。从西亚斯到富特海斯再到哈佛，这是一个不可分割的连贯过程，就像一根无法割断的纽带。我不能做一个不守承诺的人。"

她对朋友说："我的合同在西亚斯呢，家在河南呢！我回去，一是感恩，二是承诺。"她又飞越太平洋，返回了西亚斯国际学院，在商学院当了一名双语专业课老师。无论是飞走还是飞回，都有一股持续的动力与热情在鼓舞着她。飞走那年，与她同期从西亚斯赴美留学且与校方签订协议的有四位年轻教工，其中有两位硕士毕业后继续读博，违约不回来了，还有一位回到西亚斯后只干了一年便跳槽飞了。许璐瑶成了这四位中唯一留下来的孤独者。陈肖纯对她开玩笑说，你们四个年轻人哪，你最听话。

"哈佛的教育让我受益，尤其是它的批判性思考能力养成，它的以案例为主导的课堂教育。我要把它引入西亚斯，引入我的课堂，让我的学生受益。"许璐瑶这样对我说。

在西亚斯引进新的授课方式容易，但持续推进不易。她的坚持赢得了学生的赞赏：许老师，您的讲课方式我们第一次见识，太棒了！来听她课的学生越来越多，还私下里与她微信交流。学校的九大住宿书院常常轮番邀请她为新生做讲座，她欣然前往，以自身在西亚斯的成长为案例侃侃而谈：大学所学的知识不同于中学时代，我们不应否定这些对未来工作看似没有什么帮助的东西，大学学习的过程不单单是要求你记住理解这个知识，更多的是培养清晰的逻辑思维和独立思考能力，学习与人沟通等，我们要争取机会，转化机会，要有长远眼光，为未来投资！

当妈妈那年，她宅家时间久了情绪消沉。玛莉莲在电话里对她说："你目前的状态不像你，这是暂时的，很快就会过去。我相信你还会找回原来的自己！别忘了，你是哈佛的毕业生。你知道这在美国意味着什么吗？社会价值、能力与荣耀。"她又想起了自己曾经对玛莉莲说过的理想："做一个能帮助更多人的人。"

西亚斯商学院有一个"教师课堂教学综合评估"，参加评估者为学生、同行与领导。她曾多次获得"优秀教师""优秀论文指导老师""大学生创新创业项目优秀导师""河南省优秀竞赛指导老师"等荣誉称号。陈肖纯说：许璐瑶是西亚斯好多学生的偶像。

许璐瑶的学生在微信上组建有课程反馈交流群，有个群被学生起名为"陈首相全英班"。学生在群内向许璐瑶反馈课堂收获时，也常常坦率地向她表达感谢。有位同学写道：

> 许老师，我对您的教学模式深有感悟。当今大多数教学模式都是填鸭式教育，学生被动学习，老师教多少学生学多少，甚至不学，而许老师您却以一种引路人的方式，指导学生自主学习。我以前也不爱在课堂上表现或发言，您呢就鼓励大家发表自己的看法，无论对错都欢迎，即使我错得特别离谱，也不会批评我。您会引导我，问我为什么会有这样的想法，然后找出原因，让我用批判性思维方式来看待问题，从而使回答更加接近客观真实。其次呢，您的课堂还会有很多其他课堂上不会出现的"彩蛋"，比如，每节课随机抽取幸运同学发表自己对商业案例的看法，鼓励小组合作，让学生讲课等，这对我来说真是受益匪浅，使自己的学习和团队合作能力提升了好多。最后呢，您还会在课堂上当同学们的精神导师，会和我们交流您的所见所闻所想，分享您的人生经历，从而鼓励我们努力学习。您的快乐学习原则，对学生中存在的学习动力不足、语言输出质量不高等问题具有现实指导意义。

还有的同学在她的课堂仿佛借助一束光，回头看清了以往的崎岖学习之路：

……我们从小到大在学习上几乎所做的每一道题都是为了考试，所以很多时候是老师说答案我们背，老师说模板我们套。很多事我们大都是别人说是什么就是什么，不会主动思考，更加没有自己的判断。可是，您不一样，您总是想尽各种方法调动我们去自己思考，一点一点地帮助我们。还记得有一次我把一个单词的发音说错了，您帮我纠正过来，但还马上安慰我说，这个单词比较难读。当时我心里感觉好暖，真的非常感谢您……

即使是那些平时不大喜欢冒泡的学生，也从许璐瑶的授课或交流里得到了希望和鼓舞：

……感觉您简直是大学老师中的一股清流。有一些老师对我们的态度就是失望或者无期望，但是在您的课堂以及指导激发下，我们却感受到了希望和鼓舞，我很明白我们大学校园里的氛围，以及我们大多数人的现状，但是我们中间的很多人对未来也有憧憬，也想通过自身努力争取一个好的未来。所以，非常感谢您的鼓励，以及对我们的信心。我们需要像您一样的师长。其实，在心里我已经默默地把您当成了标杆和榜样。

许璐瑶在这些学生的反馈之中，看到自己一步一步地在趋近理想目标。

校方找她谈过话，征求她意见，希望她离开教师岗位做管理，锻炼一下领导能力。但许璐瑶婉言谢绝了，她说：这是替我着想的好意，但不符合我的方向。

因为有您的鼓舞，让我超越了自己——这是爱尔兰经典歌曲《你鼓舞了我》中的一句歌词。许璐瑶被她的母校所鼓舞，攀上了高山，越过了大海，之后她鼓舞着自己的学生……

从校园格子店到泡泡玛特

十年前，在郑州大学西亚斯国际学院校园内，王宁对一起创业的同学说：大家只有两个选择，要么跟着我一起干，十年后我们上央视讲述我们成功的故事，要么十年后坐在电视机前听我们讲我们成功的故事……

一路绿灯

1998年。在河南省新乡获嘉县城一个普通人家里，祖孙三代人正看电视新闻里那场特大洪水的实况。

"我们这里为什么不发洪水？要发洪水，我就可以不上课了。"还在读小学的孩子盯着电视里滔滔洪水说。

"老天爷呀！老百姓可老苦了，粮食没收成了！唉——"爷爷一边说一边拍着大腿感叹。

"嘿呀！这下子当地卖胶鞋的可有生意做了！"孩子的父亲从厨房里走出来随口这么一说。

这个孩子叫王宁。七年后，他走进郑州大学西亚斯国际学院的校门，成为2005级美术系广告专业的大学生。王宁的老家在获嘉县农村，爷爷曾是小学教师，父母是乡里的中学老师。但就在他出生的那一年，父母辞掉了稳定且令人羡慕的工作，一起到县城"下海"经商了，夫妻俩开起了县城最早的一家私人磁带商店。在这个家庭里，爷爷的悲悯情怀与父亲的商业意识对他都有熏陶。

他在读小学时迷上了踢足球，读初中期间是县城里有名的足球小子。球场上的公平竞争规则培养了他认输却不服输的性格，也养成了他团队协作配合的意识。上初二时，班上有三个女生为元旦晚会编节目，其中有街舞。她们物色了三个男生排练，其中就有王宁。可让他没料到的是，被选中的当天就被这几位女生给淘汰了。一般男孩遇到这种被女生淘汰的挫折会十二分地沮丧，也许从此就会放弃，可王宁反而被刺激得来了情绪，他暗暗开始学习街舞，从电视里学，从光碟里学，听说郑州市某高中学生跳得好，就跑去跟人家学。读高二时，在学校举办的一场大型演出中，他的街舞表演竟让观众激动得狂呼起来。

2005年夏天，经过了高考前那段苦不堪言又令人压抑的日子，本来就好动又不安分的他，就想着上大学前在县城里找点刺激的事玩玩。有一天，他在街上闲逛时看到了县舞蹈学校举办街舞学习班的广告，就径直去了舞蹈学校。他在招生处看了一会儿教练老师的表演后，就对一位负责人说：我能不能到你们培训班当老师呢？那人上下打量了他一番，就说：你先跳一段让我们看看。于是，他当众舞了起来，在娴熟的舞技里，他的每一个动作都带着节奏的韵律，浑然一体的侧空翻、倒立、旋转等高难度动作令在场的人鼓起掌来。舞毕，培训班负责人快步上前握着他的手说：好！你就是我们培训班的老师了！当即约定每天下午带两小时课，每个课时费十二元。精力充沛的他觉得一天两小时的课还远远不够，于是又印了传单在广场散发，自己开办了一个足球班。他对那些报名的小孩子说，你们只要每人再带一个人来报名，我就送你们每人一个足球。结果，孩子们又带了自己的朋友来，他招收了十多个足球爱好者。他很辛苦，每天早上5点起床，带着孩子们练足球。

一个多月过去，他赚了千余元。他用赚的第一笔钱请父母在饭店里撮了一顿。这个短暂的假期在他大脑里植入了一个兴奋点，原来自己在玩耍中学到的本事居然可以换来回报。

到了西亚斯，他应聘加入校学生会宣传部，不久又加入了街舞队和管乐团，在管乐团任宣传部长，学吹萨克斯。在进入西亚斯校园之前，他几乎从来没有专门学习过乐器，经过一段艰苦的训练，他与百多人的乐团居然能够协同配合在校园里参加重大场合的演出，可以娴熟地吹中国国歌、美国国歌、《波兰圆舞曲》，以及风靡世界的《拉德斯基进行曲》。

丰富多彩的校园社团活动让他兴奋不已。第一个学期结束，他将自己在学校拍摄和收集的照片编辑了一个幻灯片，并配上音乐刻制成光盘。回到家乡，他很自豪并带有炫耀意味地将这个光盘放给家里人看，也放给朋友们看。让他感到开心的是，家人和朋友们看了都非常惊讶和高兴。寒假后回到学校，他又放给同班同学看，这下子引起了小范围轰动效应，其中一位学生应大家要求拿去拷贝了四十多张，班里学生人手一份。而王宁却突然冒出了一个念头：这不就是一个商机吗？如果把它做得更精美、更丰富，配上录像的画面，再加上精美包装，那会不会在系里甚至在全校新生中产生吸引力呢？

学校有很多印刷精美的画册，也有新闻中心专业人员拍摄的录像光碟，但为什么引不起新生的太大兴致呢？王宁开始了思索："学生们之所以对自己制作粗糙的光碟感兴趣，一定是因为制作者本身就是一位新生。学生们更喜欢看从学生的视角记录的学校及自己的历史。"

2006年秋天，就在上大二的第一学期初，他组织班里同学成立了一个社团——"Days Stu-dio"，意思为：记录生活。这成为他冒险创业的起点和实验厂。

西亚斯融合教育的特殊性就在于不仅仅鼓励学生在读书期间贴近社会，历练自己，而且在校园里给学生们创造创业的机会。校园里有一条欧洲街，两边大都是商铺，是为学生们创业实习用的。好多外来参观者包括学生家长对此并不理解，他们认为学生在读书期间就做生意会影响学业。但还是有好多学生乐此不疲地在这条街的商铺里实习，有家庭经济困难做小时工的，也有像王宁这样想创业的。西亚斯对王宁这样的校园创业实习活动不但不反对，还给予鼓励支持，一路开放绿灯。王宁还从学校申请到了教学楼的一间免费地下室，作为"Days Stu-dio"的工作间。

可当时这些凑到一起的学生连最基本的电脑设备和像样的相机都没有。王宁开始行动了，他立即乘车赶回获嘉县对父亲说了自己的计划。父亲看过他做的第一部片子，也没有阻拦，借给他三千元。说干就干，这些学生开始分头行动：写解说词的，设计包装的，还有联系印刷封面的。照片是原有的，在优美的乐曲声中缓缓滑动的效果居然也有看录像的感觉。王宁为这部片子起名为《爱上西亚斯》。他们策划了一场首映式，并通过学生会请来了校长和数百名学生。学生们一边看一边欢呼鼓掌，还有激动掉泪的。工作室的学生借机向大家预订：VCD 格式的五元一张，DVD 格式的八元一张。

制片工作室所有的成员都没有想到，在首映式后就接到了两千三百张的预订单。这张片子，他们共收一万余元，去掉成本，竟有五千余元的利润。事后，王宁将片子送给校长、副校长每人一份。陈肖纯看过后很是高兴，派秘书买了二十张。利润多少与他们的成就感比起来似乎已无足轻重，因为这个社团一下子在全校学生中间出名了。

之后，王宁买了拍摄与制作设备，又拍摄制作了《爱上西亚斯之二》，净赚万余元。当第三部片子《蒲公英的梦想》制作完毕后，王宁想了个点子：在学校意大利广场边上的喷泉旁装饰了一棵树，用三天搞一个许愿活动。那棵树边的阶梯是连接东西校区的方便之路，来来往往的同学们看到一棵漂亮的许愿树就停住了脚步，尤其是女同学们，对许愿颇有兴趣，她们在树上挂满了小字条，上面写满了有关学习、事业、友情、爱情的愿望。而《蒲公英的梦想》广告纸片也就同时被一双双挂许愿字条的手顺便拿走。共有四千多名学生许愿并取走了广告纸片，而广告纸片的印刷成本费用总共才二十六元。王宁是学广告专业的，他的老师对这个广告创意非常欣赏，并将其作为一个身边案例写入了教案之中。

围绕王宁在"Days Stu-dio"做事情的学生越来越多，他们争论不休，加班做事，团队协作，习惯了折腾冒险。就像一株火苗，越烧越旺。王宁在"Days Stu-dio"工作间那里待的时间远远超过了他待在学生宿舍的时间。"我们那时比现在青涩太多了，都是一个个大二大三的学生，举着杯子说，人生最重要的事情不是钱，而是经历，我们要做一家公司来证明我们自己！"

王宁至今都深信不疑，他的根在西亚斯："我觉得西亚斯对我的影响是潜移默化的。到底有多大？有哪些？相对来说吧，从 2005 年再往前推个十多年，河南尤其是下边的县乡，信息闭塞，文化单一。走进西亚斯校园，可以说为我打开了一扇窗户：作为一个从来没有学过音乐的人，可以报名参加乐团；课外活动太多了，这个晚会那个节日，比如国际文化周，虽然只是大学生的模拟展示，或者说是一种教育实践，但确实为我们很多人打开了一扇窗，一扇看世界的窗。绝大多数学生没有出过国门，没有接触过外国人，认知文化是单一的，也就是围绕高考的黑白灰的世界。西亚斯这所国际化大学给了我很多色彩，她呈现了很多维度的多元文化氛围，给你很多机会或者是感受……"

校园"格子王"

大三期间，王宁去上海、南京、杭州、义乌等地考察市场。在义乌，他发现一种带有心状的闪光棒在当地很走俏。恰逢春节前，他联系好了货源及郑州的不少花店。但那一年南方一场大雪迫使物流在节前中断，到正月初八才恢复运行，他的计划全被打乱了。情急之下，他召集社团同学到闹市区摆地摊卖，结果两千多个闪光棒两天就全部卖光。而他注意到，那些就在身旁卖玫瑰花的地摊连一枝也没有卖出。事后他悟到：竞争就是创意的竞争。

当年国庆节期间，他在新乡市闲逛，一个别致的格子商店引起了他的注意：不大的店里满墙壁都是别致的一个个小格子，而每一个格子背后都有一个租用的小老板。格子店老板只是管理店面，在格子商品成交额中按约定比例提成。这种店最初起源于日本，用于别人寄卖商品，后演变为给没有能力开店的人租用；2006年传到中国香港地区，并很快中国内地蔓延开来。王宁由此及彼，联想到西亚斯鼓励学生创业实习的宽松环境，以及好多同学强烈的创业欲望。他灵光乍现——眼前的一个个小格子铺不正是学生们创业实习的最佳场所吗？

他将创办格子店的想法与"工作间"的同学们一说，大家拍手赞同，于是分头在西亚斯所在地新郑市转了一圈，结果没有发现一家格子店。而后，王宁又在西亚斯校园欧洲商业街寻找有无空余的门店，但所有的店铺都是满员。最终，他在校园南门对面即将投入使用的金茂商业广场物色了一个九十多平方米的店面。

招租老板纳闷地问他："你一个正在读书的学生，租这么大的店面干啥用呢？"

王宁说："我们暂时保密。"

老板笑了，带着嘲讽的口吻说："你家有钱，锻炼身体闹着玩吗？咦，咋做个生意还保密呢！"

王宁被追问急了，就悄声地向老板说明了本意。经讨价还价，他们签了租用协议，房租一年四万，一次付清。王宁又赶回老家向父亲借钱。父亲记得，儿子第一次向他借了三千元后，不久就还回来了。他认为儿子办事有主意、靠谱。这次，父亲借给了他四万。一年的房租交清了，但装修的钱没有。经过一番考虑，他召来"工作间"的八位核心成员，动员他们入股并参与管理这个格子店，每两千元算一股。八个成员凑两万，且都一下子变成了股东，投资最多的一位出了五千元。这一来不仅解了燃眉之急，也极大地调动了大家的积极性。他们分了工，管理、会计、市场，各司其职。他找美术系老师帮忙做设计，大部分格子呈五十厘米边长的正方形，共计二百多个格子。他从来没有接触过装修，一算账，除了将股东的钱全部花光外，还欠了万余元的装修工钱。

当王宁与他的合作伙伴美滋滋地大侃特侃自己是河南最大的格子店时，金茂广场又突然间冒出另外两家格子铺，人家面积小，装修快，连牌子都提前挂出了。王宁肠子都悔青了，他懊悔不该事先对外讲出了格子店的商业秘密。几位股东经过谋划，以最快的速度在网络上注册了"格子街"这个域名。格子街比格子铺大，也正是应了一句老话，车到山前必有路。在格子店即将装修完毕时，王宁他们就开始大张旗鼓地在校园里招租。

王宁事先分析的西亚斯校园这块市场资源没有错，学生们看到传单纷纷前来观看。每个"格子"月租价一百元，两个月一付。没几天，绝大部分的格子就租出去了，他们总共收了三万余元的租金。这下把装修工钱都结清了。租了"格子"的二百多个学生，各自装扮自己的格子铺，并给"格子"起名，在格子店统一编号的基础上对自己的进货编号、上架。王宁申领了所有的合法证照，又招聘了二十多名学生导购。彼时，这个河南省最大的格子商店在西亚斯校门口红红火火地开办起来。几个月之后，该格子店每天的销售额都在三千元左右，每月纯利润万余元。预计一年之后即可收回投入成本。

王宁与小股东每周一中午召集员工开会，包括那些导购学生工。对于运转中不断出现的问题，他们通过讨论甚至是争论来找到解决的办法。比如，当有人提出格主上货会影响生意时，就有股东反对，说格主也是顾客，而且是更重要的顾客，应该慎重对待。而王宁看得更远一些，他说："每一个格主最少有五十个朋友，那两百个格主就可为店里凝聚一万个朋友，所以格主为格子店带来了人气。"由此，股东们又联想到了发展会员，制作了精美的会员卡，并要求每个格主对自己的商品标出会员价。一张会员卡仅四元，他们在一个月内就卖出了千余张会员卡。会员在格子店购物可享受打折，同时也就变成了店里的长期消费客户。

管理一个格子店并不简单，王宁他们要与二百多个格主的商品进货及销售发生复杂的即时计算关系。王宁结合课本理论，在实践中摸索最佳路径。

一时间，王宁在西亚斯校园成为众人皆知的创业名人，学校为他举办专题报告会，让他给同学们传授创业经验。很快，他在河南省大学生创业领域也声名鹊起，被"越众创业网"报道为校园创业明星。《名人传记·财富人物》杂志记者专门采访了他，写了通讯："王宁：校园里的'格子王'"。

从创业的常规视角说，王宁在大学校园制作光碟《爱上西亚斯》以及开办河南最大的格子店，应该算是他冒险赢得的第一桶金。可他不这样认为："这是我人生收获的第一桶金，但是经验，而不是钱。"

他不仅要上专业课，参加考试，创业开店，还喜欢看书，如《蓝海战略》《胡雪岩传记》《萨姆·沃尔顿自传》等。他学的是商业广告，什么品牌策划、广告制作、商品促销等，老师在课堂上讲的内容他都做过了。他将知识与行动融合在一起，焕发出一种火苗跳跃般的活力。他曾对一个同学开玩笑说：咱俩一块上课，你学的内容不知道什么时候才能用上，也许到用的时候都忘了。而我就学了一张纸的内容，但用上了。

"你有没有考虑过，为什么你在西亚斯校园的创业路子比较顺利，或者说是成功？"十多年前，我曾经在西亚斯校园里这样问他。

他说："我认为我在西亚斯干的这些事还不算是创业，而是另一种方式的学习。我经常思考这个问题。要做商业，必须要有敏锐的商业嗅觉。我是只要想好了就去做。另外，成功要靠天时地利人和。西亚斯对我们这些敢于干事的人没有刻意压制，而是给予了鼓励。所以我就有了尝试的机会。我把一个格子店搞清楚了，其实想想，房地产行业也有些类似。如果把一个格子店放大百倍千倍，一个大型企业也是同样道理。西亚斯是一块沃土，是成就精英的地方。西亚斯有好多资源，你用心就可以拿到很多。"

西亚斯的资源不仅给了王宁机会，也给了他自信、勇敢和开阔的视野。他是个有心人，对于没有眼力的人，即使身处资源丰富的矿藏也会视而不见。

"其实之所以我们现在往上长，是因为当年我们往下长了很长时间。"十年之后，王宁作为泡泡玛特的总裁面对记者的提问，这样冷静地回答。往下长的是根，根扎得越深越密，树就会长得越粗越高。根在地表之下，你几乎看不到它的形态，但它的力量之美会在树的躯干与枝叶上呈现出来。顺着王宁成长的根往下溯源，那该是西亚斯教育的一方沃土。

王宁在西亚斯接受了相对完善的教育——博雅、全人、融合。这一点，他自己在走出校门之前或许没有仔细地思考感悟，但他的言行会下意识地流露其素养的嬗变。于西亚斯毕业前夕，他曾经说出过心目中崇拜的成功企业家形象："……不仅赚钱，而且具有社会责任心。比如像陈肖纯先生创办西亚斯，学生、社会，包括他自己，三方都好。真正的企业家赚的不是钱，而应该是人心。"

王宁思维中的价值体系并非仅仅来自课堂，还来自西亚斯校园文化中的一点一滴的渗透。耳濡目染的多了，自然入脑入心。社会责任的背后是什么？是爱心，只有具有爱心才会考虑按照"利他"的原则去经商，才会想着在赢得人心的前提下去盈利。这已经是远远高于以追逐最高利润为目标的经商理念，也远远高于貌似公平的双赢理念。所谓的"双赢"，实质上还是以我赢为前提，即你赢我也要赢，为了让我更好地赢，也让你赢。但"利他"则是一种境界，是站在消费者需要的角度去提供服务产品。具有这一境界的成功企业家，其幸福感绝不是获得多少财富，而是奉献于社会众人的过程。

引爆潮玩文化

2009年夏季，王宁即将于西亚斯毕业，他雄心勃勃地计划到北京打拼。校园的"工作间"伙伴，格子店的股东，人心浮动，这些一起创业摸爬滚打出来的同窗，此刻开始有了分歧，有些人并不敢去北京冒险，也有人在犹豫。王宁的鼓动发言蕴含了满满的自信："大家只有两个选择，要么跟着我一起干，十年后我们上央视讲述我们成功的故事，要么十年后坐在电视机前听我们讲我们成功的故事。"不错，有几位铁杆铁了心随他一同上北京。

当时主管学生工作的张新民副院长是北京人，听说王宁毕业后打算去北京发展，便找到他，笑着说："王宁，别的同学找工作我坚决支持，你——，我不同意。不仅不同意，你到哪家公司，我就追着你们公司的老板讲，千万别要这个学生，否则他会把你们公司经营的秘诀都偷跑。我说王宁，你就创你的业吧！"

张新民说得对，王宁在西亚斯已经集聚了充足的创业能量，这股能量不会沉默太久，遇着机会抑或说寻找到机会便会爆发释放。更确切地说，是王宁被自身积蓄的能量驱使着要竭力寻找一个突破口。他在北京短暂地游历一番，很快就转身投入创业。2010年，他在北京创办了"北京泡泡玛特文化创意有限公司"，紧接着于当年11月在中关村附近开设了第一家门店，经营潮流商品——家居、数码、文化用品以及玩具等，准确地说就是一家时尚超市。虽然还没来得及校准方位，匆忙间就下水开始航行。一伙年轻的"八五后"，没有当地的人脉资源，甚至没有足够的装修门店的钱。王宁带着几位合伙人自己动手刷墙壁，摆货架，奔赴广州、上海、义乌等地挑选商品，在北京骑着三轮车运载货物。那时，他们疲惫的身影常常晃悠在北京的批发市场。他说："我们付不起设计师费，都是自己动手。我不知道店内多宽的通道走着才舒服，就用粉笔把柜子的位置在地面都画出来，自己在那儿走，看柜子间的通道合不合适。为了弄清楚吧台到底多高是最舒服的，我跑到 ZARA 的吧台去比画，然后量这个位置到地面的距离。我们真的是从零开始学……"

泡泡玛特的英文名称为"POP MART"，即潮流超市。泡泡玛特总算在环绕它的诸多品牌店中立足，虽然店内的潮流商品来自全国各地，来自他们的精心挑选，而且在明亮的灯光之下琳琅满目、五光十色，但仿佛怯生生的，像一只不被人看好的丑小鸭。

"起步永远是最艰难的，作为一个新品牌，怎么让购物中心认同你的价值，让你进去开店，这是一个非常艰难的过程。即便你拿到通行证，开进去了，邻居们最差也是一些连锁的服装品牌。你想组建一个让自己满意的团队都十分很难，甚至连最初级的店员也不容易招到。"王宁回忆起十年前的起步，一幕幕情景恍如昨天，"尤其是线下店迭代速度很慢，只有等你攒够钱开下一家店的时候，才能把上一家店遇到的问题解决。这中间有长达三四年的时间，我每次进店都有一种炸了它重新再来的冲动，因为有非常多的细节都让我困扰。创业早期的那种难，是因为没钱没人没方向，每一个问题的发生都可能是致命的，都会让你活不下来……"

在北京繁华奢侈的购物中心经营潮流商品，王宁是一位"小白"，合伙创业者也没有零售潮流商品的经历。为了规避风险，他聘请了一位有品牌店管理背景的人做店长。对于高薪聘请店长，团队有人反对，把重话拍在桌子上："要么他在，要么我走，你看着办吧！"王宁则不愠不火，力排众议，且对自己的合伙人说："我们不要给新店长太多建议，这个店由新店长说了算！"没想到，在一个长假之后，新店长带着所有新聘任的关系店员集体辞职了。王宁的合伙团队有一种被骗的感觉，对方的作为简直无异于恶意伤害。可王宁很快就从气愤中走出来，他明白这是个错误的合作。双方的认知不同，泡泡玛特是王宁事业的起点，而对方只是将此作为了挣高薪水的工作岗位，而且也并不看好泡泡玛特的前景。王宁当时只有一个店，新店长即使干得好也没有升职的空间。新店长的及早辞职对泡泡玛特倒是一件好事。王宁硬着头皮继续往下走。"自己觉得，那个时候开弓没有回头箭。出现问题只有解决问题，没有别的办法，尤其对于我自己。有些人说是坚持，其实创业就是死扛，因为我要活下去。第一年最艰苦，感受最多，有的人觉得在北京待着就是艰难。有几个核心成员，也中途放弃了北漂生涯。我的动力何在呢？就是今天比昨天好一点，仅此而已吧。"

王宁说的都是实在话，为了活下去必须死扛，扛不住就得死掉。在西亚斯学院创业有校方开绿灯，有资源支持呵护，走向社会创业，就看你的翅膀硬不硬。尽管泡泡玛特的线下实体店并不被投资商甚至业内人士看好，但王宁还是坚持扛着做。2014 年，他入北大读研究生（MBA）充电。之后，他将一些北大 MBA 同学也拉入泡泡玛特入伙。关于用人，王宁也有自己的独到思考，他认为同学之间经过交往磨合已经彼此了解，能一起走的会比较默契，沟通起来更为简单快捷。"现在的招聘有点像相亲，找同学共事如同大学时期恋爱，你们已经有过一段共同经历，更清楚地了解彼此。当你分析他是否适合跟你一起做事，已经有一定的判断。一旦大家决定共事，彼此会形成一种默契。效率很重要。公司创业做事就像打仗，你要以最快速度解决内部沟通问题，这样才能往前走。找以前的同学朋友，可以快速建立内部信任。比如，公司已经有很多名有北大 MBA 背景的高管了，如果又加入一个，而且是某个稀缺板块的人才。这时候他说是北大光华 MBA 的校友，很快你就会发现他不止跟我迅速建立信任关系，共同的求学背景也是他和整个管理团队快速建立信任关系的重要因素。"

如今，泡泡玛特的公司高管中，与王宁一同创业的西亚斯同学和北大 MBA 同学占有一定比例。理念不符的自然离开，容易达成共识的铆在了一起。当一个团队的决策层沟通顺畅起来，弯道超车就有了可能。每当王宁这位掌舵者往某个方向偏移一个角度，大家看到的不仅仅是眼前飞扑而来的浪头，而是远处的那个虽然看不见却可以感知到的地平线。

泡泡玛特由缓慢前行到提速飞驰的最大的拐点是经营内容的蜕变。之前，你很难从他的泡泡玛特实体店中看出什么主题，如果说有，那就是时尚潮流商品。最要命的是他是店内种类繁多潮流商品的被动经营者，一个渠道商，其中几乎没有多少自己的创意，自然利润空间也就非常有限。

就在王宁带着他的合伙团队于迷茫中摸索前行时，一个偶然的机会使他发现了一束光：从2013年开始，泡泡玛特陆续代理经营日本的一些带有潮玩属性的玩具；在2015年泡泡玛特年度盘点库存的时候，一款"Sonny Angel"的日本IP玩具的营销结果跳将出来，使王宁宛如发现了新大陆一般兴奋不已——没想到它是那么受欢迎。这些嘴角挂着迷人甜笑的玩具娃娃，其销售额曲线居然持续快速地攀升，甚至占据公司销售总额的30%。为什么？一个玩具娃娃群为何吸引了那么多消费者的眼睛？凭什么刺激了消费者购买的欲望？消费者是从商品的品质方面来认同与否认你的公司。"Sonny Angel"圆圆的黑黑的大眼睛里仿佛闪烁着许多奥秘，使得王宁与他的团队浮想联翩，获益匪浅。以极具创意的IP玩具去愉悦消费者的心灵，这不正是王宁自己苦苦寻觅的经商之道吗！

潮流玩具，是年轻人发起的一项新潮的收藏活动。被王宁感激且称为"领路人"的日本IP玩具公司，或许从"Sonny Angel"的市场走俏当中预测到了其潜在的价值，2016年，版权方突然终止独家代理，如此变局逼迫王宁团队只得考虑另辟蹊径。王宁在微博上与"Sonny Angel"的一众粉丝们开始互动交流，结果发现除了"Sonny Angel"之外，又跳将出来一个被众多收藏者喜欢的"Molly"娃娃。经过一番探究得知，该艺术作品为香港艺术家王明信十年前所设计，市场上并不多见。王宁在得知有这么个"Molly"之后的第五天，就带领泡泡玛特首席运营官司德、主管设计的宣毅郎，从天而降似的坐在了香港艺术家王明信的工作室。看着工作室周遭摆满的艺术作品，王宁真是大喜过望，因为它们就仿佛是深藏酒窖的一坛坛陈年美酒，而还未遇到嗜酒如命的嘴唇。也就是说，王明信大师的这些作品还在沉睡，没有活跃在市场上。王宁说："这简直就如同周杰伦这位天才歌手被埋没在餐厅里唱歌一样，还没有被发现。"

王宁一行与王明信一拍即合，"Molly"很快就被开发成一款IP产品，跳跃到泡泡玛特的商店，而后又跳跃到喜好者的手中。"Molly"

系列的小女孩噘着嘴巴一炮走红——脱销补货，再脱销再补货，泡泡玛特一时间应接不暇。王宁说，自己简直就像个坐诊的医生，每时每刻都有人来敲门。

王宁团队一鼓作气，赴世界著名都市考察，他们发现那些排队买潮玩的列队中有百分之六七十的居然是中国人，原来最大的还未被开发的市场就在中国。以此为契机，泡泡玛特决策团队在王宁的带领下做了一个重要转向抉择——从受制于人的潮流商品经销商转变为 IP 运营方，砍掉其他种类潮流商品的代理，寻找更多具有潜质但还未走向市场的潮流玩具艺术家合作，主营开发潮流玩具。

他们与艺术家一起商定 IP 形象，在艺术家原作品上附加文化创意，一步一步强化泡泡玛特品牌的文化含金量。王宁曾对记者说："如同一百年前的音乐，当时只能在剧院欣赏，后来有人把它录成 CD，卖到了全世界。把高端艺术品商业化，并用年轻人喜欢的方式重新诠释，这或许就是泡泡玛特转型发展的路径。"

按照王宁的概略描述，可以大致勾画出泡泡玛特 IP 文化艺术品的诞生流程：与潮流玩具艺术家一起商定 IP 形象—艺术家向泡泡玛特提供设计草图—由泡泡玛特专业设计团队进行 3D 建模—再由合作工厂生产—最终进入泡泡玛特商店。

投资商们，包括那些以往认为泡泡玛特不入流的投资商，纷纷找来投资合作。那些不谙商业之道的艺术家们，包括他们的作品，被王宁团队一个个发掘出来，流向社会。最初看好王宁的投资商麦刚先生，是从电子邮箱里看到了王宁的申请，泡泡玛特不随大流，坚持多年做线下实体店的定力引起了他的注意。没想到，他第一次到泡泡玛特实体店暗访考察时就偶遇了王宁，初次见面，两人在咖啡厅聊天，聊着聊着麦刚就发现了王宁的与众不同：其一，这个"八五后"组成的团队有一股带有韧性的冲力；其二，王宁的经营理念不是去占据有限的市场，而更多考虑的是占据消费者无限的心智。事后，麦刚说起此事，自豪地说"投资泡泡玛特是自己平生最好的早期投资"。有一次，麦刚对王宁的朋友陈格雷说，创业项目一定要利他，就是你到底为用户创造了什么价值？这个用户价值的大小，决定了这个项目最终会有多大成功。

作为投资商的麦刚，眼光是够敏锐的，而且关键是有境界。好一个"利他"了得，消费者当然会因了这个"利他"而开心消费。而这也正是王宁的泡泡玛特从乡间土路驶上高速公路的奥秘。

2017 年 9 月 8 日，泡泡玛特在北京国家会议中心举办了第一届"国际潮流玩具展"。为什么举办这一展览？因为潮流玩具在中国尚属小众，但王宁认为它是大众的"蓝海"。他要通过潮流玩具展将小众慢慢地变为大众。记得改革开放初期，中国交响乐团没有听众，一年开几场音乐会都卖不了满座。音乐界的有识之士开始培养交响乐听众，举办各层次的讲座，举办小型音乐会，之后的听众越来越多，中国交响乐团一年三百六十五天排满了演出。

第一届"国际潮流玩具展"开幕前，王宁送了老朋友陈格雷几张票，非常郑重地邀请他一定要到现场来看看。陈格雷日后描述了那一让他惊讶不已的场面："说实话，我到现场真的被镇住：一大群少男少女在门口排着长长的队伍，我只能靠关系、以工作人员的身份才直接进入，然后，场馆之大，气氛之热烈，参展的艺术家之多，都完全出乎了我的预料，大多数展位前都排着长长的人群，很多人都专程从各地赶来。"

之后，泡泡玛特每年在北京、上海两地各举办一场"国际潮流玩具展"，影响力火速增长。有记者报道：2019 年 4 月，上海国际潮流展出现在纪录片《纪实 72 小时》中。镜头记录下粉丝的疯狂：有人为抢到限量版彻夜排队，有人在开门后以百米冲刺的速度在场内奔跑……

泡泡玛特公司公关部主管王琦，入职第五天就参加了"国际潮流玩具展"，那是她第一次参加这样的展览："我在入职泡泡玛特之前并不玩潮流玩具，看到闺蜜玩也不理解，一个娃娃要五十元。到泡泡玛特入职第一天买了第一个 Molly 娃娃，之后就喜爱上这个东西。记得我周一入职，周五就去参加'国际潮流玩具展'，参加北京一场，而后去参加上海一场。在展会上才认识潮玩行业。周五那天，我看了数千品种的潮玩，有几百个艺术家参会，上万人为展会疯狂。听了与泡泡玛特签约艺术家的讲演，初步了解了他们的设计理念。原来艺术家设计的潮玩不只是好看，其中还蕴含了激发喜好者内心感情的好多东西。就说 Molly 系列的设计师王信明，艺术造诣非常高，不仅设计潮玩，雕塑、油画也很厉害。在那样一个人头攒动的展会上，王信明在舞台上沉浸在画画的状态中，旁若无人，但台下好多人就围观着看他一笔一笔地作画。那个场面让我也很沉迷，观众与画家没有任何语言互动，彼此都很安静。天啊！原来潮玩设计艺术家这么痴迷地投入自己的艺术世界。参加完这两地的展会，我收获最大的是，让我从艺术的不同角度看世界。"

泡泡玛特主办的"国际潮流玩具展"如今已经成为亚洲最大的潮玩展，每一届都能吸引超过数百位全球艺术家参展，观众十余万人。

"Molly 十二个星座系列""西游记系列"，都是泡泡玛特在青年男女中爆款的潮玩。陈格雷说，"王宁的确是真正理解和相信文化价值和情感力量的人，也真的想做成一个不靠低价、不靠降价，而是靠 IP 和文化艺术来成功的品牌。"

2021 年年初，泡泡玛特全国线下直营门店已有两百多家，机器人商店一千三百余家，业绩井喷式增长。这种全国布局的网状零售系统，成为泡泡玛特大厦坚实的基座。王宁将潮玩由小众变为大众的梦想实现了！今天，潮玩也好，盲盒销售形式也罢，已经成为年轻人的流行词汇。可以不夸张地说，泡泡玛特引爆了中国的潮玩文化。

潮玩的买家收藏家大都是年轻人，而且是具有一定文化艺术判断力的成年人，它告诉你：不是只有小孩子才爱买玩具。那么，问题来了，泡泡玛特到底靠什么征服了成年人？泡泡玛特引爆潮玩之后，各路记者常常围着王宁提出各种各样的问题，似乎泡泡玛特火爆的"盲盒"里隐藏着什么奥秘。而王宁却一如既往冷静平常得像个天真少年，他的回答或许超出了记者们的预测。他说"盲盒"不是芯片，也不是什么高科技，"盲盒"不是什么商业秘密，更不是别人想不到的天才 idea（主意），这就是个非常简单的工具。泡泡玛特的迅速壮大，核心要素还是 IP 本身。泡泡玛特用户多数是成年人，真正吸引他们的不只是拆"盲盒"所带来的惊喜感，更重要的还是盒子里面的东西。好，暂且打住，"盲盒"里到底装的什么东西？听王宁慢慢道来："……当我们是孩子的时候，家长不想让我们像个孩子，当你长大了，你就更不可能像个孩子，对吧？然后到现在他就想，那我还是想回到简单的孩提时代，我觉得我还是个孩子嘛，我们叫 back to play（玩心回归）。我觉得每个人心中都住着一个孩子。其实所有人内心都有那么一些渴望，去保留内心纯真，保留内心那种简单，去追求小确幸的那个点，像个孩子一样去寻找一种简单的快乐。"

有时候，王宁也会一语道破泡泡玛特的天机：泡泡玛特的潮玩就是把销售商品变成销售情感，变成传递快乐！让人们感觉到生活的美好！

他果真是为用户创造"快乐价值"的同时赢得了"人心"，那比海洋、天空更为广阔无垠的世界。

陈格雷曾经对王宁说，懂艺术和喜欢艺术的人我见过很多，而你是我见过的懂艺术的人当中最会卖货的人，懂艺术的人容易自嗨，而你更懂得让别人嗨起来。

王宁的老朋友陈格雷，对他的创业轨迹了如指掌，有段回忆叙述恰好将西亚斯与泡泡玛特联结起来："王宁和我第一次见面，就聊起他在大学（西亚斯）卖光碟，那是他的得意之作，应该也是他人生第一次的商业成功，在我们认识的多年里，这个故事他至少还提起过三次。……我发现，他后来做的所有商业的事，基本逻辑和卖光碟是一样的：能敏锐捕捉到人们的情感所向，然后，这种情感转化为有创造性的商品，再卖给这些想留住情感的人。"

做有温度的品牌

泡泡玛特在国际市场的步子稳健而快捷——建官方网站，线上购物，随之线下直营店跨海开设次第展开。如今，泡泡玛特的创意潮玩已入驻韩国、日本、新加坡及美国等二十一个国家和地区。公司还与美国迪士尼、环球影业以及日本万代等知名企业合作，推出比经典IP更为丰富且带有泡泡玛特印迹的潮流玩具。

2020 年 6 月，王宁母校——郑州大学西亚斯国际学院，得知泡泡玛特即将在香港上市，该校创办人陈肖纯先生写给王宁一份热情洋溢的祝贺信：

> 王宁同学：
>
> 　　欣闻你创办的泡泡玛特即将在香港交易所上市，我深深地为你感到骄傲，并向你致以热烈的祝贺！
>
> 　　回想你在十几年前制作的《爱上西亚斯》系列作品，点滴记录了西亚斯的办学历史；后来你创办格子街，以一种前所未有的模式打开了商品销售的新天地；如今你和你的公司已经成为西亚斯校友创业成功的典范。母校深情注视着你的每一步发展，关心着你所有的付出和努力。
>
> 　　在此，我谨代表学校师生校友送上良好的祝福，希望你能够率领你的员工，在未来继续引领浪潮，依托资本大舞台，将泡泡玛特打造成为更具影响力的国际龙头企业。
>
> 　　与此同时，也希望你和过去一样，继续关注和支持母校的建设和发展，与更多的在校及毕业的西亚斯校友分享你的成果经验，帮助他们在不同领域实现对社会的贡献和价值。
>
> 　　衷心祝愿你的各项事业蓬勃发展，蒸蒸日上！
>
> 陈肖纯
2020 年 6 月 6 日

2020 年 12 月 11 日早晨，北京望京凯悦五星酒店豪华大厅内。泡泡玛特与香港联合交易所连线，舞台上大红背景幕布上的白色字体异常醒目：热烈庆祝泡泡玛特国际集团有限公司香港交易所成功上市，股票代码 9992.HK。泡泡玛特团队与各路来宾彼此的热情问候像水流溢满了大厅。大家在轻音乐的旋律里期待——泡泡玛特于当日 9 点 30 分在香港联合交易所主板挂牌上市的一幕。

约 9 点 10 分，西装革履扎一条花色领带的王宁走上台。一向沉稳的他，一开口也显露出激动喜悦之情：

大家好！现在我的心情非常激动！

首先，非常感谢大家今天来到这里和我们一起分享泡泡玛特上市的喜悦。

今天站在这里，还是感觉有一点梦幻，我的脑海中还在不停地浮现着我们一路走来的很多瞬间。这种感觉像一场梦，也像一场旅行，更像一个激动人心的励志故事。就在上个月，我们刚刚度过公司的十岁生日。在这十年里面，发生了太多故事。感恩一路上有这么多人陪我们同行。

十年磨一剑！十年来，我们每天都很努力地想比昨天做得好一点。我们尊重时间也尊重经营，我们学会了与时间和繁琐做朋友！我们追求极致并一直相信设计和美的力量，也努力成为一名"传递美好"的使者。今天，能和我们的团队走到这里，我觉得非常自豪。

当然，我觉得更加值得自豪的是，我们开创了一个品类、一个行业。我们打造了一个关于潮流玩具的生态体系。我们也让一代年轻人了解了什么是"潮玩"，并在这个时代留下了一个文化印记。我们给这个世界带来了非常多的快乐。

在这里，我想感谢我的家人，感谢我们所有的同事，感谢所有一路支持我们的伙伴和朋友，感谢所有热爱我们的粉丝，也感恩这个时代。

我想，"十年"不是这个故事的结尾，而是另一个让人更加兴奋的故事的开始！我希望我们能够成就一个伟大的品牌，一家伟大的公司，并希望我们将来能够成为一家有全球影响力的企业。

时间在变，梦想不变！致敬我们的上一个十年，也期待下一个更美好的十年！

谢谢大家！

接下来，电子屏幕播出一个香港交易所的现场短片，在交易所大咖的一番热情洋溢的祝福之后，播放了宣传泡泡玛特的短片。当9点30分一到，大厅瞬间寂静，按照股市的传统程序，王宁在台上举起鼓槌，对着一面大锣略微使劲地一敲，随着锣声在大厅响起，意味着隆重开市。

掌声骤然响起，随之台下众人关注着电子屏幕上股市数字的跳动。王宁微笑着站在台上，约数分钟之后，投资商、艺术家、团队成员、亲朋好友，轮番上台与王宁合影。新闻媒体的镜头则忙碌追逐记录变幻的一个个场景。

泡泡玛特发行价设在每股三十八点五港元，当日收涨百分之一百零五点八四，总市值超千亿港元。王宁率领他的泡泡玛特团队开创了国内潮玩行业，当日的成功上市是一个里程碑，使泡泡玛特一跃成为国内潮玩文化的先锋开拓者。当日，从9点30分开市到下午3点闭市，王宁，这位"八五后"沉稳地与来宾们礼节性地交谈合影。

当天晚上，泡泡玛特在凯悦酒店举行庆祝晚会。晚会前，有位下属来到王宁身边，靠近他耳边低声请示，是否将晚会中心位置的主桌安排给泡泡玛特最重要的投资人？王宁沉默片刻，而后肯定地说：不，主桌要安排与我一起创业的泡泡玛特团队。

在晚会的祝酒词中，他高声地感谢父母、妻子，感谢艺术家与投资者，感谢创业团队与泡泡玛特的员工。白天的那份沉稳终于被内心的激动所冲破，他也爽快地感谢了一回自己，只是声音已有些哽咽。

"创业就是刚开始做A，最后做成了B，然后莫名其妙地有一天在C成功，但是也许有一天你会在D变得伟大。泡泡玛特目前处于的应该是C这个状态，但不排除有一天，也许我们会走到D……"王宁的这番话既描述了泡泡玛特十年滑过的轨迹，也表明了他一如既往的自信。

王宁创业的初心是：为用户创造价值！十年前，他在走出西亚斯校门时，即有一个信念——做有温度的品牌，传递美好。十年来，他一直坚持这个创业的初衷不变。至于未来，他说：希望我和团队控制好自己的小宇宙，虽然权力、财富、名誉可能在增加，但我们可以用这些做我们认为更伟大的事情,希望我们能够耐下心来继续做一个有温度的品牌。

天壤之别

学校与企业双方的痛点

2016 年夏日,北京。陈肖纯受万达集团首席信息官(CIO)朱战备先生邀请,在"首席信息官千亿俱乐部"客厅与部分企业首席信息官聊天,谈话主题是市场风险投资。

彼时,该俱乐部的背景是一个协会——中国信息化管理领导者联盟,已经成立二十年,其成员来自国内营收过千亿企业的 CIO。朱战备是该俱乐部的发起人与协会常务理事。CIO 是公司运营执行机构首席执行官 CEO 之下负责企业信息化管理的高管。随着信息化管理引领企业走在信息社会的前沿,其 CIO 职位的重要性也就日益凸显。TCL 公司有一个惨痛案例:在新世纪初,中国大企业试着走国际化的路子,TCL 集团公司可谓中国当代勇于"吃螃蟹"者,彼时的 TCL 集团雄心壮志,走出国门,与德国施耐德公司合作,收购法国爱卡特手机,最体现其气魄的是买下了电视老东家——彩电发明企业汤姆逊的电视事业部。然而,TCL 赴法国汤姆逊公司的接管团队没有国际公司的管理经验,自然对法国的劳工法律与知识产权法律也不熟悉。结果是花巨资买了电视事业部,而没有买其非常重要的那个摸不着看不见的"全球 IT 系统"。没有此信息系统,企业无法运作,这个巨无霸企业遍布全球的工厂都停产等着。于是 TCL 高管便去汤姆逊公司总部要求使用该系统,人家的回答太简单了:使用可以,钱!汤姆逊对"全球 IT 系统"卖得漂亮:一年使用费两千万欧元,相当于两亿多人民币。你不买还不行,TCL 惨了,骑虎难下,巨额亏损。这还没完,祸不单行,由于公司经营难以为继,法国汤姆逊电视部被迫失业的劳工依法要求赔偿。彼时法国汤姆逊劳工在大街上排长队领取 TCL 赔偿金的镜头频频出现在各地电视新闻当中……

据TCL的人说，彼时的账面都无法对外公布。若不是政府最后扶了一把，TCL真有倒闭危险。之后，惠州给TCL八十亿贷款，但也是杯水车薪。第一个吃螃蟹的人反而被螃蟹咬了一口，差一点死掉。

且说陈肖纯在俱乐部聊天。陈肖纯早在2009年就在西亚斯校园为学生创业成立有"亚美迪中美创业孵化中心"，合作方为美国亚美迪集团。随着创业中心的发展，又在北京成立了风险投资公司。而朱战备就是在西亚斯于北京成立风险投资公司时与陈肖纯相识。朱战备的本意是邀请一些CIO来看看陈肖纯的风险投资项目，聊着看着，这些CIO就发现原来陈肖纯搞风险投资只是一个副业，其主业是在中原郑州创办有一所中美合作的大学——郑州大学西亚斯国际学院。

"没想到啊，您居然创办一所大学，多大个规模啊？给我们详细看看吧！"首席信息官们来兴趣了。陈肖纯就微笑着调出西亚斯的视频给诸位看。CIO们惊叹不已：嚯！1998年成立，中美合作，两千五百亩地，近三万名学生。一个聚会聊天下来，这些CIO的关注热点兴趣聚焦到西亚斯国际学院，而把聚会的本意——风险投资放在了一边。彼此分手告别时，陈肖纯顺便就客气地邀请各位CIO有机会到西亚斯国际学院做客。

2016年10月，朱战备一行数人应陈肖纯邀请，怀着好奇心到西亚斯参加一年一度的"慈善晚宴"。这个慈善晚宴说白了就是学校为贫困生拉赞助的晚宴，当然会邀请一些有爱心有实力的企业家来。慈善晚宴搞得高大上，正宗的西餐，有室内交响乐团轻音乐演奏，且有学生服务人员为大家上菜。之后，有拍卖募捐仪式。

朱战备是中科大博士，在外企也干过，有教育情怀。同行的三胞集团前CIO王勇，亦对教育有浓厚兴趣，他是同济大学电气工程专业毕业，做过同济大学教授、惠普公司高管。于是，他们没有急着离校，而是在西亚斯校园参观了几天，随后便与陈肖纯坐下来聊天。令他们没想到的是，大学与企业还真有共同感兴趣的话题。陈肖纯谈的是西亚斯的博雅教育、全人教育，其战略目标是提升中国高等教育的水准。而朱战备、王勇等谈的是：如今的企业很难找到合适的大学毕业生。

王勇未说先笑，坦率地对陈肖纯说："无论是博雅还是实用，学生们终究得走向社会。而社会是多元的，那学生的价值也应该由多方面元素构成。品格、技能等等，任何单一方面的评价都难免有失偏颇。而从中国当前的社会现实出发，多数大学生毕业后会去企业就业，所以他们需要有一技之长。"

数位大企业的高管，轮番向陈肖纯倒出了企业当下的苦恼：对于大学毕业生来说，文凭只是他们的一部分，更重要的是如何满足企业的需求。作为学生独立个体，走进企业之后，满足企业需求是他们的责任。但是，我们发现，现在的大学毕业生在企业能够顺利进入角色的人非常少，尤其是管理人员极其缺乏。企业无奈之下，只得投入资本对学生进行再培训。不仅如此，王勇还向陈肖纯介绍，说企业专门在进入企业满两年的大学生中选择"管培生"，进行两到三年的培训。所谓"管培生"，即严格选调出有管理潜力的人员一边工作一边"分槽喂养"，让他们成为企业管理的储备干部。

王勇还更为细化地用数字说话："一个导师带两到三个人，目的非常明确，让他们成为适应企业的骨干。第一年下来淘汰一半，这部分人属于糊涂者，不知道自己一生要干什么、追求什么，属于随大流的。第二年再淘汰一半，这部分我们把他们称为伪装进来，骨子里根本就不想在企业发展，只不过是把企业当跳板，将来也不可能成为企业的储备人才。第三年也就是第三次还要再淘汰掉一半，这部分被淘汰者是经过培训发现不具备管理潜力的人。企业付出的培训成本很高，储备六十个人，却要从四百八十人中挑选。我们在挑选中发现当今的大学毕业生差异很小，看看简历，提几个问题，聊五分钟就谈死了，没什么好谈了，如果说有差别也就是城乡学生之别而已。学习成绩都差不多，但实践能力靠不住。最致命的是绝大多数学生不知道自己该抓哪个因子……"

朱战备一行数人不无感叹地说：几乎所有像样的企业均在做"管培生"培训。诸位 CIO 对当代大学生状况的忧虑及倾诉，让陈肖纯颇为惊讶：原来高校苦心培养的莘莘学子走向社会之后的路子并不让人乐观。

在1980年前后，中国通过高考进入大学或考试出国留学的那一代大学生，对温元凯这个为恢复高考振臂一呼的风云人物几乎是无人不晓。温元凯对陈肖纯于美国留学后回国创办大学的胆识很是欣赏，早在西亚斯创办初期，就欣然接受陈肖纯的邀请，担任过西亚斯国际学院名誉院长。十多年前，温元凯所办的公司与几百家企业有合作，他在与这些公司的CEO交流中发现，他们大都认为现在的大学生社会适应力很差。后来，那些合作公司中有十一位老总根据用人案例编写了一本书，书名就叫：《我为什么不要应届毕业生》。温元凯对此十分感慨："中国应试教育培养的学生缺乏创造性，而最优秀的学生又希望奔向国外。三十年来，我们没有或者说很少有影响人类科技、命运的大科学家产生，当然袁隆平除外。"

其实，这一问题不仅仅存在于企业领域，其他行业领域也一样，需求空缺很多，但合适的人难找。具有创新思维与社会责任的人才，管理人才，擅长写作的笔杆子，在大学毕业生中极难寻觅。某省城高校的一位校长曾经在做报告时说：上面有位组织部部长让下面省市推荐年轻人，说有管理能力的，会写文章的，有多少我们要多少！

大学毕业生难以适应社会用人需求，是教育之痛，也是社会之痛。

陈肖纯听了数位企业高管道出的企业用人苦衷，便敞开了谈西亚斯"三足鼎立"的教育模式——博雅、全人、融合教育。融合教育这一足既与另外两足密不可分，又有其独特的内涵，有中西融合、知行融合，具体包括古今融合、学科融合、产学融合、教学融合、科教融合、产教融合、社会融合等。陈肖纯认为，教育既要面对当下，更需要面向未来，大学要培养多元创新人才，未来教育的创新需要融合才能办到。

"不同文化的碰撞能够产生新东西，近亲繁殖则出问题，一样的基因产生不了新的东西。远亲融合，那强基因就会抢先生长。中西方文化差异太多，碰撞之后会产生更美的火花。东方的老子、孔子、佛教等，西方也在学，完全开放接纳，日本也是如此。中国如果没有改革开放四十年会有今天吗？今天，所有国家都在记录中国快速发展的历史。"陈肖纯接着数家大型企业高管的话茬，针对学校与企业双方的痛点侃侃而谈，"产学融合是西亚斯融合教育中的重要模块，为什么呢？因为企业或者说产业非常超前，而教育却是异常滞后。往往是早已被企业颠覆淘汰的东西，学校还在那里教。我的理念就是：把企业新的东西引进西亚斯，冲击传统教育，从而产生新的东西。企业若想在竞争中求生存发展，就得做研发，对市场没用的就不会做，这一点就远远超出教育。我们西亚斯的模式就是要把企业的前沿东西引进学校。所谓的产学融合，就是把'产'字放在前面。"

陈肖纯仿佛遇到了知音，继续往深了说："……如今的规模企业里，博士、博士后都有，研发人员更是聚集专业顶尖人才，这一点比大学厉害，他们拿高薪，公司甚至可以让他们入股或给期权。而大学呢，随着新教育模式的萌芽，比如网络远程教育的撬动，那延续数百年的旧有教育模式就会变化，就会被颠覆。大学的课程可以挂在网上，大学生在校可以自由选课，选世界各地名校大师的课。大学发一纸文凭延续至今，没有好的办法嘛。新教育模式下的学生将是能力配知识。在信息、知识社会，学校掌握着给学生发文凭的权利，老师照本宣科，那等于在浪费学生的生命。西亚斯的产学融合教育，就是要将企业的研发者、工程师请进来，他们既是教育老师，又是创新发明者。这一点在当下中国不明显，在美国，大公司把新设备放在大学供学生使用，推广普及他们的新产品嘛。西亚斯早期引进的这个理念，其实都是人家一百多年来行之有效的实践。……"

企业高管们对陈肖纯所谈的西亚斯融合教育听得津津有味，尤其对产学融合非常感兴趣，且连连表示赞赏。上述这一番校企之间的对话，可谓既击中了学校的痛点，也击中了企业的痛点，这痛点其实也是校企双方共同的痛点。

企业的 CIO 脑瓜灵点子多。王勇在双方对话接近尾声时仿佛灵机一动，就说："如果将我们企业的'管培生'程序放在你们的西亚斯校园里做个尝试，或许正是产学融合的一种探索性试验啊！我们一直也在考虑在这中间做点事。"

陈肖纯一听，眼睛就亮了，说："好啊！我也正有这个想法，邀请你们来合作做事。"

……

未来信息技术学院

其实呢，王勇当时也就那么顺嘴一说，并没有细想企业的"管培生"程序如何提前放置在西亚斯校园里来运作。可陈肖纯是认真的，他的融合教育模式在西亚斯酝酿多年且早有实践。双方的"痛点"是一致的，教育要适应社会的理念也一致。企业希望找到好学生，学校希望学生找到好企业。有了这个基础，双方再谈下去就顺理成章了。

王勇接着陈肖纯的话茬问道："那如何运作呢？企业派人来做老师上课吗？"

陈肖纯则似乎还没有考虑周全，说："上课当然是其中一部分，还可以考虑做其他的事嘛。"

王勇笑着说："据我的经验，估计上课不行，学生听不懂。"

陈肖纯说："你们先走进校园一步，如何合作我们再做细节讨论。企业家也可以挑学生能听懂的内容来讲。反正我们的理念是一致的，你们还可以帮助我们的学生去好的企业就业嘛。"

……

通过这次对话或者说座谈，陈肖纯向企业家介绍了西亚斯的融合教育，朱战备、王勇等有了进入西亚斯校园干一番充实融合教育的意向。朱、王一行回到北京即将此事汇报首席信息官千亿俱乐部理事会，得到理解支持。于是，王勇二次带领企业家返回西亚斯考察，并与陈肖纯商议：双方能否合作成立一个产学融合的学院？该学院主要由企业高管们组织运作。学生可根据个人爱好在专业课学习之外报名参加。为了探索一条长久的可持续运作模式，该学院可合理收费。

陈肖纯欣然同意，还为该学院起名为"未来信息技术学院"（FITI）。该学院如何运作？关键是给学生们讲什么？王勇对企业需求的多样性了如指掌，可对西亚斯的学生状况及多样性却一片空白，如何将"学生的多样性与企业需求的多样性相匹配"应该就是FITI

要解决的问题。这位在同济大学做过教授又做过企业高管的王勇便单独一人在西亚斯校园做了一番细致考察。他找有关部门负责人谈话，又搜集了学校教学计划、教材与课程表等。他需要了解学生整体水准，以便有针对性地设计 FITI 课程内容。他对同济大学的专业课程设计安排了然在胸，当过多年老师嘛。他仔细地对比分析了西亚斯的教学计划与教材内容，但从中并看不出西亚斯与全国"985"高校在教学设计上有什么明显的差异。于是他便又调出课程表仔细看，由此看出西亚斯每周安排的课程量并不算重……

那么，西亚斯的学生专业学习之外的时间都干什么去了？原来学生们去参加社团活动了，西亚斯有近两百个社团，学生们根据各自爱好自由选择参加，而这也是西亚斯与其他高校的一个显著差别。也就是说，西亚斯的学生并没有把在校学习时间完全集中投入在专业课程学习方面，他们还有大量丰富多彩的课外活动，还选修了自己喜好的其他专业的课程。

经过一番专业考察，王勇对西亚斯国际学院的学生有了一个总体估计：学生的读课本能力或者说应试能力相对于"985"高校生来说偏弱，但是他们的社团活动与社会活动多，这样的学生与书呆子相比，进入社会之后适应性更快。由此，也提升了王勇创办未来信息技术学院的信心。

2017 年 3 月，"未来信息技术学院"在西亚斯校园正式挂牌成立。这在中国高校校园是一个新生事物。大型企业的多位高管加上西亚斯国际学院创办人，成为未来信息技术学院的创始人与管理者。西亚斯提供校园硬件设施的支撑，其余的教学安排、课程设置与毕业生就业等，则完全由该院院长们操持。这倒真是运作得吻合了西亚斯融合教育中的产学融合，而且还如陈肖纯所说，是把"产"放在了前面。

FITI 的牌子挂起来了，学院的廊壁上挂起了学院创始人与管理人员的照片，贴出了学院给予学生的期望——信心无畏、良心无愧、青春无悔。最大的困难是招生，要让学生在专业学习之外，从社团丰富的活动中再抽出时间来学习他们将来走出校门才需要的东西，并不是一件容易之事。王勇院长不无焦急地对同仁们说：学生并不理解 FITI

学院对他们的价值，等理解之后就晚了。他又在校园做了一番调查，发现大致有三分之一的学生课后在教室与图书馆，还有三分之一的学生在宿舍自习或玩游戏，可剩下的那三分之一学生不知在哪里。通过一段时间的宣传、试讲，这一年FITI学院只招收到七十五名学生，相对于西亚斯三万左右的学生来说简直就是一个可以忽略不计的数。然而，未来信息技术学院还是按照既定的教学计划，定期安排高新企业的高级管理人员来给学生们上课。

在王勇的设计下，FITI学院对刚入学的学生，均要专门拍个小视频存档，无非也就是学生当着老师与学生的面做个自我介绍的场景。但王勇则是要记录学生"起跑"的那个姿态。

学生个人创业或小型企业需要的是通才，而大企业则需要专才。大企业通过科学的组织力量让小企业无法企及。华为就是一个最好的例子，没有大投入就没有大产出。未来信息技术学院的目的是将学生培养成为能在规范型企业胜任某种职位的人，这样他们就有可能在未来成为企业最需要的中高端人才。

未来信息技术学院为学生创造了一个机会和条件，让学生根据兴趣自己选择，事先接触到社会上需要的东西，到FITI学院来全面发展。王勇对此有一个形象的比喻，他说："学生问题多，对社会尤其是对企业内部运作简直就一无所知，我们FITI学院等于是拉他们一把，西亚斯学院再推他们一把。我们挑一些爱学的、学有余力的来学。"FITI学院的教学是有针对性的，王勇对产学融合有自己独到的认知："学生交叉学科的做法也是融合教育的一种类型，教商科的学生一些信息工程，教信息工程的学生一些商科知识。理科、工程类，课程是链条式的，知识点基础不好就会中途掉链子。商科类知识是散状点型的，逻辑关联不大严密，其中还有艺术与胆识的问题。所以，在企业里，本科的商科学生不值钱，他们做具体事情的严谨性及能力差一些。学理工科的本科生加个MBA就值钱。这也是融合教育。企业需要专家，也需要横向人才，FITI教学偏重横向内容，提升学生的情商，将来在企业适合做管理人才，这与我们企业培养'管培生'是一脉相承的。"

好多学生虽然还没有涉足社会，但对社会却有一肚子的猜测与臆想。仿佛跨出校门就是另一个世界，社会是一个充满竞争与关系的旋转机器。他们认为学校是自由天堂，抓紧时间享受才是不二选择。FITI 学院的管理者兼教师王勇、陈靖、孙廉江等曾是或仍在社会公司做高管，他们给学生讲惠普公司准则，学生们大为惊讶，没想到惠普的天条竟然是诚实、正直、勇敢，是做人第一。

《惠普业务经营准则》内容丰富，甚至有详细的反腐败规定，原则是：任何代表惠普的人员均不得在开展惠普业务过程中使用贿赂、回扣或其他腐败做法。员工必须严格遵守惠普业务所在的每一个国家中的一切道德准则和有关法律的规定。

该《准则》相当于惠普公司的最高法，其他一切规章制度皆以此为依据，要求公司团体所有职员与董事会成员必须遵守执行。从公司董事长兼总裁（首席执行官）凯利·菲欧娜对该《准则》的贯彻执行给全体员工的致辞一文中，可以大致了解其精神概要：

> 我们谈了许多关于惠普的领导地位问题。但领导地位并不仅仅是由收入和市场份额、利润或能力来确定的。它还取决于我们的品格。它不仅取决于我们做什么，而且还取决于我们怎么做。它扎根于持久的价值观，比如团队精神、尊重、信任和坚定的信念以及正直不移。
>
> 惠普业务经营准则体现了我们对惠普的道德和法律义务的基本原则。它们不仅涉及我们在公司内部的行为，而且还涉及我们同客户、渠道伙伴、供应商和竞争对手打交道的行为。坚持这些准则将会有助于我们保持公司内部做法的一致性和连贯性，并且会进一步提高我们在全世界诚实和公平交易的声誉。
>
> 这些准则适用于我们在全球范围内的所有职员和董事会成员。我们每一个人都有责任理解这些政策，并在日常业务活动中遵守这些政策。我们必须对我们自己和对彼此有最高的期望值。任何不道德或非法的业务经营行为都是不可接受

及不能容忍的。

　　我鼓励员工定期对业务经营准则进行审查，并向您的主管人员或经营准则办公室、人力资源部或法律部代表反映您的问题或关注。

　　信任和正直不是注定就有的，而是我们通过每一天的行为赢得的。在由最新技术所定义和塑造的世界中，我们必须继续保持这些永恒的价值观，从而保证我们不断获得成功。

在了解惠普公司的《准则》之后，一些学生发出感叹：未来若是在这样规范的公司里能够胜任某一个职位，并不是一件容易的事。

FITI 学院创始人之一、中国 TCL 集团前 CIO 袁迈克给学生们讲案例，讲前面提到的 TCL 吃螃蟹倒被螃蟹咬了一口还差一点死掉的案例。

袁迈克定期到 FITI 学院给学生上课，2019 年秋季的一天，他站在讲台上，打开投影仪，将一组戈壁之行的照片放给学生们看。袁迈克也是上海人，白皙的皮肤，偏瘦的身材，戴一副高度近视眼镜，讲一口上海普通话，一个典型文弱书生的形象。他指着照片中身着冲锋衣、戴着遮阳帽、与数位同伴跋涉在茫茫戈壁之中的身影，说那就是自己。他一边变换着屏幕上的照片，一边向同学们展示 TCL 的一角文化：

"……这是三年前的一组照片，是我们 TCL 公司管理人员的戈壁沙漠冒险之行，全程一百一十二公里，全副武装地在三十四到三十五摄氏度的气候下穿行三天四夜。公司组织这样的活动，自愿参加，出发前要签订生死状，途中若出任何意外，完全由自己负责。那个时候，哦，你们看，我脚上磨出了泡，一边走一边喝水，但咬着牙也得走，不能停下来，停下来谁来管你？那时，能看到远处的一棵树都惊喜万分，那是生命的奇迹。哦，这一张，中途也有挂的，用担架抬走了。最后五公里是盐碱地，前方是长满了荆棘的一个高地。我喝了一瓶子藿香正气水，坚持走下来了！我们玩得有点过火了。但是，同学们，我要告诉你们的是，这只是 TCL 公司文化的一部分。每个公司都有自己的文化，你们毕业走向社会，若进入企业，将会遇到各种各样的公司文化。……"

是的，学生毕业走进企业，无法回避企业文化，只有两个字——适应。FITI 学院即是让他们提前了解企业文化的多样性，让他们在进入企业时不至于像个菜鸟、小白，故而少走弯路。大学生在企业的职业生涯不应该凝固于一线的某个岗位，或做管理者或做研发，方有可能发挥他们的最大价值。袁迈克在公司从一线员工做到 CIO，他讲课，专拣自己有切身体会的干货说："……你若做管理，就要掌握心理沟通，要怀着同理心，真诚地与别人沟通。我们做沟通的要诀是，口到，眼到，心到。下属最怕什么样的领导呢？你们想想看，就是咄咄逼人……"

袁迈克依据《2025 中国制造战略》，给学生们讲如何借助 IT 技术，摆脱中国企业长期在制造业价值链处于低端的状态；讲引领企业发展的智能创新、互联网加制造、互联网加中小企业等；讲企业职员的生存之道——要善于同自身上下左右的关系沟通。

FITE 定期邀请企业的研发者与管理者，给学生们讲新技术，讲管理的技能与境界。

FITI 学院在西亚斯开试听课，学生来得少，而学院管理者又极少能接触到家长。但有的家长对王勇说：你们这是好事啊，不仅培养学生的知识和技能，还推荐他们到好的企业就业。如今学生就业太难了，找个好单位就更是难上加难。学生回家也不跟我们说啊，那我们家长就是砸锅卖铁也会支持孩子的……

未来信息技术学院的进展艰难而又缓慢，有点像起了个大早，但赶到集市时却发现冷冷清清。他们在耐心等待，企业的 CIO 们能看到未来的前景。一件新生事物如果进展得过于顺利，反而异常。

一直到 2020 年，未来信息技术学院已经运作三年多，但财务账面仍然没有多少盈余。我有些不大理解他们的坚持，但王勇先生一番内心独白般的话，消解了我的疑惑，他说：我们这些服务过千亿企业的人，可以说衣食无忧，钱对我们有太大的意义吗？有的人快要退休，有的还在职工作，大家聚在一起是想做有意义又喜欢的事，对，干自己喜欢的事。原先为别人做，现在是为自己做。我们还是坚持收一定数额的学费，探索一种商业模式，否则将无法持续，也无法扩展规模……

天哪！那是我吗？

李博，西亚斯国际学院商学院市场营销商务策划管理专业 2015 级学生。在校期间报名未来信息技术学院，学习一年半。2019 年从西亚斯国际学院毕业后，被 FITI 学院推荐到深圳爱思普信息科技有限公司（港资外企），做客户服务售前方案。该公司为德国信息管理软件 SAP 的金牌合作伙伴，为企业人财物与产供销管理使用。

李博很乐意接受我的访谈，谈了 FITI 学院对他的很多重要影响：

> 我是河南周口市东新区搬口乡人，我们那里算是农村，父母是农民。在西亚斯上大二时，商学院系主任张老师推荐我们学市场营销专业的报名未来信息技术学院，记得系里有二十六人参加。张老师为我们好，说商学院讲理论多，而 FITI 学院则更多地讲实践当中有用的东西，他们承诺提供好的实习平台，回头有更多的实习机会接触好企业，为你们未来就业多铺一条路。还说西亚斯学院很不错，但毕竟是一所年轻的学校，某些方面无法与百年老校或"985"重点高校比，你们毕业应聘时找优秀大企业的机会就少一些，而 FITI 学院会开拓你们的视野，新技术啦，企业发展新趋势啦，他们都会讲的。
>
> 在 FITI 学院开学仪式上，陈肖纯理事长也讲了话。从小到大，我坚持的东西，父母会支持，上大学了，主要靠我自己。FITI 学院每年学费九千八百元，学院成立的 2017 年优惠，我交了六千。第二年就是九千八百元了。现在回头看，多方面考虑，觉得 FITI 学院很靠谱。参加之前，我试听了几场王勇与袁迈克院长的讲课，陈肖纯理事长也讲了融合教育的意义，那时就觉得这是学校提供给我们的一个机会。给我们讲课的老师来自全国各地企业的高层管理人员或

高级专业技术专家。学习一段后，时间紧张了，之前报名参加的社团兴趣活动时间少了，那我就权衡利弊，舍弃一些。有些兴趣爱好与就业相比毕竟就轻了许多，就业的压力多大啊……

要说在 FITI 学院的收获嘛，首先是帮我选择了择业方向，这个对我的未来很重要。我作为商科纯商务策划专业的学生可选择与 IT 相关的企业。我对自己有个基本认知，自己美术功底差，创新思维与能力弱，脑洞不大，单纯搞商务策划不是很优秀。信息企业时代，这个商务售前策划需要对 IT 有了解，要想在竞争中生存，最好投入 IT 行业。进入 FITI 学院之后，我就更加明白了自己的选择是对的。

优秀的人都相似，我发现 FITI 学院来自企业高层的高管，气质有共同点：他们一是对从事的工作非常专业；二是博学，不仅对本行业精通，对跨界的东西也讲得很到位；三是感觉他们很谦卑不张扬；四是他们散发的气场很强大，比如说王勇院长，十五岁就上大学，智商情商都是王者。我二十多岁了，感觉他是最厉害的人。王勇院长看问题很透彻，同学们提出的疑问困惑各种各样，可他一针见血指出问题根源所在，对几乎所有的问题都解答得通透，让你很难反驳的。他们在我心目中非常优秀，我很崇拜他们。

可以说，FITI 学院改变了我的择业方向，也改变了我的人生。

你说在商学院的专业学习与 FITI 学院的教学有什么不同？那大有不同。商学院是从理论到理论地讲，而 FITI 学院是理论实践相结合起来说。企业家讲的东西超前哪，讲社会最前端的变化，大数据啦，AI 智能啦，区块链前沿技术啦，这些东西课本上根本就没有，也听不到。大四第二学期，FITI 学院老师推荐我们三位同学到深圳爱思普公司实习，是王勇与陈靖老师的人脉资源。当时我们要写简历，还要通过企业面试才能参加，实习地点在广州，月薪为每月两千五百元。实习中我发现在 FITI 学院学的东西很有用,比如项目管理,之前就有较深入了解。实习完回到学校,7 月份毕业后,我们三位全被爱思普公司聘用,而后一个月就转正了。企业领导说,我们比以往的实习大学生谦虚,愿意努力学新的东西,有敬业精神。

其实呢,我们在企业还没有什么工作成果,准确地说还在门前徘徊。在 FITI 学院时,王勇院长与其他老师给我们讲过进入企业后怎样与人相处,这是非常重要的能力,相处得好进入角色就快。做项目管理不仅要有专业知识,还需要有与人沟通的能力。如果能做到项目经理,不仅要有理论知识、职业操守,还要八面玲珑有灵活性。有时候面对领导安排的很多任务,我就会利用 FITI 学院学到的时间管理法来处理,将既重要又紧急与虽重要不紧急区分开来,合理安排时间来完成任务,所以我也就没有手忙脚乱、焦头烂额的。你说这些管理内容,他们企业的高管都是一步一步走过来的,观点视角实例等,讲得有血有肉,事例丰富具体极了,这一点学校的专业老师就没法比啦。

……

豆梦洁,西亚斯国际学院商学院 2015 级物流管理专业学生。河南省周口市沈丘县某村人,父母均为农民。她着重向我叙述了自己被 FITI 安排到日本实习的经历:

我大三开始兼读 FITI 学院,学信息化项目,班里有六个同学报名参加。我大二下学期,FITI 学院就开始招生,但我不知道与商学院教学有什么大的差别,有些纠结,与父母说了。当时也迷茫,不知道毕业后做什么。有学长推荐 FITI,说毕业后会找到好工作,增长见识。只要你想学习,父母总会在后面支持你。我大三大四在 FITI 学习,毕业前参加企业招聘会,感觉不错,敢与名企对接。在 FITI 学院两年，不仅学书面理论，也学技能和做事方法。我们FITI学院有句口号：现在你辛苦两年，将来会有更多回报。

大三暑假，在FITI学院老师的安排下，我去日本实习两周，完全是免费的。费用由大连一家与日本对接的企业赞助与推荐。每位学生在日本期间的吃住、交通，包括往来机票等，得花费三万多人民币。FITI学院组织我们报名参加，给学生们暑期两次报名考试的机会。去日本前要学日语，还有培训课程。只有大连企业培训老师面试通过，才有资格学习日语，参加考核。面试时人家问我，为什么选择去日本实习？像找工作的流程一样。我回答说，想出去看看，我很珍惜这次实习机会。面试官问我，有信心学好日语吗？我肯定地说，有啊！一定学好。或许是我的坚定决心打动了考官，面试通过。我是零基础，学了四十多天，企业给我们发课程，每天跟踪检查，每周考核。很不容易，当时每天老早起床背，学句子，同学们互相鼓励，彼此帮助。最后能做简单交流，沟通日常事务。我考试八十分以上，同期及格去实习的有九位同学。FITI学院的老师、院长也为我们激动，鼓励我们！

这当然是我第一次出国啦，非常非常激动，用我们家乡话说，叫老激动了！我看到日本机场大都是年龄大的人在工作，很干净，可以说超级干净。我们参观企业，与日本高层领导做交流。从到日本上第一课开始，感觉日本人并不是我去之前想象得那么冷漠，无论是陌生人还是刚刚相识的，他们都主动与我们打招呼。之前我的想象或感觉是出于历史原因吧。我们每天会参观一两家企业，刚到日本就去了一家杂志报纸公司参观，工作人员给我们讲公司的组织框架，经营现状，还有工作流程。他们的效率很高，如周二编排新文章，周三杂志就会出版。中间的工作效率简直不可思议。该公司注重资源使用率，边缘纸会送幼儿园做手工。

日本人做事严谨，工作认真，准时上下班，下班后彼此互不打扰。我是真真切切体会了一把日本人的生活。我们住在当地一家民宿，超干净。街道路边很少垃圾桶。垃圾分类，标记很清晰。家里也摆好几个垃圾桶，分类丢弃。尽管有图片标注，一开始，我也不知将手中的垃圾扔哪个垃圾桶，就找类似的，哈哈……

在日本实习完，回到西亚斯，FITI学院安排我们向老师同学汇报实习感受。去日本走之前，也在那个演讲厅，我们谈了四十天学习日语的体会，那时老师安排我做日语学习生的组织者。我就从去之前与去之后的反差说呗，反正也不会像刚到FITI学院时那样了，那时好多学生上台做个自我介绍都紧张得不得了。汇报前我认真做了功课，制作了PPT，突出说了日本企业管理的特点，他们项目管理的高效率和精细化。我们参观过一个六人的企业，他们一年创很高的业绩。当然也汇报了日本环境保护的所见所闻，资源有效环保利用等。

我2019年毕业，应聘到深圳爱思普信息科技有限公司，做公司领导助理，是售前总监助理。FITI学院袁迈克院长推荐我到这个公司的。我2019年2月份在该公司实习，售前顾问职位。7月毕业就到了公司总部。也许公司认可我实习时的稳重认真吧，哈哈。做售前方案很细的，不小心会出错。但这个不能出错，否则影响领导与客户交流。我会检查好多遍，前期认真对待才能不出错。背后付出多少努力真是一言难尽啊。

我的关于企业管理的技能、技巧，包括沟通、整体逻辑思维等等，都来自FITI学院。前提是做任何任务之前需要思考：如何做好？计划一下就不一样。FITI学院的老师会讲，什么样的任务需要什么样的人做才能让公司满意。而商学院讲授的知识大都是十年前的，是书本上的。如果不进FITI学院，你就不知道课本上的物流网管与现实中的到底不一样在哪里。

我现在工作挺好的。公司是一家信息管理软件供应商，就是企业资源计划用的信息管理系统软件，我们是德国的代理商。软件主要供应国内企业。工作环境很好，领导与下属关系融洽，人性化，不压抑。信息化管理比物流好得多。跟踪物流收发货，那是重复劳动。我现在每天面对的用户不一样，接触人比较广泛，视野开阔。这款 ICP 软件比较超前，公司达到一定规模才会用。小公司会选择国内软件。如果没有 FITI 学院的学习，我毕业只能做物流，但有了 FITI 学院，就有了好多选择。

……

未来信息技术学院只是西亚斯融合教育的项目之一，西亚斯融合育人、知行融合的模式在校园内已经与诸多专业学院对接，颇具规模，且呈不断拓展趋势。陈肖纯可不想自己起了个大早，却要赶一个晚集。截至 2020 年，西亚斯校方主要融合教育项目如下：

与美国环球交流公司合作，设有世界女性未来发展学院；
与中国信息化管理领导者联盟合作，设有未来信息技术学院；
与科大讯飞科技有限公司合作，设有科大讯飞人工智能学院；
与百度集团合作，设有大数据学院；
与软通动力集团合作，设有智能制造学院；
与华为集团合作，设有集成数据学院；
与京东集团合作，设有京东物流学院；
与郑州春之兰商贸有限公司合作，设有春兰养生营养学院；
与爱婴教育集团合作，设有学前教育研究中心；
与广东禾信仪器股份有限公司合作，设有禾信质普学院；
与中央电视台合作，设有央视数字学院。

这种由融合教育滋生出来的"产学融合"幼苗，可谓破土而出，相对大学课堂照本宣科滞后于现实的传统教育来说，是新的突破，是教育对现实潮头的追随与跟进，由此而带来的教育甚至社会的变化还无法用数据统计来预知。但教育在与社会相融合中彼此碰撞、促进所激发的社会巨大推动力是毋庸置疑的。"近几年来，中国南方包括珠江三角洲一带的一些大学，业已形成产学融合的趋势，大学校园内的'课程替换'与'三加一'模式正在蓬勃兴起。"王勇与同仁对南方一些大学考察之后，如是介绍。所谓"课程替换"，即将企业的一些前沿新鲜内容替换大学的某些常规课程，让学生在大学期间提前涉猎企业的动态。而所谓的"三加一"模式，即在大学本科的最后一年，在校提前学习企业有关课程，为企业招聘需要做铺垫。这兴许就是市场机制这只无形之手所做出的神奇调节，也是教育与企业的"共同痛点"所逼出来的双向改变。

未来信息技术学院的学生毕业离校前夕，王勇与老师们会组织开一个会，同学们争先恐后地上台发言，他们滔滔不绝，表达自然流畅，对即将走出校门步入社会颇为自信。随后，老师会放一段视频给学生看，那是他们初入 FITI 学院时面对老师同学的自我介绍场景。学生们看着看着就笑翻了天，原来那时的他们个个局促紧张，有的还捏着衣角，吞吞吐吐……

"天哪！那是我吗？"——他们简直不敢相信自己的眼睛。

第十章　破冰之后

❧

秘密武器

十多年前，西亚斯国际学院护理学院与该校应用认知科学研究所同在一层楼，护理学院主持工作的常为梅副院长在研究所杨宁远所长办公室的隔壁，算是抬头不见低头见的邻居。2010年那时，护理学院刚成立不久，这所新学院的学生到办公室找老师办事的不少，难免喧哗或嘈杂。而研究所是个需要安静之地，故而杨宁远一时间不大适应。尤其常为梅打电话比较多，每次时间长，嗓门儿还大，每当这时候杨宁远便从办公桌边起身到校园去走几圈……

有一次，杨宁远去找常为梅打听个事情，她恰好在高声打电话，杨宁远就在旁边听，他也有些好奇她整天到底在叨叨些什么。仔细一听，原来常为梅是在与校方多个部门领导交涉，为护理学院的学生争取改善学习设施。杨宁远豁然感觉原来身边这位邻居工作是如此认真，对这个曾经让他不得安宁、心情烦躁甚至躲到校园去散步的副院长，顿时产生了几分敬意。因为他知道，如今像常院长这样为了学生认真呼吁的人是越来越少了。

说来也怪，之后，杨宁远在自己办公室沉思冥想他的人类认知研究的时候，耳边再响起常院长的高嗓门儿时，不但不觉烦躁，反而觉得有点悦耳了。

2010年的某一天上午，杨宁远听得办公室外间门锁咣当一声，随即就见常为梅火急火燎地走进来了，还没等杨宁远客气地让座，她就说：

"杨博士，不得了，有急事需要你帮忙啊！"

"什么事这么急啊？您慢慢说。"杨宁远客气地笑着说。

"我们护理学院涉外护理专业的一百零八名学生，今天英语四级摸底考试成绩出来了，一个也没有过啊！你看我这是涉外专业，离国家正式英语四级考试只有二十多天了，到时候要过不了十来个学生，说不过去啊，急死我了！"

接着，常为梅走近杨宁远，放低了声音说：

"杨博士，我可是听学校有人说，你这里有秘密武器？你训练的学生，英语提高很快。你可得帮帮我这些孩子啊！"

"秘密武器？"杨宁远大笑起来，说，"这个秘密武器？有啊！正躺在仓库里睡觉呢。"

"那你就给我们这批学生训练一下吧，要钱给钱，要人有人！"

"钱和人我都不需要，"杨宁远略微沉默了一下说，"我只需要时间，我要你的学生每天给我两个小时来接受'记忆引擎'学习力训练，可以吗？"

"每天才两小时？"常为梅瞪大眼睛，张大了嘴巴说，"时间够吗？只有二十二天了啊，来得及吗？"

"每天学多了反而效果不好，从明天开始，还有二十一天，会有效果的。"

常为梅几乎就要跳脚了，激动地说："太好了，我们一言为定，从明天就开始，我来排训练时间和打考勤的辅导员！"

第二天，杨宁远为一百零八位学生做训练前动员，给大家鼓劲。他讲"记忆引擎"的原理，讲如何运用"记忆引擎"学习，讲之前运用"记忆引擎"的国内外学生的成功案例……

在西亚斯校园，杨宁远给学生们上大课时很来情绪，他很善于用形象幽默通俗的语言，来煽动学生们学习的热情：

> ……读书，是会上瘾的。我从北大的本科一直读到美国的博士后，一口气读了三个硕士研究生课程、两个博士生课

程和两个博士后课程才开始第一个工作。当你找到学习和思考的乐趣，学习就不再是一件艰苦的事情，而像一种乐趣和游戏。我对学习的兴趣是从初中一年级时去旁听一个高考数学辅导班开始的，对心理学的兴趣是从高中时研究学习方法开始的。这样说吧，老天爷给了我们一个大脑，却没有给我们提供使用手册。电脑、MP3都有使用手册呢（笑声）。没有手册就乱用呗，父母怎么教，老师怎么教，我们就怎么学，可学得怎么样呢？在以前，人类对大脑的研究很困难，因为大脑是人体保护得最好的器官，有头骨包得严严实实，没法打开呀。而只有近代的一些脑成像技术出现后，我们才可以不损伤地观测大脑内部的活动。在学习过程中，如果私心杂念多，如惦记着股票、游戏，那就对学习是一种干扰。不良情绪更是各种"病毒"，会影响记忆和学习效果。所以学习需要首先静下心来，认真专注，才能慢慢进入状态。我们与孔夫子时代相比有太多的进步了，现在有了飞机、火箭、电器、机器人，但学习方式一直没有根本的改变，学习的速度，或许还没有孔夫子时代的学生学得快。现在的学生拿到博士，通常已经三十来岁，而在牛顿、莱布尼茨时代，重大发明大都是二三十岁的科学家做出来的，这个年龄正是人脑的黄金时期。按这个规律推断，不远的将来，人类重大发明，要五十到六十岁左右的老人才搞得出来。所以我们这个时代，面临提高学习效率的挑战，以让人类的创新能力，恢复青春！

我们当天学过的东西，一天之内就会忘掉相当一部分。而"记忆引擎"通过优化人机互动、量化管理，达到深度的记忆。大家看过电影《阿甘正传》，阿甘自己对墙练乒乓球，就是重复不断地对一个点打，打的是反应速度，熟练以后内在的记忆强度就到达极限，很难遗忘了。举个例子。你今天听我讲课后对我有印象，过几天在校园里碰到我，你会先觉得我面熟，想一想才会认出我来，不会立即和我打招呼。但如果你在非洲的一个小镇偶遇你爸爸，尽管他当时穿着一身当地服装，你也会立即抓住他说：爸爸，你怎么在这里？这就是牢固的记忆和不牢固的记忆表现出来行为的差异。我们有很多精彩的案例。美国有个华人女士坐月子六十天，用"记忆引擎"，记了五千多个生词，回到语言学校后她立即咸鱼翻身，从学渣升级成学霸。需要说明的是，她的结果是任何人用我们的系统都可以做到的，只是需要一点点坚持。

听到这里，报告厅被骤然而起的掌声淹没。杨宁远则说：现在你们给我鼓掌，等你们的考试成绩出来后，我给你们鼓掌！

"记忆引擎"之父

二十世纪八十年代，杨宁远高考前是贵州省凯里一中尖子班学生，该班学生是从全州十六个县招来的。身处这样的班级，学生压力是可想而知的，长期打疲劳战，使他在高考的前一晚第一次尝到了失眠的滋味。尽管如此，他还是凭他的功底考上了北京大学。那一年，他所在尖子班只有两人没考上大学，而且刚好是全班平时学习最刻苦的一男一女两位同学。杨宁远在第一个寒假回到家乡时，特意去看望同县的那位落榜男同学。他发现这位同学精神不振，说话也小声许多，全身经常发痒，还常常失眠。这样的事情起初让杨宁远费解，他开始思考：为什么平时学习最好的同学反而没有考上大学？

读到大学二年级的时候，杨宁远自己也出现了神经衰弱症状，白天食欲不好，晚上难以入眠。周围同学玩命学习的氛围给他更大的压力，他干脆休学一年通过锻炼身体和练气功自救，两个月后竟然肠胃和失眠都好了，这时候他才意识到，人的身体和头脑的使用，都是有诀窍的，而这些诀窍，学校是从来不教的。

九十年代初期，杨宁远决定赴美国攻读心理学博士学位。他需要参加托福英语考试，经估算还有三千多个生词需要学习。他用裁纸刀裁了一摞一摞二指宽的小卡片，将生词抄在卡片上，正面写英文，反面写中文，用橡皮筋一沓沓套住。然后，一个月闭门不出，每天用循环记忆法背单词十个小时左右。头几天进展挺快，但过了一周，当他每天早上对卡片进行分类寻找应该复习的单词时，就感到了很大的困难，根本不知道哪些单词该复习，哪些单词暂时不需要复习。如果复习全部旧单词，则减少了学习新单词的时间；如果只是学习新单词，则旧单词就会遗忘。他只能每天在卡片上做记号，按照标记来做筛选。可时间一长，标记就乱了套，不好操作。这样，大量的时间精力就无效耗费在对卡片的低效管理上，挤占了本来就紧迫的时间。经过一个月的痛苦复习，巨大的记忆管理成本给他的大脑带来很大的刺激，也促使他萌生了用电脑来帮助统计、计算和优化记忆的思路：如果能把人脑做不好的记忆管理搬到电脑上去做该多好！背单词这个令无数出国考生备受煎熬的痛苦经历，却在杨宁远头脑里植入了菩提的种子，静待日后季节来临时开花结果。

在美国读博期间，他一直专注于大脑的信息处理和加工机制，特别关注用人机互动来研究大脑的认知规律，用无损伤的大脑成像技术来观测大脑内部与各种信息处理相关的活动。1998年，他获得纽约大学实验心理学博士学位，应邀到宾夕法尼亚大学的认知科学研究所从事脑电波和大脑信息处理的博士后研究。2000年，他受聘到斯坦福大学语言信息研究中心和天才少年培训中心任合作研究员，专门研究如何用脑波来识别大脑内的语言信息处理过程。他的博士论文《人类视觉镜象记忆的存活时间的特性与神经机制》，被美国科学院院士乔治·斯佩林博士列为他的研究生必读文章。

他原本计划在斯坦福研究两年，结果十个月就完成了两年的实验计划，采集的数据够研究中心用好几年了。这时，他萌发了下海创业开发电脑辅助记忆系统的念头，于是就先到了斯坦福大学附近的硅谷找了一份工作，为创业做准备。彼时国内学英语的软件种类繁多，竞争激烈。但杨宁远有自己独特的创意思维：中原逐鹿，看谁马快。

按照他的估计，"记忆引擎"可成倍提高人的记忆。对此，孵化杨宁远创业的美国硅谷西北理工大学谢校长高声笑了："你别说成倍提高，你能提高百分之五十就很了不起了，就非常成功了。想想你的房价增加百分之五十，你的工资增加百分之五十，你手里股票的价值增加百分之五十，是什么感觉？"谢校长说得没错，在科学高峰上每攀登一小步，往往都需要科学家付出一生的代价。

从人脑对信息的处理过程看，记忆是对信息的输入、编码、储存和提取的过程。从信息的时间特性来看，也可以分为感觉记忆、短时记忆和长时记忆。有人说记忆是心理过程在时间上的持续。1972年，著名心理学家克雷克和洛克哈特研究的记忆模型认为，记忆是一个持续的过程，而非一系列独立的阶段，短时记忆与长时记忆之间的区别只是加工水平的不同。弗格斯·克雷克——加拿大当代心理协会名誉主席，通过实验证实，简单的机械性复述不能自动地把短时记忆中的信息转入到长时记忆中。从此，重复记忆在心理学和教育实践中，都背上了"机械记忆"的不良名声。

而杨宁远则认为，用记忆加工的水平来否认记忆重复的重要性是走了极端。重复对于学习极其重要，用心的重复一定能够强化记忆。一个完全陌生的单词记一次，几秒钟后就忘记了，只有不断的重复才能不断加强记忆。记忆的重复有一定的最佳节律规律，一个单词，你一口气背十遍，就不如十小时中每小时背一遍，虽然工作量一样，但后者管理投入比较大，但效果提高了。重复的频率是一个关键因素，而记忆频率是开启人脑记忆潜能的一把钥匙，杨宁远就是竭力在寻找这把金钥匙。杨宁远进一步深入研究发现，在人们学习记忆中都有各自的一个节律问题，也就是在记忆和复习之间有一个最优化的节律。他把它叫作"黄金节律"。"不在重复中精彩，就在重复中麻木，关键看你的重复是否踩上了黄金节律。"杨宁远对学生如是说。

如果等完全遗忘后再复习，就等于从零再开始，记忆就很难累积上去。就像烧热的水，如果没续上火，等水凉了再烧就得从零度开始。杨宁远研究的这个黄金节律，就是找到每个学习者学习过程的最佳复习点，每次到记忆"顶峰"时就及时重复一次，记忆就能以最佳效率累计。黄金节律让复习效率达到理想状态。这就是所谓的管理出效益吧。

这个构想通过电脑程序来实现也是一个巨大的难题，因为它非常复杂，每一个单词在不同的人脑中就有不同的节律，既因人而异，也因单词而异。而且这个节律还不是均匀的而是逐渐舒张的。每个单词在人脑中已有的痕迹程度，决定了每个人不同的学习起点。针对人脑对单词信息的处理，如何把握最佳节律，精确合理地安排其复习的排列顺序，是"记忆引擎"设计的主要挑战。

人脑的复杂程度远远超出人类的想象。在没有计算机的时代，人们对人脑的认知还有点像是远离深海的浅海探究。但是计算机可以毫秒的精确度来测试人脑的反应状况。"当学生在计算机上回答问题时，计算机可以把他们的反应时间精确到毫秒，这样就可以知道学生在知识理解上是自动的，还是颇费脑力周折的。"美国当代著名教育家凯文·凯里的这一通俗说法，或许可以为杨宁远博士的人机互动个性化学习的精妙之处做注脚。在每个个体学习的过程中，巨大的管理成本是由计算机来担负了，而人脑则可以轻松地畅游在知识的海洋之中。

我曾经问杨宁远，为了能够让更多的学习者明白你的"记忆引擎"，能否举个形象且通俗的例子呢？他半晌不语，而后说："比如说我们推秋千，如果秋千荡一个来回周期是三秒，你先推一下，必须等三秒后再推第二下，这样推上三五下，它就飞起来了。但如果你不等这三秒，不停地推或等的时间过长，你的力量就会落空，它就飞不起来。这个外在的推力与秋千的固有频率匹配起来，就产生了共振现象。在这里，光是力气大和勤快都没有用，准时才有用。不仅是记单词，任何学习不仅需要理解，还需要有一定的重复，都需要把握最佳重复节奏。当人在学习中进入共振状态时，每次学习就有快感和兴奋，学习感受自然不一样。"他的这个形象比喻，简直就是心理学与物理学的一次想象嫁接。当电脑的推动与人脑的固有记忆频率相匹配时，人的记忆效率就腾飞而起了。通过科学的记忆管理来开启人脑记忆的潜能，这就是杨宁远找到的一把金钥匙。

杨宁远经过实验发现，使用"记忆引擎"记单词的速度，一小时至少能提高一倍，十小时以后就能提高好几倍，三五十个小时之后，就能达到人脑所不能企及的境界，时间越长提高的效果就越明显，让没有引擎的记忆无法望其项背。"记忆引擎"就这样开发出了人脑的记忆潜能。按照心理学的规律，人脑的长时记忆不仅不会饱和，而且记忆的内容越丰富越有利于进一步的记忆。

宾州大学心理学教授、美国科学院院士萨尔斯·斯特恩伯格曾这样评价："杨宁远博士的研究处在人脑信息处理研究的前沿，他的研究跟人类的健康和疾病问题也紧密相关。杨博士研究的重要性，将对现实生活中人类的学习、记忆和病理学的研究产生重要的影响，他的工作对国家有卓越的贡献。我相信随着这些发现不断地被重复和改进，将会是在人类认知神经学方面最令人振奋的发现之一。"

"记忆引擎"是基于艾宾浩斯记忆曲线理论上的再次升级，它把记忆管理从艾宾浩斯曲线以天的时间精度提高到毫秒的时间精度。它的问世证明，在信息化社会，学习需要借助电脑与网络这个工具，没有汽车，即使你脚力再好，也无法在十分钟内到达十公里以外的目的地。今天，即使你身处偏僻县城某地，也可以凭借网络享受使用"记忆引擎"学习的快感。中国有句古话说得好，手艺好不如家什妙。

"这个学习系统帮助了我的学生灵活而不费力地高效学习。"美国圣荷西市选择女校校长苏珊妮女士如是说。

其实，传统的教师课堂讲授，学生记笔记、提问，老师解答疑惑，这种教育模式从十一世纪晚期约1088年的博洛尼亚大学就开始了，一直延续至今。而当信息科学技术与教育的融合成为潮流，逼迫大学不得不思考自身的未来。"人机交互的许多方面都可以数字化地记录和保存，少至数十多至上万名学生同时进行，也可以完全准确地记录下来。这么庞大的数据即使世上最聪明的人也无法做到。如果把大量数据转化为改革教学的方法，大多数教师，无论小学的还是大学的，都没有相关的培训和经验，但是随着教育不可避免地转向数字化的世界，越来越大的信息正在生成，这个问题将变得更加尖锐。……"凯文·凯里的这一焦虑或许就是飘在当今大学头顶的一片乌云……

几乎也就与杨宁远对中国这边的一百零八位学生做着"记忆引擎"网络在线教育实验的同时，美国那边的两所著名高校发生了一件有趣的事。某一天，在麻省理工学院选修了"生命的奥秘"在线课程的凯文·凯里，作为一名游客跨进了哈佛大学的庭院，他为哈佛那么多敞开的大门而深感震撼，当周围有着烟囱和白色窗户的古老红砖建筑楼群，以及点缀在大片绿地中的橡树和榆树在视野中展现的时候，他竟然没有初来乍到的新鲜感："……我有一种奇怪的似曾相识的感觉，一方面是我曾经看到过图片，而另一方面，是我眼前看到的景象，正是上千所大学和学院在几个世纪以来争相复制的原型。乔治·华盛顿大学的大学庭院也正试图变成这样。"而距哈佛只有约两英里的麻省理工学院学生的系列"骇客行为"——恶作剧，却让凯里感到新鲜有趣好玩刺激，那些恶作剧别出心裁、精心策划，在一个工程楼里，有一整条走廊用于描述这些闻名于校内外的恶作剧：一些学生把一辆完好无损的校园警车弄到了校行政大楼的圆顶之上；一位新校长在上任的第一天就发现自己的办公室被一面新墙堵住了；等等。麻省理工学院对学生的恶作剧持宽容态度，学生们将自己头脑里的奇思妙想通过行动创变为出人意料的现实，这本身恰好也符合麻省理工学院的教育理念。凯里头脑里原有的想象版的这两所闻名于世的大学，竟然如此风格迥异地呈现眼前。2011 年，比哈佛年轻好多的麻省理工学院开始挑战哈佛的霸权地位，他们利用自身的核心优势，决定将部分课程通过互联网在线教育免费地分享给全球任何地方的任何人。凯里说："直到 2012 年 1 月，当麻省理工学院、耶鲁大学和其他一些著名大学都在尝试着在线分享其教育资源时，哈佛却明显缺席。"但哈佛毕竟是哈佛，他们很快就意识到信息科技对当今高等教育所具有的神奇影响力。2012 年 5 月，哈佛大学和麻省理工学院共同召开了新闻发布会，宣布成立名为 edX 的新机构。在发布会播放的视频中，麻省理工学院人工智能实验室主管阿尔加瓦雄心勃勃地宣称:edX 将要"在全世界范围内教育十亿人"。

之后，凯文·凯里在他 2015 年版的《大学的终结：泛在大学与高等教育革命》一书中写道："……如果你不知道把握时机、紧跟潮流进而引进潮流，那么你就不会在将近四百年间稳坐美国最优秀的大学这个头把交椅。拥有最多的资金当然是非常好的，但是高等教育中最宝贵的资源是地位，那些与哈佛大学在学生、学者以及公众心目中的卓越地位等方面展开竞争的机构在一夜之间被《纽约客》大力颂扬，因为它们将高等教育带入数字化的未来。"

破冰之后

从一百零八个学生使用"记忆引擎"学习的第一天开始，杨宁远在自己办公室的墙壁上贴了一张大大的表格，上面可以画出一百零八位学生的学习进度，从而可以一目了然地既宏观掌握整体，又微观关注到每位个体。当然，这张表更为重要的作用是：发现问题，动态纠错。

几天之后，杨宁远开始从进度表上发现落在最后的十个学生，逐一和他们谈话，问他们有什么困难并加以疏导，这个方式也是在委婉地对他们的进度进行督促。结果发现，每天谈话的学生都不一样，说明这个方式能够提升学生的学习进度。一天一天过去，同学们的进度值在杨宁远办公室的墙壁上缓缓爬升。

常为梅时不时地到杨宁远办公室来坐坐，而杨宁远则不动声色，也不说没有希望。他甚至都不给常为梅解释墙壁上那张动态变化的图表。有一天常为梅沉不住气了，小心问道：

"杨博士，我们护理学院涉外护理专业这些学生，你估计能过多少啊？"

"你想让他们过多少啊？"杨宁远微笑着问。

"最少也得过个百分之十才勉强说得过去吧？本来我指望过二十个，不过时间这么短……这样吧，我拿出两千块钱，给十位过关学生每人奖二百，奖励一下。"常为梅焦急地说。

杨宁远爽朗地笑了，没有说话。他觉得眼前的这位院长对学生真是一副热心肠。看着常为梅着急的神态，他竟然想到了带着小鸡四处溜达的老母鸡。常为梅对学生呵护备至的言行，让杨宁远心生敬意。

据《中国中小学生心理状况调查》一书中统计数据显示：高中生中有百分之八十的人认为考试是无把握的，有百分之七十的学生厌学。笔者曾经对山西一位著名的中学校长做过访谈，他对我说："学校里最痛苦的是那些学习不好的学生。那些学习好的学生反而比较轻松，他们上课学得轻松，下课玩得也轻松。而学习差的学生心理上承受着三大痛苦：一是上课听不懂的痛苦，二是老师批评和学生们歧视的痛苦，三是家长指责甚至辱骂和体罚的痛苦。"

而杨宁远"记忆引擎"的价值能够使悲观甚至丧失自信的学生在学习中渐渐恢复自信，复原健康心态，把学习当作一件快乐的事去做。学生兴趣是学生大脑区域里的兴奋火苗。做教师最重要的不是传授知识，而是点燃学生头脑中的学习兴趣之火，并让它蔓延开来。优秀的教师会想办法点燃学生的兴奋之火，也就是帮助他们发现自己的兴奋点。"记忆引擎"，把每一个生词都在大脑里种植成一个兴奋点。大量记词后在扩展阅读和听力训练中，学生们便会频频遭遇新记的单词，于是星星之火就汇集为成片的野火，英语的听和读也就有了他乡遇故知般的兴奋。

之前，无论是在美国还是中国，"记忆引擎"还只是一个较为广泛且散状的推广过程，具体在大学生英语四级考试实战当中的效果如何是未知的。考试是国家统一组织考试，而考前复习，可以说全国各高校或有关培训机构都在八仙过海各显神通，用传统方法者有之，用软件学习者也不在少数。但衡量的标准只有一个，那就是考试的通过率。

这一百零八位学生的最终考试结果究竟如何呢？

杨宁远具体组织实施、指导，常为梅精心督促，护理学院组织一百零八位学生稳定、定时在红杉树智能英语"记忆引擎"系统单词王模块上训练了二十一天，每天学习两小时。学习完毕，杨宁远就算完成了常为梅委托的这档子事。杨宁远开玩笑说，我做了该做的，剩下的事上帝自有安排。

几个月后的某一天，常为梅又匆匆地推开了杨宁远办公室的门，她的大嗓门儿几乎与开门同步：

"杨博士，不好了，钱不够了！"

"又遇到什么情况了？您坐下来慢慢说。"杨宁远有些惊讶地问。

"钱不够了，不够了！"常为梅就站着拖长了"不"字的音调说。

"钱不够找校长啊，怎么找我呢？"他大概知道是怎么一回事了。

常为梅笑眯眯地说："我准备的两千元不够了呗。我原来准备了十个人过关的奖金，现在钱不够了。你猜过了多少？"

"按照我的经验，三十个保底，五十个正常。"杨宁远慢悠悠地说。

"过了七十七个！我的天啊，你看你给我惹了多大的祸呢！"常为梅也用玩笑口吻了。

杨博士一听也乐了："对不起，让您常院长破费了！哈哈……"

常为梅听杨宁远这么一说，便立马冷静下来，说："是啊，我事先公开承诺过的，凡过关的每人奖励二百元。这可不能放空炮啊。"

杨宁远瞬间就来了点子，说："常院长，这好办，你们这么好的成绩，是个奇迹了，去找校长、找老板（指西亚斯创办人陈肖纯），要奖金吧。"

……

2010 这一年，西亚斯国际学院非英语专业的护理学院全国高校英语四级考试通过率高达百分之七十一点三。这个通过比率，一下子就进入全国高校该项考试通过率的前二十名。当然，护理学院只是西亚斯一个内设专业学院，并不能代表彼时的西亚斯国际学院。

彼时，全国高校英语四级考试通过率并不高，河南公办一流大学通过率是约百分之五十五；全国顶尖高校的通过率是约百分之六十五。常为梅当然不奢望与重点高校比，考试前，她也就是参照西亚斯校园其他专业学院的通过率，有个百分之十的通过率也就烧高香了。

护理学院成立不到两年，这一次英语四级考试在西亚斯全校领先的成绩令校方与同行刮目相看。校长报请陈肖纯理事长特批，奖励护理学院涉外护理专业有关师生两万元奖金。但是，人们往往只看到河水在陡峭之处落差的壮观，而忽视了河流一路曲折奔来的艰辛过程。

那段时间，仿佛一石激起千重浪，说什么的都有。传到杨宁远耳朵里的有这么一句：哎呀，护理学院大都是女生，女同学听话，老师也教得好。杨宁远只是慢悠悠地说：如果是老师教得好，那么老师带的其他班也应该考得好才是呀，学校还有这么高通过率的班吗？！

常为梅又来找杨宁远了，这回仍然是说"钱不够了"。她用商量的口吻，征求杨宁远的意见："杨博士，你说学校给的这两万元奖金如何分配是好嘛？我们护理学院开了个讨论会，绝大多数人的意见是，老师与辅导员很辛苦，应该多拿奖金。我们商量来商量去，到你这里就剩下两千元了。真是不好意思……"

杨宁远半晌没作声，而后笑着说："哈哈，不管多少钱我今天也高高兴兴地接下，拿去发给学生助理们，让大家都乐一乐。"

杨宁远话虽这么轻松地说，但他即刻就明白了对这次考试结果的认知，相当一部分人，包括有关层面的管理者与教师等，并没有将注意力聚焦在"记忆引擎"上，尽管这是一次对传统教学模式的创新突破。

护理学院为此次考试的意外成功专门举办了一个较为隆重的颁奖仪式，学校理事长陈肖纯与分管教学的校长也来参加祝贺，并为学生颁奖。按说，杨宁远该松一口气了，其实不然。之后，他听到了更添堵的话：如今的学习软件很多，市场上到处都有，还有免费的呢。

但是，有和有是不一样的，现实中又有多少人去关注它们之间的优劣区别呢？有着学者清高的杨宁远绝不可能找一个场合来为自己的"记忆引擎"辩解，抑或与持不同意见者争论一番，更不可能去为不理解者上一课。让杨宁远郁闷的是，他原本想着借此成功作为新的起点，由此将"记忆引擎"在西亚斯校园内更为广泛地推广开来，让数万学生在快乐中学习获益。但此时他已经隐约地意识到这条流动的河水或许要被堵在流向大海的路上了。坦率地说，就是请杨宁远救火帮忙的常为梅，也未必就十分清楚地认识到这次考试的神奇效果主要是"记忆引擎"所致，否则她就不会只将两万元的十分之一拿给杨宁远。包括七十七位过关的学生受益者，也未必人人都意识到过关背后是"记忆引擎"在给力在助推。

在护理学院使用"记忆引擎"进行训练的第二年,四级考试成绩出来后,杨宁远发现有一个女生缺考,就去问她为什么训练完了却不考试,这个女学生流着眼泪告诉杨宁远,她没有不去考,而是去了考场没敢进去,怕考不过,硬是在考场门口坐了两小时。而等考试结果出来之后,她肠子都悔青了,因为平时比她成绩差好多的学生都考过了,如果她进去,也肯定会过的。所以,生活中也是如此,习惯性思维的两岸猿声还在啼叫,科技驱动的轻舟已经飘过万重关山。

杨宁远还说过一个有趣的例子,有一次他回贵州凯里时听他一个同学说孩子英语很差,在班里排倒数。杨宁远就给了他一个"记忆引擎"系统账号。数年后他又回凯里,再次遇到这位同学,便问她孩子的英语怎么样了,她的同学说:奇怪了,他初中的时候英语特别差,后来不知怎么搞的,突然一下英语冲到年级前几名了。杨宁远笑着问道,我给你的那个"记忆引擎"账号给孩子用了吧?他老同学一拍脑门说:噢,对了,就是那个东西,就是用了那个才提高的!

在护理学院的学生考试取得成功后,"记忆引擎"在西亚斯各专业学院的推广范围仍然很有限。有的专业学院甚至对"记忆引擎"予以排斥,他们认为学外语没有捷径可走,只能是下功夫死记硬背。这倒也实属正常,如果接纳人脑加电脑加网络的学习,意味着好多教师得脱胎换骨,丢掉传统,重新学习。

其时,在西亚斯校园之内,杨宁远的"记忆引擎"不过是在护理学院面临国家考试之际,无形中做了一场集中测试,显示了一下"记忆引擎"的神奇功效。而早在这之前,"记忆引擎"就已经被国内外众多使用者叹服。

杨宁远曾自己频繁使用"记忆引擎"来测试其效果。他说:"我大概在训练了十个小时后,谁告诉我一个电话号码,我都会立即主动用脑去记,而平时就不会,都要拿笔做记录。'记忆引擎'会激发你的记忆,看见什么都想去记。有一次,我在旧金山开车,一个路边广告牌一晃而过,我立即就记住了牌子上的电话号码,然后我又问自己,为什么要记那个号码?我就想一定是使用'记忆引擎'使我的大脑处于活跃状态。就像小孩发育时肌肉会痒痒一样,看见坎就要跳上去，再跳下来，路过电线杆也要绕几下。但如果是成年人这样，你就会认为他是神经病。在美国高中，学习风气开放，如果老师说大家来记单词，学生会喊：No。但如果用这种'记忆引擎'，孩子们下课了就会自觉来记单词。'记忆引擎'系统软件是基于试验心理学基础发展起来的，有很强的科学性和有效性。"

有一天，他在美国硅谷的公司里接到了一个华人货车司机的电话，司机说：为什么今天登录"记忆引擎"的网站进入不了学习程序？杨博士说：对不起，今天服务器出问题了，不过明天就会修好。司机开玩笑说：那怎么行啊？我每小时能背几十个单词，而且已经上了瘾，一天不背就难受。"记忆引擎"在美国刚开始试用时，使用者每小时记五十个单词左右。之后六十岁以上老人，每小时也能记二三十个。一位智障学生，非常反感记单词，可一用"记忆引擎"就很开心，开始时每小时记八个单词，一个月后，能每小时记十六个，再过一个月，每小时能记二十六个，已经接近正常人水平。这就是"共振"对记忆力的提升作用。

十多年前，杨宁远有一次受邀在国内某高中做了一次讲座，事后该中学在报道中这样写道：

> ……古代有一个很有名的教育家，大家都叫他孔子，其人曰：学而时习之。这告诉我们，对学过的知识一定要常常复习。我们为什么要不断地复习，因为人脑会遗忘，这就是一直横隔在学习上的拦路虎，千百年来，人们一直致力于这些方面的研究，希望能找出很好的解决方法。在"记忆引擎，学习工具的革命报告会"上，主讲人杨宁远博士作为"记忆引擎"发明人，讲述了高中基础学习记忆方法的重要性，同时通过研究数据分析和大量的实例，展示出自己最新研发的产品——高考快车。活动现场，观众与"高考快车"进行互动，一个正在上高一的男同学亲自上台坐了一次"高考快车"，开始学习高一下学期的英语课程。在十分钟的时间内，竟然记住了十九个生词。现场观众对系统强大的数据分析功

能感到十分惊讶，参会现场的老师，也对这套系统给予了充分的认可，认为有了"高考快车"的帮助，在未来的几年中，学习将变得简单、轻松，这种记忆模式也将成为一种新型的学习方式。"高考快车"通过电脑管理人脑，借助精准的人机互动，用电脑来记录每个人的记忆及遗忘情况，绘制出一条专属于个人的记忆曲线。在这条曲线的指导下，电脑系统自主制定学习计划，自动配置出合理的、适合每个人的学习及复习课程，并能够对每个人的学习情况加以详细记录，通过对遗忘内容管理，节省重复记忆时间……

幸运的是，西亚斯护理学院在2010年使用"记忆引擎"之后，又连续使用了两年，英语四级考试通过率仍然保持在全校领先水平。而其他专业学院只有外语学院与读美国文凭的国际教育学院学生英语四级考试通过率达到百分之六十左右，其他十几个专业学院的四级考试通过率则与护理学院相差甚远。而护理学院在停止使用"记忆引擎"之后，英语四级考试一次通过率立即回到其他学院的平均水平，这时，学校有关部门才醒悟：护理学院之前四级通过率的飙升，是杨宁远的"记忆引擎"的神奇作用。如今的铁道线上既有绿皮火车也有高铁，如果你坐在绿皮火车里思考，注定感受不到高铁的快捷。

到了2020年，与杨博士合作的以"记忆引擎"为核心技术的北京红杉树教育集团有限公司，旗下有遍布全国的一千一百家一级加盟校，三千多家校区。而基于"记忆引擎"技术的学习工具，如"敏特记易""爱你单词""单词王"等学习力培训体系已经帮助千余万英语学习者突破难关，改变命运。

杨宁远对"记忆引擎"在西亚斯的使用状态亦有所反思，他说："护理学院的考试通过率对我来说是成功了，可'记忆引擎'在整个西亚斯学院的普及是失败了。我有责任在西亚斯将'记忆引擎'再次推开来，若不能在西亚斯学生中大量使用，那对我来说就是一大遗憾。我现在认识到，科学家的使命不仅仅是完成研究成果，科技成果的普及推广，也应该是科学家的使命。"

2019 年 7 月，杨宁远与西亚斯合作在校内成立了"杨博士学习力开发中心"，致力于基于"记忆引擎"技术认知训练系统的推广。他反思八年前的教训，面对西亚斯三万余学子，开始一场新的试验，用两个轮子前行：一个轮子是宣传普及"记忆引擎"对传统学习方式的突破意义，改变学生们的学习理念和学习习惯与方法，认识到科学方法与工具的重要性和有效性；另一个轮子就是逐步引导更多学生使用"记忆引擎"训练系统。在"记忆引擎"前进的路上，困境已经不在研发环节，而在推广使用的路途。既然是对传统的突破，就注定不会是一帆风顺。杨宁远对此已有思想准备："长江源头的水流到大海，是需要很长时间的，遇到阻碍，就必须经过一段时间的积累达到一定的高度后再溢出，继续向前……"

值得注意的是，杨宁远的数字化"记忆引擎"不仅仅有可能将高等教育带入低成本、无围墙、无国界的未来，而且还有可能会将高等教育的学习力带入"高速公路"。2020 年 12 月 27 日，在新冠肺炎疫情幽灵一般飘来飘去的寒冬，北京大学在北京举办了一场北大管理论坛——"大变局时代的文化和企业领导力"。在国际国内百年未有之大变局的节点之上，中国经济正面临着新格局新技术的巨大冲击，论坛主办者认为，这一切既是对中国企业生存能力的考验，更是对企业领导者领导力的考验。如何提升领导力，引领企业乃至中国经济应对国际挑战，实现可持续发展，成为论坛的主题。集中体现领导力的节点应该是决策，它既体现水准也体现境界与视野。

杨宁远受论坛邀请，于当日下午做了题为《记忆引擎与智慧时代的管理》演讲，这是他回国十几年第一次登上国内的学术交流讲台。除了简要介绍他于 2001 年在美国硅谷发明的"记忆引擎"技术之外，他大胆提出了自己的设想："……可以预见，通过人机深度融合的智能化信息系统对管理学和管理实践也会产生巨大影响。该领域的长远发展目标是研发人类生命管理引擎，对人的终身发展和对幸福的追求进行导航和指导。"隐约看得出来，杨博士的研究眼光，瞄准了一个新的高度，"记忆引擎"在向更为广阔的领域触伸游走。

相对于传统地图对人类寻找方位与准确位置的导引，基于地理信息系统的 GPS 导航是一次飞越性的突破。相对于人类传统的学习模式，基于人类记忆规律的人脑加电脑加互联网的"记忆引擎"学习，将是一场颠覆性的突破。而它演化的终极形态，就是人生的 GPS。

杨博士幽默地说："由此下去，人工智能不仅会逐步取代人的工作，还会威胁到神的饭碗。"

这一年，陈肖纯以世界大学校长联合会财务长及当选候任主席、亚太大学联合会顾问委员会主席、郑州西亚斯学院创办人兼理事长的身份，参加了"2020 高等教育国际论坛年会"，并做了题为《世界大变局下美国高等教育质量保障体系研究》的报告。面对新冠肺炎疫情骤然打破全球经济、政治、教育和国际合作等诸多方面平衡的严重局面，他仿佛看到了新冠肺炎疫情背后那只无形的巨大的推手："……新冠肺炎疫情已对全球超过二百个国家的十六亿学生产生了直接影响，受影响比例高达百分之九十九。而我们所熟悉的传统教育模式也面临着在短时间内从线下到线上的全面调整。"

毋庸置疑，世界已经进入了百年未遇之大变局。陈肖纯在该论坛演讲中，重新审视教育领域被新冠肺炎疫情推手加速的颠覆与变革："……在科技与教育发展的每一个阶段，有关颠覆与变革的讨论一直没有停止过。进入二十一世纪，颠覆性科技成为新一次信息技术革命的主力军，如今的互联网技术突破了时间和空间上的局限，让我们的教育进入了信息化时代。不远的将来，量子计算机与人工智能、大脑芯片等科技的融合很可能成为重要的教育科学技术……"

杨宁远与他的"记忆引擎"这条河流，在汇聚了众多奔涌而至的水流之后，该穿出山谷而顺势跳跃奔腾了。

第十一章　携手亚利桑那大学

⌘

当 UA 遇上西亚斯

2016年2月，美国亚利桑那大学（简称 UA）福克斯音乐学院院长爱德华·里德，教授程淑菁，音乐艺术博士、教授郎晓明等一行来中国巡回访问部分知名的音乐学院——中央音乐学院、中国音乐学院、武汉音乐学院等。亚利桑那大学在国际上享有盛誉。里德院长一行实际上有一个重要目的——寻找合作伙伴院校。之前，福克斯音乐学院与中国一些音乐学院也有交流合作，郎晓明还被国内多家音乐学院聘为客座教授。但爱德华·里德此行想要寻觅的是长期稳定的合作对象。

河南省教育厅得知里德一行在国内巡回访问，便设法联系到里德，电话里就说了：河南是中国人口过亿大省，所以特别注重引进国外优质教育资源，中外合作办学在全国起步较早，有郑州大学西亚斯国际学院、升达学院等。非常欢迎你们一行到河南省的大学来看看。爱德华·里德一行原本就是来中国做友好校际访问交流，河南政府教育厅突然热情邀请，也就礼节性地答应过来看看。里德一行到河南后，由河南省教育厅徐恒正处长陪同，第一站参观了河南师范大学颇有名气的音乐学院。第二站就来到了河南省中外合作的名片学校——郑州大学西亚斯国际学院。西亚斯也有颇具规模的音乐学院，但从里德一行进校门开始，该校创办者、理事长、美籍华人陈肖纯便全程热情陪同参观，把西亚斯的家底资源做了详尽展示。西亚斯国际学院与中国其他高校不同的地方在于，东西方文化元素的融合弥漫在校园的方方面面，里德一路走来频频点头，表示赞赏，对西亚斯印象不错。换句话说，西亚斯的校园文化引起了里德的兴趣。

这一次只是初步接触，但双方交流随之开始。其时，河南省教育厅还安排里德院长一行访问了与亚利桑那大学有合作愿望的其他几所高校。通过与里德的交谈，陈肖纯非常敏锐地意识到，这是又一次难得的合作机遇。待他返回美国后，便不失时机地去拜访亚利桑那大学福克斯音乐学院。从谁开始呢？他当然首先想到了郎晓明，因为郎晓明与他的经历类似，都是二十世纪八十年代赴美留学读研，又都在美国成家立业，不同的是陈肖纯于 1998 年返回祖国创办了一所中美合作的西亚斯国际学院，而郎晓明则留在了美国亚利桑那大学做了音乐教授。陈肖纯知道，郎晓明长期热衷于用音乐搭建中美文化、教育之间的桥梁，对中美两边都熟悉，在中美音乐界享有美誉。只有依靠郎教授这样的人，西亚斯与福克斯音乐学院合作的事才有戏。陈肖纯从洛杉矶直飞亚利桑那州去拜访郎晓明，这一次，陈肖纯坦率地表明了与福克斯音乐学院合作的热切期望：我们西亚斯可以调动所有可用的教学资源来与亚利桑那大学友好合作。

西亚斯国际学院虽然远在中国，但该校创办人陈肖纯家在美国，身份是美籍华人，故而与亚利桑那大学的有关人员交流起来更为方便顺畅。

里德与郎晓明考察河南之后，两人对西亚斯国际学院印象颇佳。2017 年 6 月，亚利桑那大学福克斯音乐学院专业教师到西亚斯进行学术交流，期间与西亚斯音乐学院同台合作演出。由此算是拉开了亚利桑那大学与西亚斯互访的序幕。

音乐是郎晓明的挚爱。若说与中国做音乐交流合作那没问题，他热心牵线搭桥，但福克斯音乐学院的合作计划是寻找海外校园，而陈肖纯的构想是：西亚斯国际学院与福克斯音乐学院实打实地合作，在中国的西亚斯校园内培养拿亚利桑那大学与西亚斯国际学院双学位的学生。也就是说郎晓明若是参与进来，那他将是福克斯音乐学院派到中国西亚斯来任职任教的第一人选。这一点倒是让他踌躇起来：一边是自己任教数十年的福克斯音乐学院和圆满的家庭，另一边是太平洋彼岸的祖国和西亚斯国际学院，若是选择到西亚斯，那他得放下家庭只身来中国从头做起。

可陈肖纯非常清楚，西亚斯与亚利桑那大学合作这件事，拽住了郎晓明就等于挂上了福克斯音乐学院。他真诚地三顾茅庐，当他第三次到亚利桑那大学拜访郎晓明时，就用了激励的口吻："……郎教授，咱俩一样，都到美国三十多年了，难道你不希望将自己的音乐专长在中国发挥作用吗？你学了一辈子音乐，特别是交响乐和音乐教育，从中国人的视角对西方了解比较多，反过来讲从美国人的视角对中国也很熟悉，知道中国音乐界缺什么东西，也知道怎么利用国外最好的资源来改进它。西亚斯可以给你提供一个平台，把你的想法、知识回国施展一番。"

陈肖纯的这一番话可真是打动了郎晓明。这位善于用音乐表达情感的游子，当即沉默不语。他费尽心血创作改编《红楼梦交响合唱组曲》还不就是圆一个思乡之梦吗？他多年来频繁往返中美不就是为着提升中国莘莘学子的音乐素养吗？眼前这位拜访自己三次的陈肖纯先生与自己一样，家也在美国，可他不停地飞回中国为什么？西亚斯国际学院每年就有五六千毕业学生，陈肖纯不也是在圆自己的中国梦吗？郎晓明当下的沉思神态较他之前的婉拒口吻是一种分野般的变化，陈肖纯当然从中看出了一线希望。

说来也巧，郎晓明在亚利桑那州图森市的邻居是布伦特·怀特博士、法学教授，时任亚利桑那大学全球事务副校长、全球校区院长。经郎晓明引荐，陈肖纯又拜访了怀特。郎晓明与怀特本来就熟悉，常聊天，怀特也时而向这位以音乐为媒介、在不同文化之间建立桥梁的大师邻居了解中国的教育，当然也包括音乐。郎晓明便一五一十地向怀特侃了一番二八理论，他说："中国学生忒多，高等教育需求也太大了，如果与中国搞教育合作，那可比与南美小国家合作强了不知多少级，根本就不是一个档次。这么跟你说吧，你若与中国合作一个项目可能就相当于与其他八个国家合作的项目都不止。"怀特一听当然惊讶不已，就说："以往，亚利桑那大学与好多国家的大学有合作项目，也搞了一些海外校园，但至今我们与其他国家的大学还没有音乐艺术类的合作项目。"郎晓明一听乐了，说："去中国啊！中国有巨大的教育需求，特别是在音乐艺术方面，福克斯音乐学院与中国大学的合作还是个空白。亚利桑那大学完全有可能开启一扇门，走进中国大学。"怀特先生听郎教授这么一说也乐了，说："OK，那我们一块去中国考察一次。"

就这样，在考察论证一番之后，亚利桑那大学于2017年调整了自己的海外合作方针，之前有"2+2"合作项目，即国外学生在所在国大学读两年，而后到亚利桑那大学再读两年，满足学分标准即可获亚利桑那大学的学位文凭。改变后的方针为：在原有"2+2"的项目上，增加在海外大学设分院的计划，也就是说，亚利桑那大学开始在美国之外的其他国家大学寻觅新的共同创办"分院"的伙伴。这一改变对西亚斯来说真是天赐良机。如此一来，亚利桑那大学在中国选择合作伙伴不再只是将对方的资质排名放在首位考虑，用郎晓明形象的话说，之前的合作像婚姻关系，要求门当户对，现在是设"分院"，优势互补也是一种选择。亚利桑那大学这一海外合作对象的战略调整，其背后的潜台词是：我有优质教师资源，你能提供满足标准的校园设施即可合作。说白了就是亚利桑那大学提供软件，海外合作方提供硬件，共同来培养国际生。

陈肖纯得知这一信息喜出望外。中国有十一所著名的音乐学院，在诸多综合大学里也有资历老名气大的音乐学院，西亚斯作为一个成立仅仅二十年的新型中外合作大学，若论资历资质排名自然无法进入亚利桑那大学的视野。然而，若论校园设施硬件，以及中西合璧的办学理念与实践，西亚斯的特色可就脱颖而出了。陈肖纯向布伦特·怀特先生发出了热情邀请，请他到中国的西亚斯来做客。

2017年8月，布伦特·怀特率助理与郎晓明一行到中国考察寻觅合作伙伴时，自然而然地就来到了西亚斯校园。这次仍然是陈肖纯亲自陪同导引解说，其言谈举止中自然流露出的办国际教育的热情，也感染了怀特。之后，怀特一行结合福克斯音乐学院之前的考察印象，有个分析对比，他们发现：中国一流大学或者是专业音乐学院当然也热情友好，愿意合作，但亚利桑那大学不过是他们接待的众多海外来客之一。河南有家百年老校也愿意合作，但主要陪同接待他们一行的是校内音乐学院的副院长。副院长上面还有院长，院长上面还有副校长校长等。意愿是有，但什么时候能够签署合作协议就是未知数了。西亚斯与其他大学不同，亚利桑那大学福克斯音乐学院是其在音乐艺术合作方面的重要客人，该校创办人陈肖纯与校长、副校长一致表达了与福克斯音乐学院合作的友好愿望。陈肖纯甚至在与怀特一行的面谈中就郑重表态：

"我们已经讨论研究过了，西亚斯计划在新建的外语学院大楼专门辟出足够空间来与亚利桑那大学合作，创办音乐艺术类合作项目。"

这等于是陈肖纯在向怀特承诺，如果亚利桑那大学与西亚斯合作，西亚斯将不惜动用校内一切可利用资源。西亚斯校园内自信快乐的学生，以及优雅的校园建筑，宽敞的学生公寓，一流的体育艺术设施，智能化的校园管理等，怀特一行已经在考察中有所见识。再加上陈肖纯的这一沉甸甸的承诺，就使得怀特先生心中的天平开始向西亚斯国际学院倾斜。然而，怀特此次中国之行还特意带了一位中国通助理，该助理自然要尽其职责，向怀特提出自己的质疑与建议。考察完毕，怀特一行小范围讨论此事时，助理认为，西亚斯校园氛围太现代化了一点，有些豪华气息。它既不像中国青砖灰瓦的百年老校那样有历史背景，也不像美国红砖红瓦的常春藤名校那样沉稳厚重。总而言之就是不尽如人意，或者说不大理想吧。

当然，助理是用了亚利桑那大学以往海外合作办学的标准来说事，即更看重对方的历史与排名资质。

郎晓明则对怀特讲了自己的一番考虑，他将西亚斯放在时间与地域的背景上说：

"怀特先生，你想想，二十世纪九十年代，陈肖纯先生从美国飞到中国河南这块当时并不太发达的地域，要建一所国际化大学，怎么设计才能让这块土地上的学生感受国际化？你即使把哈佛那样红砖红瓦的古老校园搬到河南来，它也不会显山露水。倘若你建成中国任何一所百年老校的样式，也都青砖灰瓦一个样，太概念化了，绝不会有西亚斯如今的特色。你不能只是口头上给这里的学生说什么是国际化吧？那西亚斯国际学院在河南这个人口大省或者说农业大省，建成一所融合有东西方文化元素的校园，使得河南省的学生可以在校园里走在欧洲街上，置身于西班牙广场，到伦敦街购物喝咖啡，切身感受到了国际化大学的氛围。我与中国的一些百年老校的朋友们这么说，他们也认可我的这个说法。"

郎晓明看到怀特一副倾听的神色，便继续说下去：

"至于是否厚重或奢华，是否培养出了优秀的学生，那我们得看结果。西亚斯建校初期，校园北边就是地地道道的乡村。现在你从西亚斯校园出去，开车半小时就可以看到农村是个什么状况，河南有一亿三千万多人口啊，把河南省土地上这么多的学生，包括其他省份的学生，放在这么好的校园里学习，每年有数千人毕业就业，还有很多学生出国留学，其中有不少是乡村农民的孩子，说实话，真的是不简单哪！……"

怀特先生与其他几位来访者仍然在安静地倾听着，郎晓明开始表明自己的态度了：

"我们在中国可以说考察了很多音乐学院，但是，可以比较看出，西亚斯有着与我们合作的真诚愿望，而且校园国际化氛围也最浓厚。此外，在陈肖纯先生与校长们的领导下，西亚斯中层团队的灵活性与执行力也很棒。西亚斯的比较优势非常明显。中国有句话叫：一张白纸好画图。我认为，西亚斯是我们较为理想的合作伙伴。"

郎晓明的一番话，还真是打消了怀特心中的顾虑，他看到别人也没有什么实质性意见，便说："那我们就试一下吧！"

2018年4月，陈肖纯再次从洛杉矶赶赴位于图森市的亚利桑那大学访问，与布伦特·怀特副校长和校长罗伯特·罗宾斯博士深度会谈，商讨双方合作实施相关事宜。陈肖纯一如既往地郑重却不失幽默地表示：我们会调动所有资源与亚利桑那大学合作，我们将会给你们一个最棒的海外校园。一句话，陈肖纯就是要让对方相信西亚斯这个合作对象将全力以赴与亚利桑那大学合作，绝不会降低亚利桑那大学的国际生招生水平。这一次访问有了实质性进展，罗宾斯校长与陈肖纯关于教育合作谈得很投机，两人代表各自学校签署了合作办学协议。

当年 10 月，亚利桑那大学代表团访问西亚斯。10 月 27 日，由中共河南省委、河南省人民政府、欧美同学会（中国留学人员联谊会）主办，中共河南省委组织部（省人才工作领导小组办公室）、河南省人力资源和社会保障厅、郑州市人民政府承办的一场高规格、大规模的"中国河南招才引智创新发展大会"在郑州召开。大会以"广聚天下英才，让中原更加出彩"为主题，集中招才引智、促进项目合作。郑州大学西亚斯国际学院与亚利桑那大学合作项目受到大会高度关注，专门为此主办了隆重的签约仪式。西亚斯吴华副校长与亚利桑那大学郎晓明教授签署了双方战略合作协议。

之后，亚利桑那大学特派全权代表郎晓明在中国西亚斯负责筹备合作事宜。到 2019 年，双方筹备进展的速度加快。当年 5 月 25 日，河南省副省长霍金花在郑州会见亚利桑那大学与西亚斯国际学院合作项目筹备组成员布伦特·怀特博士。霍金花接待的是世界名校的副校长，而怀特面对的则是比美国三分之一人口还强的中国一个大省主管教育的副省长。

霍金花说：河南省将进一步扩大教育开放，创造良好发展的环境，希望能与国内外更多高水平大学加强合作交流，推动河南高等教育快速健康发展。

怀特则微笑地说：我们愿与河南省的大学做深层次合作，让河南学生在河南省内就能够接受国外高水平的教育。

双方合作进展到这一步，也就是万事俱备只欠东风了。这一"东风"即是中国教育部对申报这一合作项目的最终审议与批准。

郎晓明与中国音乐中心

郎晓明打小生活在北京，六岁开始学小提琴，曾就职于中央乐团。他 1987 年赴美国留学，获俄勒冈大学全额奖学金，攻读硕士学位，之后获亚利桑那大学音乐艺术博士学位。

他夫人也是音乐教授，教钢琴。儿子凯文，打小被郎教授夫妇督促着学小提琴与钢琴。可凯文对父母的良苦用心不买账，天性喜欢玩，静不下来。父亲让儿子练小提琴时，凯文说我还是练钢琴吧。母亲让儿子练钢琴时，凯文说我还是练小提琴吧。当被父亲盯着练琴时，凯文就会乞求说，练十分钟行吗？郎晓明肯定地说，不行，练十五分钟，再去玩你的游戏。儿子不争辩了，到十五分钟，立马收琴入盒，去玩游戏了。

郎教授对友人说起此事，一脸无奈地笑着说，父母教不了自己的孩子。可让郎教授夫妇没想到的是凯文上小学后变了。学校里有交响乐团必备的各类乐器，让学生们自主选择学习，组成交响乐队练习。凯文自然选择了自己熟悉的小提琴，拉了一曲，老师非常惊讶，给予高度赞赏。乐团里的同学们也一致夸赞羡慕他的琴艺。这下不得了，他回家后对父亲说："老师与同学都说我琴拉得非常棒，我太兴奋了！我要当学校乐团的小提琴首席！"

这下子倒过来了，再不要父母亲督促，而是自己找着父母练琴了。凯文从小学到高中一直都是学校交响乐团的小提琴首席，而且钢琴弹得比小提琴拉得还要好。凯文在小学乐团就能合奏几十首经典乐曲，到高中毕业时，学生乐团已经能够合奏几百首经典交响曲目，那走进一个专业交响乐团参加合奏不就是顺理成章的事吗？郎教授这下对朋友乐着讲："这也不是用钱砸出来的，是爱好与荣誉的作用。"

音乐有数学之美，数学有音乐之妙。音乐本来就与世间万物相通。凯文高中期间的数学成绩非常优秀，后考取了世界著名的商科类大学。还在大三时，纽约华尔街一家招商银行就将一万美金定金拍给他，期待他大学毕业后去该公司就业。大学毕业后，凯文到了该公司，休息喝咖啡时，他有时会即兴在休息厅弹钢琴曲，自得其乐，陶醉其中。

郎教授在亚利桑那大学就职的年薪是逐年涨上来的，而凯文在公司的起步年薪就让郎晓明惊叹。凯文有自己的职业生涯规划，工作三年之后，仍然要去大学深造。

说起儿子学音乐对学业与工作的影响，郎晓明是这样对我说的：

"这么说吧，演奏者或音乐家要将一首曲子演奏呈现给观众，首先得识谱读谱，而后通过手指与身体的协调配合，当然是通过大脑的指挥，将一曲作品完美呈现。如果是合奏，那不仅要懂得自己表现的曲目部分，还要熟悉全部乐曲的背景与各分部演奏的过程，这样才能与乐团所有成员衔接配合共同完成好一部作品。从识谱到演奏是一个完整的过程。

"那一个人工作之后呢？当你接到一个项目，也得分析项目，而后实际操作，最后完成或以文字报告或以作品的形式完美呈现，它也是一个完整的过程。学习也是如此吧。这期间都需要分析、行动、协作配合、呈现。而作为学生，在学校学音乐期间，每一个曲目的完成都千锤百炼，之后便会受益终身。有一年，一家大公司在科罗拉多州请我们交响乐团去给他们的高管上课，乐团指挥时不时地会让乐团停下来，而且告知台下的高管们，此刻的管乐部分为什么停下来，让弦乐部分突出表现，你们不要以为停下来的部分就等于没有，它们是一种特殊的暂停，也是一种存在。指挥还会告知他们，各类乐器为了表达曲目高潮是如何相互配合发声的……"

在亚利桑那大学工作时，郎晓明有一次应邀带了几位老师去图森市的一家小学做音乐辅导，他在班里首先摸底提问："学过乐器的同学请举手！"嚯，全班同学无一例外齐刷刷地全都高高举起了手。接着他又问："学过小提琴的同学请举手！"几乎有一半的同学举手。随后他再问："学过钢琴的同学请举手！"又有近一半的同学举手。再问下去，那学大提琴、贝斯、长号、圆号等乐器的逐级减少。这一现象——美国小学生玩乐器的普及程度，令他大为惊讶，之后他发现市内其他小学的情况也大都类似。

音乐家艾萨克·斯特恩说得好：音乐不是工作，而是一种你深信不疑的生活；音乐不是为了造就音乐家，而是为了培养人，从而创造更美好的文明社会。

郎晓明至今记得三十多年前刚到美国读研的一件事：那是在俄勒冈大学图书馆里，他去借阅美籍俄国作曲家、指挥家和钢琴家斯特拉文斯基的作品，其时偶遇了一位歌唱专业的学生，两人闲聊起来，谈彼此所学什么专业与借什么书。没想到谈起斯特拉文斯基时，那位学歌唱专业的学生竟然如数家珍，对其身世经历、代表作品的创作背景及艺术特点侃侃而谈，这简直让郎晓明惊讶至极，因为对方使他相形见绌。这样的情况他在中国的音乐学院里别说从学生那里从来没有见过，即便是教师也没有这样讲过。这次偶遇聊天对他触动很大，原来歌唱家与唱歌者的区别如此之大，由此类推，音乐演奏家与演奏者的区别也是如此。不仅如此，开课之后，他发现研习的重点除了演奏练习之外，占用学习时间更多的是音乐史与音乐理论，还有高等数学等。那时他的英文基础比较薄弱，还得学习阅读法文、德文、意大利文等资料。在学校图书馆静谧的环境里，他总感慨时间溜走得太快，也深深地痛惜自己蹉跎的岁月。

当他获取了亚利桑那大学音乐艺术博士学位，功成名就，有福克斯音乐学院教授、著名总监、导演、指挥等头衔时，有一次，在校园自己的办公室接受朋友访谈时，说了自己的切身感受："……我初来美国学习时，很快便发现了中美音乐教育上的巨大差别。在美国，音乐教育是素质教育的一部分，从小学到高中就没有间断过。虽然百分之九十的学生未来并不会以音乐为职业，但音乐所带来的美学素养会伴随学生终身。而在中国，我们的音乐教育要功利得多，要学琴就要以琴为职业，要么就根本不学……这是一种培养匠人的教育，不是培养完整人格的。也许现在好一些了。人不可能生活在单一的领域里，学习的知识越全面，经历的事越多，你的能力就越强，生活就越丰富多彩。所以我对年轻人的建议是，音乐是你人生的朋友，无论你的专业是什么，学音乐吧！音乐会帮助你乐观向上，积极地面对生活的挑战。"

到了 2012 年，郎晓明已经到美国二十五年整，此时的他在中美两国各有一半生活经历，对音乐的痴迷一如既往，他深谙中国音乐，对西方音乐也有深度研究，可谓集东西方音乐修为于一身。这一年，亚利桑那大学设立了"中国音乐中心"，知天命的他担任了该中心音乐总监。"中国音乐中心"定位有三大功能：一是为美国介绍中国音乐与中国音乐家；二是促进亚利桑那大学福克斯音乐学院与中国音乐界的交流合作；三是组织音乐家对中国音乐作品进行研究。古诗云："胡马依北风，越鸟巢南枝。"况且人乎，郎晓明的根在中国，中国音乐中心的三大功能激发了他更为浓烈的思乡之情，西餐的刀叉敌不过筷子的沉重，浓香的咖啡难以融化心底的坚冰。他的创意活动来自感情的温度：

> 举办"丝路之声"大型音乐会——请中国乐团到亚利桑那州演出；
> 带队亚利桑那大学爵士乐团赴中国巡回演出，巡游到了河南郑州；
> 为中美两边大学牵线搭桥——组织亚利桑那大学福克斯音乐学院教授赴中国多所大学举办讲座。

最漂亮的一手是，他还倾注热情将中国经典音乐作品引入美国主流艺术。1987年赴美时，他的行囊里放了一盘王立平创作的电视剧《红楼梦》的音乐卡带，在读书的匆忙岁月里无暇顾及，竟然忘记了它的存在。多年之后，偶尔翻出播放，听着听着竟潸然泪下。他无法平静，原来对祖国无法割舍的情感就附着在这些熟悉到骨髓的经典作品里。2013年，经王立平老师同意，郎晓明借着感情冲动将电视剧《红楼梦》配乐改编为《红楼梦交响合唱组曲》。

当年9月21日，由汤姆·考克威尔博士指挥，陈立、田大成领唱的亚利桑那交响乐团和合唱团在Crowder音乐厅举办了《红楼梦交响合唱组曲》的北美首演。演出结束，郎晓明站在舞台上激动地说：自己的梦终于圆了！而实际上，无数的留美学子只要是身在异国他乡，那内心深处的思想之梦有圆的时候吗？郎晓明不过是借助创作与演出《红楼梦交响合唱组曲》来抒发内心深处的一段情感而已。之后，在他的推动下，亚利桑那大学孔子学院又与钱德勒交响乐团合作演出《彝族舞曲》《秦王破阵乐》，与亚利桑那大学舞蹈学院合作现代舞《梁祝》《黄河》《菊花台》等，为美国观众呈现了许多中国音乐的视听盛宴。

郎晓明是博学的音乐教授、小提琴演奏家、作曲家与指挥家，他当然创作并指挥过许多音乐作品。然而，换一个角度看，你可以把郎晓明博士所创意并操办的上述交流活动视为他的一部更为宏大的音乐文化作品，这些作品超出了学校与国界，具有国际意义。亚利桑那大学福克斯音乐学院不乏闻名世界的音乐大师，但是，郎晓明的这部系列交流"作品"具有特殊的独创印迹。

2015年5月，亚利桑那大学授予郎晓明博士"杰出成就奖"，以表彰其在推动中美文化交流方面的卓越贡献。"他是以音乐为媒介，在不同文化之间建立桥梁的大师。"亚利桑那大学研究生院副院长斯特曼这样评价郎晓明。

逆转质疑

2019年12月3日，中国教育部组织的"中外合作办学项目部省（市）联合现场评议审批会"在北京交通大学三层多功能厅举行。承办会议的教育部国际合作交流司邀请了全国十一位大牌学者专家组成评委会，对广东省（包括深圳市）、重庆市、河南省部分高校报送的"中外合作办学项目"进行现场评议。

河南有八所高校共报送十个中外合作办学项目，郑州西亚斯学院按顺序排在最后一名。这个排序当然有讲究，排在最后的自然被认为分量最轻。会前文件通知要求：每家高校每个项目的答辩时间为三十分钟，其中校方简要汇报十分钟，剩余二十分钟由申报校方代表回答专家评委的提问；一所高校报送两个项目的，汇报十五分钟，答辩为二十五分钟。

会期就一天，每一个申报项目对申报大学来说是天大的事，必定是经过了长时间的充分准备，但在终端评审会上，或许分分钟就决定了申报项目的生死。会议开始后，原计划的限时规则有变，每个省或市只给两小时答辩。如此一来，每家原计划的答辩时间大为缩短，这让各家汇报者顿感吃惊。

河南此次申报项目的合作外方有美国、俄罗斯、马来西亚、印度、希腊、奥地利等国的知名大学。上会前，十一位评审专家自然对各家的申报资料详细阅过，每家具体答辩时间由评委们酌情掌握，有长有短。可申报者总想多说一点自己的优势，答辩时更是尽力详尽表述，于是评审会的时间拉长了。等轮到西亚斯汇报之时，已是当日下午 4 点之后，十一位评委自然有了疲倦感。可西亚斯申报项目的合作对象为世界名校——美国亚利桑那大学，而且美方还派了位教授代表参会，这与前面所有外方合作院校相比，都重视许多，十一位专家评委眼睛为之一亮，轻轻翻动资料的响声让庄重的会场无形中也增添了一些紧张气氛。接下来，几乎所有评委都呈现出惊讶与疑惑的表情，个个竖起耳朵，用审慎的目光盯着即将开始汇报的王甲林。

各高校申报评审的项目，无一例外都是依据中国政府颁布的《中华人民共和国中外合作办学条例》及该条例实施办法写出的规范文本，其中与外方院校的合作协议也都有规范要求，也就是说这些申报合作项目在筹备申报时已经基本符合国家标准，否则省内初审阶段的门槛也过不了。到了国家层次的专家评议与政府审批这个阶段，校方代表就得在极短的时间内说清楚优势，阐述必要性与可行性，还要经得起知识渊博见多识广的专家评委的质疑提问，否则就会功亏一篑，被当场否决的也不乏先例。

西亚斯原计划由副校长带队参会，但校长王甲林左思右想怕出纰漏，于是改变计划，亲自带队参加。在他临赴京上会之前，有一天我俩在一起用餐，边吃边聊，他说："西亚斯才由郑州大学独立出来不久，这次人家申报项目的其他高校都是公办，只有西亚斯一家民办，还给咱排在最后一家。算了，还是我去吧！亚利桑那大学看了国内那么多名校，所有专业音乐学院名校跑遍了，历时近三年啊，最后决定与西亚斯合作。费了那大劲，要是在最后国家审议会上答辩出了问题给人家否了，嘿，那岂不是前功尽弃嘛。咱西亚斯必须抖出比较优势来！"

河南省教育厅初审通过的西亚斯论证报告与申请材料审查表有

厚厚的几大本。教育部提前一周通知西亚斯参加审议审批现场会。其时，王甲林正在与几位副校长与美方合作代表郎晓明反复磋商如何在会上阐述比较优势呢，他说："会上只给咱短短的十分钟汇报时间，而几大本申请材料与论证报告写得又太过于书面化，我拣重点念都费劲。尤其是那个英文翻译，跟机器翻译出来似的，太生硬了……"于是，王甲林厘清思路，又赶弄出个汇报重点提纲，短短几页。一日午餐饭毕，他就当作是事先预演一般，当着郎晓明的面简要阐述一遍。郎晓明听罢连连表示赞同。有了阐述比较优势的思路，又计算好了十分钟汇报内容，王甲林有了自信："亚利桑那大学这一次在中国弄了三个合作项目，其他省两个。在河南也好，其他省也罢，要把其他项目弄上去而把我们的弄下来说不过去呀，我们有这个自信。汇报提纲都弄了好几稿了，我要从多个角度阐述比较优势。"

郑州西亚斯学院参会人员较之其他高校可谓规格高、阵容齐：校长王甲林、党委书记马建生、副校长吴华、国际交流处处长岳军亮，还有合作项目外方代表——美国亚利桑那大学福克斯音乐学院教授郎晓明。

汇报开始，王甲林微笑着戴上眼镜，拿起手中的汇报提纲，气定神闲地向十一位评委汇报起来：

尊敬的各位评审专家，下午好！

我们申报的项目是郑州西亚斯学院与美国亚利桑那大学合作举办的"音乐表演专业本科教育项目"。

下面，我将从六个方面向各位专家进行简要汇报，请予以审议。

一、合作双方高度重视

双方校级领导此前就本合作项目进行了反复协商和多次深入论证。2016年以来双方互访十余次，其中美方校长来访西亚斯三次，并受到我省主管教育的副省长、教育厅长的亲切接见，我校理事长陈肖纯赴亚利桑那大学访问四次，美方派访问团到西亚斯国际学院举办音乐会两次，大师给学生上课三次，并派专人暨郎晓明博士驻我校指导磋商合作事宜。

二、举办本项目的必要性

亚利桑那大学为世界名校，美国最负盛名的公立研究型大学之一，有诺贝尔奖和普利策奖获得者十人，拥有二百七十五名国家级优秀学者，享有"公立常春藤"名校的美誉。党的十九大报告把建设教育强国提升到中华民族伟大复兴基础工程的高度，强调高校要加快一流大学和一流学科建设。"双一流"建设为我们地方高校实现跨越式发展提供了利好政策，"双一流"中的"一流"，强调的是"争创一流"的发展理念，这既是一种水平，又是一种精神和品质追求。

……引进国外先进的教学管理经验对于优化我国的教育资源以及促进我国高等教育的发展都有着较为重要的意义。我校紧抓机遇，找准定位，从与世界顶尖大学合作办学着手，在不同层次不同领域办出特色，争创一流。……特别是与我校开展合作项目的亚利桑那大学福克斯音乐学院被美国音乐学院中心誉为"宝藏学校"，且排名第一。

三、本项目教育资源的引进将填补国内空白

目前国内音乐教学，器乐表演方面的短板是"重独奏，轻合奏""重技巧，轻学问"，全国十一家专业音乐学院和其他综合大学的音乐学院，其器乐表演项目是以培养独奏演员方式为主，学生缺乏乐队训练，合奏感和视奏能力培养不足，学生缺乏对交响乐作品的理解。我校所申报的本合作项目的开展将为学生提供国内本科教育独一无二的强化交响乐训练模式。

按独奏方式培养出来的学生，能成为职业独奏家的是极少数，而社会大量需求的往往是合奏技能的人才。

目前国内中外合作办学在交响乐和室内乐方向的只有天津茉莉亚音乐学院的研究生层次的合作项目，因此本合作办学项目将填补国内本科教育在交响乐和室内乐演奏方面的空白。……此外，伴随着本合作项目的实施，我们将同时设立"交响乐研究中心"，建设一流的科研平台，与世界交响乐研究建立广泛联系，向世界介绍中国交响乐作品，坚定和提升文化自信，助推中国文化走出去。……

四、本项目采用为数不多的双学位双学籍培养模式

学生不出国门，即可享受到国际一流的音乐教育。毕业时达到要求可同时获得郑州西亚斯学院和美国亚利桑那大学的学士学位。本项目引进亚利桑那大学核心课程占本项目核心课程的百分之七十九点四，由亚利桑那大学教授承担专业核心课程的教学时数，占该项目全部学时的百分之五十六点一。

五、本项目为我省唯一的一所民办高校与世界名校开展本科层次的合作

郑州西亚斯学院前身是郑州大学西亚斯国际学院，建校二十余年来一直秉持中西合璧、融合创新的办学理念，国际化特色显著，学校常年来聘用外籍教师人数一直保持在一百五十名左右。亚利桑那大学在确定与西亚斯国际学院开展音乐表演合作项目前，曾经考察调研了中央音乐学院、星海音乐学院、厦门大学等国内十多所专业音乐学院和综合大学，最终决定与西亚斯进行合作。他们对西亚斯国际化的校园环境，一流的音乐教学设施，雄厚的师资力量，灵活的办学机制和较强的管理团队执行能力，给予了充分肯定，对于双方所开展的音乐表演合作项目寄予厚望。该合作项目的实施将对促进我校乃至河南省音乐表演专业的教学改革，提高办学水平，提升教师专业水准，提升师生国际化视野和美育教育水平，有着积极而深远的意义。

六、党建工作为本项目顺利开展提供重要保障

……建校以来，学校全面贯彻党的教育方针，坚持社会主义办学方向，落实立德树人的根本任务。学校党组织保障了学校各项工作特别是中外合作办学项目的顺利开展。

请各位专家给予关心和支持，深表谢意！

　　王甲林汇报的过程中，会场安静，他将该合作项目的比较优势概述得简洁清晰。可其中不少评委当即质疑这一合作项目如何落地。当王甲林汇报完毕，放下提纲材料，摘下眼镜，评委们便轮番提出质疑。汇报者讲的是宏观宗旨，可评委从材料中挑出的是技术层面的细节问题：亚利桑那大学在中国的土地上如何招生？招生如何保证双方的标准，尤其是怎样保证 UA 的录取标准？ UA 的优质教育资源如何在教学中实施？亚利桑那大学会派多少教师来中国授课？为什么说本合作项目将填补国内本科音乐教育的空白？……

　　有的评委直截了当地说：艺术类科目在我国不是太少，而是太多，应该减少，这不是国家倡导的重点。还有的评委提出：全国已经有一千四百多所音乐学院，如果仅仅是复制还有合作的必要吗？再说，河南高校的音乐艺术教育在全国也没有地域优势。评委的质疑是多方位的，各有各的视角，然而，十一位评审专家质疑的尖锐问题以及口吻背后，有一点是共同的，那就是他们共同质疑太平洋彼岸的那所被美国音乐学院中心誉为"宝藏学校"且全美排名第一的亚利桑那大学福克斯音乐学院，放着中国那么多著名的音乐学院视而不见，为何会选中位于河南的郑州西亚斯学院呢？这所年轻的仅仅二十一岁的学院，能够挑得起这副沉甸甸的重担吗？

　　在中国诸多音乐学院老校面前，西亚斯国际学院的音乐学院不过就是一个小兄弟。但该校教育创新理念新潮强劲，陈肖纯创办西亚斯以来始终认为：河南这个人口大省需要一流的国际化教育资源来推动高等教育的可持续发展！

　　在西亚斯之后，还有多家大学在等着汇报，但离整个评审会议结束也就不到一个小时了。王甲林就算加快语速择要回答，也没有时间一一答辩评委们提出的诸多细节问题了。此时，有的评委从座位上站立了起来，这是一种无声的表达——该结束了。郎晓明教授见此状况急了，他立马站立起来，操一口纯正的普通话，加快语速说："诸位评审专家好！请给我两分钟时间，我补充几点。大家提的都是合作办学过程中的问题，时间不允许详细解释了，我只谈谈结果。"

已经站立起来的评委只好又坐了下来。郎晓明接着说：

"中国有那么多的音乐学院，可亚利桑那大学为什么会选择西亚斯呢？经过两年多的考察，我们认为：西亚斯的条件最大限度地吻合了亚利桑那大学的理念，是最理想的合作伙伴。第一，它有一流的校园设施，像音乐学院，光琴房二百多个，音乐厅有三个。就是说从硬件来讲，西亚斯基本达到了一流音乐学院的设施，这个没有问题。第二点，是西亚斯国际化，学生外语好，自信，敢于表达自己，敢于承担，敢于做事。这样的话，作为我们 UA 的项目落下来呢就会比较顺畅。我是 1987 年从北京赴美留学的，对河南并不了解，祖籍也不是河南。国内的音乐学院我们看了不少，只有一家——天津的茱莉亚音乐学院的中外合作项目是不以独奏为核心。另外，我补充说明一下我们这个合作项目的必要性与可行性。该项目完全是按中国音乐教育的空白来设定的。中国是有一千四百多所音乐学院，不缺音乐教育，那我就说说这其中缺什么。多年来，我组织过太多中美音乐界的交流，中国这边的大学音乐教育是重独奏，轻合奏，可学生毕业之后呢？仅有万分之一或者更少的人能够成为音乐独奏家，大多数还得加入合奏团队。如果不是为了改变这一现状就失去了引进海外优质教育资源的意义。说白了吧，培养音乐家与培养匠人路子不一样。培养音乐家不仅要重合奏，还要重理论，独奏只是其中一部分。中美音乐教育各有千秋，中国学生是在学习独奏中学习乐器，学习音乐，而美国学生往往是在合奏中学习的。因此，作为身处中美音乐教育的结合部，我们在教学中既要强调对个人技术的严格训练又需要加强学生的合奏、视奏能力，以及对音乐作品的深刻理解，使他们走出校门即可以胜任社会相关音乐职业的需求。我，作为中美两国培养的音乐人，非常高兴能够为祖国的音乐教育奉献自己的一份力量。所以，我们与西亚斯的合作项目具有填补国内音乐教育空白的意义。这一点，不仅是我个人的想法或者说认识，我在中国音乐界的好多朋友也同意我的观点，如北京交响乐团音乐总监李方方，中国作曲家鲍元恺、王立平等。我们为什么拉到河南做？河南是教育资源缺乏的大省啊，这也是提升中国音乐教育的一种途径。"

郎晓明看到评审专家们听进去了，便继续站着说下去：

"再说该项目的可行性，我相信这一点也是诸位关注的重点。一流的项目就应该放在一流的校园。我们拿好的理念与优秀的教育方法，拿不同于国内一千四百多所音乐学院的项目落户西亚斯，来培养中国的学生。那中方招生如何达到亚利桑那大学的标准，我们经过充分论证，采取共同招生，即国内统招加亚利桑那大学标准校考，这也是 UA 海外合作项目的通行做法。在美国，凡是距亚利桑那大学二百英里之内的考生参加校考，凡是二百英里之外的考生须将演奏图像视频传到 UA 参加考试……"

接下来，他又解释了评委们质疑的几个细节问题。在他补充说明的时候，评委们认真倾听，主持人也似乎忘记了提醒时间或加以阻止。郎晓明说毕，会场出乎意料地寂静，也不再有人提出质疑。主持人随即宣布散会。

在这样的现场评审会，如果没有外方合作代表到场答辩质疑，让国内大学代表说清楚一些较为专业的细节问题恐怕也非易事。评审会结束，各申报学校必须回避，谁也不知道彼此情况。但是在散会之后的会场里，有的评委还是对西亚斯参加会议的人感叹说：你们的校长汇报得好，外方代表答辩得好。这个可以作为申报中外合作项目的案例。

不久，西亚斯就接到了评审结果，此次河南省申报的中外合作项目，西亚斯得了高分，由评审前的排名第十，一下子跃升至评审后的排名第一。

2020 年 3 月 3 日，西亚斯与亚利桑那大学合作教育项目顺利获得中国教育部发文批准，同期获批的 2019 年下半年本科以上中外合作项目共有四十四项，其中河南省被批准的共有四所大学。西亚斯着力引进世界优质教育资源又取得了新的突破。

河南是一亿多人口的大省，教育资源相对匮乏。中共河南省委、省政府、教育厅对西亚斯与亚利桑那大学的合作启动密切关注，给予动态跟踪。其实，陈肖纯在与亚利桑那大学近三年的沟通交流当中，早有自己的战略谋划，他只是将音乐表演这一 UA 强项作为合作的第一步，后面将会有更大的动作。亚利桑那大学有诸多专业科目处于全美领先地位。2018 年，双方签订全面战略合作框架协议时就达成了合作促发展的共识。随着音乐表演项目的顺利推进，双方将以此为基点，继续拓展攀升。

西亚斯与亚利桑那大学双学位合作项目开始招生后，郎晓明于 2020 年 8 月从美国飞抵中国。由于新冠肺炎疫情影响，他先飞到了韩国，再转机到中国长春隔离十四天，而后回到郑州西亚斯校园。某一日，他操一口纯正的北京腔对我笑着说："……我不来谁来呀？我必须得来呀！把我拴住了，全力以赴吧。这次来了，圣诞节也不回美国了，来回折腾倒没什么，隔离受不了啊，小房间待着连走廊都不能去，简直就跟监狱差不多。核酸检测好多次，鼻子都被捅破了……"

陈肖纯也是 2020 年 8 月从洛杉矶飞抵中国，他在天津简直无法忍受十四天的隔离，西亚斯有三万多学生等着他呢，而与 UA 的合作项目才刚刚启动。他急啊，以往的他是一个月在中国的西亚斯，一个月在美国的洛杉矶。这次他说，一直到圣诞节前再回美国吧，隔离十四天太麻烦了。说起与 UA 合作的事，他则是另一番口吻，微笑着说："郎晓明博士学了一辈子音乐，既了解中国，也了解西方，他知道中国音乐教育的短板在哪里，也知道该怎么利用福克斯音乐学院的优势来提升西亚斯音乐教育的水平。郎教授在西亚斯可以实现他的梦想，而且也会让我们的学生受益多多……"

当西亚斯与 UA 双学位合作项目于 2020 年秋季开学之际，布伦特·怀特副校长站在位于图森的亚利桑那大学校本部门口拍了一段视频，他对位于中国郑州的西亚斯校园的首批 UA 项目新生热情致欢迎词，而口吻倒更像是庄重的承诺：

"欢迎你们加入亚利桑那大学，也祝贺你们成为我们合作项目的新生。……我们的音乐学院排名处于美国前列。作为双学位项目的一部分，你们能同时获得郑州西亚斯学院与亚利桑那大学学位。就读期间，你们将同时获得来自西亚斯和亚利桑那大学顶尖教授的指导。不管是在郑州还是图森，我都非常期待与你们面对面地交流……"

第十二章　自信出场

❧

应急受命

陈晓军原本有个家庭暑期出游计划，携妻子与两个姑娘回河南老家巩义看望爷爷奶奶，顺便让孩子好好看看与他们所居住的天津市有天壤之别的贫困乡村。之后，他将赴海南和广东考察，与那里的几位朋友商讨开拓自己公司业务的可行性。就在一切筹备就绪，孩子们的期待日益迫切之时，一个意外的电话让他这个计划彻底泡了汤。

2019年6月末，美国堪萨斯州富特海斯州立大学副校长莘迪·埃利奥特给他打了一个长长的电话，请他考虑将寒假期间赴美的计划调整到当年7月初。第二天，他的恩师谢启蒙博士也从洛杉矶来电，说明调整计划的原委与重要性，请他务必考虑帮忙。仓促改变计划应该不是美国人的办事习惯，但事情确实来得突然。

当年5月底，富特海斯州立大学代表团于郑州大学西亚斯国际学院参加完学生毕业典礼之后，在北京会见了某大学的一位知名教授，当时约定，美方邀请该教授当年7月初赴堪萨斯州进行短期考察。考察范围较广泛，涉及政治、宗教、农场、社区、企业等诸多方面，同时重点为该教授所在学校与富特海斯州立大学的未来合作进行前期调研。美方的兴趣点在于，通过与该教授的交流，多方位了解中国国际化教育当下与未来的需求。由于时间紧张，美方一时竟然没有寻找到合适的翻译者。

埃利奥特并没有要求陈晓军必须如此行动，他也可以婉言拒绝。

但他稍作考虑之后，答应改变原计划，于 7 月初赴美。其时，陈晓军有两个头衔与富特海斯州立大学有关，他是该校中国事务工作人员，具体负责应急事务处理、招生与合作伙伴拓展，以及为郑州西亚斯学院与沈阳师范大学在读富特海斯州立大学学位生组织英语语言考试。他还是美国 TLC 公司（英语语言考试机构）的中国中心主任。埃利奥特是陈晓军的领导。

对陈晓军来说，此次美国之行的紧急事务还不止于此，就在他即将随北京教授赴美前两天，埃利奥特又给他来了一个长长的紧急电话，尽管这位一向办事干练、果断且语速如风的女副校长，在电话里放慢了语速，压低了声音，以非常抱歉开头，夹杂了一些虚词才说出了具体的内容，但还是让陈晓军听得浑身微微发热，脑门也渗出了细小的汗珠。他在电话里说："这个对我来讲太荣幸了，也太突然了，我，您还是容我考虑一下，很快就给您答复。"放下电话，他即刻用纸巾擦了擦额头。

原来，为了庆祝中美建交四十周年，2019 年 7 月 17 日，在美国得克萨斯州休斯敦市，美国国际姊妹城市联合会与中国驻美国休斯敦领事馆，将联合举办一场颇具规模的纪念活动，主要内容有国际姊妹城市联合会年会与有关专题的论坛，这是一个高规格的市长峰会。埃利奥特是该联合会理事，参与策划组织此次活动，且担任"专题合作论坛"执行主席。届时，中国将有市长、学者等百余人参加。美国前总统乔治·W. 布什也将参与会后的庆祝晚宴。上海市还特意为此活动准备了一个"上海与美国四十年外交历程展"。活动从当年 3 月开始筹备。就在 7 月的第一个星期，任何一位国际论坛组织者都会担心的事情发生了，埃利奥特接到了一个意外且令她吃惊的电话：原计划在"中美教育合作论坛"上重点发言的中美合作郑州大学西亚斯国际学院副校长吴华，因学校改变体制——被教育部批准，由郑州大学西亚斯国际学院分立为具有独立法人资格的郑州西亚斯学院，需要重新向教育部申报中美合作教育机构等事宜，突然告知将无法出席此次论坛。

该论坛的主题是：讨论在过去四十年中，教育如何成为中美两国之间的推动力。

这就好像是一场精彩剧目即将上演，海报广告也广为散发，突然间导演得知剧目大戏里的角儿因意外不能出场，而且还没有与其相当影响的 B 角替代。眼看着论坛上的一场中美教育合作成果的精彩呈现就要流产，埃利奥特说她近来的心情有些沮丧。吴华副校长原本计划在论坛上介绍的是西亚斯国际学院，该学院由美国富特海斯州立大学与中国郑州大学合作创办，在长达二十年的合作中，从设立到成长，埃利奥特一直是美方该项目的主要负责人。对西亚斯，她有着深厚的情感，就像看着自己的一个孩子，从婴儿到长大成人。她在电话中说着说着，声调就抬高起来，情绪转好，说感谢上帝，她想到了陈晓军，并且将这个想法与西亚斯国际学院创办人理事长陈肖纯做了沟通，他们一拍即合，认为陈晓军对中美双方来说，是最佳人选。"难道还有比一位既毕业于西亚斯国际学院也毕业于富特海斯州立大学的优秀学生，来向中美人士介绍西亚斯国际学院更合适的人吗？"末了，埃利奥特幽默一问。

美国的职场人士喜欢将工作时间按十五分钟为单位划分安排，且将自己未来一年的重要事宜和活动时间一一锁定，中途变化对己对人都极其不利，故而埃利奥特以非常抱歉的口吻与陈晓军协商此事。

西亚斯国际学院已走过二十年历程，迄今为止，是中国改革开放以来，中美双方创办最早、规模最大的一所学校，其发展历史、教育成就无疑对此次中美建交四十年活动是重头戏，是中美教育人士友谊的象征。在中美经贸关系有点火药味的时候，中方能有百余名要人前往休斯敦参加此会，本身就是一个积极友好的信号。

此事非同小可，当晚，陈晓军就与妻子商量。他说自己无法推辞这个演讲，也不应该放弃这个特殊背景下的机会。第二天，他就回复了埃利奥特，答应在休斯敦的论坛上扮演这个演讲"角色"。埃利奥特特别提示，她将与他共同商讨演讲的方式与内容。陈晓军说："当然了，在富特海斯读书时，我就是您的学生助理，您这次必须给我进行指导。我还从来没有在这样的国际场合做过演讲呢。并且西亚斯与富特海斯都是我的母校，我必须讲好。到美国后，我还得向您当面请教。"

放下电话，他仿佛是自言自语：天哪，这是多么沉重的一件事。

他的西亚斯历练

陈晓军出生在河南巩县（现为巩义市）康店乡庄头村，父母本是农民。父亲只有初中文化程度，但喜好读书，学了汽车维修技术，进了巩义县一家集体制汽车修理厂，但 1992 年下岗了，无奈之下在巩义开了个私人修车铺。陈晓军是家里长子，上有一姐姐，下有一双胞胎弟弟。父亲一人的收入，养活六口人。陈晓军的童年是在乡村度过的，小学一年级也是在村里上的学。那时的父亲已在巩义城区修车多年，但是孩子们没有城镇户口，不能进市区上学。父亲修车，南来北往的人见多了，自然见识广，深知老家学校与县城学校的天壤之别，他费尽心机，托人找关系，居然把陈晓军从村子里转到巩义市区学校读书。"这对我的人生非常关键！和我爸通电话的时候他也常常讲，把我们从村里弄到市区去上学，是他人生中最骄傲的事！"如今，陈晓军时不时地把此事挂在嘴边。

河南是全国人口大省，优质教育资源极度匮乏，据近年来高考大数据分析，河南省是全国高考难度最大的省份。高中也许是学生们一生中最为紧张的学习阶段。陈晓军读高三时，同学们无一例外地每天早上 5 点起床，晚上 11 点以后就寝，每周在学校学习六天半。按照班主任的吩咐，陈晓军在教室后墙板报栏内画了一个七彩倒计时间表。每天，那七彩轴中象征时间脚步的红针都在一点点地变化。

到了 1999 年上半年，家里不仅是他一个人在准备高考，全家都在为他的高考紧张地忙碌。母亲照顾一家人的日常生活，而父亲、姐姐和弟弟则开始为他上大学的费用而奔波起来。

高考结束之后，中美教育合作、外教英语授课、国际经济与贸易专业、丰富的校园文化等——西亚斯国际学院画册吸引了他。他喜欢英语，平时最关心他的高中老师鼓励他报西亚斯，家里人也支持他。于是他便在志愿表中填了西亚斯。

回首高考，他并没有大多数人的抱怨："高考最好的地方，就是即使我们学生有再多的问题，但是它也是能让我们得到走向世界的起点。因为它让我们有可能去参加竞争，更能将我们约束起来，不用顾及其他事情，集中精力更好地去学习。家里和学校都在为我更努力地学习准备。"

填报志愿选专业时，父亲让他自己选。彼时，他的想法很简单：喜欢英语，但在市场经济大潮中不能只学英语；因为家里贫穷，将来计划做生意，所以懂经济是必须的。他把这两个加在一起来考虑，选报了国际经济与贸易专业。

在西亚斯国际学院读书期间，父亲除了每学期为他交学费外，并不是一次性给每学期的生活费，也不是每月给一次，而是每半个月给一次。也许是经济拮据，需要靠父亲小店滚动的收入来支撑他的学习，但也有可能是父亲的一种良苦用心，即有意识地培养他节约、计划用钱的习惯。陈晓军由此养成了谨慎花钱和定期储蓄的习惯。在西亚斯的四年，他没有因为钱的问题掉链子，这让周围好多同学甚为羡慕。

他第一个寒假回到家时，正下着大雪，看到父亲和弟弟正冒着大雪在修车。他站在父亲旁边却帮不上手。寒假后回到美丽的西亚斯校园，宿舍和教室的暖气带给他的与其说是温暖，倒不如说是巨大的刺激。他的内心久久地被愧疚而占据。

巩义的夏天是酷热的。他第一个暑期回到家里时，父亲和弟弟在忙碌着修车，父亲一身油污，仰面躺在汽车下面，手指被工具划破了也顾不得，直到把活干完才从车底下退了出来。而他蹲在车边，连父亲让他递的工具也不认识。

"我没有理由不惦记他们！没有理由不回报他们！没有任何理由！"这是他在西亚斯或毕业后在外地工作的时候，常常告诫自己的。

当陈晓军置身于西亚斯校园之后，很快就发现原先的选择真是撞了大运，这是一所国际化氛围异常浓厚的大学。他至今记得上第一堂英语课的情景：经验丰富、性格活泼外向并和蔼可亲的美国老师比尔·格雷特，简直就是一个山姆大叔的翻版，在开课几分钟后便营造了一个轻松的英语对话氛围。那天，陈晓军早早地就坐在了第一排，令他惊讶万分的是那些从省城郑州或外省大城市来的学生，眼神里闪着自信，熟练地用英语介绍着自己，并能与格雷特老师对话，而他这个来自巩义高中的所谓英语爱好者，却脑子里一片空白，一句英语也没讲出来。

这深深地刺激了他。他在中学时喜欢体育，在拼搏的竞赛场上养成了不轻易服输的倔强个性。那天晚上，他在日记里写了一个学习英语计划：每天早上 5 点 30 分起床听英语广播，看英语书；每天白天至少坚持一个小时的阅读和口语练习；每天晚上 9 点到 9 点 30 分再听一次英语广播。他还真是言必信，行必果。开始是坚持，久而久之即成习惯，这个习惯一直到他大学毕业走上工作岗位后，仍然保持着。

西亚斯国际学院早期有一个学生社团叫"学生领导力与管理协会"，主要职责是参与学校管理，提高学生的领导与管理能力。该社团管理模式由西亚斯美方院监引进，其本意是培养与提高学生的领导力与管理力。最初，美方院监谢启蒙博士的办公室只有两名学生助理，后来发展到四十多人，就叫作社团了。由于这个社团直接受谢启蒙领导，学生们都习惯叫它"院监助理团"。之后演变至今，有了西亚斯理事长助理团、校长助理团、校行政助理团等。但万变不离其宗，这类学生社团的宗旨就是有意识地让学生参与学校管理，培养他们的领导能力。

2001 年秋季的一天，西亚斯校园。一位瘦高的男生在排队之后，走进了谢启蒙博士的办公室。谢博士一边看着这位学生用中英文写的简历，一边与他随意地交谈起来。学生是来应聘院监助理团成员的，到这里已经是最后一道面试程序。一开始的问题比较简单，谢博士从学生人格和是否具有善心的角度来提问。

谢博士发现了该学生简历的特殊之处，他好奇地问道："几天来，我发现你是唯一用繁体中文的学生，我很好奇，为什么呢？"

学生不好意思地笑了，他说："谢博士，是这样的，我知道学校里的学生、老师来自全国甚至世界的不同地方，我也结识了一些外教。不同地域的文化是不同的。我知道香港、澳门、台湾是用繁体中文，美国的一些华人集中区域也是使用繁体中文。我知道您是美籍华人，应该是用繁体中文，所以就把我的简历转成了繁体中文。这样您看起来会更方便一些。"

谢博士笑了，点点头。接着他看到这位学生简历中写有一个未来十年规划，来了兴趣，问道："你怎样看我们的西亚斯国际学院呢？"

"西亚斯是有前途的，中西方文化交流多，外教多，给了我许多新的思想，比传统的大学有更多的机会，有挑战性。我非常喜欢。"

"好！你讲到中西方文化交流，中国和美国在好多方面是不一样的。比如，考试的模式就不一样。在美国，学生在一张考试卷上什么也答不出来，给一百分，因为卷子是错的。在美国的大学，学生帮学校办公室做工作，目的是提升自己的能力。举个小例子，西亚斯学院打印文稿没有任何登记手续，所有的人无论打印什么，与工作有关的或无关的都可以，这样就没有了秩序和效率，出现了浪费。我希望院监学生助理团能发现这样类似的问题。学生应该参与到学校的管理中来。更主要的是西亚斯学院也是学生的学校……"

经过一番颇为愉快的交谈，这个学生顺利地参加了院监助理团。他就是陈晓军。所有参加申请并进入面试的同学当然都在努力争取，大家猜测谢博士肯定是优中选优。但发布入选名单后，陈晓军发现，几乎所有面试的同学都被录取了。事后，谢博士对陈晓军说："其实参加面试的同学很少有能够达到要求的。富特海斯州立大学与西亚斯合作起步不久，当这些学生想积极参与锻炼时，学校应该给予机会。即使某一名学生当时看起来还不是特别好，但是进来以后可以锻炼嘛，使之变得更好。举个例子，每只手都有五个手指头，最小的手指头指甲可能很小，也没有什么力气，但是耳朵痒的时候用它最方便。第一次组团就这样，之后的第二批、第三批，我们再选拔好了。"

在谢启蒙院监和一些外教的引导之下，陈晓军知道了要学好一门外语，除了书本知识之外，更重要的是要充分利用学校资源去不断提高自己整体语言的能力，仅有华丽的语言而没有有效的沟通能力，就不能给自己带来更多的发展机会。

他不再把英语当作一门孤立的外语来学。作为院监助理团的成员，他要在公众场合发言，有时候需要用英语。他体会到汉语与英语之间有微妙的联系，即如果自己中文思维都不清楚，意旨不清晰，表达没逻辑条理，那在用英语表达的时候就会更加慌乱。他在学习英语的同时，也积极弥补中文表达的缺陷。而弥补、提高的途径就是积极读书、热情做事。

谢博士将助理团分为七个小队，学生们分别去教务处、学务处、办公室、总务处、学生会、团委、外事办实习。陈晓军担任了其中一个小队的队长。助理团每周有两次讨论和总结，而后再给谢博士汇报。陈晓军进校初期，领导意识很模糊，更别提什么提升领导力。在院监助理团的活动中他意识到了自己的短板，于是开始频繁地去图书馆阅读一些有关领导学与管理学的理论书籍。渐渐地，他明白了所谓的领导与管理能力，就是首先得管理好自己的时间，做一个忙碌而又有节奏的人，不仅要发号施令，还要组织大家一起行动，并乐在其中。在组织集体达到目标的同时，也要安排好自己的事情。形象的说法，就像是弹钢琴一样地艺术地面对现实的黑白琴键。

有一年，学校招的新生较多。有的新生对宿舍粉刷不久的墙担心不小，是不是有污染？环保材料是否合格？院监助理团注意到新生对此担忧比较突出。谢启蒙安排助理团学生与总务处负责人进行了沟通。总务处随即安排项目负责人带着助理团学生代表到工地去查看，确认所用涂料符合国家质量标准。这些信息由院监助理团反馈给新生，从而消除了新生的疑虑。

陈晓军大四那一年，当上了助理团团长。他协助谢博士做一些与美方合作院校富特海斯州立大学的沟通事务。对方的负责人即是莘迪·埃利奥特。谢博士常在电话中与埃利奥特协商美方课程及其他事务，而有时陈晓军就在谢博士身边听着。某一天，埃利奥特真的出现在西亚斯谢博士的办公室里，陈晓军终于对上了号。埃利奥特也早已知道谢博士身边有这么一个学生团队在做着很有意义的事情，于是特别关注，很快就与陈晓军熟悉起来。

谢博士熟悉美方院校的运作，又负责西亚斯外教的管理，外教们遇到困难自然会来找他。陈晓军作为助理也帮着接待外教，与他们沟通，协调事务，有时候还会陪同接待外国来访媒体。如此，他与外教之间多了一些接触，不再仅仅是上课学习下课活动。一来二去，他与好多外教建立了深厚的友谊。

陈晓军毕业之际，给助理团的同学们有一个告别赠言，结尾部分写道："……说实在的，我喜欢忠诚。但是，你们又会不会和我一样去不忠诚地对待现有的传统模式、传统思维、传统观念还有传统的创意呢（对，是不忠诚，你没看错）？再试想一下，大家一起来凿一条海峡，航行的时候不就不用再绕道好望角了吗？如果可以，让航线借助洋流，我们不就省时、省力、更省能源了吗？因此，请我们的成员记住这句话：'想象、激情、突破、背叛，是成功企业家最重要的素质，也是成功的创造者必备的素质。'让我们去忠诚，更让我们去创造！好了，风起了，水流急了，又一个漫长而精彩的旅程正等待着我们。亲爱的队员和朋友们，让我们再次微笑着扬帆启航吧！"

彼时的2003年，陈晓军即将从位于河南郑州新郑的西亚斯国际学院毕业起飞时，满怀激情，他已经有了独立思考的习惯。而质疑权威、独立思考、崇尚真理，恰恰是高校最稀有并珍贵的元素。

睁开眼睛看世界

陈晓军在西亚斯国际学院读的是国际经济与贸易专业，自然要开阔视野。而西亚斯真是给了他睁开眼睛看世界的机会。有了开始，他便想去接触更为广阔的世界。毕业之前，陈肖纯先生就多次询问他，是否要去国外留学。谢博士也鼓励他到美国去深造。但他实在不能再向父亲开口，父亲与弟弟一年四季在室外修车赚来的钱远远不够他赴美留学的费用。

他选择了就业。主要在国际贸易与国际教育领域打拼，奔波在越南、重庆、广东、上海等地。五年之后的 2008 年，西亚斯点点滴滴沉淀在他心中的愿望冲动起来，日新月异的事业使他深感提升自己的必要。其时恰好是他在西亚斯入学时给自己制定的十年规划期结束之际，他意识到学识的不足正在或即将成为未来人生事业发展的阻碍。他决定赴美留学。

在陈肖纯、谢启蒙的帮助下，他于 2008 年 8 月，顺利考入美国百年老校富特海斯州立大学，攻读工商管理硕士学位。

他是带着职场困惑与提升自己的愿望赴美学习的，这自然要比本科毕业直接读 MBA 的学生相对成熟得多。但到了美国之后，他很快就发现之前对美国大学教育体系的那点了解真是皮毛。

在到达富特海斯州立大学的第一个星期，他绝没有想到头脑里的一个迫切愿望居然是想要一辆自行车。该大学位于美国中部堪萨斯州海斯市，校园周围很空旷，购物超市在五公里之外，而学校每周两班公交车。刚到学校需要很多日常生活用品，但没有交通工具哪里也去不了。采购生活必需品成了难题。

他想到自己九年前在国内从小县城进入西亚斯校园的情景，那时校园有学长学姐的热情接待，大家说着不大标准的普通话，相互热情问候。学哥学姐们领着他办入学手续，还带着他四处转悠，告知他校门口的商店有哪几家，风味饭店在哪里。他几乎在几个小时之内就熟悉了校园及周边环境，头脑里架构起一个清晰的方位模型。可来到美国，一周过去了都找不到北。对自己的英语，以前他是颇为自信的，但一到了上课、办手续、询问路人事宜的时候，好多还是听不懂。真仿佛是被飞机载着越过太平洋扔在一个陌生之地，他有一种深陷孤独而无助的感觉。他想对陌生人说出自己的困难，希望得到帮助。可一个身在异国的学生如何快速取得别人的帮助呢？

富特海斯州立大学毕竟是一所百年老校，对来自世界各地的国际学生既有关爱，也有办法。社区联谊会组织的联谊活动适时地出现在校园或校园周边。他们让国际新学生与海斯市市民们相识交流，介绍合适的学生融入美国家庭，得到帮助，建立友好家庭。陈晓军也由此成为一个美国家庭的新成员，主人开车，带着他去购物。不久，他又有了一辆旧自行车，是友好家庭主人送的，他可以随意地离开校园去稍微远点的地方了。

对国际新生最初的培训，富特海斯州立大学有一个人性化的安排，发了培训清单、资料，以及一些学校特色物品。陈晓军拿着清单表却忽略了一些细节。每天上下午及晚上都有课程，而随着课程的不同，每天安排讲课的教室又不一样。他无意间居然漏了一些课程。而学校却没有忽略他这位"旷课"的学生，因为这些内容将直接影响后面的学习效率。在第二周，又帮他补上了这些课。

富特海斯州立大学依赖电子信箱、个人信息管理系统、教学管理系统进行信息发布与师生沟通，一切都是电子化，没有必要让学生与老师在校园里做无谓的奔波。教学信息管理系统有 Black Board，学生信息管理系统有 Tiger Tracks，这是每一个学生与学校信息交互的综合平台。学校为学生设立了电子信箱，还有中国留学生自发形成的一些社交媒体，如 QQ、MSN、Skype 等。上课之外，没有网络预约，你无法见到导师。整个校园被一张密集的无形网络所覆盖，安静而有序。

陈晓军置身于这样的校园，有一种断奶的感觉。在中国的西亚斯校园里，学生还是主要靠老师提醒、辅导员督促、班干部带领，以及同学间的互助，形成一个学习常态。可在富特海斯，学生们都是被自己内在的动力所驱使，他们独立选择，独立寻求学校资源与导师帮助。陈晓军很快就被迫适应了，瞬间有了长大的感觉。课程选择、学习安排、沟通交流、请教实习，靠自己来完成。

他是幸运的，因为西亚斯所在地河南省与堪萨斯州是中美姊妹友好省州，故西亚斯毕业生赴富特海斯州立大学读书可享受堪萨斯州州内学生的学费标准，可减免近百分之五十的学费。即使如此，陈晓军仍有经济压力，赴美之前，谢启蒙博士还特意给了他一笔学费借款。

陈晓军很快就调整好自己，就像当年在西亚斯为自己制定了十年规划一样，在富特海斯，他将自己的时间分成了四份，通常每天晚上 11 点或 12 点才能睡觉。毕业时，他总结回顾，大致有四分之一的时间用在了学习上。四分之一的时间在商学院里做助教，教大一学生计算机基础，他需要挣钱贴补学习生活费用。四分之一的时间做社会实践，就是实习，这使他拓展了社交圈，增进了对美国社会的深度了解。四分之一的时间去做义工和环美旅游。在富特海斯州立大学两年期间，他大都是一周学习和工作六天半的状态。

陈晓军还兼做莘迪·埃利奥特的学生助理。其时，埃利奥特为富特海斯州立大学国际战略合作伙伴办公室主任（OSP）、虚拟学院院长和助理校监。OSP是富特海斯州立的大学与所有国际合作伙伴进行沟通、协作、业务开发和事务交流的部门。陈晓军协助埃利奥特实际操作了该校的国际教育部分事务，尤其是重点参与了富特海斯州立大学与中国院校合作项目的运行。西亚斯国际学院如何运作，中美双方都没有参考范本，想象不到的问题不断地冒出来，用陈晓军的话说，那不是有过简单职业经历的人可以应对的，需要不同寻常的热情，非凡的经历、能力、思维，以及良好心态集于一身的人来解决。而埃利奥特正是一位这样的领导者。她开朗，视野广阔，看起来似乎大大咧咧，其实做事非常有格局且严谨。美国的阿波罗登月计划中有个重要环节——应用科技手段证明在太空向地球进行远程教育的可能，埃利奥特正是太空远程教育项目的参与研发者之一。遇到困难，她不会轻易表露出畏难情绪，而是设法一个一个去解决。作为助理，陈晓军看在眼里，记在心上。

富特海斯州立大学的社会实习不是毕业前夕做，而是一边读书一边参与，实习时间与内容算学分的一部分。堪萨斯州有一个西北区市长联合会，由几十位市长联合起来，每个季度举行一次联合会议，商讨并采取后续行动来促进当地经济和社会的发展。陈晓军从商学院得知有这么个组织，顿时来了兴趣，突发奇想，想到这个市长协会去实习。这个异想天开的想法有点来源于西亚斯的经历。富特海斯的导师并没有对他的这个愿望感到意外，还特意联络安排他在2009年年初的某一天，去海森市前市长办公室拜访。

该市长是西北区市长联合会主要创始人之一，见面后甚为热情，彼此一介绍，市长兴奋起来，侃起了中国：

"真的？你毕业于中国郑州新郑的西亚斯？那真是个有古老历史的地方。我曾经去过那里，去过你们的西亚斯，与你们富特海斯的校长们一起。中国对我来讲太有魅力了，我非常喜欢中国的历史文化与美食。西亚斯校园很漂亮，学生非常活泼、自信。"

陈晓军说："市长先生，真是太有缘了。没想到您还去过我中国的母校西亚斯。郑州新郑是中国黄帝文化的发源地，我们都喜欢说自己是炎黄子孙呢。我知道您是堪州西北区市长联合会创始人，我想到这个组织里实习。因为……"

市长插话说："哦，稍等，你现在是富特海斯的学生，为何要到市长联合会来实习呢？我有点好奇。"

陈晓军不紧不慢地说起来："是这样的，我在西亚斯本科学的是国际贸易，做过院监助理。如今在富特海斯读的是 MBA，同时做埃利奥特校监的学生助理。在富特海斯，我发现读 MBA 的学生中有近一半是堪萨斯州当地人，而另一半大多是来自国外的留学生，这其中中国学生居多，而中国留学生中的大多数是来自河南省。我近来一直在思考，能否在实习时有个方向。河南省与堪州是姊妹友好省州，我就想能否在您的理解帮助下，在这个市长联合会实习呢？"

市长身子离开了椅子靠背，在办公桌前往前倾了倾身子，说："很好，继续说。你到联合会实习要达到什么目的呢？"

"我想近距离地看一看美国的中小城市是如何运作的。此外，河南是中国人口大省，也是中国的交通枢纽，既然我来到堪州学习，那能不能做一些促进堪州与河南国际贸易交流的前期考察呢？比如堪州有哪些产品可以出口中国河南或者其他省域。如果有可能，对堪州与河南双方的长远发展都有好处啊。那谁来操作呢？我就想富特海斯大学的堪州青年与在此读书的中国河南省青年不是更容易沟通来合作做事吗？我就是想在实习中为这个目的做些准备，如果……"

市长听到这里乐了："好啊！我们联合会的市长们也常常彼此探讨这样的事情，如何促进堪州的经济、教育等诸多方面的可持续发展。非常欢迎你——勇敢的年轻人，但我还得与有关人员协调后再答复你。不过，我得告知你一个前提，实习是没有工资的。"

成了！陈晓军很快就进入了市长联合会，还结识了数十位市长。他跑了堪萨斯州好多城市乡村，参加了市长联合会议，对堪州区域的工农业分布以及教育、社区、宗教等有了全面了解。没想到，在看似一马平川的堪州，通用航空、农业和牧业、食品加工业、清洁能源非常发达，还是美国最为纯正的美式英语和美式教育体系所在地之一。

第三学期即将结束时，他迫切需要一个带薪实习的机会。毕业典礼结束之后，他得搬出学校，在校外寻找美国家庭租房。他仍然是通过社区联谊会与当地人交流。有一天，联谊会负责人安·蕾克尔女士拉着他的手，走至一位老人跟前，说："鲍勃先生，这位是富特海斯大学的陈晓军同学，之前你们彼此见过的，你们可以再聊一聊。"

鲍勃先生近八十岁了，依然精神矍铄，很是活跃。他是一位德国移民后裔，一生最精彩的年华都在从事科研。事后，蕾克尔告诉陈晓军："鲍勃先生现在一人居住，他愿意腾出一间房子让学生住，但他要先了解了解你。"

"他想了解我什么呢？"

蕾克尔笑着说："就是想知道你是个什么样的学生，什么样的人，然后在做什么事情，爱好什么，都有什么特点，然后他能不能和你合得来。"

之后，蕾克尔又特意安排鲍勃先生与陈晓军在一个中午会面，这一次他们聊得比较具体了。之前，鲍勃从蕾克尔那里得知陈晓军已经做过数百个小时的义工，喜欢整洁，于是对他很有好感。两人谈得很是投机。老先生自然向陈晓军介绍了自己的经历：他退休前是美国国家标准局的第一批科学家，参与过很多研究项目，包括月球上的尘埃成分组成，世界上第一台原子钟的相关科研，甚至一些轰炸机的通信设备研究等。他俩还谈到了堪萨斯州的创新产业、航空、农业和畜牧业，这些恰好都是陈晓军曾经在市长联合会参与过的项目，所以两人就谈得投机且开心。

幸运再一次光顾，鲍勃先生接纳陈晓军住进了自己家中。鲍勃带着陈晓军去参加堪萨斯州的科技展会、贸易展，去企业、农场。他俩交替在高速路上开车。鲍勃也帮他向有关部门写推荐信，指导他如何在美国寻找实习机会。陈晓军也尽其所能照顾鲍勃，打扫房子，负责饮食。当陈晓军提出要给老人房租时，鲍勃坚决不要。两人常常结伴而行，仿佛是一对父子。

鲍勃先生之前在笔记本里记载了其家族在美国的详细发展史。记载家族成员史是美国人一个重要传统，往往由长辈传给后代。陈晓军主动帮鲍勃将文字变成电子版，并配上合适照片，制作了其家族谱系，而后又编成了一本厚重的书。鲍勃太开心了，他可以自豪地将该书了无遗憾地传给子孙后代了。

陈晓军精心制作了自己的简历，让鲍勃指教，并轻松地说准备投递给十多家已经做了前期了解的企业，应该问题不大。没料到鲍勃连说不行，而后接着说："即使是美国那些顶尖的一流大学的优秀毕业生，也要根据不同招聘企业的需求，至少制作百份以上的简历投出去。你也应该这样做，甚至要比这个更多。"

鲍勃的指点立刻让陈晓军意识到自己的无知浅薄，他很快又收集了上百家学校和企业的招聘信息，并有针对性地制作不同的简历，鲍勃戴着老花镜帮他一份一份地修改。他们之间的友谊一点一滴地积累，日益深厚，不是家人却胜似家人了。

陈晓军与 MBA 的同学常常谈论起他们商学院的院长、教授 Dr.Mark Bannister。该院长具有法学与计算机双博士学位，在当教授与院长的同时，并没有停下与家人一起开创的风力发电厂。陈晓军第一次去参观时，恰好产出的第一台风力发电机开始运转。第二年去看时，已经有八台风力发电机了。之后几年，一座接一座地建了二十四座风力发电机。更为奇妙的是，堪萨斯位于美国的中西部，风力电厂位于更加偏僻的地方，但就在第一台发电机安装成功之时，院长就已经在电网上找到了电力用户。院长让学生们猜猜用户是谁，但没有一人猜对，原来用户是位置遥远且用电量巨大的雅虎公司。这位商学院院长不仅给同学们讲书本理论，也用自己的创业案例给同学们上了一场大课。

陈晓军在美国的两年多时间，做义工累计七百多个小时，平均每天大概有一小时。他有繁重的学业，还要打工挣钱，却还很开心地去做义工。说起来令人费解，但他本人的经历却解释了这一切。他步入了一个爱的循环轨道。他在赴美国读书时，陈肖纯、谢启蒙、埃利奥特都给予热心帮助，有的还借钱给他。到了富特海斯州立大学之后，就在他深陷孤独需要帮助时，来自学习、语言、物质方面的帮助就围绕过来，仿佛有好多友情的手在扶着他走。导师告诉他要打开心扉，告诉别人困境在哪里，他打开了，之后有人带着他去考驾照，有人教他开车，有人给他联系友好家庭……他被感动得要哭了。随后，他就与这些帮助他的人一起，又去帮助其他需要帮助的来自世界各地的国际生。随着时间的推移，他的英语能力有了飞跃，学习、生活上也越来越自如轻松，此时若帮助过他的人需要帮助了，他毫不犹豫伸出援助之手，就像在鲍勃家里帮助鲍勃一样。当然还不仅如此，他的义工范围延伸到了更远的社区、学校等地。

有了激情与爱，他自然会在需要他的地方意识到责任，并且付诸行动。

亮相休斯敦

八年前，在留美归国的飞机上，陈晓军回忆最多的就是自己的家人，还有帮助过自己的师友……

回国后，他也时常往返于中美，联系堪萨斯州与河南及其他省份的商务，还为山东枣庄与堪萨斯州的航空合作牵线搭桥。2013年，西亚斯国际学院在读富特海斯州立大学学位的部分学生，在语言关考试方面出现了一场风波。陈晓军放下自己在天津的业务，返回母校，做调研并提出改进措施。这期间，他担任西亚斯陈肖纯理事长助理，并兼任西亚斯国际教育学院院长助理。

2019年5月，在西亚斯国际学院二十周年校庆之际，他被授予"杰出贡献奖"。其颁奖词中有这样一段：

有一种情怀淡如花香却又历久弥新，那是游子对母校的凝望。1999 年，一个青春洋溢的面孔走进了西亚斯，从平凡到榜样，一步一步成长为西亚斯的骄子，他就是陈晓军。

他不是雨露，却带来了新生的希望。建校初期，他用个人的力量凝聚了西亚斯学子的心灵，怀揣火热的梦想，开启了与西亚斯一同超越自我的征程。兼容中西、知行合一的校训理念，也赋予了他扬帆拼搏的自信。

少年辛苦终身事，莫向光阴惰寸功。上学时，他敏于行动，勤于学习。毕业后，他积蓄能量，成功创业，成为西亚斯学子的荣耀和骄傲。

二十年一晃而过，但陈晓军不忘初心，始终为西亚斯奉献着一片新绿。

2019 年 7 月 9 日，陈晓军陪同北京某大学知名教授一起飞往美国堪州，这一次他是在为自己的美国母校服务。美国大学年度财务预算严谨而细致，北京教授应邀访问是计划外临时动议，故而美方还不能支付陈晓军此行的部分费用。

落地美国之后，陈晓军才晓得这副担子的沉重：行程安排紧密，每天访谈约人众多，翻译涉猎内容异常广泛且有深度，他的大脑高速运转，几乎是四天不间断地全程翻译。随后的一天半，他在俄克拉何马州与美国语言关考试总部的上司进行工作沟通，节奏也很紧张。埃利奥特偶尔会给他一个电话提醒，对他充满信任，但他也无暇抽身去详细准备休斯敦的演讲。

埃利奥特对他说，你以西亚斯国际学院陈肖纯理事长助理的名义，或者以堪萨斯学院院长助理的身份，在休斯敦论坛发言，怎么样？

"是这样，这件事我考虑还是以西亚斯与富特海斯校友的身份来讲比较好。两个学校都是我的母校，以校友身份来介绍西亚斯母校，对我来说更亲切、自然。或许这也能使美国朋友更感兴趣。"陈晓军略微迟疑一下，而后从容地说。堪萨斯学院是郑州西亚斯学院与美国富特海斯州立大学联合所办，校区设在中国西亚斯校园。

"噢——，真是一个好主意，太棒了！我怎么没有想到。好的，我与陈肖纯先生再沟通一次。我认为以校友身份来介绍美国与中国合办的西亚斯大学更好。美国人更喜欢从学生的视角来看一所大学的成功与否。"埃利奥特恍然大悟般地说。

7月14日下午2点，陈晓军在堪萨斯州威奇托机场送别北京教授，驱车四个小时直奔俄克拉何马州。7月15日一早开始，英语语言关的工作会议就开始了。

7月16日上午，他转机赶赴得克萨斯州。在休斯敦落地之后，又乘车疾驰到市中心会议地点马奎斯万豪酒店。进入酒店大堂，他下意识地抬头看了一下服务台上方的挂钟，时间已是下午5点30分。匆忙洗漱一番，即参加中国驻休斯敦领事馆在晚7点举办的盛大招待晚宴。晚宴包括交流结束时已经是晚间10点。

陈晓军迅疾招呼埃利奥特与富特海斯州立大学负责国际招生与跨文化融合事务的梅兰·沙希迪先生直奔酒店大厅僻静一角，开始讨论他演讲西亚斯国际学院的视角与重点。其时，距第二天——2019年7月17日下午2点30分他的开讲，即使不睡觉，也就剩十六个小时三十分钟了。之前，他在赶赴休斯敦的旅途中，在马奎斯万豪酒店洗漱完毕等待晚宴之前，已经向中国西亚斯国际学院的老朋友们说明十万火急的情况，说明他已经搜集有美国富特海斯州立大学哪些资料，希望得到西亚斯方面的哪些图文。中国这一边，西亚斯的陈肖纯理事长秘书陈述，堪萨斯国际学院办公室，均与他有良好工作交往，均火速为他提供有关资料。

陈晓军、埃利奥特与沙希迪，三位各抒己见，其共同的难点是：在中美贸易摩擦这样一个特殊敏感时期，围绕中美教育合作，美国来宾可能倾向听到或看到什么？他们的兴趣点在哪里？而远道而来的百余名中国来宾又希望听到看到什么内容？尤其是如何深入浅出且富有趣味地介绍富特海斯州立大学与郑州大学合作诞生的西亚斯国际学院的特点，才能给中美来宾一个惊喜，才能给予他们积极的启示，来缓和有关冲突与分歧，从而让与会者从教育领域积极看待中美友好关系的双向发展。当然，他们还议论了如何规避一些敏感话题，以绕开不必要的争论。

三位的意见也有分歧之处，但并无大碍，他们达成的一致意向是：首先要让听众感兴趣听和看，否则理解便无从谈起。不要限于介绍一所大学，而是通过西亚斯这所中美双方建交四十年来教育合作的成果，表达中美友好人士的共同愿望和付出。

三人讨论结束，早已过了午夜。陈晓军将手机闹钟调到了凌晨4点。闹钟准时将他从睡梦中拽了起来。他快步走进卫生间，一边用冷水洗脸，一边还想到了梦中在制作演讲PPT的细节。他在寂静之中，泡一杯咖啡，开始于电脑上整合资料。中美双方的资料异常丰富，还有他与埃利奥特与沙希迪昨晚的对话，一起摆在那里，如何删减成了难题。时间里沉淀了海量现实，他的任务是快速提炼。他感觉时间就像风一样在耳边呼啸而过，鼠标却如凝固一般，手指也跳跃不起来。立意、视角，还有表达技巧让他犹豫不定。他甚至有片刻的懊恼，自己没有富特海斯州立大学或西亚斯国际学院的任何领导头衔，资历浅显，怎么就接了这样一件重任？这岂不是初生牛犊不怕虎的冒失吗？

但他很快就在不停的深呼吸之中冷静下来。此时此刻，不就是在为培养自己的母校感恩回报吗？不就是在为祖国尽责吗？母校的中美合作特色不就是自己亲身体验的吗？感觉来了之后，豁然开朗，仿佛有一条路延伸向远方，他只需将沿途美丽的花朵采摘一番即可。主题立意原来不在宏大的背景里面，也不完全在海量信息之中，就在自己的体内与灵魂里。君子用人如器，他将所选图片整合排列，一一书写或修改配文。他忘记了去吃早饭，一直到上午9点，第一个版本顺利完稿。

当他敲完最后一个单词之后，甚至没有来得及从头至尾再看一遍，就被激动驱使着仰躺在地毯上举起握紧的双拳长长地喊出一声"耶——"。他闭上眼睛瞬时回想，当年在西亚斯在富特海斯对自己过于苛刻的要求，竟然成了美好回忆。养神片刻，他跳将起来，冲到电脑前，将图文从头至尾重新审看。

他将中英文反复推敲又尽量使其各具特色，他将西亚斯与富特海斯的照片相互衔接令其浑然一体。他还一直在思考着如何不让听众觉得沉闷乏味。上午11点，第三版出来了。他在房间里用英语大声地反复朗诵着演说词。

午饭时间到了，他感觉仿佛有打了一场球之后的食欲。他带着笔记本电脑，在饭厅选了一个角落坐下，一边吃饭，一边重新熟悉每一页图文。饭后，他又特意走在大堂一个人多且较嘈杂的环境里待了一会儿，想提前适应一下听众聚集会场的感觉。

下午，他随着人流进入会场，静静地坐在标有自己名签的位置上。在他之前，有一组中美政府官员的演讲，资料详实，有音频视频，效果非常好。他原本计划以英语演讲为主的，还有三十分钟轮到他时，突然一个念头冒出来——尽量用中英文双语交叉演讲，具体情况视听众的反应而定。他学习过演讲理论且有较多实践，知道听众下意识的眼神、表情或动作会反映出其兴趣程度。为何会突然跳出这么个念头呢，原来他全神贯注于演讲内容的准备，而忽略了现场不同听众的听力问题。美国听众大都中文不够好，而中国听众亦是相反。他准备的图片，均有中英文对照说明。但现场用中文演讲配英文字幕不一定效果好，而用英文演讲配中文字幕也不行，择机交错使用中英文应该效果为佳。也许当一个人全力以赴做一件事的时候，上帝就会来帮助他。

当主持人请他上台之时，他挺直身板，用手整了一下领带结，从容自信地走上讲坛。主持人介绍他的身份是西亚斯与富特海斯两所大学的双重校友，而他所将要介绍的西亚斯，又是中美双方共同创办的。这个身份真是太普通又太吸引人了，因为与之前具有显赫身份的演讲者形成了巨大反差，而这也正是美国人的兴趣点，同时也令中国听众好奇。对一个学校来讲，还有比自己的毕业生现场演讲更有吸引力的吗？这个信息已经如同钩子一般勾住了听众。他的英文开场白异常洒脱地道，之后他打开PPT，转入对西亚斯国际学院的介绍。

西亚斯仅有二十年的成长史，相对于美国大学的参天大树，无疑是一棵稚嫩的幼苗。可这是中美建交四十年的成果，是融合了双方友谊与文化元素的一棵新的树种。西亚斯位于中国中原大地的黄河岸边，那里是黄帝故里、汉字发源地，还有美妙的《诗经》流传至今。

陈晓军很少去看屏幕上的图文，他似乎在与所有的听众对话。当他用中文演说时透着自信，可看到美方听众对视频内容有茫然眼神或稍微移动身姿，便即刻切换为英语介绍。他似乎忘记了演说的形式，而是完完全全沉浸在介绍的内容之中，且如数家珍般地将西亚斯的创新美妙之处娓娓道来。他的言谈举止里不仅透着自信，也流露着自豪。

陈晓军演讲顺利结束，听众热烈鼓掌。会后，中国驻美大使馆尹承武参赞特意走到陈晓军面前，握着他的手说：我们知道西亚斯在中美教育合作领域做得很好，为中美关系的发展做了很多努力，今天听了你的介绍，更感觉西亚斯的学生是优秀的，希望西亚斯继续努力！埃利奥特在听他演说时一直比较淡定，她太了解自己的这位学生了，而后与陈晓军拥抱时双手拍着他的后肩说："你做得太棒了！"沙希迪先生则将陈晓军拉近自己来了一个紧紧的拥抱。

纪念活动结束之后，埃利奥特对陈晓军有这样一段评价："……西亚斯和富特海斯教育合作项目的毕业生在中国的就业很好，很多在政府机构、跨国公司、中小企业工作，也有很多已经开始创业。还有许多毕业生继续在中国、美国、澳大利亚或英国接受研究生教育。陈晓军就是这样一个活生生的例子：一个出身贫寒家庭的人，接受了教育，把教育应用到工作和生活中，然后继续回馈那些帮助他的人。

"他的演讲专业到位，热情并知识渊博，以最好的方式代表了西亚斯学院和中国。我为他感到骄傲，看他完成演讲的时候我想哭。他作为一名西亚斯的本科生、富特海斯的研究生和现在的专业人士，取得了很多成就，这让我喜极而泣。西亚斯学院和富特海斯大学为他选择在我们这里学习而感到幸运。"

而沙希迪先生则说："我从 2008 年就认识了陈晓军，差不多十一年了。他一直对我很有帮助。他自愿帮助我，并帮助我直接联系许多学生。他是那种会为自己的工作付出额外努力的人。他是为别人而来的，我在很多场合都注意到了。陈晓军在休斯敦姐妹城市国际年会上的演讲，我注意到他是多么有能力向一群国际观众发表演讲。他对西亚斯了如指掌，他关心这所大学，也关心富特海斯——这两所他的母校。"

就在陈晓军于休斯敦演讲前一天（7月16日）的午夜，他与埃利奥特和沙希迪在酒店一起设计演讲内容时，突然收到他太太发的一个微信：四十岁生日快乐！他拍了一下脑门，对埃利奥特说："哦——，今天是我生日，全都忘记了！"

当日下午，埃利奥特在会议间隙，突然当众宣布：女士们，先生们，请大家静一静，今天是中国演讲嘉宾陈晓军先生的四十岁生日，让我们大家一起唱生日歌为他祝福！

在场的与会者乐了，发出一片惊叹之声。当天是庆祝中美两国建交四十周年的一个重要活动，又正值陈晓军四十周岁生日，这也太戏剧化了。大家在埃利奥特的指挥之下，随着音乐热情地唱起了生日快乐之歌……

2021 年 6 月 12 日完稿

2021 年 11 月改定

后　记

〰️

　　两年前，在我为此书开始采访之后，有一段时间推进速度缓慢，因为有相当一部分接受访谈的学生还处于缺少转折变化的状态。这就使得访谈费时费力且收效甚微。原本我很自信，自以为对西亚斯算是熟悉了解，按照构思自由自在地观察采访即是，不需学校什么部门专人刻意安排。可是我错了，面对一所不断锐意进取的国际化大学，若想从在校三万余名学生之中寻找出一些有代表性的学生绝非易事。这次，我所要写的不是该校的某几个亮点或侧面，也不是它的线性历程轨迹，而是宏观鸟瞰加贴近聚焦。这一构想颇费心机，其作用类似于建筑设计图纸于建筑实体。我很快就明白了这个"瓷器活儿"的难度，即使我有能力完成，但原计划的时间却非常紧张。我甚至一度觉得这是个费力却做不好的活儿，担心写不出新意与深度。

　　我随后灵活调整了视角，尽量寻找高年级学生采访，也将部分访谈对象延伸至已经毕业多年的学生，并将概括叙述与细节叙事结合起来，就像摄影师不停地拉动变焦镜头，让叙述流动起来，且突破时间和地点的限制。

　　随着采访的深入，一些有故事的"圆形"人物仿佛是从天而降，向我倾诉他们内心的喜悦或郁闷。我要做的，就是捕捉那些在他们叙述的灌木丛里一闪而过的跳跃的兔子——西亚斯的教育模式促使学生嬗变的细枝末节。如此一来，我的辐射状的访谈顺利触伸至这所学校的不同方位，囊中的故事也渐渐鼓了起来。

　　本书并没有贯穿所有章节的中心人物，各章内容相对独立又彼此相互联结成为一个整体，它们的复调声音与节奏共同围绕着一个主旋律在震荡。它不是一个人的故事，而是一所学校的故事；它不是个人演奏，而更像是一个乐团的合奏。抑或说，它们的不同色调最终呈现于一块画布，仿佛是众多飞鸟纷乱地千姿百态地飞翔在天空。我想这或许正是我要的一种效果：运动的姿态胜过静止的美景。我想让碎片化的现实自然拼接为一个看似模糊却有可能趋近混沌真实的画面，因为现实远远比我看到的更为丰富，我无法窥探其全貌。

一千个人的眼里一定会有一千个西亚斯，即使是对西亚斯教育现象专门研究的解读者，该校的决策管理层，或教授与学生群体，也应该如此，自然是各有各的视角。西亚斯的博雅、融合教育正如同 university 这个英文单词，具有丰富多元的内涵特质。我的观察思考记录写作，不是参与一场大合唱，是带有自我印记的"表现"，无论是构思、结构还是叙述与抒情。拙著问世后，读者对其内容如有质疑，可与我对话交流。

需要特别说明，本书的宏观构想主要来自西亚斯创办人的办学理念与二十多年的探索成果，在此，对陈肖纯先生致以深深的敬意与感谢！

感谢西亚斯王甲林校长与许圣道、吴华副校长接受我的访谈，且提供了丰富资料与各自的洞见。

感谢西亚斯有关处室提供的友情帮助。感谢西亚斯商学院、堪萨斯国际学院、未来信息技术学院、音乐与戏剧学院、明礼住宿书院、寰宇住宿书院、世界女性未来发展学院、学习力开发中心及管乐团的诸位院长与部分中外教师，在百忙之中抽空与我交流并推荐了很多有故事的学生。

尤其感谢接受我访谈的众多可爱的学生，他们对我给予充分信任，开朗与坦率地向我讲述了他们各自与西亚斯有关联的情结。其中世界女性未来发展学院的学生还热情邀请我参加了许多校外公益活动。这些都让我记忆犹新，备受感动。感谢栾世栋同学，他是我在参加学校高桌晚宴时认识的，他体格健壮，沉稳寡言，曾默默地协助我寻找了一些愿意接受采访的学生。

感谢西亚斯学院图书馆荣红涛馆长，他为我在图书馆搜集图书资料、采访诸多学生提供了安静方便的环境。我也采访了一些在图书馆工作的学生志愿者，但苦于时间关系一直没有寻觅到一个独到的写作视角，只好暂且搁置。我知道校图书馆这座校园地标建筑一定是有很多故事的。记得2019年12月，有一段视频在网上流传，说的是西亚斯两位同学在当年暑假开始时打赌约定，如果当年通过司法考试——国家统一法律职业资格考试，就在校图书馆门前磕头跪谢，因为校图书馆暑假期间正常为学生开放。11月30日，考试成绩出来后，他俩同时通过了，于是便出现了两人在图书馆广场前跪谢图书馆这一幕。西亚斯图书馆还专门设有两千多个考研座位供考研生专用。偶尔，我在该校图书馆会看到自己的书一排排陈列在书架之上，这让我的写作孤苦得到一定的释放，并推动着我耐着寂寞为本书敲下最后一个轻松的句号。

我在以往出版的几本西亚斯纪实文学著作中，都特意留有个人电子邮箱，多年来，有些学生在图书馆看过我的书后，也会给我发电子邮件谈谈感受。有位李馨同学，在考入西亚斯之后感到很失望，因为与她高考前的期望值过于悬殊。入学之后，她一段时期提不起精神，甚至期待放假。但她很快就变了，她在给我的电子邮件中写道：

谭老师：

您好！

看到这封邮件很奇怪吧！呵呵，我是西亚斯大二学生——李馨。在校图书馆偶然看到您的报告文学《飞越太平洋——聚焦西亚斯中美教育合作》，拿起来就没有放下。坦率地说，写这封信是为了感谢您的。

因为高考的失误，我无缘走进理想的学校，选择了西亚斯。

……

开学后，我入学生会，进社团，参加各种面试，疯狂地听讲座，试图使自己忙起来。但是人好像是有潜意识的，怎么样都提不起精神。我开始期待放假，从前那个最讨厌放假的我居然会觉得七十天的假期太短太短，开学的时候是不情愿来的。所以我告诉自己，从大二开始，什么都不做，考研，离开这里，赶快……

但西亚斯总是会给你惊喜的。今年的国际文化周给了我好多 surprise。为期三天的话剧（说它是音乐剧应该更合适吧）让我感受到了西方人情感的释放之激烈，他们表达感情，表达自我的方式好像重新点燃了我的激情。就像上天刻意安排似的，在这个时候我看到了您的书，了解了西亚斯国际学院从创办一路走到今天的艰辛与不易，也从中理解了她独特的办学理念及创新之处，以前只是听说，从未察觉到，今天 understand 了，呵呵。西亚斯校园建筑独特的设计以前也从未注意过：每栋学生公寓楼的侧壁有暗黄色的九个方块点缀，包括楼外表高处的不同彩色光带；每栋教学楼前高耸的大理石柱，两个一对，组成三组；等等。天天在这些地方走过，却从未注意到。昨天晚上，我跑西区转了一圈，别说，还真是这样。当然，更让我遗憾的还是渔父子亭，来 SIAS 一年了，我从未关注过这个亭子，起初还觉得这个亭子的名字好奇怪，怎么这么一名儿，现在终于晓得它还有一个流传千余年的美丽故事，挺惭愧的！就这样，读着您的书，跟着您的脚步，我重新认识了西亚斯，看到了她的与众不同，看到了她的独特魅力。记得前一段时间我还给一毕业的学长说："我永远都不会爱上西亚斯……"他告诉我："总有一天你会的！"但是我没有想到会这么快。

在这样一个年轻有朝气的校园里，人也应该是有朝气的。我又想起了大一看到却嗤之以鼻的学长们的忠告：不要说西亚斯能给你什么，而要想想你能从西亚斯拿走什么。在西亚斯到处是机会，而我已经错过很多了。一年的大学生活并没有让我的素质和能力得到多少提高，我必须开始行动了！学校有个校长助理团，在此之前，我是不了解这个组织的，现在开始关注。

所以，谭老师（不知道怎样称呼合适，只有这样叫了），非常感谢您，感谢您的书，让我重新认识了西亚斯，认识了我自己。

祝您快乐！

说什么好呢，这封信在我心中沉甸甸的，它成为我抗拒写作孤苦的热情与动力之一。有时也会自我安慰：即使我写的书仅影响了一位李馨这样的学生，令她鼓足勇气和热情去寻找希望，就算没有白写，那为此增添的白发也值了。

感谢西亚斯国际交流处为本书提供了珍贵的图片资料。

感谢作家出版社郑建华、李雯编辑对此书的精心编辑与设计，他们对我的持续关注令我不能轻言放弃笔耕。

最后，特别感谢我家族的所有亲人，多年来，在我对西亚斯调研采访写作奔波忙碌的背后，是他们始终如一的理解和支持。当然，我也因此错失了许多与亲人相聚的机会，这让我深感遗憾与愧疚。

谭曙方

2021 年 7 月 14 日

于太原心远宅

图书在版编目（CIP）数据

探秘西亚斯教育 / 谭曙方著 . -- 北京：作家出版社，2021. 12

ISBN 978-7-5212-1608-0

Ⅰ . ①探⋯ Ⅱ . ①谭⋯ Ⅲ . ①纪实文学 – 中国 – 当代 Ⅳ . ①I125

中国版本图书馆CIP数据核字（2021）第230046号

探秘西亚斯教育

作　　　者：	谭曙方
责任编辑：	郑建华　李　雯
装帧设计：	连鸿宾
出版发行：	作家出版社有限公司
社　　　址：	北京农展馆南里10号　　邮　　编：100125
电话传真：	86–10–65067186（发行中心及邮购部）
	86–10–65004079（总编室）

E–mail:zuojia@zuojia.net.cn

http://www.zuojiachubanshe.com

印　　　刷：	唐山嘉德印刷有限公司
成品尺寸：	152×230
字　　　数：	335千
印　　　张：	22.5
版　　　次：	2021年12月第1版
印　　　次：	2021年12月第1次印刷

ISBN 978–7–5212–1608–0

定　　　价：	68.00元